本书由中共辽宁省委宣传部支持
辽宁大学新闻与传播学院的"部校共建新闻学院"专项经费资助

2019年度辽宁省社科规划基金重点项目
"我省县级融媒体中心建设问题的学理分析与可行路径探索"
（项目编号 L2019Axw001）阶段性成果

网络时代的文学批评

/ 新变、困境与求解

吴 优 / 著

LITERARY CRITICISM IN
THE ERA OF
NETWORK COMMUNICATION

NEW CHANGES,
DIFFICULTIES AND SOLUTIONS

引　言

　　自20世纪90年代网络构入文学领域以来，不仅文学的创作、传播、接受模式发生了深刻的变革，文学的批评实践也发生了从主体、模式、话语到价值取向的多重变化，呈现出一些新的面貌和特征。网络技术的构入既给文学批评带来了开放、互动、多元等积极变化，也带来了新的问题与困境。文学批评的实践呼唤多元主体共同进入网络现场，通过主体间的对话实践求解问题并凝聚新的批评理论，建构新的批评模式。

　　本书以文学的网络创作、网络传播、网络批评热潮为写作背景，以当代文学批评的"文化转向"为学术语境，以传播学、文艺学、社会学、哲学等多学科融合考察为研究视角，以文学与其传播媒介之间的互动、互构关系为切入点，进入文学的网络实践现场，考察网络媒介深刻影响社会日常生活的当今，文学批评呈现出哪些主体、模式、话语和观念的新变，这些变化在使文学批评更加自由、丰富多元与具有创新性的同时又带来了哪些新的问题与挑战，以及这些困境中哪些是网络媒介特性带来的自限性，哪些是既有文学理论和批评方法对网络新实践的不适应。本书通过对传播学、社会学、哲学等学科理论的分析与探究，揭示网络传播时代文学批评的变与不变，为求解网络时代多元主体在批评中的位置与关系、批评的话语和方式，以及批评所依据的价值追求进行方向性探索。

　　全书共分三篇。第一篇"新变"以"媒介即信息"这一传播学理论为主要理论工具，从总体上概括和梳理了网络技术介入文学传播后，文学批评空间的结构性变革，对文学批评在主体构成、运作模式、话语风格、价值取向等方面的新变化进行归纳和分析。第二篇"困境"从研究模式、批评话语、媒介环境、文学观念、价值尺度等几方面对网络时代文学批评正在遭遇和可能面对的问题进行归纳与分析。第三篇"求解与建构"从网络传播时代多元评判主体的网络共场开始，对前述问题从受众视角、间性模式、理性与人伦价值坚守等几方面进行求解，并提出适应网络时代批评新实践的理论建构追求。

第一篇"新变"从总体上概括和梳理了网络技术构入文学领域后批评空间的结构性变革。这部分首先引入了加拿大传播学者麦克卢汉的"媒介即信息"理论，依据媒介技术对社会文化的形塑作用与认知创新功能，对网络传播时代的社会文化表征空间进行了特征描摹。作为这个文化表征空间重要组成部分的文学及文学批评在新的文化空间中发生了从生成机制到表现形态的诸多变化。首先，网络变革了批评主体的身份构成，批评的话语权力从"专家"泛化到"网众"，身份庞杂的批评主体之间的位置关系也在从"中心—边缘"结构，转向"节点—节点"结构，并仍处在持续的自演化状态中。批评的方式从网络前时代的专业批评主体通过专业媒体进行一对多的单向传播，转变为多主体即时互动的共场在线模式，文学批评不只有专家"独白"，还有网友在线"对话"，文学批评从预设理论框架的标准化判评演变成现场互动的生成性过程。在线式批评的即时性、互动性鼓励了批评表达的情绪化、口语化与个性化，批评的话语以通俗浅显代替了专业深刻，以吉光片羽的感悟代替了连篇累牍的论述，个性化表现代替了规范化的表述，并在大量的网络实践中积累了一些文学批评的网络话语。在更深层次上，批评的价值取向变得更为多元，这种多元不是判断文学价值经典标准的失效，而是这些标准要素在网络主体价值判断中的比重发生了位移。对文本价值的评判过程中，愉悦体验的比重超过了审美批判，草根趣味冲击了神圣崇高。

第二篇"困境"在总结文学批评新变并分析了媒介性成因后，对当下文学批评实践中较为突出的困境或可能出现的问题进行了分析。网络传播带来的第一个文学批评困境是网络文本的敞开性与海量性给传统的专业批评模式带来的挑战。网络书写使文学边界日益模糊，网络超链接的文本结构模式，以及改写、接龙等新创作模式造成了文本的敞开；同时网络对创作主体的开放与连载的发表方式又造成了文本数量与规模的激增。这些造成了批评主体把握文本结构的完成性和量的完成性的困难，在批评家无法对文本进行通读和细读的前提下，以文本研究为基础的传统批评模式遭到了挑战。网络文学空间的敞开性使传统批评家之外的网络大众成为文学批评的主体，并因其数量优势而成为批评空间的重要力量，但专业批评家与网络大众批评者之间因文学观念的差异、批评话语的隔膜等存在很大的交流障碍。有些专家往往因为对网络文学实践持有否定或怀疑的态度，而不愿去理解和接纳网络中新的表达；网络大众则因为对传统权威的下意识的否定与对抗而拒绝专业语言与规范，在网络的自由空间中恣意喧哗而伤害了对话的伦理。传媒机构与商业资本作为网络文学空间的重要构成要素，也在以超出以往的程度介入文学批评，商业资本与网络平台融为一体并为了商业效益开展媒介炒作，营销以批评的名义干扰着文学判评。这一切最终都影响着文学批评的价值尺度，造成网络时代文学批评价值取向的分歧。网络给文化多元带来宽容环境的同时也向打着文化多元主义旗号的私人性批评敞开了大门，齐格蒙特·鲍曼将这种以"文化多元主义"为名，要求对任何差异予以尊重的观念称为"多元文化主义"，两者的区别在于前者是满足公共公平基础上的个性多元，后者则要求对个体性绝对尊重而放弃公共平等。需要警惕的是当下网络批评追求价值多元的氛围下，一些打着文化多元旗号的对多元的误用和伪用，可能造成私人性价值对公共价值的侵害；另外，网络传播的点对点模式在带给网络主体更大的选择自由的同时，也使其陷入了由个人偏好织就的信息的"茧房"，给文学接受和文学批评带来了价值失衡和公共性流失的隐忧。

第三篇"求解与建构"从多元主体网络共场、主体间性对话、受众导向批评与网络新理性下的人伦价值追求等几个方面入手，对批评实践中出现的问题和面临的困境进行求解。首先，要求传统批评家进入网络批评空间，与多元批评主体共场。这是在传统批评陷入危机与网络批评暴露问题的现实情况下，专业批评家的必然与可然选择。当然，入网的专业批评家需要进行必要的视角与身份转换，从原来站在网络对岸的"外观"转向深入其中的"内观",以"学者粉丝"的身份进入网络内部,通过对网络"土著"话语的理论转化,形成对网络实践的谱系研究和理论提炼;在此基础上将自己对网络实践的认识与见解阐释出来,走下原来"立法者"的高台,通过自己能够融通理论与实践的文学阐释影响和引领文学的创作与接受,在网络时代中重新发挥专业批评的引导作用。其次,顺应网络传播时代交往对话的文化逻辑,文学批评也应提倡间性对话模式,进而从既有理性的解构中凝聚新的网络共同体意识。最后,网络传播时代的文学批评已经从创作导向转向受众导向,文学批评需从受众视角出发,对文学网络接受的主体、热点以及所追求的接受效果进行研究。分析网络接受主体的特征与他们的接受行为特征如何影响其文学选择与批评的方式,以及他们热衷于玄幻、职场、仙侠等文学类型的背后体现了怎样的时代情绪与社会心理。网络时代的文化逻辑并非表面的非理性、断裂,而是在印刷文明的线性、因果关系之外,还包含着网状、相关关系的更为复杂和统合的逻辑。无论自然世界、人类社会还是文学作品都是存在复杂关系的有机整体,网络的逻辑使这种超出以往线性文明认知阶段的整体性逻辑凸显出来。所以,网络时代的文学批评仍须相信理性与科学的有效性,从网络批评的实践中提炼网络时代的新理性,并在文学的接受与批评中审美地实现人类的整体性生存。

目　录

上篇　新变

第一章　互联网赋形新的文学空间 …………………………………… 3
　第一节　作为社会文化结构力量与认知手段的传播媒介 ……………… 3
　第二节　文学的网络时代 ……………………………………………… 11
　第三节　网络时代的社会文化表征空间 ……………………………… 16

第二章　空前庞杂的批评主体
　　　　——话语权的泛化与身份的隐匿化 ………………………… 26
　第一节　文学阐释权的全面敞开 ……………………………………… 26
　第二节　内生与自演化的主体间关系 ………………………………… 30

第三章　网络批评：一种交互参与和即兴表达的过程 ………………… 35
　第一节　从"独白"到"对话"
　　　　——批评成为一种互动式参与 ………………………………… 36
　第二节　从"预设"到"生成"
　　　　——批评成为一种即时对话过程 ……………………………… 42

第四章　网络实践正在生成新的文学批评话语 ………………………… 44
　第一节　以通俗浅显之对话代替专业深刻之独白 …………………… 45

第二节　以吉光片羽之感悟代替连篇累牍之论述 …………… 52
　　第三节　以个性化表现代替规范化表述 …………………… 55

第五章　价值尺度的位移与标准权重的重赋 ………………………… 58
　　第一节　体验表达重于审美批判 …………………………… 58
　　第二节　草根崛起与神圣祛魅 ……………………………… 62
　　第三节　多元杂陈消解单一判评 …………………………… 69

中篇　困境

第一章　海量的敞开文本挑战传统批评的文本中心模式 …………… 77
　　第一节　"屏读"模式模糊文学边界，批评对象不再明确 … 78
　　第二节　超链接、改写带来的文本敞开打破作品的
　　　　　　完整性、稳定性 ………………………………………… 82
　　第三节　泛众写作与网络连载导致文本规模挑战阅读极限 … 85

第二章　话语带来的区隔 ………………………………………………… 89
　　第一节　传统批评话语的固化与惯性 ……………………… 89
　　第二节　网络批评实践中的众声喧哗与对话伦理的缺失 … 92

第三章　媒介生态的复杂化
　　　　——媒介噪声与人文价值博弈之间共识更难达成 …… 98

第四章　误识与对抗 ……………………………………………………… 104
　　第一节　专业批评对网络文学场域的误识与否定 ………… 104
　　第二节　网络批评对专业权威的漠视与盲目对抗 ………… 111

第五章　价值标准私人化与"茧房效应" ……………………………… 122
　　第一节　专业评判的缺位与网友价值标准的私人化 ……… 122
　　第二节　"茧房效应"
　　　　　　——文学接受和批评中的价值失衡与公共性流失 … 126

下篇　求解与建构

第一章　以网络为平台的多元主体共场 …… 135
- 第一节　专家批评进入网络现场的必然与可然 …… 135
- 第二节　网络生态下专业批评家的存在方式与身份转换 …… 160

第二章　多元主体的间性对话
——网络时代批评的方式与话语 …… 179
- 第一节　顺应交往对话的理论建构时代 …… 179
- 第二节　构建网络文学批评的间性范式 …… 185
- 第三节　网络共同体意识 …… 193

第三章　受众导向
——网络文学的批评视角 …… 200
- 第一节　网络文学接受主力的特征与批评的理念转变 …… 200
- 第二节　网络文学热点与对社会文化的批判性把握 …… 215
- 第三节　网络接受的效果追求与批评的价值坐标调整 …… 223

第四章　新理性与人类整体性生存的审美实现
——网络文学批评的文化逻辑与价值追求 …… 234
- 第一节　"数字现代主义"
——关于网络时代文化逻辑的一种解读方向 …… 234
- 第二节　"因果逻辑"+"相关逻辑"
——网络文学批评的新理性 …… 239
- 第三节　网络文学批评的人伦价值取向 …… 243

结　语 …… 251

参考文献 …… 256

后　记 …… 272

上篇 新变

第一章
互联网赋形新的文学空间

每一种传播媒介在帮助人类传播信息的同时也在以特定的符码转换机制改变和规约着人类感知世界的尺度和方式,影响着不同感觉在生活中发挥作用的频率与强度,从而对人的交流方式、行为方式、思维方式产生规定性,进而对一个时期的社会运行和文化发展产生结构性作用。自20世纪90年代中期我国接入国际互联网以来,网络从一开始的少数专业人士小众应用,到今天深入大众的日常精神、物质生活,以其特有的分布式、多向性传播模式打破了印刷时代点面式、单向性的传播格局,并随着它对社会生活各方面介入的深化而使这种运作模式的解构与重构遍布当下中国社会文化生活的诸多角落。一个富于流动性、联结性、互动性、个性化的真实虚拟空间正由网络传播模式形塑而出,并持续地生成与演化。网络媒介对当代社会文化空间的这种变革与重塑促成了20年来文学场域的新变与位移,在网络文学、网络批评与传统文学、传统批评的碰撞与交融中,生成了文学批评新的运作空间。

第一节 作为社会文化结构力量与认知手段的传播媒介

从书籍到电视,从文字到光电,从视觉到视听,每一种媒介都是对我们自身某种感觉器官的延伸。这种延伸借助某种传播介质,将人类的思想意识转换成某种符码或在不同符码之间进行译码,然后通过符码接收者的解码完成传受主体之间的信息、情感交流。在这样的编码、译码过程中，人的某种或某些感官功能被加强以克服信息传播过程中的时空障碍，从而使人类的信息传播活动能够以更快的速度并在更大的时空范围内展开。因为借助媒介的人类传播活动依赖信息的编码、译码、解码过程来实现，要使信息能被成功地传播出去并被接受者理解，无论是信息的传者还是受者都必须遵守相应媒介的符码转换规则。如此一来，媒介在帮助人们传播信息内容的同时，也通过一次次的编码、解码操作促进了人们对特定编码、解码逻辑的熟悉、运用与内化。久而久之，作为传播工具的媒介的运行逻辑就反过来对工具的使用者形成了一种规训，这种规训作用从外在的社会符号、交往行为深入到思维模式、文化心理，从而作为一种深层次的力量结构形塑着整个社会和文化。而每次媒介技术革命都会带来编码解码规则的变革，也必然导致人的感知尺度的某种调整，以及不同感官强化和延伸程度的变化，而这些都将共同引起人的思维、行为模式的变化，从而引起对旧有传播格局、社会文化结构的冲击。当然，任何新媒介都能够被创造出来并在社会中广泛应用，这是因为它实现了对人类信息传播能力的某种提升，而这必然会促进人类认识世界、感知社会能力的提升，促进社会文明向前发展，而新的社会结构和文化模式必将是在新媒介带来的认知创新促动下，被新媒介内部逻辑形塑的。

一　比内容影响更大的是媒介本身

谈到传播媒介，文化学者们甚至专事传播学研究的学者们长期以来的普遍看法是：媒介是一种工具、渠道，一种中性客观的存在。虽然作为信息的传播渠道，其在社会生活中扮演着重要角色，但其重要性的发挥主要取决于人类如何使用它，或人类利用它传播什么内容，而媒介本身并不具有任何积极的能动作用。直到20世纪60年代，加拿大传播学家、文学批评家麦克卢汉提出"媒介即信息"理论，揭示了媒介本身作为一种结构性力量对人类感知模式、社会总体结构和组织机制的能动性作用。麦克卢汉将媒介传播的内容比作"滋味鲜美的肉"，媒介就好比是提着肥肉进门的盗贼，每天接触媒介的人们只注意到了肉的鲜美与否，却从没意识到盗贼是如何偷走我们的注意力的，而这正是媒介隐秘地发挥作用的过程。每一种媒介的使用，都会在过程中对人产生一种"尺度"，而这种"尺度"就会要求人们按照特定的模式去感知世界、沟通彼此，并以此为基础去组织社会生活。任何媒介或技术的"讯息"，离不开它引入的认知事物的尺度变化、速度变化和模式变化[①]，这才是传播媒介真正的意义所在。这种感知世界的"尺度"一旦深深植入我们的大脑，就会形成看待和理解世界的固定模式，从而形成一种固定的无意识，在我们的社会生活和文化中发挥作用。就好像铁路技术的出现，给早期现代社会带来的不仅仅是更为强大的运输能力，更重要的是它将一种新的运动尺度引入了人类社会，这种尺度的引入带来了人类社会运动速度和生活空间的一次跃升，带来了新的生产组织模式、新的城市格局和新的假期与旅行。而飞机技术的出现，不仅进一步提升了运输的速度，而且打破了铁路运输时代的市场格局，带来全球化程度更高的经济政治运作模式以及休闲方式。这一切都与货车和飞机所运输的货物是什么没有关系。

　　媒介的结构性作用发挥是一个复杂的过程，且随着媒介的发展日益复杂，常常通过多种媒介的借用与杂交产生更为强烈的效果。一本小说的媒介形式是印刷，内容是文字，而文字是语言的媒介，语言又是人类思维的表达。当这本小说所讲述的元故事与电影媒介结合时，便产生了一部电影作品；与电视媒介融合时，则产生了电视作品；进而产生了不同的传播效果。同一个故事内核通过文字、电影、电视等不同媒体进行符号转换时，都是对每一种媒介传播优势的借用，同时也受到了相应媒介的表达限制，从而呈现出故事文本的不同形态、不同特征和不同表达效果。媒介融合正是在内容的符号转换这一过程中综合了不同媒介符号的优势，传统媒介通过对新媒介的借用，产生了更大的传播力。无论是凝结在语言、文字等媒体，还是电视、广播等声像媒体，其内容因不同媒介形式的组织与转换，而呈现出不同的样态与效果。麦克卢汉提供了一种革命性的媒介理解，把媒介的信息组织与规定意义由被忽略的背景推入醒目的前台，从而使媒介

[①] 〔加〕马歇尔·麦克卢汉：《理解媒介：论人的延伸》，何道宽译，译林出版社，2011，第20页。

由自身信息伴随的仆从，变为信息主角。经由麦克卢汉，新媒介技术出现后的媒介特点及媒介趋向，也就成为重要的理论话题。网络时代的文学创作、传播、接受以及批评的活跃，就是新的媒介技术出现后，传统媒介与其彼此融合、借用进而创造出新的传播威力的实践。传统文学形态中的故事内核构成了文本文学性的要素及结构，在网络媒介的传播程序里通过符号的转换与调整，集合了文字、声像符号的意义创造力与数字符号的传播速度，以更具传播力的文学形态生成文学的网络新空间。

二　重构社会文化——媒介技术升级带来感官的延伸与感知尺度的变化

"媒介即信息"理论立足于阐释媒介对社会生活及文化各领域的结构性影响，阐释的出发点是人，因为媒介影响得以实现的核心点是人，从人的视角出发，一切媒介都是人类的官能延伸。"轮子，是脚的延伸。"[1] "衣服，是肌肤的延伸。"[2] "书籍，是眼睛的延伸。电路，是中枢神经系统的延伸。"[3]

在文字符号产生之前的时代，人类的传播主要依赖口语。口语传播的时空特性首先要求传播过程中空间的在场和时间的同一，这就使人在说话时可以辅以动作和表情等，而听者也会即时地对说话人做出反应；但是到了文字时代就很少有人会对着书写过程或者一页文字做出反应，因为文字培养出更为分离和超然的书面文化，口语则牵引着人们更多地卷入事务或情绪中。其次，由于声音传播的非定向性，声音所达范围内人人皆可听到，某种意义上造成了文字前社会群体与私人界限的模糊。直至书面文化出现后，隐私才成为可能，个人主义也开始形成。在麦克卢汉看来，口语的交流行为声情并茂，是人类各种感官的综合运用。如同饮食的习惯、艺术的风格一般，每个民族特有的语言都在带领着它的使用者以其独特模式去认

---

[1]　〔加〕马歇尔·麦克卢汉：《媒介即按摩——麦克卢汉媒介效应一览》，何道宽译，机械工业出版社，2016，第29~30页。
[2]　〔加〕马歇尔·麦克卢汉：《媒介即按摩——麦克卢汉媒介效应一览》，何道宽译，第36页。
[3]　〔加〕马歇尔·麦克卢汉：《媒介即按摩——麦克卢汉媒介效应一览》，何道宽译，第32~34页。

识这个世界，存在于这个世界。这一时期的文艺，具有游戏和宗教仪式的印记，口耳相传，以富于模仿性和参与性的形式反映了人类对神秘宇宙的膜拜与好奇。

麦克卢汉认为，文字（尤其是西方的拼写文字）出现后，带来了人类感知世界方式的变革。一种人类创造的脱离于人类感性直观的符号通过与人类语言的转换而具备了传播人类意识的功能，由于文字符号的外物性，人类对世界的感知不再局限于时空统一性和当下性的听觉，人类感知的世界也渐渐从时空统一的听觉世界变成了时空可以分离的符号表意世界。将世间万事万物转换成一种同一化、序列化的拼写，这种拼写符号为西方带来了专门化的技术与科学发展、武士阶层的崛起与僧侣权威的瓦解、理性和逻辑对思维方式的统治以及情感与行为的剥离。西方文明中的文化人开始在想象的空间、情感的体验和感性的世界中遭受一种粗糙符码带来的割裂，人的"整体性"被单一的、线性的符码所破坏。文字的出现促进了西方文明的非部落化，正是在这个非部落化的过程中，文学和艺术开始取代宗教仪式和部落游戏，占领人们的精神世界。在希腊的戏剧舞台上唱主角的不再是众神，更具个人主义和浪漫主义色彩的《荷马史诗》取代了传统的宗教仪式和神话，成为"市民"文化与娱乐的主角。

印刷术（尤其是活字印刷技术）的出现，给文字建立起来的视觉习惯带来了更加有力的确认和延伸。活字印刷技术的工作模式是将整体过程拆分为可任意组合的部分，并且这种组合可以被无限重复，这种整齐划一的机械化过程带来的优势就是文字的批量生产，从而使书籍变得易得，使阅读变得私人，小说这种篇幅较长且实用性较低的文体得以兴起。借助大批量的印刷产品，思想的传播插上了翅膀，在更广的范围内更快地传播，使身处不同地方的阅读者受到同一种思想的启发、鼓动进而达成共识。但同时，这种书面化的复制品也进一步加剧了视觉与其他感官的分离，一种主客分离和不介入的力量在人们的思维习惯中日益凸显。正是从这个时期开始，人们不再像手抄本时代那样高声朗读和吟唱诗歌。原本彼此交织的音乐、文学以及绘画等艺术形式开始分离，并紧紧围绕视觉的方式展开，无论是将想象空间凝结到印刷文字中，还是将立体空间用透视法透射到纸面上。印刷语言摒除了口语不够精密准确的弊端,使鲜明精确的界定成为可能,于是知识的世界开始被分割为复杂细致的学科和专业,而个人的观点也可以印刷的形式得以凝聚和固定。印刷术所带来的量化思维,直接催生了文艺复兴时期的分权思想以及文学作品中的此类主题。"莎士比亚的全部作品都用来表现新的权力界限这样的主题,包括王权与平民权力之界限的主题。"① 文学作品的语言也呈现一种同一和连贯的风格,处理主题的态度和技巧也显示出一种从始至终的一致性。

　　电,作为一种媒介出现后,带来了感知尺度上的两个重大变化。一是信息传播速度的极致提升,传播的速度几近光速,从而消弭了传播的时间界限,使传与受实现同步;这种同步性使结果与原因没有了时间上的线性距离,行动与反应再次被紧密联结在一起,文字理性时代那种超然分离的不卷入模式不再奏效;同时由于传播的瞬息即至,印刷逻辑下那种运用单一的线性序列构建世界的方法也很难达到效果,瞬息即达的传播造成了传播场内众多因素、关系的共时互动,其构建过程错综复杂,已经不是印刷时代那种线性逻辑可以把握的了。电力技术带来的另一个感知变化是媒介与其内容的融合。电是媒介也可以是内容,电力作为媒介储存的内容不是任何的形式物质而是信息,电力和信息都具有非专门化的特征,它们不固定于任何一种功能,而负责提供整体场,这个整体场里提供视觉、听觉、触觉等多种感官的延伸,各种不同的感觉经验和印象在这里交织、互动,共同作用。从这个角度来说,电使被文字和印刷术割裂的、抽象的交往的整体现场性以信息广源性的方式回归了。所以麦克卢汉认为电力的发展逻辑是自动化,电子技术的发展将实现人类自身意识的整体延伸。从这样的感知方式出发,我们就更容易理解网络文学为什么酷爱闲聊和对话这种自然流畅的语言风格,也更容易理解网络玄幻小说中天马行空的情节和意识流式的结构。由身体化的口语到文字符号,再到语言组合的印刷技术、电力技术,媒介的历史实践性变化,使信息的收集、制作及传播不断地发生巨大变化,作为人类文明组成部分的文学的主流形态与故事主题也随之不

---

① 〔加〕马歇尔·麦克卢汉:《媒介即按摩——麦克卢汉媒介效应一览》,何道宽译,2016,第203页。

断更迭。

三　创新认知——技术革新改变感知方式

媒介变革对文化及观念的改变既是结果也是原因，麦克卢汉认为技术作为人的延伸，对人的反作用在于对人感知模式的规约。媒介技术的变革带来的是感知模式或者尺度的变化。在人的感知领域中，尽管对不同媒介技术不同程度的使用会产生某种偏好，但通常的情况是几种不同的感知方式以一定的比例存在，而媒介技术的变革将会改变这个感知比率。人类感知的整体场是固定的，如果不同感知中的某一种被强化和过度延伸，那么其他感知方式所占的比重就必然减少，其感知功能也受到压抑。拼写文字和印刷术使视觉感知功能得到爆炸式的强化后，触觉、听觉等感知方式的感知比率就相应降低以使人的整体感知场保持平衡，必然的后果就是触觉所关联的卷入和行为减少，人类感知和行为的整体性被破坏，从社会组织到人的精神生活都朝着日益专门化和精深化的方向发展。以电视、电脑为代表的电子媒介出现后，视觉在人类感知中的强势地位被打破，触觉、听觉开始重回人类感知的整体场，于是与此相联结的参与式、关联式、体验式的感知模式开始重新回到人类的社会生活与文学艺术中来。

人类感知世界的过程是一个复杂的整体过程，不同的媒介并非简单地瓜分人的整体感知，它们之间也发生互动与借用，并通过这种交融与影响形成新的感知比例和感知模式。例如，电报技术因为提高了信息传递和搜集的速度，而使原来占据报纸核心地位的社论让位于消息，报纸的版面也由用头版阐述主要观点变成罗列众多新闻标题。广播的出现给新闻、天气预报等内容带来了新的传播节奏和模式，也给诗歌、小说带来了新的欣赏维度。电视出现后，广播电台又不得不迅速调整其节目安排和风格，流行音乐开始在电台成为主角。艾略特利用爵士乐和电影的形式来创作诗歌，小说《尤利西斯》则借用了卓别林的主题[①]；影视剧的投资者们纷纷把目光投向畅销小说，因为由这种文学作品改编的电影或者电视剧对观众形成了一种心理的完形结构，从一开始就具有了先验的优势。艾略特认为波德莱

---

① 〔加〕马歇尔·麦克卢汉：《理解媒介：论人的延伸》，何道宽译，第72页。

尔的作品通过融合、借用不同的文化氛围而使生活中普通的意象具有了新的审美高度。诗人、剧作家、演员等艺术家对媒介感知特征及其作用保有天生的敏感，虽然他们从未阐明媒介这种感知杂交的效果以及媒介对社会、文化的作用机制，但他们在实践中无意识地运用了媒介的杂交力量，尤其是当社会发生重大的技术变革，并产生新的传播媒介时，他们往往利用新的媒介技术使旧媒体产生更大的力量。

新旧媒介的交错与融合产生了爆炸性力量，历史上最为突出的就是西方的拼音文字与口语的交锋。麦克卢汉将拼写媒介入侵口头媒介时所产生的剧烈变动比喻为一场"爆炸"，因为拼音文字将人的经验世界拆分成一个个分裂的单元，并通过将这些单元排列、重组为线性序列，构建了人类感知和社会机制的基本模式，这种模式的优势是能够迅速改变形态和做出反应，这一优势强化了西方社会对自然和人的强大驾驭力量，推动了工业的发展和军事的扩张，同时也把人从家族关系和家庭联结中分离出来。拼写文化与口头文化交织所产生的能量，对西方社会的结构方式和人的生存体验产生了巨大的影响。

电力技术出现以后，以电视为代表的电子传播媒介引起了人类社会上的另一次文化"爆炸"，这种颠覆式变革随着电脑和互联网技术的广泛应用正在走向一个新的文化冲突与杂交的高峰。这是一场融合了听觉、视觉、触觉乃至味觉、动觉等的综合感知模式对原来相对单一、割裂的感知状态的反扑。计算机网络技术所提供的感知比率正在无限接近人类原初的感知整体性。这种感知模式的重组将消解人类世界的二分逻辑，人与自然、文化与科学、艺术与资本、工作与娱乐之间将不再界限分明，参与成为一种普遍的感知方式，整个世界构成一个信息的回路。人类最古老的媒介——语言将与电子媒介结合，并产生比文字时代更加巨大的杂交能量。网络空间中文学活动的活跃，正是语言这一传统媒介借用电子媒介释放新威力的体现。谷登堡的印刷术使文学家们把五花八门的感知和表现形式压缩至印刷文化所要求的平面、线性的描写与叙述中来，而网络媒介带来的感知变革则召唤艺术家们将综合的感知与表现模式从原来相对单一的印刷文化中释放出来，重构一个充满情感、关系、参与、互动的文学整体场。

麦克卢汉发现，对于社会文化的这种运转及变革规律，我们在过往的历史中并未有意识地予以揭示并做出反应，甚至缺乏清醒的认识。在以流水线工业、批量印刷的报纸为代表的机械逻辑急速发展之际，正是小说家们创造出来的意识流笔法，像在内心上演电影一般给人们提供了一种从日益强大的标准化、同一化机械逻辑中逃离出来的体验，使人们得以在一个自我的、虚幻的想象空间中感受自由。今天，传播技术对个体交流方式、人际关系模式、社会生活结构等的变革作用已经凸显，究其根本是网络技术对人类感知模式的调整。而感知模式的调整也必然从根本上作为一种形塑力量改变构建人类精神世界的文学世界，这种改变已经开始，并在活跃的网络文学场域及其与传统文学规制的冲突中显现出来。

用麦克卢汉的"媒介即信息"理论去理解媒介与人类感知模式、社会心理结构以及社会文学结构的关系，不仅仅给我们提供了一个可以清醒认识媒介对文化和社会心理形塑作用的视角，更重要的是启发我们如何借助这样一个理论视角去思考当下网络技术给我们的文化、文学观念带来的影响，进而更加理性地分析网络技术给文学创作、接受及其背后的心理机制带来的变革，以便更加准确地找出网络时代文学创作、传播、接受、批评过程中的变与不变。在新技术冲击挑战旧有的文学理论时，能够穿过新旧文学观念冲突的表面，深入理解媒介与文学诸要素之间的关联与互动机制，辨认出文学实践中那些体现了新技术构入下社会文化心理变化趋势的发展性内容，以及旧体系中需要传承和扬弃的部分，在纷繁复杂的现实表象中拨开迷雾，发现文学发展的时代性走向，通过对旧理论、旧观念、旧方法的调整，对新形态、新模式、新话语、新取向的提炼与引导，将文学引渡到网络时代新的社会文化结构中来。

第二节　文学的网络时代

1969年，作为互联网雏形的阿帕网在美国诞生，以分布式的结构将一个个计算机终端连接起来，使任意点之间可以互相传播信息而不必经过特定的中心，但一直到1983年这个网络都只是美国军方及研究机构的内部连接，并未成为公共传播媒介。互联网最初作为阿帕网的民用分支出现，但正是从这个拆分开始，互联网这一网络的代表逐渐开始作为传播媒介发挥作用，从此开启了网络的传播媒介时代。就我国而言，这个时代的开启应该始于我国向国际互联网的接入（1994年）。从20世纪90年代中期到2004年，我国的互联网传播主要以网站、论坛的形式为受众所运用。网站上，一系列与传统文学风格迥异的网络文学作品相继出现，文学爱好者在各大文学论坛评论区里展开热烈的讨论。这一时期的互联网传播被后来的互联网研究者称为Web1.0时代，其连接的典型模式是以门户网站为平台通过搜索将人与相应内容连接起来。2004年被称为微博元年，随着微博、微信等网络社交应用的迅速兴起，我国互联网传播的主流模式变成人与人、信息与信息的同步传播，信息传播与社会交往呈现出同构和彼此交织的状态，这种传播模式的变迁使文学的评论、传播渠道和模式再次发生了变化，网络文学随着网络在人们信息获取渠道中重要地位的凸显和商业资本的推动而进入蓬勃发展阶段，是为网络传播的Web2.0时代。随着智能手机的普及，互联网的连接终端从原来基本依赖于个人电脑转而向手机扩展，作为移动终端的手机的功能逐步升级使个体接入网络的方式更加生活化、场景化、个性化，而阅读也更加碎片化、浅表化。文学的传播、批评平台再次扩展，并使文学接受与评论更加个性化、私人化，读者群体出现低龄化趋势。目前全国网民中通过移动终端接入网络的人数已大幅度超过电脑上网人数，手机网民在网民总体规模中占有绝对优势，互联网连接已进入移动互联时代。网络传播以计算机网络技术的发展为基础始终处于高速的发展进化中，网络时代自身的发展演变远未完成，物联网、人工智能、大数据等发展方向已初见端倪，并开始对文学的传播和批评产生影响。之前互联网的连接要素和连接模式无论如何变化升级，都还是人与人之间的传播，各种传播设备都是被动的工具，而将来的媒介智能化发展则要赋予终端与人互动的能力，使媒介本身作为工具协助人类认知世界的效能呈几何级数增长，进而大幅度提升人类的认知水平。当然，这又将引起人类感知尺度、社会结构、文化逻辑的新的变革，因为未来网络连接的模式将扩展为人与人、人与物、物与物的跨物种连接。对文学而言，这些设备的不断智能化和广泛接入网络将导致人类感官的进一步延伸与外化,同时也意味着人的感觉、情绪等内在生理反馈将被外化和量化。网络技术发展到这一阶段,使网络不再仅仅是文学传播、文学批评展开的媒介和平台,也不只是像人一样进行文学创作、文学批评的机器人,而有可能因为掌握了大量的人类相关数据,进而帮助人类认识原来无法洞悉的文学与人心之奥秘,这也正是麦克卢汉所说的每一次媒介技术的发展都是人类认知手段的发展,必将带来认识的创新。那么在人工智能、大数据等技术迅速发展的计算机网络时代,文学的创作、传播、批评也将进入更加多维、多向、全息的运作范式中,文学批评的认知手段、批评方法以及理论、观念必将获得新的发展。

在上文中,我们依据网络传播的主流构成要素和接入方式的变化对网络传播的发展历程做了梳理,不断促使网络技术发生变化的是网络传播中不同要素的形态、方式、性能等的变化,网络传播的连接范围、连接方式也会随之改变,但始终不变的是"连接"这一本质,连接正变得越来越丰富、复杂、灵活,但无论是Web1.0时代的搜索模式,还是未来的人工智能与人的互联,分布式"连接"这一网络传播的内在逻辑始终没有改变。这种逻辑因传播活动对社会经济文化生活的组织、运作而对这个时期的社会文化具有时代界定性。

一 网络——节点和连接组成的去中心、开放式结构

广义的网络由节点和连线构成,表示诸多对象及其相互联系。本文中的网络特指以数字技术为基础建构起来的计算机网络,它是"一些相互连接的、以共享资源为目的的、自治的计算机的集合[①]"。在计算机网络的发展历史中曾出现过各种不同的网络种类,但作为一种传播媒介在文学的创作、传播与接受过程中产生影响的主要是Internet——国际互联网。互联网的基础结构很简单:节点以及将节点联结起来的连线。遍布世界各地的计算机就是网络最基本的组成单位——节点,而将任意两台电脑联结起来的光纤或无线信号就是连线。无数台电脑通过无数有线或无线的连线连接到一起就构成了互联网的基本结构。不同内容经由连线在介入网络的各个节

---

① 张合斌:《网络媒体实务》,北京大学出版社,2015,第6~7页。

点之间彼此传递，就形成了网络传播，连接世界各地的银行、股票交易所等金融节点的连线织造了全球金融网络；连接政治议题、权力机构以及相关节点的连线构建了虚拟空间的政治网络；连接资讯提供商、文学站点、视听平台等文学和艺术作品的生产与接受节点的数字连线，营造出虚拟的网络文学空间。根据前文所述的网络基本结构，网络中的节点随机连入网络，尽管现实中每个节点所代表的具体的电脑及使用电脑的人都是不同的，但是在网络中作为节点都是平等且无差别的。同时，整个网络不是根据事先设定好的结构建造出来的，而是由无数个具体的、实际的联结行为生成的，并且这种生成因为联结的无限性而没有时间和空间上的限制。网络的这种结构形成了网络的无中心性和敞开性特征。

网络的去中心、敞开式结构同构到包括网络批评在内的网络活动之中。正是网络的敞开性结构，使所有个体都具有了作为节点构入网络的可能，每个通过网络结构参与文学活动的个体对应的都是一个网络节点。作为平等的网络节点，每一位参与网络文学活动的主体都以虚拟身份获得了平等的话语权及话语自由，因为网络中没有自上而下的等级划分以及相应的体制规则，网络本身的结构很大程度上瓦解了传统文学体系的主体关系和权力分配，建构了网络文学场域的新的主体间位置及话语权力。

二 从大众传播到网络传播——传播范式的变迁：点对点、细分、共场

网络传播具有"网络媒体利用的全时性、媒体空间的海量性、信息文本的非线性、信息组织的层次性以及媒体使用的个性化等特点"[①]。网络传播的全时性是指网络传播的过程中，网络无时无刻不处于可用的状态，而没有了纸质媒介的出版周期、电子媒介的播出时段之限制；对传播的信息可以永久保存，而不像广播电视那样转瞬即逝；网络传播中的信息接受者——网友，可以根据个体需求自由选择时间来接收信息并且基于网络的全时性存储可以在需要的时候再次寻找到所需信息，对信息进行重复使用。网络传播的这种特性使信息的传播打破了时间、地理的限制，极大地增强

[①] 彭兰：《新媒体导论》，高等教育出版社，2016，第 4~5 页。

了文化传播的时空穿破力。来自不同地域、不同社会阶层的网友不仅可以因为同样点击了一部网络小说或者进入同一个评论区参与评论而产生联结，而且由于网络的全时性，原来因为各自时间差异不能同时参与讨论的网友即使没有实时在线也可以通过留言、阅读、回帖、弹幕等方式使个人观点始终保持网络虚拟空间的在场。网络的全时性特征不仅给文学主体的接受和评论带来了不受时空限制的自由，大大提高了网络文学空间的容量，而且创造了突破现实在线限制的言说的在场性。

网络传播的海量性奠基于网络存储能力的海量性，网络存储能力的扩容使传播的大门得以向更多信息敞开，使以往不被允许进入传播过程的信息得以涌入，这一方面造就了网络传播内容的丰富性和包容性，另一方面也带来了信息的过载，使筛选与索引成为必不可少的一环。网络传播文本的非线性主要包括内容的跨文本表现形态和文本的超链接结构，网络传播基于数字技术，而数字符码能以比特为单位传播，能够转换成文字、图画、声音、图像多种形式。为了提高传播的形象性，不同的文本表现形式常常被综合运用到一起而使信息内容以跨文本形态呈现。网络的海量信息为网络大众提供了更为丰富的信息资源，如网络中大量的不同类型、风格的网络小说，其文本丰富程度超过文学史上任何一个时代，从而为作为文学接受者的网友提供了更多的文学选择。文本资源的丰富以及读者选择的自由渐渐使文学的创作—传播—阅读过程转向接受导向，文本的创作者为了使自己创作的文本能够在大量的文学信息中脱颖而出被网友看到，潜意识里会将引起读者注意力作为创作的效果期待，在创作题材、情节设计、语言风格等文本要素中将读者的接受热点作为重要考量。就批评而言，受众导向从理论、模式、话语到价值尺度成为批评的重要立场与视角。同时，在海量文本与接受个体有限阅读之间的矛盾也使批评的提升与引导功能成为重要需求，批评亟须就文本海量的网络文学空间进行理性认识与整体把握。

网络是一个非单向、非闭合的多维结构，其中的每一个节点都可以通过不同方向的连线而与其他节点产生联系，这使文本的发展产生了不同的走向，从而构成了文本的超链接性。内容的跨文本形态及超链接结构一方面使阅读获得了更加丰富的延展性，另一方面使纸质媒介所塑造的阅读专注遭到破坏。稳定的线性阅读变为发散的跳跃性阅读。当然，也正是网络的非单向、非闭合促成了今天网络文学的活跃与繁荣，无限接入与交互使个体的表达、分享、交流的愿望得以实现。网络的点对点双向传播模式使文学的发布、接受行为都更加自由、便捷，使相同的创作风格与阅读期待更容易实现对接，文学的创作、传播和阅读也更加分众化、多元化、个性化。同时，创作主体与接受主体、接受主体与接受主体之间的表达与反馈都更加迅捷、活跃，批评对创作的介入更为深入和直接。

不过，网络传播的信息并非像很多技术乐观者期望的那样以完全平等的传播状态存在于网络传播系统之中，网络传播的多元与互动性确实打破了传统大众媒体的传播垄断，但并不等于网络传播中就没有了层级和秩序，而是随着技术的变革正在构建一种新的逻辑和秩序。事实上，网络中的信息不是平铺的，而是有层级的传播。另外，由于网络传播打破了时间和地域的限制，传播秩序更加复杂，信息出现的时机、被评论与转发的多少，以及关注者的身份地位都会影响传播的效果和走向。同时这种传播的多维多层次也更容易导致以讹传讹，增加信息变形和失实的可能性。网络传播的这种类人际传播模式一方面将信息传播的权力赋予广大民众，从而使公共空间的信息与交流更活跃，另一方面使旧有的规则与界限被打破，导致信息与信息传播行为更容易陷入混乱。当下网络文学批评的众声喧哗状态以及众多网络文学事件中的言语冲突、语言暴力都是当下网络传播非有序性的体现。网络批评的个性化、多元化表达一方面为批评注入了活力与生机，一方面也造成了话语与行为的失范、失序，同时网络传播过程的复杂非线性又使传统的意见引导方式的作用十分有限，无论是网络整体还是文学批评场域都亟待探索能够适应网络非线性、非层级传播模式的新的、有效的对话秩序及引导方法。这是一个漫长的构建过程。

第三节 网络时代的社会文化表征空间

与时间一样，空间一直是人类社会变迁过程的重要维度，是社会生活的基本向度，技术以其对人类活动的加速度影响着人类与时间、空间的关系。时空与人类关系及两者之间关系的变化推动着人类社会的社会经济变革，同时这种变革也表征在人类的心理、精神世界和社会文化当中。随着网络技术的发展，人类对时间、空间的穿越速度加快，以地域为基础的国家意识形态、民族文化认同日益弱化，知识的专业区分和艺术的门类界限开始消解，文化产品的生产与消费机制正在被改写，文化空间中旧有的秩序与规则被逐步瓦解，人的个体性日趋突出。从印刷时代的地域观念、文化模式和文学规则中解放出来的网络个体在获得自由之余，也逐渐脱离了社会联系、社会规则并产生了孤立感和漂泊感。人类需要重新寻求认同感、归属感，但又不愿放弃个体自由，于是只能将这种心理追求诉诸富于想象力的文学及以此为基点凝聚的文学共同体中。网络中借由文学爱好而集聚起来的文学写作、阅读和批评群体及他们所创造的文学空间正是这一社会心理的文化表征。数字技术强大的虚拟功能使今天的人们放弃了对它制造的幻象的真实性的验证，而只去关心它所创造出来的奇观，以及这种奇观带来的审美体验和价值表达。在网络虚拟空间，文学作品的细节性验证愈来愈少，而想象的虚空自由越来越大。网络的点对点双向互动模式作为一种活性机制在为网络主体提供交流空间的同时，也对空间内部系统的运行带来了自适性和创生性。当然，这也使主体之间的关系变得更加复杂与易变。网络技术为人的个性化思考与表达提供了更大的实现可能，从而激发了人们的个性化阐释与个性化言说，使社会文化空间呈现个性化、多样性特征。

一　秩序淡化而个体性凸显的流动性空间

既有秩序无论何等确定与森严，在网络技术的透入中都难以摆脱被淡化的困境，在秩序淡化处，个性显现出来，并汇入众多个性相互作用的洪流。就文学领域的技术投入而言，既有批评理论所立基的文化认同、专业范畴、运作机制等都在网络新技术的解构下弱化了其规则性、秩序性力量，文学活动主体的个体性从这种弱化中被解放出来，以活跃的状态彼此碰撞，并在碰撞中呼唤新的秩序。电子技术强化了人类的信息传播和空间移动能力，网络接入使已经被全球经济一体化裹挟的国家性、区域性文化系统更加脆弱。人们在选择、接受文化产品和艺术作品的过程中受地域束缚越来越少，国家或地方内部的文化产品在个体的文化消费选择中面临着来自域外的其他文化的竞争，个体通过网络强大的转换和传播能力使能量以及信息在不同地域间流动；世界经济通过全球网络贯穿不同国家与民族，强势文化亦借由信息技术侵入弱势地区，地域性文化正在网络信息的裹挟下重新寻找定位与谋求发展。以区域为基础的政治生态、民族意识、文化认同正在被重组，传统的以地域为基础的文化视角正在失去理解和认识现实的作用。

知识的专业区分和艺术的门类界限正在被消除。自电子媒介出现以来，尤其是计算机网络的广泛使用带来了大范围的即时连接。这种社会生产生活中的广泛联结以及由此产生的信息、能量的传播与转换，造成的必然结果就是专业与门类界限的打破，以及不同行业与学科之间的交流与融合。技术与文化不再泾渭分明，艺术与商业也在融合与互鉴……社会生活与文化的各个方面和层次都在计算机网络的贯穿与连接下汇聚在一个整体的感知与交流场中，获得了统一与综合的转换尺度。

文化产品的生产与消费机制正在被改写，生产、传播、消费、接受、鉴赏、反馈等环节的线性过程已被打破。计算机网络近乎光速的信息处理及传播速度，使原来按照时间组织起来的生产与消费过程缩短到同一时间与空间中来，生产与消费过程中时间与空间距离都被计算机网络技术消弭了。同时，由于计算机网络时代的能量和信息传播都以光电为媒介来实现，能量与信息、知识常常以光电的形式共存于一体，传播往往是能量、知识、娱乐等的整体传播过程，所以一次传播过程可能同时包含生产、生活以及学习等多个过程，生产与消费、生活与文化正在融为一体。

伴随着旧有秩序与规则的淡化，人的个体性也在不断凸显。网络技术的无远弗届和光速传播进一步改写着人类历史上个体存在与时间、空间的关系，随之而来的是文化从区域国家等空间位置中的溢出、文化与现实生活界限的消融、文化知识内部不同专业门类的交叉、文学领域内部各个活动环节的彼此介入。这即是说社会文化空间中很多原有的运行体系正在被突破，这种突破意味着在相应领域与空间中旧有秩序、规则的淡化，随之淡化的不仅包括附着在这些体系上的个体的身份与位置，还包括这些体系中规则、秩序对个体的规范与约束，个体从社会中被解放出来，正是这种解放使网络大众从传统文学体制下"哪些作品能够被出版、通过哪些媒体才能阅读文学作品、通过何种渠道才能发表评论、什么样的文章是好文章、什么样的理解才是正确……"这类体现着规则与秩序的行动框架中冲出来，像逛超市一样地选择阅读内容，像跟熟人聊天一样地评论作品，甚至可以转换位置，作为写作者来直接书写自己的想象……个体的独立与自由获得极大的解放。

旧模式的瓦解催生了人对社会性与新秩序的需要。人的存在是社会性存在，而规则和秩序是在人的个体性选择与社会整体行动之间的一种理性的协调与平衡，其意义在于为人的个体性选择提供稳定的、可期待有效的引导与参考。网络条件下打破了旧有文学秩序的网络书友们在享受着旧秩序淡化所带来的自由与个性解放之余，也被选择的无从参考、判断的无所依据所困扰，自由选择的权力后面附带着为自己的判断和选择承担后果的责任。人的个体性与社会性就是一对矛盾统一体，过度的社会性束缚必然招致个体性的反抗，而缺乏社会性支撑的个体性又往往会陷入混乱与焦虑，网络时代对旧规则、旧秩序的颠覆不意味着网络时代文学空间不需要规则，而是需要构建与网络时代文学实践相适应、与文学主体个体性相协调的新规则、新秩序。

二 渴求共识与联结的认同空间

个体并非孤立的个体，社会性生存是人的本性生存。在网络时代被凸显的个性同时又在相互作用中渴求相互认同，就像人在眺望夜空时总能自发地看到联组的星群一样。正如麦克卢汉所指出的，电子技术（尤其是网络技术）给人类带来的感知延伸前所未有，它所引起的社会模式变动也是前所未有的，印刷时代的社会运作体系和感知惯性日益失去其有效性，人们因此突然感到无所适从。随着全球化经济对民族国家和区域集团界限的打破，以及资本、信息、商业精英的世界性流动，人类在工业文明时代建构起来的社会秩序框架、价值伦理、个人身份认同以及社会心理都在被摧毁,人们在获得前所未有的超脱时空的"自由"的同时,也陷入了前所未有的孤立和不安之中,因为生活中充满了不确定性。

以古登堡印刷术为先导的工业文明席卷西方社会时,也曾发生了人类自我感知的剧变。那一时代的变革把人从旧有的社会联系中抽离出来,因为在农业社会中,个人处于复杂的、强大的、附带了诸多伦理及道德判断的社会关系中,无法适应工业逻辑那种割裂的、机械的工作秩序。从旧的社会秩序中被抽离出来的人们很快被置入了工业时代中顺序的、机械的、按部就班的社会格局中,农业社会中的秩序与联结被现代的劳资关系所取代。在这个关系里面,资本家以及政府通过有效劳动—酬劳、懈怠—惩罚模式,以及保险、医疗等社会福利体系来对劳动者实施控制。但随着电力技术的发展,现代管理作为一种秩序模式开始式微。由于电力技术带来的速度强化,工业生产的组织方式变得更加快速、灵活。管理可以不再依赖制度与监控,而诉诸劳动者的心理压力。因为网络时代的工作充满了变动和外包的可能性,没有任何人的工作是永远不会被替代或者被取消的,劳动者之间的竞争替代了管理者的监督和要求,成为这一时代更为有效的管理手段。

被计算机网络加速的全球化同时正在加速推动着权力的位移和全球视野的打开。随着资本、信息和精英人士的世界性流动,权力正在从政府、国家甚至政治中逸出。在全球化的资源配置中出现了超出国家政治的力量,而政治运作仍然是以国家为基本单元的,某一国的政治制度和部门还是局限于其地域性的。因而,不论是对社会经济的组织方面,还是对社会文化的统驭方面,政府的力量都在减弱。国家之于大众的生存状态上的许诺以及意识形态上的召唤都在减少,或者不再那么令人信服。原来建立在民族国家历史文化基础上的身份认同,构筑于政治团体光辉梦想的情感归属开始遭遇危机。

从生存的地理空间、工作的内容模式,到家庭的结构、内心的信念,一切都充满了变化的可能,无论是物质的形态还是精神的寄托,没有什么能够长久存在,长久到我们可以彼此信任、依靠和归属。人们开始失去存在的坐标和生活的线索，生命中各种联系都在弱化。这种缺失激起了刚刚被网络时代裹挟进来的人们建立联系、寻找认同和归属的强烈愿望。而计算机网络技术提供的连接能力与表达空间正给这种愿望的实现带来了可能，网络文学空间的繁荣就是网络技术支持下人类寻求认同的情感渴求的释放与表达所促成的。

三　感知统合的真实虚拟空间

真实与虚拟在网络时代握手言和，双方都在对方那里找到了各自传播与接受的根据，于是，一个新的空间被凸显，即真实虚拟空间。人类的实践建立在对世界感知的基础上，我们所生活的世界是我们感知中的世界，是一个由感知的尺度和符号转换出来的虚拟的"真实世界"。从我们最原始的感知媒介——语言开始，感知过程中的编码与译码就不可避免地面临着信息和意义的减损、衍生以及由此产生的偏移。而后来出现的拼写文字更是将立体的世界压扁在平面线性的字母排列中，减损了大部分的触觉等感知元素。所以，不是计算机网络创造了虚拟空间，这个虚拟空间自古存在，只是此前的虚拟空间是有待感官与身体行为验证的虚拟空间，文学就建构在这样的世界秩序中。网络技术下的虚拟空间，实在验证性已经让位于数字信息，这种情况下，文学作品中的细节性验证越来越少，而想象的虚空自由越来越大，它所带来的书写特点便是叙事对描写的挤压乃至取代；在题材和故事的创作上则是题材的超现实、奇幻化取代了现实主义，修仙、穿越小说大行其道。伴随着电子游戏的虚拟世界、好莱坞大片的数字特效长大的网络一代早已习惯了数字技术创造的虚拟世界，对于魔幻、修仙、穿越这类缺乏现实验证性的故事内容，自然不会将真实与否作为评价标准，也不会关注描写是否细致入微，而注重故事是否足够神奇，叙事是否跌宕起伏、引人入胜。

文化表征空间的极度真实化，不仅提供了更为强烈的文化的审美体验，而且以其丰富性和全面性构成一种生活体验，延展于人们的生活实践，与人们的真实行动和社会的发展进程产生互动。在"真实的虚拟"与真实的互动中，生成新的真实与体验，对社会生活的真实进程产生了冲击和影响。

"至高的精神力量依然能够征服灵魂,却失去其超越人类的地位。"① 真实不再让人惊奇,基于空间的地域文化与基于时间的历史文化都可以借由网络信息的共时在线而任意组合与拼贴,历史不再不可重现,真实不再不可改变,我们的社会文化空间虽然是一个虚拟空间,但它具有了前所未有的体验真实。于文学的创作者而言,传统上很多只可意会而无法言传的意象通过虚拟现实技术得以直观呈现,丰富了艺术家创作的手段,文学想象、艺术创意可以更加自由大胆、天马行空。于文学接受者而言,在当下网络形塑的真实虚拟空间中,文学描摹、再现的真实让位于体验、情感的真实,人物行为、故事情节的真实让位于表意的真实。如果文学所表达的对生活的思考、对人性的体悟是真实的、坦率的,那么人物的无厘头、情节的荒诞都不影响读者对作品的接受。

四　人人参与的共时性互动空间

计算机网络技术对人的延伸不是单一官能的延伸,而更像是人的中枢神经的外化。人的中枢神经不仅能够感知到任何一种感觉,更重要的是它能够对这些感知进行统合与处理,这个统合与处理的过程正是基于不同感知的交互作用,在交织互动的过程中,人的各种感知与经验相互作用以对信息做出判断和反应。外化了这一感知的计算机网络也正是通过这种机制处理信息的,因而计算机网络就是综合了各种感知模式的一个综合的信息交互场。交流互动是这个场中各种信息及个体运行的基本状况。计算机网络的这种运作模式决定了网络时代社会文化运行的逻辑完全不同于机械工业时代那种单向、割裂、线性的逻辑,而代之以交互、统一、有机的机制,这种运作模式和心理机制正在经济生产与文化艺术的各个方面显现出来。机械工业时代泾渭分明的生产与消费两端现已交织为一体,而知识的学习、艺术的鉴赏则成为一种重要的生产和消费形态,当下文学领域中文学创作(生产)、接受(消费)、批评(反馈)之间的在线共场、相互影响和介入正是网络共时性形塑文学空间的体现。

---

① 〔美〕曼纽尔·卡斯特:《网络社会的崛起》,夏铸九等译,社会科学文献出版社,2001,第465页。

计算机网络使人的中枢神经在空间上可以延伸到全球各地，在时间上可以延伸到古今，不计其数的信息和个体都在这个整体交互场中存在。这就使可以实现交流互动的可能性空前扩大，大规模跨越时空的个体共时在线给大规模的自由互动带来了技术上的可操作性。这使文学的创作者、阅读者之间的距离缩短，文学的创作、接受和批评过程构成一个整体圆环，分离的线性过程现在融合为同时活动的整体过程。更重要的是计算机网络这种中枢神经式的延伸在文化/文学领域形成了非线性运行模式，传统文学体系下读者反馈的延迟性、间接性和渠道的不顺畅性都被点对点双向传播消解掉了，非线性的内部运行机制使文学活动体系获得了自我反馈与调节的能力，多维的互动过程使主体彼此影响、介入，并在复杂的运动与调节中生成新的观点、意义、意象、规则等。文学空间具有了自适性与生成性。

网络形塑的文化空间有利于陌生主体之间建立联系。互联网中存在很多虚拟的交流空间和平台，这些平台常常通过相似的问题关注、相近的兴趣爱好或者彼此接近的文学理解尺度来凝聚个体，而分布在整个网络空间中的虚拟交流平台又非常多样，各具特色。不同平台内部的个体（网友）基于某一共同关注的内容交流想法、确认价值或分享利益，虽然在现实中很可能素未谋面也毫不了解，但这不妨碍参与互动的个体之间获取信息或者体验情感，因为匿名以及随时可以结束互动关系的便利，使互动和交流更具率真性，这有助于散布在不同空间的个体扩展活动空间和形成新的联结。而这种联系与现实社会关系并不矛盾，甚至可能由线上过渡到线下，促成真实的社会联结。事实表明基于网络虚拟交流的互动网络与现实中的社会文化互动彼此渗透，或者互为补充。对个人而言，其构建模型依据个体情况而定。当然，网络空间中的这种关联如果没有转为线下的现实互动行为或是通过更加深入的持续交流对其予以维系，这种虚拟的联结也很容易灰飞烟灭，这也是研究者将这种脱离现实的并通过某种共同话题建立起来的虚拟关系称为"弱关系"的原因。文学网站评论区、论坛、贴吧、微博这些网络互动空间中充满了这样的"弱关系"。无数个文学主体以网名、账号、头像建立自己的网络虚拟身份，因为对某一类主题、某一作品、某一作者、某一热点事件的兴趣而进入虚拟的社群当中，并与社群中的其他成员交谈，彼此可能因对某部作品的共同喜爱而一见如故，但也可能因为一句话不投机而分道扬镳；某部作品爆红或者某个事件正热时，评论区里人声鼎沸，可一旦热点过去、事件平息，之前热情高涨的人群又如鸟兽散。网络形塑的共时性互动空间中主体间的交流更加便捷通畅，这为空间内部系统的运行带来更大的活性、自适性和创生性的同时，也令主体间关系更加混乱、复杂与易变。

五 富于自我思考活力的个性空间

在无限的共时性互动空间中，每一个参与互动的空间进入者，都努力以其富有活力的自我思考证明自己的参与身份，因此也必须是自我思考的个性空间的营造者。由于电脑控制赋予了机器通过电脑程序对要求、工序、操作以及效果的综合处理能力，导致计算机网络时代的工业具有了人类手工劳动的灵活性与智能化。一台机器或者一条生产线不再只是大规模、大批量地生产同一型号的产品，而是可以根据不同的程序设定，生产出不同型号、不同数量的产品，并且不会提高成本，现在的电脑特效技术、3D打印技术都是这样一些能够帮助人们生产个性化产品或进行文本制作的数字技术。这类技术的出现使原本受生产成本或制作技术限制而无法实现的个性化、想象性需求有了实现的可能，于是网络大众的创作活力与个性化表达热情被释放出来。网络空间中，有些读者出于对某部文学作品或作品中某个人物的喜爱，而利用网络平台自己创作和发表与作品同名或与其人物同名，但故事内容不同的小说、诗歌等作品。还有一些电视剧或者电影的粉丝利用电子剪辑技术对电视剧或电影视频重新进行剪辑，制作成他们所喜爱明星的专辑，或者将故事的情节修改成他们所希望的样子，这都是网络时代受众个性化思考的创造性表达。

一方面数字技术带来的智能化和自动化通过技术的自我统一，使人类不必再像原来那样割裂地控制各部分机器以实现统一的生产，工作不必再从部分走向整体，而可以直接从整体出发去构想目标，思维的创作活性与表达的个性自由获得了更大的空间。另一方面，网络时代信息场中信息的海量和信息交互的迅捷，使辨识度成为建立联系的重要前提，能够表达主体个性的差异性、独特性信息往往更容易被关注。印刷时代盛行的交响乐与那个时代的代表性技术有着同样的逻辑,乐队中不同种类的乐器依据自身的音色与特点,如机器的零件一般在整支乐曲的演奏中负责某一部分旋律的演奏,不同的乐器追求的不是个性的张扬,而是在指挥的指引和乐曲的章节框定下,完成好自己的那一部分,通过不同乐器严整、精确的配合来实现整个乐队的协调和配合,进而完成一支统一的乐曲。而电子时代的音乐创作由电脑通过特定程序就可以实现,这个时候艺术家的角色和任务就不再是专精哪一门乐器或者哪一部分乐章,而是怎样创作出与众不同的旋律。但是,个性就其原本含义而言是交往行为个性,个性思考与个性化语言表达只是个性的实现状况,网络技术活跃了信息却压抑了交往行为,从这个角度讲,网络在弱化着主体的个性。

在网络时代激发主体思考活力、鼓励个性表达的文化表征空间中,主体个性的表达和实现获得了更大的自由。文学想象的实现及其过程的统一已经由技术给出了可能,为这种智能化的表达过程设定目标、绘制蓝图才是文学活动主体的任务。这类任务完成的关键不是自然物质条件甚至无关技术,而在于如何发掘主体作为人的意义与灵性,在于对人与人之间的社会性联结的把握——冲突与矛盾如何化解、个体与群体如何协调共生。促发与增进主体之间的交往行为使其与表达协调统一,唯有如此,文学主体的个性才是完整性存在的个性。

第二章
空前庞杂的批评主体
——话语权的泛化与身份的隐匿化

网络的兴起首先打破了传统媒体对信息渠道及话语平台的垄断，继而作为一种结构性要素改变了整个社会的信息结构和连接方式，将社会运作与文化空间建构为一种敞开的、分散的网络状态。在文学领域，这一逻辑的一个直观表现就是发表空间与批评空间的直接敞开，写作不再是作家的专利，批评也不再是专家的特权，连入网络的任何普通民众都可以就其感兴趣的文学作品发表评论。在互联网的结构逻辑下，文学批评空间的权力关系从官方赋权、专家赋权转向了关系赋权、数量自赋权，批评的话语权向包括业余人士在内的网络大众敞开。散布于网络空间的文学大众无论从其地域分布还是从其文化背景上看都充满了分散性，加之网络交流的虚拟性，虽然整个规模非常庞大，但隐匿于这个庞大群体的每个个体的形象又模糊不清。与权力的敞开相伴随的是批评空间内部结构的块茎化与网络化，观点的传播路径不再由少数的中心向广大的边缘单向流动，而是众多个体的自由表达，基于意见的共识或者兴趣的一致而在网络中分散地聚合，众多批评者以一种不均衡的、小群落的状态分布在文学批评的空间中，形成一种不均衡的网状联结。

第一节 文学阐释权的全面敞开

网络兴起之前的文学批评以专业的文学杂志或者学术期刊为主要媒介

平台，以严格的学科划分为界限，以强调范畴、概念的理论框架和学术术语为表达规范，以思想的深邃和理论的超越为价值尺度，往往还担负着道德的教化或者意识形态的宣导功能。因其理论及规范的专业性、复杂性，以及所承担的文化、社会责任，其行为主体须是具有专业学术身份的精英群体。而与此相对应，国家官方的文化体制、机构以及主流传播媒介则成为专业批评的权威保障和传播渠道的保证。因而，传统的专家批评往往具有专业性、精英性、正统性以及权威性等特点，其所要求的条件要素无论是专业理论素养、官方机构赋权、主流媒体渠道还是专业学者身份，都不是非专业性、民间性、草根性的普通社会大众所能轻易具有的。这种批评活动的参与自然非普通大众所能及，他们只能在文学作品、文学批评的传播活动中处于单向的、被动的、接受者的位置。久而久之这种由专业机制、专业话语以及专业身份构成的批评模式使传统专家批评在专业化的道路上越走越远，专家与大众的身份区别也因此越来越明显。

　　网络技术使言论权向大众敞开，普通网友获得文学阐释的解放。互联网的接入，倏忽之间为普通民众打开了一个新的信息空间。公共话语空间向个人敞开，普通民众获得了在公共空间向公众发言的权力。这种权力的释放也同样包括对文学发表个人观点的权力，文学批评的舞台不再局限于专业文学杂志、理论书籍以及学术精英的小圈子；批评的表达也不必因为身份、水平、规范等受到限制。只要登录文学网站的评论区、论坛、贴吧都可以参与讨论、评价作品，甚至通过个人的微博、微信也可以对作品进行评论。网络传播带来的话语空间使原来只能被动地听或者看的普通读者，有机会公开地对作品做出反馈，参与文学互动。同时表达的门槛又低到几乎没有，广大文学爱好者、消费者的参与热情被瞬间点燃，批评主体的群体身份开始从原来较为单一的专业人士向社会大众转变。

　　网络条件下文学阐释权力的释放使非专业批评主体急遽增加，学术权威之外，数量权威开始形成。网络对文学批评话语空间的敞开迅速激发了大众参与文学批评的热情，造成了批评者身份的巨大转变。网络批评主体从少数专业人士向众多非专业网民转变的这一过程也正是批评主体由专家转向业余、由官方转向民间的一个过程。民间的、非专业的广大网友由于规模的日益扩大，而逐渐变成参与文学批评实践的重要力量。据中国互联网络信息中心（CNNIC）统计，我国目前有超过 50% 的网民通过网络接触文学作品，到 2018 年底文学网民已达到 4 亿多人，通过网络接触文学作品的人数是通过纸质图书阅读的三倍（见图 1）。

```
■ 网络文学用户规模        △ 网络文学使用率（占网民比例）
□ 手机网络文学用户规模    × 手机网络文学使用率（占手机网民比例）

              48.9%                52.1%  50.2%
       45.6%                      △━━━━━×
       △━━━━━━━━━━━━━━━━━━━━━━━×
      37774                       43201  41017
              34352

                                                    单位：万人
       2017.12                      2018.12
```

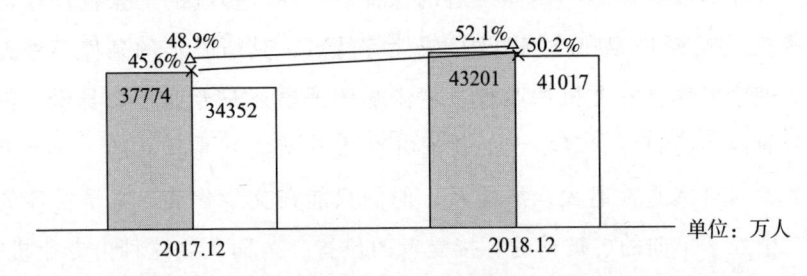

图 1　2017.12～2018.12 网络文学/手机网络文学用户规模及使用率

资料来源：第 43 次《中国互联网络发展状况统计报告》，中国互联网络信息中心，http://www.cnnic.net.cn/hlwfzyj/hlwxzbg/hlwtjbg/201902/P020190318523029756345.pdf，最后访问日期：2019 年 5 月 4 日。

登录起点中文网、17k 小说网等文学网站，点击其中网友推荐票数较高的作品会发现，其后面的网友评论从几万条到几十万条不等。比如曾经位列起点中文网周推荐榜冠军的小说《圣墟》在作品还没有完结时就已经有 40 多万条网友评论，尽管 40 多万条评论中有很多出自相同网友之手，也有很多是只言片语甚至一个表情，但仍然可以反映网络时代文学批评主体人数之多、规模之大。文学批评的主体正在由原来的少数专业人士变成由学术精英、文化产业从业人士以及身份庞杂的众多网友组成的一个广泛群体。

鲍曼认为，随着全球化对民族国家的冲击，地域性的意识形态和传统的意见领袖都已失去了权威性。新型权威的建立主要基于两种因素。一种是阐释的权威，他们往往能够就各种被关注的问题"知道得更好"，因具有专业知识而善于阐释专业问题的专家学者，网络中以"公共知识分子"形象异军突起的大 V 和各种消息灵通、手眼通天的"内幕人士""爆料者"都属此类，他们因为所提供信息的独特性、广博性或者不可验证性而使广大分散的个体相信他们对事件的解说或主张更为可靠。另一种就是

"数量权威"①，在充满不确定性的社会中，当一个人的选择或者观点与大多数人取得一致时，就会使孤独的个体觉得更为合理和可取，这种由数量和规模产生的力量形成了一种权威，而这种数量上的权威给位于其中的个体带来了稳定感和归属感。对于分散、孤立而又缺少资源的无权的个体而言，成为第一种权威或者获得第一种权威的认可显然难度很大，而第二种权威的寻求无疑更为现实。"痞子蔡""唐家三少"等众多网络写手的蹿红就是典型的网络数量权威赋予草根写手文学地位的表现。

网络对文学阐释权力的解放不仅带来了批评主体数量和构成的显著变化，也令批评性表达更加自由。网络传播的开放性特征打破了这种专业区隔和身份限制，网络大众基于对文学作品的喜爱和关注，可以直接表达自己的感官体验和审美直觉，而不必考虑观点是否深刻，语言是否严整，论述是否全面，逻辑是否清晰。因为在网络批评空间中，这些不能构成表达权力的前提，话语权不受专业和身份的限制。同时，因为网络空间中主体的匿名性，表达也卸去了主体在现实生活中的社会身份，随着社会身份一起隐匿的还有其基于真实社会身份而应担负的社会责任，取而代之的是对现实中无法满足的社会认同与社会交往的补偿需求。于是社会主流文化观念、主流意识形态甚至道德观念对个体的约束作用明显弱化，而主体个性化、情绪化、心理性需求的表达明显强化，网络中的批评表达因此更为自由地展露出个体性的一面。文学批评成为一种个性化的文化参与过程，而不再是基于专业基础来追求主流价值认同的严谨的工作。这种批评主体身份的解锁，不仅是网络传播时代文学批评场域中"谁来说"的变迁，而且带来了批评主体位置关系的变革和言说权力的转移。

网络对文学阐释力的解放使传统批评专家与文学大众的阐释关系发生了转变，文学的阐释与批评走向网络化、多元化、个人化。首先，网络化是指在文学批评平台与渠道的网络化、批评主体的网民化趋势下，文学批评场域从原来的传统批评场域一枝独秀转变为网络场域异军突起并与其各领风骚。同时，网络场域中批评主体由于数量优势而在普通大众中拥有更强大的传播力和影响力。其次，多元化是文学话语权力向所有网民放开的

---

① 〔英〕齐格蒙特·鲍曼：《共同体》，欧阳景根译，江苏人民出版社，2003，第72页。

必然结果，网络不仅几乎没有进入的门槛，还以穿越时空的接入能力将所有登录者纳入其中，以开放式的结构使自己处于敞开状态。构入网络批评的主体来自不同地理区域、不同社会阶层，具有不同的经济条件、职业身份、文化背景，并因此形成了不同的文学期待、阅读经验、话语习惯以及价值尺度。尽管传统批评家群体内部也有批评流派之分，但相较于今天网络大众的庞杂，还是要单一得多。网络时代，文学阐释从阐释主体开始，不可避免地走向了多元化。最后，个人化则得益于网络渠道的个人可得与网络表达的个体自由。传统的专业批评虽然也是以批评家主体表达为核心的文学活动，但这毕竟是在由批评家专业身份、学术理论体系、官方传播媒体、主流意识形态等社会性要素介入的批评体制下运作的，其阐释与表达必须合乎专业性与社会性规范。而网络环境中的批评主体由于网络平台向个人的敞开，以及网络表达的匿名、网络空间的虚拟，得以更加个人化地运用批评渠道，并以更加个人化的方式表达个性化的内容，当然这种个人化表达因其失去了社会身份和社会思想体系的背景支持，而不像传统专家批评那样拥有相对丰富的社会资源、文化资源，仅仅是无数平等个体中的个体表达而已。这种主体批评行为与其社会身份及社会资本的分离反过来又进一步弱化了批评主体的责任意识，个人话语与个性化表达以更加随意的姿态进入文学批评的公共场域。网络时代阐释主体的网络化、多元化、个人化转变使文学阐释变得更加复杂与混乱，感性被放开而理性却日益匮乏。网络空间对非专业文学阐释主体的敞开，不仅改变了批评主体的身份构成，还进一步影响着文学批评"说什么"以及"怎么说"，文学批评的模式、话语、规则以及价值尺度都随之发生了变化。

第二节　内生与自演化的主体间关系

"任何传送信息的新媒介，都会改变权力结构。"[①] 印刷业出现之前，文学和文学批评的主要物质形态是手写稿、手抄本，写在书页空白处的批注

---

① 〔加〕马歇尔·麦克卢汉：《理解媒介：论人的延伸》，何道宽译，第112页。

或转赠书稿时夹在书页中的小纸条等,传播的方式常常是口耳相传、赠送手稿或是誊写抄本,因而这种以口语和手写文字为媒介的文学传播与批评必然受到时间和地域的限制,依家族、师生等伦理关系和地缘关系展开,文学圈呈现与人际关系相重合的特征,并形成一个"差序"[①]结构。在这样一个通过血缘关系和现实利益关系建立起来的强纽带中,共同参与文学互动的个体之间的联系稳固而封闭,长久而亲密,相近的生活背景和文化观念使圈子内部的个体之间更容易达成共识,但这个关系结构的封闭性以及内部由长幼次序、财富地位等确立的等级差异使处于结构中的个体在文学选择上缺乏自主性,当自己的观点与结构中地位更高者发生冲突时很难有表达和获得认可的机会。随着印刷工业的广泛展开,工业生产的组合模式开始重构社会、人际关系,国家作为工业化大生产的总体组织者,同时掌握着意识形态的建构权,工业生产中的科层机构同样在文学批评的场域中发挥作用,生产团体——单位取代家族成为个体间构建关系的主要空间。文学传播不再依亲戚朋友、同门师生之间的联系而展开,而成为现代出版业生产—消费链条中的一个环节,写作成为一种职业,批评成为一种专业,只有经过专业培养,拥有专业身份,掌握了专业的理论和术语的人才能涉足,批评的圈子紧缩到少数专业人士的范围,使内外界限更加分明。批评群体内部个体之间的联系依然紧密、稳固,但这种强力的纽带不再是基于家族地缘,而是源于单位—个人的控制与从属,以及同僚间的工作协同。个体在群体中依专业级别和组织的层级而处于不同的位置,批评的展开必须专业而谨慎,表达的权力和影响因身份高低而不同,表达的方式和内容必须与身份形象相符合。这是一个"中心—边缘"的演进过程,网络技术使信息的传播打破了时空限制,也破除了渠道的壁垒,工业逻辑下的结构与控制因垄断与区隔的破除而日渐式微。社会结构的基本细胞由组织分散和细化到个人,社会关系中的强纽带日益减少,取而代之的是基于共识或分享而建立的弱联系。文学批评的主体间出现了大量因共同的文学趣味和审美偏好而建立起来的关系,由于网络消除了文学的创作—传播—接受—

[①] 喻国明、马慧:《互联网时代的新权力范式:"关系赋权"——"连接一切"场景下的社会关系的重组与权力格局的变迁》,《国际新闻界》2016 年第 10 期,第 6~27 页。

反馈诸环节间的界限与壁垒，所有环节在同一个网络空间中同时可见，印刷时代依托国家意识形态和管理层级而建立的从中心到边缘的自上而下的结构已经无法维持其对个体的强力控制。个体获得媒介使用权后变成一个具有建构能力的个体，电子技术对人类感官的全面解放使个体获得强大适应性的同时也具有了特异性，众多异质个体的自我生长与协同、互动使整个群体遵循着一种生物逻辑来自我建构，群体的结构与框架不再由外部权力设定，而主要由内部的个体互动来达成某种平衡，无法事先设定关系，并由此开启了"节点—节点"的传播时代。

印刷时代批评权威中心地位的形成部分归因于作者和普通读者对大众媒介的不可获得性，以及由此产生的普通读者对作品的不可见。印刷时代的社会结构逻辑是大规模同质化生产与专业的严格区分，媒介机构的形态是媒介大亨或国家垄断，媒介资源必然无法为写作的个体所拥有或使用，要使作品进入传播渠道，批评家的肯定是必不可少的资本。印刷时代的逻辑原点使批评者与作品之间形成了一种主客二元的批评关系，在这个关系中，批评主体（批评家）对批评客体（作品）拥有单向的审视权力。现代的学科理论体系犹如一个放大镜，使批评家获得了透视作品的能力，并将作品与自己富于国家意识形态和专业学理分析的理想图景进行比对，只有符合批评家判断标准的作品才有可能进入社会的主流传播媒体，从而被大众读者所见。如果这个作品出现了与国家意识形态相左的思想倾向，或者没有展现出符合文学理论规制的特征，那么它很有可能失去与读者见面的机会。这一把关过程正是媒介技术形塑社会的过程，通过专家的这种批评与判断，那些符合批评家权力逻辑的作品具有了可见性，并可能通过专家的多次确认而成为经典。同时通过肯定或否定的过程，批评对作者形成了立法与规训，促使主流的审美趣味或者价值评判成为写作主体自觉的内化的标准。批评家对作品的审视和为读者的把关都是一种单向的传播行为，在这个单向的行为中作品对批评家袒露无疑，读者对批评家也被动可见，但批评家的审视和操作过程却没有向作者和读者展示的义务，规训与控制都是隐秘实施的，只有批评鉴定的结果摆在前台。网络技术正是由于打破了媒介对于作品的不可得，使媒介跨越了介于作品和读者之间的专业区隔，从而将作者、作品、批评家、读者置于一个共同场景之中。不仅使任何作品对于所有读者都具有了可见性,而且使批评家和作者、读者彼此可见,主客二元、看与被看的结构被所有相关个体的共景可见结构所取代。[①] 既然是共景可见,那么主体间的关系也就没有中心和边缘可言。

网络批评时代批评主体的关系转化不仅源于互联网赋予作者、批评者、读者的全景视角,也源于网络时代文学场域中新的资源运作方式。依据布尔迪厄的理论,社会场中除"经济资本"外,还有"文化资本"和"社会资本"两个重要形态[②],后两者通过一定过程可以转换为经济资本。印刷时代的文学场中,批评家经过专业的学习、多年的学术积累而掌握了精深的文学理论并形成了高雅独特的文学品位以及高超的鉴赏、解读能力,他们本身及其理论观点、批评文章和专业著作构成了他们的文化资本,基于多年的专业工作而取得的职业身份、专业级别、社会头衔和荣誉等则凝聚为他们的社会资本。所以,当批评家们通过媒体向读者做文学作品的分析、阐释以及评价时,当他们在文章、著作以及文学史的书写中对作品的价值进行判断时,当他们在各种文学活动中为某部作品站台或对某部作品进行否定时,他们都是在通过这些批判对作品的意义和价值进行二次建构,这个建构是通过批评家自身的文化资本和社会资本的转化来完成的。专业批评家这种文化资本和社会资本的运作每每促成了作家的成名,促进了作品的经典化。网络技术改变了社会资源的配置模式,无论是物质的经济资本还是其他社会资源,计算机网络的开放性与广泛连接性使资源的流动速度大大提高,流动空间更加广阔,大大提高了个体与资源的可接触性。资源流动性的增加大大提高了资源的利用率,进而使资源的稀缺程度日益降低,使资源变得更加易得,同时使网络资源的流动成本无限降低,这种低成本将进一步激发网络空间个体互动的热情。大量灵活、特异的网络个体通过讨论、分享、合作等彼此激发,共同分享,分工合作,从而构成一个生发和演化的过程。分散、微小的个体力量和价值升华为可以对外部判断形成

[①] 喻国明、马慧:《互联网时代的新权力范式:"关系赋权"——"连接一切"场景下的社会关系的重组与权力格局的变迁》,《国际新闻界》2016年第10期,第6~27页。

[②] 〔法〕皮埃尔·布尔迪厄:《文化资本与社会炼金术》,包亚明译,上海人民出版社,1997,第114页。

影响的力量，网络文学空间中所说的"人气"就是这样一种力量，由众多网友通过积极互动而达成的群体判断是网络传播时代批评场域中一种新的资源。网友看到喜欢的作品后在评论区点赞、打赏，并开始关注作品，每有更新就登录阅读，看到兴起更要在评论区洋洋洒洒评论一番。上述行为都是普通网友对自身资源的一次运用，因为当一部作品的点击人数达到较高的额度时就很有可能登上网站的点击排行榜，而出现在网站首页的显著位置，从而获得更多网友的关注。当一个网友登录文学网站想选择作品时，评论区人数多寡、热闹与否往往成为他们考量的重要标准，这时无数在评论区参与讨论的网友就成为一种资源而影响着作品价值的建构。网友人气资本的运作不仅体现在点击率、评论区，还体现在网络转发、分享等二次传播中。目前随着移动互联网技术的兴起，微博、微信等自媒体使用率大幅提升，微博的转发及"@"、微信的朋友圈分享都是对作品的二次传播，这种类似人际传播的半私人化传播由于更具信任度和同好度，使其传播力和影响力远超大众媒体。

网友通过批评对作品形成资本影响的典型例子是网络红文的商业出版，很多网络作品能够受到关注、产生现象级影响并出版成纸质图书，甚至被改编成影视作品，最初都是由于普通网友的点击、推荐、二次传播，而在网络中形成超高人气，并受到媒介资本关注的。在网络文学的发展历史上具有里程碑意义的作品——《第一次亲密接触》脱颖而出的过程就是一次网友人气资源的转换过程。安妮宝贝、宁财神、当年明月、唐家三少、阿耐等网络作家的成名也都是网友"人气"资本运作的结果。网络空间中资本运作模式的变迁一方面造成了传统批评家资本的稀释，另一方面为普通网友提供了凝结资本的可能，从而导致了传统的专业批评家与普通的网络书友之间位置和关系的变动。在网络传播时代，专家未必是文学批评的中心与王者，网友也不一定居于次要位置或边缘地带。网络时代不同于手写时代和印刷时代，文化乃至社会场域中的资源不再是一个绝对的数字，不同主体间的资源运作与争夺也不再是一个此消彼长的零和游戏，场域中的资源调动能力影响着主体的位置和关系，但这种位置和关系，就其发生过程而言，是通过场域内主体间的互动而自我生成和演化出来的。

第三章
网络批评：一种交互参与和即兴表达的过程

在线批评较于传统批评，具有明显的交互参与和即兴表达的特点，这进一步构成了网络批评展开的过程性特点。网络传播技术凭借其光速传播打破并缩短了人类交流的时间界限和空间距离，加之其强大的虚拟现实能力，在网络空间中构筑了一个精神的"广场"。与古希腊城邦的实体广场不同，这个虚拟的精神广场整合的时空更加广泛，主体的规模更加庞大，身份、视角更加复杂，讨论的议题也不仅仅是政治生活，但它像古希腊广场一样允许自由进出和自由表达。这种广场型空间的敞开特征为文学批评的展开营造了一种更为自由和随性的氛围，并促成了一种狂欢和闲聊的表达模式。在虚拟的网络文学"广场"中，在线就意味着在场，在场就意味着存在自由体验与表达的可能。众人的交互式表达使个体被深深地卷入，而无力聆听专家复杂枯燥的"独白"。虚拟的文学"广场"中，不同批评主体之间或共同追文或互相拍砖，批评主体与创作主体互相促进与转化，网络中的众人通过这种方式更加深刻地体验着文学的触感，并基于这种体验和感触直抒胸臆、即兴表达。而这种互动与即兴正是网络技术支撑下，人的社会自我的延伸，是对人的直觉式先验的虚拟完形。

第一节　从"独白"到"对话"

——批评成为一种互动式参与

　　随着现代理性对知识文化体系的结构过程，文学批评的专业化程度越来越高，割裂整体感知的单一的专门化，具有使部分迅速膨大的作用，专门化使文学批评领域的理论发展取得了前所未有的成就，为后来文学批评的研究和实践提供了丰富的理论，使批评越来越显示出作为一门学问的魅力。但是这个过程对普通的文学大众而言则是参与资格的一种阉割，文学接受的参与感和体验度大大降低，手抄本时代那种读了小说跟同伴分享的快乐变得非常稀少（这不完全是因为批评理论的专业化，也是社会整体的分工和割裂给人的互动式交往带来的一种压制，人被流水线工作固定在机械逻辑的区隔中，情感的交流和体验成为一种生产意义上的浪费），阅读成为小圈子里的私人化行为，分享和讨论变得奢侈。批评日益变为掌握高深理论知识的专家们在学术殿堂中的"独白"，普通读者既缺少聆听独白的机会，也缺乏能听懂这些独白的学识。电子媒介则使批评由"独白"转为"对话"。

　　印刷在专业杂志上的批评文章是一种高清晰度的媒介，它本身逻辑清晰、表述准确，读者在接受这种媒介传播的信息时只需被动地解码文字所表达的意义，而很少有机会对符码转换中的空隙填充以自己的想象和体验，从而参与意义的生产，所以这种媒介很难激发受众的参与热情。（这一原理也可用于解释为什么孩子们对着电视屏幕无法自拔，却很难静下来看书，哪怕是漫画故事书）电子媒介（包括电视和计算机网络）提供的则是一种低清晰度的内容呈现方式，电视不提供人物或形象的详细信息，而仅仅是通过轮廓和影像提供整体形象，这种不够精确和严密的传播编码方式使读者在解码时获得了很大的参与空间和建构可能。网络则以更为直接的方式给参与提供了帮助——双向的信息传播模式以及由此构建的信息网络使参与不必再局限于接受过程的自我建构，可直接以"对话"的方式表达出来。另外，电子媒介不同于印刷媒介的平面与单一向度，它不仅展示结论与逻辑，而且展现事物发展的过程，这种模式变化一方面消除了场景的区隔，使人的不同侧面和行动过程都被一览无余；另一方面因为过程是由事物发展相关因素的相互作用构成的，展示过程也就意味着展示互动。网络时代，文学活动的一个重要变化就是互动性的增强，这种互动尤其体现在批评环节。既然是互动，就一定是主体间的交互活动，网络批评活动的互动过程主要发生在批评主体之间、批评主体与创作主体之间，主体间往往以文学趣味为纽带进行亲密互动，批评主体通过讨论、追文、跟帖、改写等多种方式与创作主体互动，对文本产生直接或间接的影响。电子媒介展开的对话式批评，从动力激发的角度来说，大体分为趣味型、亲密型与改写型三种情况。

批评主体间的趣味型互动。这类互动主要是由于不同文学主体因相似或相同的文学趣味而对某一或某些作品产生兴趣，对某一文学事件、文学活动给予关注。因共同的爱好、品位产生共同的文学体验的网友彼此分享愉悦感受，对作品持有不同观点的网友们则拿出自己的语言武器，互拍板砖，批评专家和出身草莽的网络红人就文学作品、作家或者某一事件展开争论，为争取文学评判的话语权和各自文学观念的被认同而多有言论上的往来。身份复杂的批评主体广泛地参与批评的互动。从网络文学类型来看，网友们有的喜欢玄幻、仙侠，有的偏爱都市、职场，有的则对科幻、二次元感兴趣，围绕着不同类别的不同文本，网友们聚集成一个个小群体，并随着作品的更新和发展，会以作品为中心，不时地跟周围的网友探讨交流。有很多网友会脱离原来的群体并加入人气更高的群体，有的则是作品停更，网友解散；当然也有一些群体人气越来越高，聚集的人也越来越多。在热闹的人群中，有的大声叫好，有的催促更新；有人对刚刚更新的章节表示不满，而这种不满很可能招来一批"脑残粉"的集体讨伐；当然也有网友读了作品后会对情节发展、人物刻画做一番分析评论，或者根据已有章节分析下一次更新可能出现的情节走向等，这种网友的评论常常分析得头头是道，听起来似乎有理有据，而被网友称为"技术流"。这类主体间互动多为文学接受后个体体验与感悟的抒发与交流，以此分享个人感受，了解他人心得，通过互动获得共鸣与认同，以实现阅读、批评过程中人的个体化存在与社会性生存的协调统一。比如在起点中文网知名网络写手"辰东"的新作《圣墟》的评论区中,其铁杆书迷"Gemimi、boy"就与辰东的另一位"铁粉""醒ing"攀谈道:"辰东的处女作是《不死不灭》,听说过吗?也叫作《神墓前传》。""醒ing"紧接着在下面回答道:"《不死不灭》也看过,不过没有看完,觉得不好看,其实我觉得《神墓》是自己喜欢的类型,我读辰东第一本书是《遮天》。也因为《遮天》才了解辰东的作品,后来又追《完美》,《神墓》和《长生界》是后来才看的。"而这位名为"醒ing"的网友不仅读了辰东的多部作品,还在评论区发布了一篇名为《在〈完美世界〉里我发现了一片〈圣墟〉,〈圣墟〉中竟然立着四座……》的评论文章,在文中将辰东多部作品的名称串联起来,形成另一个故事的开头,并号召评论区里的"辰迷"(辰东的书迷之意,网络中参与阅读和讨论的网友们的一种惯常做法,将写手或者作品的名字与书迷、粉丝等意思连接在一起,为这一群体命名)参与续写、创作。也有网友会对网站中不同作者的作品进行比较,尤其是在文学网站商业化运行之后,大都推出了"新书榜""24小时热销榜""周点击榜""周推荐榜""全站订阅榜"等。作者为了上榜需要努力提升人气,而忠实的粉丝更是为了自己喜欢的作品能够榜上有名或冲上榜首而不遗余力地鼓吹宣传,这种自发地宣传往往能够获得其他网友的热烈应和。例如,起点中文网的仙侠小说《一念永恒》与《圣墟》同时登上该网站2017年某时间段的24小时热销榜,《圣墟》一度登顶,而《一念永恒》屈居亚军,于是就有《一念永恒》的书迷在评论区发表两文的评论,并号召书友支持《一念永恒》:"虽然我也爱看《圣墟》,但是最近《一念永恒》真的太好看了,字数也许没有其他小说那么多,但是每个情节环环相扣……感觉《一念永恒》里的人物是真的有血有肉,各有自己的故事,然后剧情很自然地演绎出来。我把票都给《一念永恒》了,希望这个月《一念永恒》可以上第一,同意的顶我!"在这条评论下面出现了"顶""支持""圣墟套路老,我看到楚圣虚撕裂第五道枷锁就不想看了""同意"等其他网友的评论对此进行呼应。所以,在网络文学"广场"中,网友的文学阅读及批评行为不仅是一种个体的体验过程,还是一种与其他个体分享体验、传达价值、建构意义的过程,在这个过程中通过共鸣、冲突、协同行动等，在某种意义或程度上达成了共识、培养了情感。

批评主体与创作主体之间的亲密型互动。网络文学场中的互动不仅发生在批评主体之间，而且生发于批评主体与创作主体之间。批评主体与创作主体之间的互动因批评对文本不同程度的影响和批评主体身份的有无变化，又可分为批评间接影响文本的追文型互动和批评主体投入创作直接影响文本的改写型互动。追文型互动主要表现为创作主体"挖坑"（开始写一部作品）、接受/批评主体"蹲坑"（又称入坑，指网友开始阅读或购买一部作品），创作主体更新，接受/批评主体追文（每到更新的时间守候在电脑前等待更新，一有更新马上阅读）、评论以及催更、预测等。创作主体与接受/批评主体之间的这种互动关系不仅是读者表达阅读体验、寻找文学共鸣、获得群体归属的重要过程，还是激发写手创作热情的重要因素。网络文学场的生成甚至网络文学本身的产生、发展都离不开批评者与创作者之间的互相促动，某种意义上网络文学就是一种分享的文学和互动的文学。中文网络文学发端于1991年几位留美学生创办的中文网络电子刊物——《华夏文摘》，这个刊物不是纯粹的文学刊物，在刊登文学作品的同时也会收入经济、文化等内容，并将其塑造为"全球中文网络文学写作的第一个园地"，使其成为北美华人精神交流的平台是刊物创办者的一个初衷。同年4月，就读于得州大学的华人留学生少君以笔名"马奇"在该刊发表了一篇原创文章《奋斗与平等》，这个作品讲述了一位中国留学生从生活艰辛、孤独落魄到后来通过努力融入主流文化而获得成功的故事。文章一经发表就在网络上获得了空前的关注，并引起了大范围的交流与讨论。这篇文章的作者并不是专业的文学创作者，创作这篇作品也并非基于功利目的，仅仅是作为一名在海外艰苦奋斗的留学生想把自己的经历和感受表达出来与大家分享。其初衷就像《华夏文摘》编辑姚明辉所感慨的那样："华夏文明哺育的炎黄儿女，不管走到哪里，似乎总也忘不了那块古老的土地和那土地上发生的事情。学习工作之余，如果能够通过华夏文字，感受一下那块土地散发出的气味，实在是一件快事。"[①] 可以说网络文学最初的创作动力就是一种与人分享精神世界的内心期许。而在中国大陆第一个网络公告板——

[①] 欧阳友权、袁星洁主编《中国网络文学编年史》，中国文联出版社，2015，第3~4页。

"水木清华"BBS这个原本用于网友交流、讨论的平台上，产生了我国最早的自发型网络原创文学作品。可见，在网络的文学空间中互动不仅是阅读者的精神需求，而且是在文学创作之初就隐藏在作者心中的精神期待。正是为了交流，有人写出了他们的所思所感，并将其放到了用于讨论互动的网络广场上，等待其他人的关注和评论。同样每天忙碌于工作学习，期待能在网络空间使自己的灵魂复苏的孤独者们很快给予这些"同是天涯沦落人"的作者们以热烈的反馈，大有"高山流水觅知音"的痛快和"他乡遇故知"的感慨。

如果说早期的网络文学创作主体与批评主体之间的这种"亲密接触"还有些"无心插柳柳成荫"的意思，那么随着"华语网络文学开山之作《第一次亲密接触》"[①]和"网络文学'五匹黑马'邢育森、宁财神、俞白眉、李寻欢和安妮宝贝"[②]的迅速走红，中国大陆的网络文学走上了一个高速发展的快车道。进入发展期以后的网络文学的创作者们比第一代网络文学创作者少了几分随性和闲适之感，创作的自觉性和目的性都更加明显，但是他们的目的仍然不是获得文坛权威的认可或者期望能够成为一代名家，更多的还是希望能够得到网友的喜爱和认可。网友是否会点击阅读，评价中点赞多一些还是不满多一些，网友的每一个意见和建议都是他们重要的批评反馈。所以，对于网友的呼声，作者们常常会积极做出回应；对于网友指出的知识性错误，作者们会认真接受并致歉；对于有些"技术流"网友给出的写作建议，作者们会认真展开讨论，并给铁杆书迷精心撰写的评论帖子贴上"精华帖"的标签。随着网络文学平台的日益火爆和网络文学的产业化，网友们的点击率、评论数、打赏和推荐就不仅仅是对作品的价值肯定了，更是决定作品命运的商业筹码，点击率的高低决定着作品能否继续在网站上连载，点击率、订阅量和推荐值影响作品登上网站首页的各种点击榜、订阅榜，从而因为在视觉上获得更高的显示度，并在评价上拥有大量网友的背书而吸引更多网友阅读。由于网络文学的发布模式大多是网络连载，作者必须保持较高的更新频率，以保证作品人气，这对很多作

---

① 欧阳友权、袁星洁主编《中国网络文学编年史》，中国文联出版社，2015，第49页。
② 欧阳友权、袁星洁主编《中国网络文学编年史》，中国文联出版社，2015，第65页。

者尤其是非职业作者来说是一个非常辛苦的过程,当精力和才思遭遇极限时,网友的催更和鼓励往往就成了他们的"鸡血",因为网友需要借作者的手编织一个可以让他们安放孤独灵魂的美好梦境,正是在这样的期待中,作者获得了更大的动力,网友也借作品的生成来完成自我的建构。随着网络文学的产业化,作者与网友之间的这种密切互动的过程中也出现了一些诸如作者为了积累人气故意拖沓情节导致故事臃肿、情节注水,以及作者迫于网友批评而更改作品原有的结构设计等情况。但是在这样一种共生共存的关系中,文学的创作主体和批评主体总体上还是彼此需要、彼此促进的,他们通过积极地参与和互动促成了网络空间中文学活动的活跃状态。

改写型互动。如果说追文、评论这种批评主体和创作主体的互动形式是一种并存关系的话,那么超文本写作、网络接龙写作和同人文(即以同人之名来作文,读者或评论者在阅读某部作品后对作品中的人物非常喜欢,同时对人物性格的塑造、命运的走向以及故事的结构有自己不同的想法,于是取用原作品中的人物及其名字,并以自己的表达方式和文学观念来重新结构一部作品,这种作品被称为同人文)写作则是批评主体与创作主体更深层次的互动,互动双方到了彼此交融甚至界限模糊的程度,批评主体转换身份直接参与创作活动,通过对文本走向的改写或新的内容的创造来更深层次地表达对原有文本的喜爱、期待、不满等。文学的接受和批评主体不仅能够从一部作品中读出自己的理解,而且可以在作品中"写入"自己的价值与选择,作品可以通过读者的选择与建构成为每一位读者的"私人定制"而不再是批量生产的消费品。作品也不再是某一作者的个人作品,而是不同主体的自我指涉和对相关文本的互文观照。因为阅读和批评主体的主体性表达常常是以他人作品为其自我指涉和自我表达的起点和基础,以改写和剪辑为普遍的手法,当然他们的这种改写往往不是为了发表,仅仅是为了表达对原作的热爱或是对某一人物的喜爱而做出的一种意义上的延伸,因此往往会受到作者的欢迎。上述的超链接文本创作、接龙写作以及同人文写作或是通过结构的多重架构可能或是通过异质主体间的意义连接,或是通过一种嵌入式改写使文本既碎片化又混合化,由多向度的互动打破了文本的封闭性、单向性而使其呈现"漂浮的能指",赋予文本结构以

"随物赋形"的离散型结构模式和无限时空的意义发展可能。

第二节　从"预设"到"生成"
——批评成为一种即时对话过程

电子媒介的对话式批评，就其展开过程的时间形态而言，属于一种"生成"的"即时"状态，这里存在一个线下预热过程，但一到线上，"即时性"便显现出来。由于网络将文学的创作、接受、批评都纳入其中，以在线的方式将上述文学活动连接到共场状态，文学的创作、接受、批评都诉诸内容的在线呈现，作者每次更新都是一段内容一经写出便即刻上传，或者是边写边传、边传边写，接受与创作之间几乎无缝衔接。同样，接受与批评之间也没有更多的时间间隔，网友们都是边看边评，看到哪里评到哪里，想到什么就在网上发表什么。这一方面是因为在线阅读与评论的轻巧便捷使即兴表达容易实现且无需成本，兴之所至想要表达自己的某种感悟或情绪，自然不必多等。另一方面是因为网络互动交流的节奏需要，网络批评不仅是个人表达的需要，还是对交流、分享、寻求共鸣等社会性需求的满足。既然是众多网友的在线互动，若不能跟上节奏，在需要对答或需要说出自己观点的时候不能及时表达，就很难进入互动之中。同时，这也与网络批评中以批评者个人表达为中心的批评价值取向有关，传统批评更侧重批评的社会认同取向，因而批评要慎重、周严，表达要准确规范有理有据，这样一来必然要多方论证、反复斟酌，批评行为必然是充分准备之后的审慎行为。而网络批评强调个人的个体性表达，批评者更关注自我体验、感受、观点的畅快表达，至于批评内容能否得到其他主体的广泛认可，是否符合社会的一般价值认同就显得不那么重要，而表达少了诸多顾及就更加即时和即兴了。

在线批评的生成性。由于批评者多是在线即时表达，网络空间的文学批评中就少了事先设定的批评规范和价值预设，批评在开放语境下展开，无论观点是否深邃、表述是否完美，都可以自由表达。每个人的观点、意见在发表之前都不曾事先想好，多是随读酝酿，对于意见发表之后会引起其他网友的何种反应是不可预知的，认可或者反对都要等真的发言之后才能生成。网友之间即时交流，共同对文本意义进行阐发，这既是彼此交锋，也是彼此构入、彼此激发，正是在这种没有事先预设规则、结论的即兴交锋中，一些在先前的实践经验中不曾出现的或在既有理论中尚未阐明的内容就有了生成的可能性。这种生成可能是规则的明晰、意义的发现、价值的认同、趋势的显现或者空间的构建。康德时代的空间不再具有先决意义，不是因为有了空间才可以交流，而是交流的过程构造了交流的空间。网络文学活动中，不是因为有了批评的规则和空间才开始批评，而是有了批评的行动和交往的过程才生成了新的批评空间。批评的规则只能在批评主体间的互动过程和批评实践中才有可能被建构。

网络批评的即时性既与互动性一道为文学批评带来了生成性这一富于实践生命力和理论建构力的优势，但其在表达上的仓促、思考上的浅表等特点，使网络批评带有一些先天不足。那些第一时间抢到沙发（在评论区第一个发言）的网友可能并未详细阅读文本，多是匆匆浏览之后就赶紧发言，更有甚者为了"抢沙发"而发言，其以留言的形式表达追文热情或者引起他人注意的目的更甚于对内容的关注。批评的速度侵害了阅读与思考的深入，从而使批评流于浅表，使表达流于平面。另外，即时批评多为即兴表达，其中不乏精辟感悟或者犀利点评，但更多的是情绪化感受的随性表达，这种随性表达固然给网友以更大限度的个性自由，但于批评的逻辑性思辨、批判性反思而言则是一种伤害。如何保护在线批评灵活度、创生性的同时，令其不至于陷入浅表化、碎片化的蜻蜓点水式批评，是网络时代批评的一个课题。

第四章

网络实践正在生成新的文学批评话语

网络批评的即时性产生了情绪化、口语化、个性化的表达风格，但网络批评的生成性和语言的约定俗成性，又导致网络批评不断地生成自己的批评话语，即所谓的网络批评"行话"。进入网络时代以后，工业生产模式下作者、批评家、读者之间的界限已难以划清，网络空间中那些左右点击率、在评论区发帖跟帖、订阅推荐、在博客中发文、在微博或朋友圈吐槽的网友身份复杂、规模庞大，他们中有一些专家学者、文学高手，但更多的是来自各行各业的"票友"，只有当他们在网络空间中就文学发声时，我们才能将其作为批评的主体。当对话的空间打破地域、跨越文化、穿透历史而连接不同身份的主体时，对话必须具有使他者能够通过话语的转换得以形成理解的可能，印刷精英们擅长的长篇累牍和专业圈子的小众话语显然不是理想的选择，于是通俗、日常的大众话语成为网络批评的主流话语风格。这种话语风格的形成也与网络批评的在线性、互动性模式密不可分，这种批评模式带来了一种即时回复的互动节奏，这种节奏感、速度感体现在批评话语中就是零散随意的表达风格，因为在即时互动的整体节奏中，缺少互文性的、结构独立的、构思严整的长篇论述既缺乏在线的可操作性也缺乏对话场的可接入性。网络时代感知模式的直觉化、整体化正在冲破机械理性对人内在的殖民，而重新建构个性的合理性，网络批评空间的自由接入和批评主体的大众化对这个建构过程而言既是路径亦是体现。网络批评的情绪化、个性化、口语化表达特征长期体现在并实践于网络批评现场，在活跃的批评活动中生成和凝聚着网络批评的"术语"和"行话"。

第一节　以通俗浅显之对话代替专业深刻之独白

网络批评在通俗浅显的对话中展开，并在通俗浅显中接受与互动。在印刷时代的感知模式下，批评主体——专家作为一个自主的"理性主体"，将自己与批评对象文本设定在一种主客关系中，从而将自己置于一个与文本相对立的位置上，运用修辞的、叙事的、语言的等一切理性工具来透视和解剖作为对象的文本，试图以此找出文学的奥秘、征服文学对象。这个过程一方面产生了丰硕的理论成果，使文学批评获得前所未有的专业性和作为一门独立的学问的历史性地位，一方面也使文学批评如同工业时代众多专业化的生产部门一样在日益专精、日益膨胀的同时，陷入了僵化。单一部分的过度壮大使部分占据了整体的位置，但因其自身的单向度而无法具有整合整体的能力，专业化批评在拥有了至高的权威地位的同时也因其工具理性的强大自信而忽视了文学作为社会活动的多种表现和多种因素，因其专业理论的艰深而弱化了与文学活动建立关系的能力。随着电子媒介的出现、后工业社会的到来，批评也开始发生范式的转变，这种转变在网络媒介带来的感知加速度下以网络文学活动的爆炸式发展呈现出来。网络空间的自由、虚拟、无区隔使不同身份的普罗大众自由进入文学活动整体场，文学活动的诸多形式、表现和因素重获连接和整合的契机。不同于传统的、对立于文本的、具有先验理性的主体，网络空间中更多的是处于不同的社会位置、缺少专业理性、个体性模糊的社会性主体。他们既缺少"凝视"文本的主体独立性，也缺少"透视"文本之理性工具，更缺少"降服"文本的理性目的，更多的是追求卷入文本而延伸感官的体验和通过体验获得身心统合，批评亦是这种体验追求的一部分，或者说是整体的文学活动诸多关系的一部分，是身份庞杂的主体间的一种社会性互动，一种没有先验理性规划和框定的自生性互动。这种不预设理性规则和框架的社会性互动中不会有先验的权威和标准，在互动产生之前自然也没有原始存在的中心。真实体验的表达、相见恨晚的共鸣、不谋而合的共识才是网民文学批评的追求。在这种网络逻辑的批评范式中，印刷时代的意识形态及其文学符码既不是非专业的网众所擅长的，亦不是广大草根所喜闻乐见的，所以网络批评的话语风格不像专家批评那样专业与严谨。相反，为了确保对话的完成性和有效性，批评主体会从有利于完成互动的角度出发，来组织和协调自己的批评话语，来强化自身话语的可沟通性，从而使自己的表达在网络空间的普遍语义上能够被理解并引发共鸣。

从广义上讲，网站中的点击率、推荐、打赏、讨论区发帖、博客发文乃至同人文创作都可以看作参与批评的方式。除去点击、打赏等行为类批评，通过语言表达的批评主要以讨论帖、博文和同人等方式展开，其中以讨论帖使用范围最广、使用频率最高。不仅其中的一些灌水帖（指重复发出一些简单或无实际意义的帖子），如"顶"、"赞"、"签到"、"加油"、"666"（最初用来形容游戏玩得很溜，后来用于形容某人很牛、很厉害）、"不错"、"很好"等简短直白、浅显易懂，就连被视为精华帖的"长评"中也鲜少有引经据典、用语专业、构思精密、结构完整的专业批评，往往是就作品的某一方面或仅就刚刚读到的某一段做出的评论，或对情节发展表示质疑，或对作者的写作方向提出建议，也有可能涉及故事的时代背景或整体布局，但所言之辞基本都是目之所及、心之所感，而不会考虑批评行文是否完整，逻辑是否清晰，更不会考虑所述观点是否有理论依据，只要把本人的真情实感表达清楚，使大部分人能够看懂即可，如网友"飞翔的白毛狗"在起点中文网连载小说《圣墟》评论区发的评论帖：

> 东哥说逍遥以后是观想，逍遥小妖，观想，观想成大妖吗？肯定不是的，前文说过逍遥境界一切都会重来，惊艳的人在这境界也会平庸，这是不是说逍遥才是真正的打开枷锁，然后观想神秘力量，在这境界实现自我塑造以后的路多长就看观想的强弱，想必那些映照诸天的在这境界观想的都是最符合自身的，那么，斗胆猜一下如何进入逍遥，我猜这个突破和观想会紧密联系在一起，说了半天结果我什么也

没说，哈哈。①

这是网友对小说情节和人物发展的一段猜想，不仅内容简单浅显，而且语言是日常的大白话，按照传统的文学批评原则和标准，这段话甚至都不能算作文学评论。但是这段话既呈现了发帖网友体验文本的过程，又引起了与此相关的诸多个体的热烈互动，这个帖子在发出24小时之内引起55次网友互动。不仅如此，这个帖子可能还对作者接下来的写作产生一定的影响，因为假使网友的猜想真的与他原本的写作框架相一致，那么一经网友"剧透"（剧情透露，指在别人看到剧情之前告知情节或结局），作者就要重新构思情节。评论区的长帖一般内容丰富，表述较详细完整，但大部分仍然是用通俗语言表达自己的直观感受，很少有学理分析和纯文学的讨论。下面是连载时引起较大反响的网络穿越红文《再生缘：我的温柔暴君》讨论区的一篇长帖：

  疑云重重（网友 cj188789935）
  故事发展到现在，很多人都在期待歌所说的"反虐"会是什么程度。但是照着现在七的表现，似乎真的是醒了之后也不会怎么待见离得，所以个人认为真正的大虐，应该是在再次遇见白的时候了。似乎歌是铁了心做离得亲！！七的后！！看暴君看得整天疑神疑鬼，整天都想着接下来的情景。今天下去群里很多亲都在议论着很多留下来的疑点，长期以来，对于这些疑点都没有过多地说过什么，现在闲来无事，列举出来分析看看！
  疑点一：文案里说的"一夜里斩杀百人，将宫殿染成炼狱"是什么时候，个人认为，这个应该快到了，原因就是七伤好后顺利逃出了皇宫。恩。蝶风可能就是这次事件的牺牲品。
  疑点二：孩子问题，我实在是心疼七，短短几年要经历两次失去孩子，并且都是被孩子亲生父亲害的。多么希望，这个孩子不会失去，

---

① 起点中文网《圣墟》评论区，http://forum.qidian.com/index/5776840004868003?type=1&page=3，最后访问日期：2017年5月28日。

但是，这似乎不大可能。雪松宫的孩子个人认为没缘享受诸君的滋味，因为离这一生只有一个子嗣，孩子!!亲身份不明。如果是雪松宫的，不可能身份不明。

疑点三：这也是现在讨论得最多的问题，大多数人都在猜测如意到最后是好是坏。对于她的真实性情老实说，还在观望中。说她好，可以从几点小细节中看出来，11节里，当然，在这不是让大家看如意说的话（因为很多人或许会认为她是故意这样做给皇帝看的），细心地看如意的一些动作上的小细节就行了。那个时候的七，刚刚经历了"宠冠后宫"。试问，谁不嫉妒？再然后就是到七被腰斩的时候，第一次死了醒来，问的是"雪松宫，她和孩子还好吧"（这里又有人会说这是我们七善良），但是试问，在感情方面七真的有那么大度？在186节里面，当离要杀七的时候，如意求情，七是怎么说的来着？恩。"我学不来你的胸襟，我这人小气，我若爱一个人，便是一生一次。我嫉妒你，在我看来，你便是我的敌人，所以请别为我求情，我不希望我的敌人替我求情。"所以在这方面，如意是她的敌人，七作为现代人，应该拿出现代人的气魄，不至于到死了还要想着敌人的安危。所以，能说明的也许就是如意在那之前没坏到让七去恨她。并且大家不要把离当傻瓜，如果如意真的变了的话，他会发现不了，之前的安瑾就是一个例子，但如果离是明知如意已经变了，还因为感激而纵容她如此伤害七的话，那么我只能大声地吼一声"强烈要求更换男主"。（讨厌这样的男人）

当然，对于如意是坏，也是有伏笔的。皇宫里的女人没有一个是简单的人物，如意能够在太后身边潜伏这么多年没被发现，也是有她自己的心机的。并且，如意的性格其实是倔强的，可以从小时候如意离家出走，被七所救可以看出。能够有那么大的勇气离家，也并不是一般人能做出来的。

还有好多好多疑点。但继续说下去的话，三天三夜也说不完。例如张进（也许就是七再次穿越与离相认的关键人物）、七是以什么身份穿回去的（个人认为是青楼花魁，前面有说到，也是要靠张进），例如那个秘密（说实话，我还真没想到到底是什么秘密可以威胁到一个皇帝的性命，并且还是风平浪静之后）、最后漪妃的下场（难产？恩，似乎有可能，但也太狗血了吧），太多太多也……

看暴君，可赶上看悬疑电视了。①

这篇评论用较长的篇幅罗列和分析了小说情节中的一些疑点，中间夹杂着一些对情节的评价和猜测，如"但这也太狗血了吧""也许就是七再次穿越与离相认的关键人物"，讨论角度有分析、预测也有褒贬，细数疑点也算是有条理，但通篇都是"那么我只能大声地吼一声'强烈要求更换男主'""说实话，我还真没想到到底是什么秘密可以威胁到一个皇帝的性命，并且还是风平浪静之后"这样的日常口语，丝毫没有专业术语，也没有理论分析。

如上所述，网络文学互动中批评的话语风格多为简单通俗的日常用语，这种风格的形成一方面可以归因于批评主体的大众化、批评模式的互动化，另一方面或许与批评内容、视角的外化与泛化不无关系。比如2016年热播剧《欢乐颂》播出后，很多网友、书迷（这部电视剧由同名网络小说改编而来）、微信公众号纷纷对电视剧和小说原著展开热议，仅通过豆瓣网上一位网友的剧评就可以感受到批评对象的泛化以及与此相关的语言风格的日常化：

关于《欢乐颂》……（横苍君）

最近很多人在追……对它的关注估计还将持续到第二季、第三季。既然这部剧是围绕五个性格迥异的女人而展开的故事，那我就简单说说对《欢乐颂》五美的浅显看法，就当像个叨叨妇一样茶余饭后的话题。

先说说这个剧组，这两年拍了不少好作品，声名大噪，又经典如《琅琊榜》者，让人回味无穷。因其极为注重细节，所以人送称号处女

---

① 红袖添香网《再生缘：我的温柔暴君》评论区，http://novel.hongxiu.com/a/201358/，最后访问日期：2017年5月27日。

座剧组是也……拍这样一个现代剧能有如此高的收视率,究其根本我觉得还是此剧价值观的输出引起了现代人在职场上、爱情上以及生活上的广泛共鸣。

小蚯蚓,这个被网友定性为头脑简单行事莽撞的小姑娘。她的智商和情商是有目共睹的,……这就是小蚯蚓的爱情观,只看其人不看其他,只要你对她好你就是她的全世界,哪怕是挤公交车、住小破屋。好在小蚯蚓能及时悔悟,并把失恋的阴影转化为对新工作的积极性。所以,加油吧,生命的意义在于创造自我,希望后面的剧集能有个不错的发展。

提到爱情,樊胜美这个人设具有现实意义,是当下剩女婚姻观的一个典型例子。常把自己打扮得跟贵妇一样,一心想要掐尖傍大款,戴着面具生活。只可惜命不由人,还被自家重男轻女的家庭所拖累,最后在经济的压力下不得不低下高傲的头颅……王柏川能一如既往地爱你本该就是一件庆幸的事情。

刚才说到曲妖精是个心直口快的家伙,为什么说她妖精?古灵精怪爱恨分明,还是率性洒脱玩世不恭?……像个富二代又不像个富二代……只有经济独立才能思想独立,只有实现财务自由才能实现人身自由……赵医生是博士,属于知识阶层。而在中国的文化里,有文化的就是瞧不上没文化的……赵医生最后与她分手,我想如此结果也正是基于这一点吧。

如果说世上有一种女人是一般男人Hold不住的,那便是安迪这种类型……她聪明独立,气场强大,……并且对任何事物任意场合都始终保持理性的头脑思维,似乎这样一个人应该很难接触吧。其实,这反而是她的弱项所在,实际上不难征服,因为生活从来就不需要理性承载全部。……这是理想主义的爱情,跟樊小妹不同,因为她的事业从未让她的生活困顿过。

关关倒是个综合性不错的女生,挺中庸的,且人如其名,是个文静淑女,是我喜欢的类型,估计也是大部分男生喜欢的类型。论出身,家境比上不足,比下有余,是个小中产阶级……因为爱与不爱,原不过是那一瞬间的事。

后话：

花有百样红，人与人不同。剧中五美的性格迥异我仍然偏执地以为这是因家庭出身的背景不同而不同。出身决定家庭教育和学校教育，教育决定性格，性格决定命运。当然，它也并不是人生唯一的决定方式，七分天注定，三分靠打拼，如果能拼尽全身气力把握好那三分未必就不能做一个掌控自己命运的人。在成长过程中，我们的观念受到了诸多外界影响，有人活成了自己想要的模样，有人活成了父母及他人想要的模样，有人则活成了被社会挤压出的模样。曲妖精属于第一种，关关属于第二种，而樊胜美属于第三种。

"虽然人人平等，可这社会就是有阶级之分，无视阶级只会碰壁。一个人要有多么大的勇气，才能忽视这些客观存在的阶级"

——关雎尔

——《欢乐颂》的剧评 2016年5月8日①

网友的评论篇幅很长，首先评价了电视剧的制作团队，然后逐个分析了剧中五位女性主人公的性格、命运发展等，最后还有自己的一些感想。虽然是剧评，但整体上对电视剧本身的编剧、拍摄等分析得不多，更多地着墨于几位女主的家庭出身、社会阶层、爱情观等与人物命运相关的因素。探讨了家庭出身和学校教育对人命运的影响，追问了社会阶层对个人事业观、爱情观以及人生命运的影响等。这些显然超出了传统批评逻辑下对批评对象的划定，批评内容的这种广涉性一方面体现了网络批评对传统批评范式的突破，另一方面加剧了语言风格的"非专业化"。网络批评虽然也在实践中产生了一些约定俗成的网络语言，如"挖坑"（指作者开始某部网络小说的写作）、"小白"（欣赏品位不高的网民）、"脑补"（指读者通过想象对未完成的情节进行补充，或对作者没有详述的部分进行联想），但比起专家批评中的学术用语显然不够严谨科学。

---

① 网友"横苍君"：《关于〈欢乐颂〉，写的一点剧评》，豆瓣网，https://www.douban.com/note/556345865，最后访问日期：2017年5月28日。

第二节 以吉光片羽之感悟代替连篇累牍之论述

吉光片羽的感悟多是瞬间性、直觉性的，类似于禅家的"顿悟"。有人认为，网络批评虽是即兴之言，但也不乏灵气，这是网络批评话语的一个特点。如果说印刷时代的批评主要是一种书写式批评，那么网络时代的批评更多的是一种言说式批评。虽然书写和言说两种方式在表达人的意识时都要经过编码的过程，但其编码方式却因媒介不同而有所不同。书写的编码将人的意识经由语言媒介编码为外在于人的文字，其符码具有非人格化的特性，同时这种编码方式预设着批评主体与接受主体之间的非共场，说话人或听话人的不在场就导致了对书写体式、术语、规则、概念等规范性、严谨性的要求，因为不在场可能意味着沟通的缺失和误解的产生。同时，文字媒介对听觉等感性知觉的剔除必然导致对感性直觉的剥离。而言说是将人的思想意识编码为语言诉诸声音和听觉，言说人在编码时心中预设的是接受者的在场，在场一方面意味着沟通和理解的可能，另一方面意味着声音、表情等非文字延伸的可接受性和可传达性，这种直觉式感知模式的可传可感造就了网络批评直觉式、随感式的表达风格。

网络批评的直觉式、随感式风格首先表现在批评内容的广泛性和随意性上。网友们既没有受过专业的文学批评训练，也不遵循任何批评理论或流派，想说什么或从什么角度去说完全没有刻意地准备和安排，或是单纯表达对作品、人物之喜爱或厌恶，或对作品进行整体评价，或对故事中某种情绪、某个时代及人物的某段遭遇深有同感，或是对某些情节深表不解，或试图对作品的某一维度做详细的阐释……但鲜少看到对理论的自觉运用和对批评规范的自觉遵守，更缺乏精心打磨的谋篇布局。基本上都是对由文本引起的内心情感或情绪的一种抒发，或是对作品所描述的社会人生的感叹、体悟的分享，甚至仅仅是一声"叫好"。但无论批评的内容多么随性和零散，都是对文本互动引起的真情实感的自由言说。

网络批评的这种直觉、随感风格还表现在表达的直觉感性及篇幅的大小不拘上。网友们没有学习过专业的文学理论，也没想通过在网络上评论一部作品而得出文学创作、鉴赏的奇妙奥义,或寻找到关乎道德、伦理的尺度或准则。他们只是在对作品的阅读过程中生发了一系列印象、情感、困惑或者联想,并产生了将这些体验和感受言说出来的冲动,于是不假思索地将那些融合了自身主观经验的文本阐释和阅读体验直接表白于文本与网友共同营造的意义空间之中,这种即兴的、随感的批评就像福柯所说的那样,"不会努力去评判,而是给一部作品、一本书、一个句子、一种思想带来生命。它把火点燃,观察青草的生长,聆听风的声音,在微风中接住海面的泡沫,再把它揉碎。它增加存在的符号,而不是去评判它召唤这些存在的符号,把它们从沉睡中唤醒。也许有时候它也把它们创造出来——那样会更好。下判决的那种批评令我昏昏欲睡。我喜欢批评能迸发出想象的火花。它不应该是穿着红袍的君主。它应该挟着风暴和闪电"。[①] 很多网友在评论区的留言正是这样一种裹挟着情感火花的感性表达,在网络文学批评空间中重要的不是文本的形式结构,也不是创作的技艺和手法,而是读者的体验和感受,如17k小说网签约作家骁骑校的完本小说《橙红年代》评论区两位网友的评论:

一　网友:"曾树人"

橙红这本我看了不下十遍,内容精彩,很贴近现实生活,常常看得我热血沸腾,觉得生活的这些压力都不算什么了。

从2009年开始看你的书,我承认自己看的都是盗版书,那时候觉得铁器时代绝对是我看过最好的小说了,但是橙红一出来,我就知道这是继铁器后第二本让人欲罢不能的书了。其间我看过很多17k大神的书,都没有读你的书的那种期待和小激情。

每天我拿出手机的时候都习惯翻开橙红看几章,久而久之我爸爸就问我:"你天天看这个小说有什么意思?"我答:"等你看了就知道。"后来,我爸就买了本纸质书,毋庸置疑,他也爱上了这本小说,我常

[①] 〔法〕米歇尔·福柯:《权力的眼睛——福柯访谈录》,严锋译,上海人民出版社,1997,第104页。

常想,什么时候要是能拍出这本小说的电影就好了,因为我爱这本小说,爱得深沉,也敬佩感谢作者,能把小说写得这么好。

有时候躺在床上,会想橙红到底是个怎样的年代,会有这么多人去追求,仅以我自己的理解,我觉得这本小说引发了大部分人心里那种愤世之感。

感触有点多了,就写这些了。

——一个默默支持你的读者

二 网友:"花子巧克力"

读完这本书我觉得感慨颇多,纵观校长的作品,每个主人公其实无不在表现一种快意恩仇以及洒脱不羁的不被世俗眼光所羁绊的性情。这点让身为读者的我深为感动,其实自己的内心又何尝不是这样子,虽然表面上只是个平庸的人,可我相信每个人的心中都有一个英雄梦,希望做一件惊天地泣鬼神的大事,但是大多数人可能穷尽一生都无法实现。读了这么多年网络小说,我只觉得两位作家的作品真正走入了我的心灵,一个是校长,一个是写《家园》的酒徒,从两人的作品中我深深地发现二位都有着深厚的文化底蕴和对故事框架宏观上的把握。

读完校长的《橙红年代》后又读了《铁器时代》,深深地被校长华丽的文字所吸引,虽然"橙红"并没有"铁器"中那样宏大壮观的场面,但更多的是感动,在书本描述的残酷社会中,"高土坡"这个类似贫民窟的地方却到处充满了温暖的亲情,也正是因为贫穷才让这片净土得以保留,虽然最后不免遇到拆迁的厄运,可至少生活在那里的人得到了应有的补偿,也算是表现出一种对社会的期盼。

不管是快意恩仇的刘子光,还是粗中有细的陈子坤,亦是狂放不羁的刘汉东,从他们的行为中我深深地体会到内心的共鸣,那是一种无法用语言所表达的畅快,也是永远无法体会到的光明磊落,毕竟现实中牵绊我们的因素太多太多。真的很喜欢校长的作品,推荐校长有空可以看看孙皓晖先生写的《大秦帝国》，这部书亦是让鄙人震撼，真心觉得春秋战国时期才是中华文化之巅峰时期，也期待校长能写一部关于战国题材的小说，让鄙人等众多粉丝大饱眼福。

这两则评论既不具有理论性批评在内部逻辑、结构和学理上的规范性，也不具有篇幅和形式上的完整性，与专业的学术批评相比显然篇幅过于短小，结构不够严整，甚至没有立论、论证的过程，但确实有着阅读文本时的真情实感，也不乏闪光之处和真知灼见。前者直抒胸臆表达了阅读之后的激动和对小说的热爱，篇幅不长，措辞简单直白，但写作者阅读小说获得的强烈情感和精神共鸣呼之欲出。后者提到了这部小说的作者和另外一位网络作家，并将这部作品与其他作品做了比较，又对作品中不同的人物做了盘点，但归根结底这位网友要表达的仍是他对作品产生的强烈共鸣以及阅读时的畅快感受和美好体验。这种即兴随感式的批评虽然文笔简陋，缺乏学理，但及时且真实地表达了阅读当下转瞬即逝的珍贵感受。批评的过程既是我们对作品的阐释和介入，也是我们通过讨论体验情感、洞察人性、反思文化和生活、重塑行为和判断的一个过程，而这种即兴随感式的言说正是对上述过程的实践操作和真实记录。

第三节 以个性化表现代替规范化表述

网络文学召唤着众人的参与，通过众人积极主动的参与来获得情感的体验、意义的阐释、身份的认同以及文本的建构，这个参与过程不是通过写作，而是通过阅读与批评来完成的。在主体参与和体验的过程中，批评自然无法再以超然物外的方式展开，亦不能以客观权威的姿态进行价值判断与训导。卷入与体验之后的表达自然是一种自我的张扬，而网络批评空间的虚拟性、匿名性恰恰为这种自我的表达和个性的张扬解除了现实身份带来的约束。这种现实束缚的去除使网友顿时获得了现实中无法拥有的自由感和真实感，从评论的内容到表达的方式都呈现更加本真的状态，完全不像传统批评那样互留情面、讲究分寸，而是开门见山、直指要害，如果喜欢就决不吝惜溢美之词，如果讨厌也绝对不客气，言辞唯恐不够犀利、精辟。摆脱了现实束缚的批评主体以一种"过度的"热情进入网络批评的现场，争先恐后地加入批评行列，由于这个行列里有太多被卷入文本而生发出极高热情的人们，因此批评活动异常热烈，对话的声浪此起彼伏，那些冷静的、板刻的、冗长无趣的表达要么因为太过平淡而无法引起别人的注意，要么因为过于枯燥或复杂而让人无法卒读，最后被在线式对话的速度感、节奏感排除在外，而淹没于网络空间的海量信息之中。在以对话和互动为运作模式的在线式批评中，经由参与获得的存在感、释放感与认同感才是网友们所追求的批评"旨趣"。于是在开放、自由的网络空间中，网友们或反讽、或戏谑、或互黑、或吐槽，嬉笑怒骂、任性乖张，以各种传统批评拒绝使用或无法认同的表达方式来尽情书写自我，张扬个性，并通过这种过度的张扬来摆脱规则的束缚、反抗权威的规训。这既可以看作对传统的文学审美标准和价值判断的摆脱和抵抗，也可以看作对传统的文学评价体系所表征的社会权力意识形态的一种想象性抵抗。批评的核心关切不是文本的形式或者结构，不是作者创作的心理或者背景，而是批评者个人阅读体验和阅读印象的精彩表达，有时甚至不是为了确切地表达某些感受，而仅仅是为了表达而表达。

如 17k 小说网连载小说《传奇在线》评论区的网友"小米芙蓉王"的这句短评——"看了这破玩意儿，除了孔二狗的书别的都看不进去了"①，乍一看像是在批评，其实是在表达对作品的强烈喜爱之情。创世中文网连载小说《择天记》评论区的一位网友更是用一度风靡的"甄嬛体"写了一段搞笑的留言，以一种别致的方式表达了对作品的喜爱之情，顺便催促作者更新："自打我读书以来……就独得玄幻恩宠……你说这书库好书三千，可我偏最爱一本……于是我就劝'老猫'② 更新，你要'每天都更'……可老猫啊，非是不听呢。"③ 同时，在这部作品的评论区另有一位网友以美

---

① 17k 小说网连载小说《传奇在线》评论区，http://comment.17k.com/topic/1540808，最后访问日期：2017 年 6 月 3 日。
② 网友对《择天记》作者"猫腻"的昵称。
③ 创世中文网连载小说《择天记》评论区，http://chuangshi.qq.com/bk/xh/357735-b-3.html?hot=0&p=19，最后访问日期：2017 年 6 月 3 日。

食烹饪为比喻，盛赞作者的文笔："梅菜扣肉做好了就要肥而不腻，入口即化。老猫笔下的情也如此，细腻，适当的意淫，笔力恰到好处，有味道且不过度。"① 这则留言虽然通俗浅白，但轻松活泼且一语中的。高雅的精英书写深邃隽永，但过于复杂严密，大众表达则常常因为表达的浅白而使批评话语与大众之间产生了言说的缝隙，话语与个体的生活经验、情感体验形成了沟通与理解的可能。严肃的说理意味着一种控制的企图，个性化的表达则是一种对控制的拒斥，以及对体验与分享的召唤。

---

① 创世中文网连载小说《择天记》评论区，http://chuangshi.qq.com/bk/xh/357735-b-3.html? hot=0&p=18，最后访问日期：2017 年 6 月 3 日。

第五章

价值尺度的位移与标准权重的重赋

网络媒介对文学空间的重新结构不仅带来了文学批评主体、批判模式以及批评话语的多方面变化，还对印刷时代传统的批评旨趣与价值尺度进行了颠覆。这种颠覆建基于批评主体的扩容与泛化，文学生产、传播、接受、批评模式的变革，以及文学批评甚至整个文学活动导向与重心的转移；形成于众多网友在网络空间中对传统经典文学文本与网络文学文本的自由消费、个性化解读，无距离的浸入式体验和参与，以及主体间的交互品评与生产性批评；表现为价值评判尺度的位移与不同标准要素重要程度的变化，作品价值判断的取向更为多维与多元；突出体现在对神圣意义的祛魅和对世俗生活的认同，对审美批判的逃避和对感官愉悦的追求，对单一判评的消解和对多元价值的体认与表达等多个方面。

第一节 体验表达重于审美批判

从文本批评到接受批评。传统的学院批评是一种文本批评，关心的是文本表征的意识形态、反映的社会问题，以及相应的审美反思与社会批判，并根据作者在上述尺度上所达到的程度去评判作品的价值。其中往往涵盖了道德的、伦理的、符号的、历史文化的、形式的、经济的等影响文学表达的诸多因素，但传统批评的重心在文本的生产方面。与传统的理论批评不同，网友批评的重点是在文本的接受和使用上，如果说传统的批评关注的是文本是什么、写什么以及怎么写，那么网友批评关注的则是文本里有什么、可以拿来做什么、带来了怎样的体验，文学批评成为一种体验再生产和个性化表达的过程。网络媒介提供了一种更加灵活开放的文学传播媒介，为作为文学接受者的大众提供了一个更加开放且合用的解读文本、生产文学意义、表达阅读体验的空间。于是，网友们在这个空间中选取那些看起来符合自己阅读期待的文本类型进行阅读，文本的阅读是否满足了之前的阅读期待、文本内容带来了何种阅读体验、对文本中影响阅读体验或者尚未创造出自己所期待阅读体验的部分要如何调整等成为网友批评的主要内容。可以说网友批评的大部分内容都是围绕接受体验如何、就某一接受体验与其他网友展开交流（以此制造更大的、更美好的阅读体验）、就文本的下一步写作应如何更有效地制造美好的阅读体验来展开的。这里，批评的重心已经从文本如何建构意义或反思问题转移到文本如何制造体验，接受者的体验表达重于创作者的审美批判。

从保持一定距离的理性外观到沉浸其中的感性体验。不同于学院派专家保持距离感的批判性审美，网友的批评是在努力消解这种审美的距离，包括批评主体与文本的距离，文本内容与读者生活的距离。如果说传统批评是要在文学作品中那些具有生活指涉的符码中辨识并抽取出具有普遍性的意义和价值，那么网友的批评则是要从虚构的故事中找到其与现实生活特殊的相关性。因为只有具备了这种能够消解距离的日常关联性，批评的主体才能够借由这些要素实现文本的参与和体验，并在带入的过程中通过快乐的体验而实现娱乐这一功利的批评目标。网络的交互性和开放性为批评距离的消除、文本的参与和体验创造了可能，作为网络批评主体的网友们通过文本的"盗用"及个性化意义的生产等参与过程来获得批评的愉悦，但这些过程不能凭空发生，可资"盗用"与生产的文本是基础性条件，因而文本所蕴含的这种可供建立联系的符号以及可供个性化阐释的意义空间就成了网友们追求和捕捉的有价值的要素。网友"跪一人为师"的书评《有时候我需要休息，有时候我需要想想人生》正体现了网络批评的这种价值取向：

有时候我需要休息，有时候我需要想想人生。

你问我喜不喜欢看《斗破苍穹》之类开了金手指的书，那我一定是喜欢的。就好像我在日夜颠倒的工作中，有时候发呆的片段里，幻想一下也许我会变成我想象的人，或者成功到我不敢想象的人。自己让自己开心一下，道德之内，情感需要。可以抽离，又不妨碍别人。

有时候我需要休息，就不眠不休地看诸如《斗破苍穹》这样的爽文，不费脑子。因为我有的时候要躲起来，无法面对挫败的人生。看玄幻世界里别人的人生巅峰，没有压迫，却好像自己也成功了一样。谎言是轻松美丽的，有时候有疗伤的作用，只要你不沉迷。否则，过犹不及，宛如染上毒瘾。

有时候我要面对社会让我反思的经验，我要想想我的人生。我就不能看爽文，看《斗破苍穹》之类的书，因为不能一直活在欺骗里面。不敢去看的许多书，经济学的，历史的，严肃的，费劲冗长，却要慢慢下咽，等身体适应了，就会体会到健康的好处。温养血脉。

一个是炸鸡或奶油蛋糕，一个是五谷杂粮。都有自己的文化圈子和说法，都可以吃，不问道德的。文学有疗伤的作用，一如美食，脉脉温情。都看一看，吃一吃，不能总是活在一种状态里，太紧张或太放松都会出问题。

民族有时候也是这样，日本太拘谨，一到战乱时期，就会灭绝人性。意大利太放松，连战前都要好好煮一顿面条，以至于失败。人生也是如此，一张一弛。

人生是自己过的，冷暖自知。总归文学，无论网文还是经典，给我们的价值观是符合我们的、引导我们的、向上的，就是好的。

能写的、有技巧的，自然最好。不好自然会被慢慢淘汰，好的会慢慢流传，不要太担心。[①]

从追求审美批判到寻求功利性的"使用价值"。对文学价值的判断历来

---

① 网友"跪一人为师"：《有时候我需要休息，有时候我需要想想人生》，豆瓣网，https:// book.douban.com/review/8415458，最后访问日期：2017 年 6 月 9 日。

存在社会批判和个人认同、审美超越与感受体验的不同维度。社会与个人、审美与功利，不同维度的价值尺度既有其一致性也有其差异性，文学批评的价值判断能够实现社会与个人尺度的统一、审美与功利尺度的融合当然是最理想的状态，但大多不能达到这种完美的统一，往往是偏重某些尺度的协调与平衡。传统的现代批评理论相对而言更倾向于个人尺度对社会尺度的服从，功利价值向审美价值的统一，而网络时代的批评实践渐渐转向个人尺度的突出和功利价值的彰显。网友在具体的批评实践中判断文本好坏时当然也会考虑到社会认同和审美批判性，但个人的价值尺度和现实生活中的功能性尺度还是占了上风。他们往往通过文本中那些与现实世界具有相似性的场景、人物与情节，辨识出文本供建立联系的资源，因为缺少与生活世界相似或相关性的文本无法使批评和接受主体获得"代入感"，没有代入感也就无法参与和体验。具备了众多联结因素的"爽文"就像是一个物资丰富的便利店，既经济便捷、容易进入，又提供了众多得心应手的"好物"。进入这样一个自由便利的空间，网友们可以根据文本与自己生活世界的不同接入点而获得不同的带入视角，然后从文本中"盗用""物资"来建构自己的意义，从而暂时逃避现实的"规训"，获得身心的愉悦。当然，从网友的评论中也可以看出，这种通过文学接受和批评建立起来的个人意义空间更多的是对现实意义的暂时性逃避或虚拟化反抗，更多的是通过批评在网络空间中形成一种意义的共同体，从而获得认同、安全感与归属感，而不会与现实意义混淆或构成一种革命性的反抗力量，毕竟对现实意义的遵循可以通过社会机制的运行得到现实的反馈。但是这种为了愉悦权且利用的批评取向使读者获得了一种文学选择和意义生成上的自主性，通过这种权且利用的策略，网友可以规避文本中那些他们所不愿接受的意识形态或者规训话语，并且获得了生成自身意义的可能。因为如果没有文本作为"场景"提供人物形象、内容架构、故事语境等要素，批评主体自然无法凭空阐释和建构意义，网络中的一部分网友批评正是通过对作品的拼贴、重写等方式来表达自己对作品的理解和感悟。登录文学网站可以看到，无论是传统的文学经典还是当红的网络小说，都能从中找到一些同人作品。比如在网上搜索经典名著《红楼梦》，能够看到上百篇以《红楼梦》

主要人物、故事背景为基础展开的同人文写作，如《红楼女人奋斗记》《红楼之圆满结局》《红楼之林氏长兄》等，或是赋予《红楼梦》原著中某位角色以现代人视角来重新展开人物行动，或是改写故事走向，或是另行创造原著中没有的角色补写新的故事。总之，通过借用或撷取《红楼梦》文本中的意义符号与自己的生活体验建立联系，并从个人对《红楼梦》文本的解读和评判出发，对自己希望出现但文本中没有写出的内容进行补充或另行创作。这种主动的意义填充及创作既是对原著的认可与赞赏，也是对批评观点的表达，而这种表达很少涉及经济或学术认同等方面的目的，主要是为了获得参与和表达的快乐，因为在自己的批评文本中，与自己产生意义联结的符号（某个人物名字、某段情节或某个标志性场所、道具等）可以按照自己的意愿行动、发展或呈现，这种精神上的满足必然带来强烈的愉悦感。

第二节 草根崛起与神圣祛魅

草根文化与精英文化看似不可逾越的界限，在网络批评中逐渐被消解，网络主体带着大众趣味及大众表达方式进入文学批评，使网络批评成为网民们的重要表达方式。印刷时代的文化是推崇个人主义的文化，因为其文化逻辑是个人如果能够按照科学、理性的规则去展开行动，那么最终可以实现这种理性的社会框架所赋予的成功的结果。在工业社会程式化、工具化的理性运作模式中，付诸理性的行为意味着一种期待中的结果的可预见性。遵循着理性的逻辑、分析的视角，文学鉴赏以及批评活动开始从日常的文学生活中脱离出来，成为一项专门的工作，而随着这门专业的发展，文学批评不仅在实践中形成了一个专门化的理论体系，还通过专门的术语、规则的建立实现了与哲学、社会学等学科的分离，成为一种可以对日常的文学活动进行立法和规约的理性化活动。通过这一理性化活动，文学及其批评对平庸、琐碎的平民文化展开了指导和矫正。在这个"教化"和"殖民"的过程中，批评为文学确立了一种赞美英雄、倡导牺牲、追求高雅、鄙弃世俗的旨趣，批评家成为握有评判大权的神圣权威。电子媒介（包括电视、计算机）的出现以及社会生产向消费主导模式的转变，使印刷时代确立的这种专业化的神圣与权威受到了挑战，一种反对专业、分割和对立的文化风潮开始出现，这种文化主张重新确认世俗生活的意义，认为在整体融合的日常生活空间中更富有人性色彩的想象、直觉世界，与严于形式、逻辑的理性世界共同存在并交融生成了一个"至尊世界"。因而世俗的、平民的、琐碎的日常生活可能更富有智慧和意义，大众文化的文学趣味开始颠覆传统的神圣与权威。计算机网络的光速传播以及广泛联结为批评旨趣的变迁与转换带来了巨大的能量，随着网络技术带来的文化全球化与流动性，印刷时代的分工、等级与社会控制框架已失去吸附力，旧有的权力中心以及作为其文化表征的英雄与神圣也失去了普通民众的信任，流动的新权力者开始重新运作和生成文化样态，这将是一个复杂且无法做理性推演的过程，其结果无从而知，但在文学接受和批评活动中，这一过程是以民间、日常趣味对神圣高雅旨趣的颠覆开始的。这种颠覆可以概括为四个方面。

对神圣的文学表现的祛魅。与现代理性相对应，现代社会形成了一套严密的社会管理体制和身份等级制度。在现代制度中拥有较高身份的成功者曾因其身份及成就而获得了超越普通民众和日常生活的神圣形象，并因此获得了令普通民众追随、膜拜的优越感。这种基于信息单向流动而建立起来的神圣权威与理性膜拜，随着网络时代的信息自由、交互传播及由此带来的个体（包括原来的管理阶层）透明而失去了存在的根基，那些原来居于高位并透过"全景监狱"对普通劳动大众进行单向监视的管理者现在也暴露在网络的全景式监控中。神圣的表演者失去了后台而置身于舞台的中央，其宣称的真理、判断的优劣、实施的行为等所有的表演都被置于舞台之上，接受来自网络各处的或隐或显的网络大众的注视。如果这些因等级身份获得表演权力的"贵族"意图假扮高尚、充当权威则必将遭到网络草根的强烈反抗与无情拆穿，比如"梨花体"事件、"羊羔体"事件。网络以精神在场的方式将社会诸阶层纳入文学批评的空间中来，在等级逻辑下被压制、被否定的普通个体得以在文学的选择与判断上抵抗这种等级差异。网络空间中的草根网友们往往无法从那些戴着光环的单面向形象中获得真实感和认同感，更厌恶那些假扮崇高的表演式文学。此种行为往往遭到网友的恶搞式批评、围观式批评，因为网络技术带来的信息透明很容易使伪装与表演轻易拆解，而草根群体的网络聚集往往形成数量权威。草根群体不具有文化和身份的优越感，也不推崇和追求这种优越感，而是致力于对假扮神圣的表演的祛魅。

英雄形象的人格化。网络批评中不是没有英雄，只是英雄的形象变了，网络文学中受到网友热捧和好评的也有很多英雄形象，只不过他们不再是那些独立于人伦现实的不可接近的贵族形象，而被要求具有作为人的内在品质和世俗联系，要有作为人的整体性和丰富性，以及不同面向的特征与关系。比如2000年榕树下"原创文学大奖赛最佳人气大奖"获奖作品——网络人气小说《悟空传》，这是一部戏仿文学经典《西游记》的作品，在作者"今何在"的笔下，不仅如来佛祖与徒弟打赌会输，就连孙悟空这个具有反叛精神的英雄也不乏世俗、琐碎的阴暗面……这部小说之所以能够得到众多网友的热捧并被出版，正是因为这种神圣的祛魅以及由此呈现的英雄悲凉与宿命感契合了这个时代草根阶层的价值取向与人生感受，众多网友也表达了对这种反抗精神和悲剧的共鸣，如豆瓣网友"塞外烟"的评论：

> 小的时候动画片还很少，央视的《西游记》完全是当作一部欢乐的儿童片来看，喜欢孙悟空的七十二变，惊叹三个徒弟的降妖除魔。那会儿唯一的遗憾就是从来没有看过第一集，孙悟空从石头里蹦出来的场景。后来有了网络可以随便点看，却也没有刻意点开第一集以偿多年的心愿。
>
> 《西游记》动画片播放的时候，每天6点准时打开央视的大风车。动画片给我留下的最深的印象是片头、片尾两首歌曲，直到现在还能哼唱出来。
>
> 十多岁的时候认字多了，拿着一本厚厚的《西游记》原著来读，带着没有什么起伏的思绪，囫囵吞枣、磕磕碰碰地读完。书里的故事虽然详细，但是远没有影视呈现出来的生动形象。
>
> 第一次接触《大话西游》是在寒假，我和哥哥在电影频道看到，

懵懂地看了一遍，此后又不知看了多少遍。《大话西游》带来的更多是无厘头的欢乐以及无数经典的对话，《西游记》本身的故事却被体现得很少。

以上是三十多年的时间里接触的关于《西游记》的故事。《西游记》就是讲一个师傅带领三个徒弟往西天取经的故事，历经九九八十一难修得正果，再深一点的含义就是体现了当时人们不屈不挠勇于反抗压迫的精神。至于《西游记》里师徒四个的形象，也是千篇一律的理解。唐僧愚昧啰唆、孙悟空本领高、猪八戒好色懒惰、沙僧老实勤恳。

直到读了这本《悟空传》，作者今何在以其惊人的想象力，赋予师徒四人完全不一样的角色和故事，读过之后隐隐惊叹，原来细究唐僧四人，他们有着如此复杂的故事过往，可以引申出如此多面的思考。孙悟空宁死不服输、猪八戒有一位相恋几十万年的恋人、沙僧胆小。每一个呈现出来的角色都有诱发其存在的原因，万事皆有因果。《悟空传》里的人物起源于《西游记》，但更为丰盈，营造出一个全新的西游世界。

天庭上那些高高在上的神，自认为世间一切唯我独尊，其他万物生灵都是卑贱的存在为神服务。在蟠桃大会上，王母轻描淡写地处置一个婢女、观音厌恶地说脏的时候，那些所谓的神佛世界是那样的可笑，就连西方的佛祖也没有万物皆有好生之德的胸襟，心胸狭隘到不能容下金蝉子和孙悟空的存在。唐僧师徒四人、紫霞、阿月等人，很小很小的一个团体，他们才是天地间最真实的存在，懂爱有慈悲心，天地那么大，他们是正常的异类，与所有的神佛对抗。

在《悟空传》里，他们的目的地并不是西方，五百年前大闹天宫的孙悟空、遥望星河思念爱人的猪八戒、终日惶恐的沙僧，他们寻求的解脱、寻找的自由在于内心，到达西方并不能求得救赎，相反那里是一切骗局的开始。救赎解脱永远不在他人那里，而在于自身。

《悟空传》为你呈现了一次另类的西游、一群全新的西游人物。[①]

[①] 豆瓣网，https：//book.douban.com/review/7987946，最后访问日期：2017年6月7日。

这篇评论很有代表性，很多同时代的网友也都有类似的阅读经验，从这位网友对《西游记》《大话西游》《悟空传》的对比，以及对《悟空传》主要人物的评价中可以感受到，网友们对小说中佛祖、悟空等经典形象的颠覆高度认同，对反抗意志的强烈共鸣，以及对终极意义的怀疑。

对民间叙事与世俗趣味的认同与追求。在打破等级区隔、颠覆英雄审美、质疑现代理性的同时，网络批评以群体的热情和草根的智慧对与自身有着极大相关性的生活困境、人性世情以及青春岁月等给予了强烈关注，并在都市职场、历史军事、玄幻奇幻、武侠修仙、校园青春等丰富多样的网络文学类型中穿梭往来，采撷品评，或沉浸在愉悦的带入感中，或在批评的交流与互动中寻找对日常生活的共鸣与认同。如果说对英雄审美的颠覆是通过对英雄的人格化、世俗化来实现的，那么对草根旨趣的认同则表现为对日常生活和世俗人物的英雄化，就像豆瓣网友"烟鬼往生"在都市类小说《橙红年代》的评论中所说的："如果将橙红分解拆开，如果刘子光是很多个人……读完后，想到了父母亲人朋友的……想到了那些退伍兵叔叔阿姨平淡的眼神；想到了蒙叔的汽车修理场和对修车的描绘；想到了一零八的欺凌和施舍的砖头块儿子；想到……"透过这部展现都市草根奋斗史的"男性童话"，网友们看到了自己熟悉的日常生活，在小说的主人公"刘子光"身上，不同的读者都看到了自己的影子，大家不再喜欢那些不食人间烟火的"高大全"人物，而是转身寻找窘迫日常中的奋斗者或日常生活中的"小确幸"[①]。又如网友"oliv♩射手座☆午後九時"对校园小说《此间的少年》的评论："想当年我在学人书店一口气读完这本书的时候，深深为作者的才气所倾倒，不由感叹——大学时代永恒的恋人、朋友、同学、老师们——我们再也回不去了，我们的青春，多么美好的青春，似水般流走了。"[②] 这里没有家国大业，也没有宏大叙事，只有对青春年华、同学友谊、美好恋情的留恋与缅怀，以及对与青春一同逝去的热血与率真的伤感。凡此种种，都是一种平凡的、日常的普通人的伦理在主宰着网络批评的价值取向，网友们的批评通过这些肯定日常、追求凡俗的评价观照着

[①] 指微小而确实的幸福，出自村上春树的随笔。
[②] 豆瓣网，https://www.douban.com/people/missmissmoon/，最后访问日期：2017年6月7日。

自己以及其他人的精神世界，并紧握这个时代的脉搏，以具有实践性、关联性的生活旨趣来追求自己的真实与自由。

对女性伦理的运作与对少数群体的容纳。传统的价值取向常常倾向于赞美男性化的严肃果敢、坚强有力、理性克制等气质，并且强调对权力地位的追求、对集体大义的成就与付出等。而网络时代的价值天平开始扭转这种价值偏向，开始对女性气质、女性审美给予更多的关注，女性气质的价值取向更多指向关系的建立、交往的开展、对亲密感的营造以及自我的沉迷等。尽管女性气质的价值取向相比强调牺牲和理性的男性气质的价值取向显得不那么高尚，但它更有利于构建一种交互关系与情感认同，更有助于实现自我的愉悦。在网络批评空间中，以前难登大雅之堂的言情小说、纯爱文学乃至耽美文学都被收纳进来并获得了部分接受群体的认同及喜爱。另外，职场、穿越、玄幻等非女性文学也越来越多地呈现对女性化价值取向的表征，这种表征其实是对网络批评中女性化价值取向的反馈与折射。例如，网友"Robin"评论2007年风靡一时的职场小说《杜拉拉升职记》的文章《不仅仅是升职》，一针见血地指出了这部小说与以往的男性价值导向的职场小说的不同之处，在紧张激烈的办公室斗争描写之余，作者还为主人公编织了一段跌宕起伏的爱情故事，而这正满足了众多女性网友的阅读期待：

不仅仅是升职

我花了几天的闲暇时间在手机上看完了《杜拉拉升职记》，这是一本很有意思又不失机智的畅销书，所以我几乎是马不停蹄地看完。

其实这段故事不只与办公室政治有关，取这个书名据说是为了扩大读者群，好让那些已经不再年轻的职场人士也买来看。其实书中还有一条重要线索是杜拉拉与王伟的爱情（生存与繁衍是两个永恒的话题）。职场那条线索有《围城》式的戏谑调侃，而爱情这条线索则真挚感人。在小说的最后，随着既是情敌也是同事的黛西的折腾，两条线索交会了，王伟奋然离职，与拉拉断了联系，而拉拉的和蔼老上司李斯特终于等来退休，远离了人事风云。小说在这时也迎来了成人童话般的结尾，拉拉在一年之后的飞机上又神奇般地遇到了王伟的表弟，并终于和王伟重逢在深秋时分的东长安街，梧桐叶飘落，正是北京最美的季节。①（因原文篇幅较长，引用中有删节）

这段评论让我们看到了职场小说中的情感面向，而火遍网络并被改编成影视剧的《后宫甄嬛传》则直接呼应了网友的女性价值取向，豆瓣网友"漠然"的一篇长评正是这种价值取向和审美情趣的体现：

> 不过是情
> 花了一个晚上的时间看完了《甄嬛传7》，倒也不算是匆忙，记得年初看第6部的时候也是在网上挂了一晚。只是第5部到现在拖了恁久，久到虽然没有忘记故事里的感情，却总有一种模模糊糊的感觉。
> 其实小莫接触流潋紫的时间不算很长，最早是在某张铺在桌上的报纸的角落里看到了那么一条豆腐块新闻，说的是流潋紫、南派三叔等要在某处签售。那时初次听说所谓的"男盗墓女后宫"，那时小莫才接触穿越文不久，还没有看过多少后宫文，就那样懵懵懂懂地读了《玉箜秋——雪魄帝姬传》。
> 再后来，忘记了什么时候，就读起了《甄嬛传》。紫写完第5部的时候，我也读完了。
> 所以说，这或许是小莫读过的第一本后宫文。小莫读过的后宫文不少，却鲜有记得住的，有的连名字都已被抛诸脑后。而《甄嬛传》就那样牢牢地存于记忆中，不用费心去想，它就在那里。毫无疑问，若论后宫文，当首推《甄嬛传》。
> 紫的抄袭事件闹得沸沸扬扬，小莫不曾关心过，所以也不能说什么。至少小莫自己是驾驭不了那么长的一个故事，那样的文笔，那样的情节，那样的深情，即使是抄，水平也很高啊。再说，哪个女生不曾接触过宫斗题材的文学作品？中国小说发展到现在，各种情节应有

---

① 网友"Robin"：《不仅仅是升职》，豆瓣网，https://book.douban.com/review/2256697，最后访问日期：2017年6月7日。

尽有，可是多年前的故事被改编以后不是依然广受喜爱吗？更重要的是，小说中的爱情，多能体现作者的态度。每个女生都爱做梦，小说多多少少会反映出她们的梦想（显然，某纸并不在此列）。紫笔下的爱情，不是什么刻意扭曲的产物，普普通通而已，却足以打动人。

就像紫自己所说的，不过是情。

这个故事，从开始便注定是悲剧。然而它不似沧月的听雪楼系列那般绝望固执，至少，小莫是奢望着嬛儿和清可以远走高飞长相厮守的。然而，这不是穿越，不是毫无基础的架空，玄凌只是个普通的帝王，他不可能放弃甄嬛。唯一的一次机会，又在那样的阴差阳错中逝去。清终，都没有听到嬛儿亲口说出三个孩子的身世。[①]

……（因原文篇幅较长，引用中有删节）

网络批评对女性化价值取向的认可与张扬使言情小说、后宫穿越小说等非主流文学在网络空间得到了认同，其中一些优秀作品通过实体书出版、影视剧改编等进入大众的视野甚至成为现象级的文学作品，又反过来推动了文学批评中这种女性旨趣和生活视角的合法化。从近年来网络批评的走势看，网络大众并不否定神圣与崇高。总体而言，他们是中国文化的承传与实践主体，他们否定的是那些虚伪的神圣与崇高，因此，本文用"祛魅"这个西方现代主义的术语来表达这种去神圣化的网络批评倾向。

第三节　多元杂陈消解单一判评

传统文学批评的单一判评具有刻板划一的功能，这种功能导致了各种文学活动的模式化与僵化。基于媒介渠道的垄断性和文学传播的单向性，以及社会运作的专门化，作为一种模式化的文学审美取向和价值判评具有单一性和垄断性的特征。对文学性的追求和对社会权力阶层所提倡的主流价值的"言传"成为精英批评关注的重点，这种对文学本质的追求和对模

[①] 网友"漠然"：《不过是情》，豆瓣网，https://book.douban.com/subject/2004407/reviews，最后访问日期：2017年6月7日。

式化价值的皈依必然导致审美追求和价值标准的单一性。在精英批评家看来，大众趣味是对文学神圣性的亵渎，精英旨趣和价值才是具有真理性的标准，应为所有的文学受众（包括大众读者）所遵循。在印刷媒介时代相对固定的社会群体结构和单向度的文化传播模式中，这种精英型的批评标准确实占据了文学观念的主导地位，并经由文学教育形成了对大众读者的观念灌注。但是电子媒介尤其是网络媒介带来的新的感知模式改变了文学场域中作者、文本、传统批评家、新的批评主体之间的位置和关系，改变了文学生产、传播、接受和批评的运作模式，也改变了整个社会文化空间的结构和特征。文学批评的视角由创作转向网络接受，意义生成的关键由文本自身的内容质态转向文本与读者生活世界之联结的建立，批评旨趣和价值全部由这个联结生发。网络连接的多维度、网络时代社会结构的流动性以及网络空间的包容性都使这种联结的建立充满了不确定和非单一性。那么基于联结展开的文学体验与意义生产也必然具有了多种可能。

　　网络时代的社会从物质世界到文化空间都具有流动性，建立联结的可能呈几何倍数增长，同时联结解体的成本几乎为零，联结的建立极具临时性与特殊性，文学符号与人们生活世界的联结的建立总是处于特定的语境或场景之中，是特定时空的产物。基于这种联结而产生的意义和做出的判断必然是相对的和有前提的，它的真理性和有效性也都是相对的、有限的，如此就无法判定哪一种意义或价值是具有普遍性的。读者视角的批评是一种关联于文学外部场的批评，而社会生活的规则与内容总是不断变化的，联结的建立是在不确定的社会场景中发生的，如此生成的意义与价值也就无法从文本的角度去预知。如果说印刷时代是"一千个读者心目中有一千个哈姆雷特"，那么网络时代则是"一千个网友心中可能有一千个他们的主角"，并且对其心中不同的主角会有一万种解读。在网上搜索关于《红楼梦》的书评，网友们关注的人物从宝钗到妙玉、晴雯、鸳鸯，再到邢岫烟、云儿、北静王……从大观园里的公子小姐到不起眼的丫鬟仆人，都有人去关注、发掘、解读，解读的角度更是五花八门，如网友"慕容小燕子"的《关于被开除的晴雯的一些话》以现代都市职场的场景带入，对小说中晴雯的言行展开分析，总结出"居其职，就该尽其事""搞清你的上司是谁"

"女孩子不能不温柔善良""不能不知道自己是谁"① 等导致晴雯惨死的原因,这篇分析晴雯性格命运的评论实则是写给现代女性的职场指南。这篇评论与传统的《红楼梦》批评的主题和内容相去甚远,但这是网友从《红楼梦》丰富的文学资源中捕捉到晴雯这个人物符号与自身生活世界的相关性而建立联结后生成的意义阐释,评论如下:

> 关于被开除的晴雯的一些话
> 我又想到了晴雯。这个美丽、聪明的女孩子,最后被撵出去,惨死在肮脏的亲戚家。关于她的被开除,我觉得其中有许多值得自己警觉的东西,也想把想到的告诉我的女朋友们,故写了下面的话。
> 第一,居其职,就该尽其事。不能懒惰,要勤勤恳恳做事。既然是当丫鬟,领那一份薪水,就要做事情,不能做富贵闲人。
> 晴雯在怡红院的地位非常特殊。前有袭人做宝玉的贴身事,后有麝月等做细致活,最后是大堆的小丫头可使唤来做粗活;晴雯是没什么事情做的。且看袭人因她母亲病危回家去的那一回。
> ……
> 第二,搞清楚你的上司是谁。发薪水的人才是你真正的上司。
> 晴雯一直搞不清楚自己的上司是王夫人。她以为老太太和宝玉喜欢她,她就能够长长久久了。大错特错也。老太太和宝玉是喜欢性子骄傲点的、聪明的、漂亮的女孩子,但是更年期的王夫人最看不上的就是这样的。晴雯不知道稍微隐藏一下自己的本色,一味地把漂亮、聪明伶俐和刻薄展露在王夫人的眼睛和耳朵里。
> 第三,女孩子不能不善良温柔。对下属不能太严厉,人际关系不能不搞好。且看她怎么对小红:
> 晴雯一见了小红,便说道:"你只是疯罢!院子里花儿也不浇,雀儿也不喂,茶炉子也不弄,就在外头逛。"
> ……

---

① 网友"慕容小燕子":《关于被开除的晴雯的一些话》,豆瓣网,https://book.douban.com/review/1238633,最后访问日期:2017 年 7 月 10 日。

小红道："你们再问问我逛了没有。二奶奶使唤我说话取东西的。"说着将荷包举给他们看，方没言语了，大家分路走开。

晴雯冷笑道："怪道呢！原来爬上高枝儿去了，把我们不放在眼里。不知说了一句话半句话，名儿姓儿知道了不曾呢，就把他兴的这样！这一遭半遭儿的算不得什么，过了后儿还得听呵！有本事从今儿出了这园子，长长远远的在高枝儿上才算得。"一面说着去了。

……

晴雯是个凶狠的小姑娘。这样一来，就不知不觉地得罪了许多人。树敌太多，她还不自觉。背后不知道有多少人在说她坏话呢！后来终于传到当权者耳朵里去了，使得她给当权者的印象非常坏。

第四，不能不知道自己是谁。即使别人再宠你，你也不能没有忧患意识。别人越是抬举你，你越是要小心。首先，宠爱有时是害，因为宠爱会让你娇惯，失去竞争意识；其次，你被上面抬举，下面就有人妒忌你，要千方百计地把你拱下来，不能不小心。

晴雯仗着宝玉喜欢她，自己又是老太太看重的丫头，就不知道天高地厚了。……足见袭人比晴雯有分寸得多得多。

第五，不能太单纯。晴雯说话呛人，有时倒不是她真的比旁人恶毒，而是她太单纯了，没心机，喜欢乱说话。

比如她讽刺小红攀高枝那一回，她没深想想她那话中无意间也得罪了凤姐。日后小红偏偏就成了凤姐面前的红人了……

第六，不能蛮干。大家都知道袭人之所以不招红迷待见，就是因为她奴性太重了。跟着老太太的时候，就一心想着老太太；老太太把她送给宝玉后，她眼里心里就只有一个宝玉。而晴雯和她相反，她是一个具有反抗意识的女孩子，她不甘为奴，也从来不把自己当奴隶来看。照我来看，袭人也不喜欢当奴才，只是她们二人对命运的反抗方式不同。袭人是比较理性的一个人，她考虑到现实的基础，勤勤恳恳地一步一个脚印地往上爬。晴雯却只知道一味蛮干，精神上反抗着，行动上却没有进步，现状一点都得不到改善，反而使自己的境况越来越糟糕。逆水行舟，不进则退啊。从这一点可以得出：不能做愤怒青年，要顺应着，最终使自己从愤怒的泥潭中真正走出来。

  关于晴雯的例子，不胜枚举。从很多细小之处，我已经可以看出她命运的可悲。最后，我要用自己送给朱纯洁的一句话来结束这篇文章：态度决定一切，细节决定成败。[①]（因原文篇幅较长，引用时有删节）

  网络时代的文学批评常常是一种相对的、附有前提的判断，似乎很难有一条标准能够让所有网友信服，而只能说"在我看来，……更有趣"或者"从这个角度出发……更有道理"。网络时代文学批评的侧重点已经从文学的特质转向了功用，功用的发挥取决于文本与更加复杂的文学语境和更加多样化的批评群体之间的联结与互动，而每一次联结与互动都是特殊的和个体化的，因为它只发生在某一时空与关系的构成中，很难有一种确定的、封闭的标准能够普遍适用于个别的、暂时的、多向度的批评活动。

[①] 网友"慕容小燕子":《关于被开除的晴雯的一些话》，豆瓣网，https:∥book.douban.com/review/1238633，最后访问日期：2017 年 7 月 10 日。

中 篇
困 境

第一章
海量的敞开文本挑战传统批评的文本中心模式

　　网络批评一方面导致文学文本对众多批评者充分敞开，使人人可以进入，可以各取所需，可以信马由缰地自我阐发。另一方面，网络上的海量批评，又是无所规范、无所限制、无所统一、无所收拢的错杂批评话语。这样的批评将怎样作用于文学？将怎样在海量主体与海量文本中发挥批评的作用？抑或说，它如此推展开去，将使文学何为？批评何为？文化何为？社会生活何为？当前，网络批评正处于活跃期，有说服力的结论难以得出，但对其展开共时性的动态研究，乃是理论研究的责任。

　　对作品全面、准确的把握是专家批评的基本前提，而对作品的精准把握源于对文本的全然已知，有的批评家长期钻研、揣摩对象文本，以致对文本倒背如流。正是经过了反复研读、长期浸染的过程，批评才能对作品做出深刻精辟的解读，并成为某一批评对象或批评领域的权威。但是这种传统的批评模式在网络时代尤其是对网络作品的批评中，其实践的起点遭遇了挑战，批评者对文本不再全然可知。这种对象的不可知首先缘于网络时代文学边界的模糊化，BBS中那些言语片段究竟是闲聊还是小说？逗人一乐但文思灵巧的段子是玩笑还是文学？博客中那些言辞瑰丽、情感丰富的网络日志是散文还是个人的生活记录？文体的疆界不再清晰。更让批评家眩目的是超链接文本中那种有着无限可能、可以随机变化的意指流动，文本没有贯穿始终的主线以及唯一的结局，甚至连表意的符号都不仅仅限于文字,文字、图片、音频、视频交相混杂,连文本本身都没有了统一的、确定的意义表达,批评家又如何给出确定的某一种判断呢?即便是网络空间中最为传统的文本形式"网络连载小说"也因为有了计算机网络技术的加持而变得令人难以把握,一个网站每天几千部新作品上架,更有"大神"级写手日更8000字,在7年多时间里不间断地更新。网络文学文本的数目之繁多、篇幅之庞大,让批评家难以像对传统纸质文本那样了若指掌。网络时代文本的海量与敞开使批评的基础——文本的全然可知受到了挑战,没有了对作品全方位的审视过程,批评家很难再以权威的口吻为网络文本的创作与解读立法。

第一节 "屏读"模式模糊文学边界,批评对象不再明确

传统的专业批评强调对批评对象的本质、价值、意义等进行本体论追问,这种追问与探究离不开对批评对象构成特征、概念范畴的基本划分与框定。比如从表达的角度看,文学以美和感人的述说为准,以文字为其符号载体;从文体的角度看,文学主要以诗歌、小说、散文、戏剧、寓言之类体裁为主,而往往将生活日志、闲谈对话之类视为非文学;从文学主体的角度看,文学有明确的创作主体、接受主体之分,两者在文学实践中有明确的身份区别,因而读—写关系是确定的。当网络对生活的构入使"屏读"开始取代"纸读"成为文学阅读的主要方式后,随着文学传播介质的改变,构成文学概念的一些形态特征、关系范畴也开始变化,传统批评中与文学范畴相关的一些相对明确的界限日益模糊。屏幕的入侵使文学的表达符号不再拘泥于白纸黑字,而是扩展到文字、图片、声音、视频等多种符码的综合运用。屏幕的普及激发了人们空前的写作热情,生活中的突发事件经过简单的编辑变成了推特或者微信上的消息,偶然发现的美景变成了朋友圈的图片,印象式的想法或者突然出现的感触都可以在屏幕上被"写作"和"读取"。微博文章、短信段子、评论、改写、谈话记录……很多不在传统文学体裁之列却又带着文学意趣的文本样态出现。屏幕的互动使创作与接受不再限于单向过程,接受者的意见可以直接见诸创作。网络

屏读使文学的形态更加丰富多样、变化多端，传统理论批评中的批评"对象"变得不易辨认。创作与接受界限的模糊使文学主体具有了多重身份，并且可以自由转换，批评角度和立场的多变将导致价值标准的多维复杂。传统理论批评主客二元的批评视角和研究模式在界限的模糊中陷入混乱与失效，批评的对象变得不再明确。

首先，是文学符号边界的模糊。多种媒介符号的熔于一炉是网络媒介的一大特征和优势，在网络空间中无论是传统文学中的文字、音乐作品的各种音色及音符、绘画作品中的线条与色彩，还是摄影作品中的光影，都通通转换为比特这一电子符码来进行传播，并在屏幕这一显示终端由比特转换为文字、声音、线条、色彩以及影像等表意符号。计算机网络作为一个统一的载体为不同艺术形式的生产、传播、呈现提供了同一平台，更为不同的表达形式提供了转换与通译的技术基础，这种平台与符码的共享能够使不同艺术形式打破边界，按照创作的主题与表达的需要自由组合、协同混搭，生发出很多新的表达方式与作品样貌。就微观处而言，如网络小说这一文类，且不论包括多媒体链接的超文本小说，单就以文字为主要表达符号的常规型小说来看，文本的文字符号中也常出现各种变形和混用。常见的"火星文"并不是字面所示的"火星人使用的文字"，但跟我们使用的正规汉字相比还是有很多不同，"火星文"发端于台湾网络，最初是台湾地区的中小学生群体为了躲避家长的监督而用于网络私密对话的，后来随着网络游戏及 MSN、BBS 等社交工具的兴起而在网络中蹿红，并形成了专有的输入法。"火星文"没有严格的造字及使用规范，多是繁体字、标号等经由谐音、缩略等方式被网友创造出来，因为隐蔽且有趣而被低龄网友所喜爱。它乍一看像是乱码，其实有所指代，在网络写作中颇有"行话"意味，比如"煙蘤饡邡咄鮒鯠橪媄欐"意思是"烟花绽放的时候最美丽"，"蓝盆友"意思是"男朋友"……此外，网络文学中还常有如"ORZ"（给某人跪下）、"cp"（情侣）这样的"字母文"，以及"9494"（就是就是）、"007"（我有一个秘密要告诉你）这样的"数字文"。① 上述网络文学用语内部的丰富和变形处于一种自我生成和不断变化的状态。而语言外部其他类

---

① 欧阳友权主编《网络文学五年普查：2009 - 2013》，中央编译出版社，2014，第 84 ~ 86 页。

型符号与语言的融合则给文学的符号边界带来了更大的突破，比如漫画文中绘画与文字的结合，音频小说主要以声音的形式呈现，MTV 中音乐、声音、影像与文字等多种符号共同表达歌曲的意义，动画片中以起泡文字表现虚拟人物之间的对话，以及网络游戏中各种攻略及文字标签……人们通过"屏读"获取的符号与意象越来越丰富、越来越综合，文字和其他符号之间的组合与转换日益丰富，人们在"屏读"时不仅读到文字还会遇到图片、声音、影像等，以至于文学的"文字"这一符号性标志和"书籍"这一物质形态日益弱化。网络对文学符号边界的大肆侵入及蚕食，导致整个文学世界的动荡。

其次，是文体界限的模糊。从纸页到屏幕，文学经历的变化不仅仅是表达符号与物质形态的变化，还有体例和类型的变化。文学书籍的出版发行意味着文学阅读与鉴赏的单向性，而"屏读"背后的电子终端与网络作为多任务综合处理平台，使文学的消费、鉴赏和读者日常的工作、生活、交往等在同一个平台交错共处。文学创作载体的改变给文学创作方式带来了变化，进而改变了文字表达的方式，使网络中出现了一些不同于传统主流文体的新的类型与样态，比如早期的网络红文《第一次亲密接触》《风中玫瑰》，它们不同于传统小说的记叙文体，而以一种类似网友对话、留言跟帖的方式展开情节，尽管文章的结构体式不同，但确实形成了故事性，给读者带来了文学体验，作为文学作品而被网络读者广泛认可。类似的体式创新还有接龙体、改写体等，网络创作的文本中有一些作品很难将其归入传统文体类型。

再次，是文学与生活界限的模糊。网络作为传播媒介的社会化应用使文学与日常交往之间的界限逐渐模糊，文学从强调非功利、批评性和超然的康德式美学追求中脱离出来，走向对现实生活的观照、表现以及参与。这种趋势最初表现为文学作品内容、风格的世俗化，以及日常生活的审美化。而近来随着移动互联网和智能手机的迅速普及，这种趋势已经发展为文学文本与日常功能性文本的融合。网络空间中的很多内容同时具有文学的审美特征和应用文体的实用功能，比如网络日志（博客），篇幅更短、交流性更强的微博，以及微信公众号、朋友圈等。通过上述平台参与书写的人既有专业作家、名人明星，也有普通网友。内容涉及范围颇广，有对社会问题、焦点事件的评论，也有个人感怀与情绪抒发，以及对生活点滴的记录或者对个人生活的分享与展示……内容往往源于现实生活且写作者未刻意追求对生活的超越与高蹈，但字里行间透露出作者遣词造句的用心、对自然万物的真诚赞美、对生活经验的独特体悟或对社会问题的诙谐讽刺……虽未必为文学而文学，但具有文学的人文情怀与审美意蕴。按照西方现代文学理论，微博文学、微信文学或许只是"亚文学""准审美"，但这正是传统纯文学日渐式微的时代中，文学在疆界上的一种突围，是新媒体技术推动下对感官综合体验的一种复归。在这里，文学与非文学、写实与虚构的界限已经不复清晰。

最后，是创作与接受界限的模糊。创作与接受界限的消解主要缘于网络对创作模式、接受方式的重构。一方面，网络的交互性、超时空共场性消解了传统文学机制下创作、接受两个活动在空间上的独立和在时间上的前后间隔，这种空间和时间上的间隔规定了传统文学机制下创作、接受两个活动各自的完整性和彼此的独立性。尽管接受者的评价意见也会对作者的下一次创作形成潜在批评，但对上一个文本的创作而言，是不会产生直接干预的。网络的交互性使文本的创作者与接受者在线而共场，且创作者边写边发、接受者边读边评，读写两个过程彼此构入，实时、直接地影响彼此。写手通过悬念设置、"挖坑"、"断更—续更"吊足读（评）者胃口，促使他们阅读更新的文章；网友一边追文一边猜测情节走向、评论内容喜好，直接干预写手下一章的写作。创作与接受彼此介入，相互交融。另一方面，创作者、接受者的身份亦因为网络的开放性、互动性变得具有变动性和不确定性。不同于传统文学机制下作家身份的高准入，以及由此形成的身份和群体的相对稳定性，网络空间的敞开性使接入网络的每一个主体都获得了进入网络的机会，无论个体意愿如何以及进入后能否成功完成写作，至少成为创作主体的门槛降低了很多。很多网友甚至今天已经成为"大神"（网络文学中称呼在某一领域具有一般人所无法企及的能力的强者）级的网络创作主体，在开始网络创作之前都曾是普通的网络读者，很多成功的网络写作者最初的写作动机就是因为之前所追的网文更新太慢，等得不耐烦干脆自己写，或者是对之前看的网文不甚满意，索性自己试着创作。反之，很多网络写手同时又是其他网文的读者，也会到其他写手那里追文、发帖。在网络文学空间里，阅读、写作都不是谁的专利，作者与读者的身份界限在这里并不明显。

第二节　超链接、改写带来的文本敞开打破作品的完整性、稳定性

网络不仅从形态、文体等方面改变了文学的概念和边界，而且变革着文学的基本逻辑、结构方式。工业复制的印刷书籍意味着文字的固定、语义的封闭与故事的完整，而网络文学仿佛是不断改写、拓展、关联与生成的意识的河流，变成了由主题串联或汇聚起来的众多关系与符号。这些关联着的符号以超链接、同人文、续写等方式经由作者（可能有很多人，或者只是故事的发起人）、读者、批评者之间的想象、思考以及表达而使意义不断被生成、发展、扩大、混合、转向……再生成，甚至转换成像素在屏幕上快速流动，文学由封闭的文本变成了开放的、变动的、参与的过程。在这个过程中，作者、读者、角色、故事、想象空间、现实空间通过网状联结与相互作用，突破了身份位置的限制、单向线性结构的拘囿，使文本的生产获得了多空间与多向度的无限延展。文本由原来的固定性、封闭性概念变成了变动的、无限的概念。

超文本是网络时代文学文本最具革命性的一种变化形式。其概念于20世纪60年代由"超文本之父"泰德·纳尔逊（Ted Nelson）提出，其核心概念是"非相续性著述（non-sequential writing），即分叉的、允许读者作出选择、最好在交互屏幕上阅读的文本"[1]。其特征是"大量的书写材料或图像材料，以复杂的方式相互联系，以至于不能方便地呈现在纸上。它可能包含其内容或相互关系的概要或地图，也可能包含已经审阅过它的学者所

---

[1] George P. Landow, *Hypen-text 2.0: the Convergence of Contemporary Critical Theory and Technology*. Baltimore: Johns Hopkins University Press, 1997, p.3.

加的评注、补充或脚注"①。超链接文学以文本内容的无限链接打破了传统文学中文本的固定性与封闭性,文本的内容可以通过一个个超链接跳转到新的文本、阐释与关联链接中,这种链接的可能性就像人类的想象一样没有止境,并在读者的自由选择中打破了传统文学叙事的单一、线性逻辑。不仅没有了固定的故事结局,甚至传统概念中的故事主题、中心思想、情节主线、角色地位等也都失去了确定性和唯一性。文学正像德里达、罗兰·巴特等结构主义批评家所畅想的那样失去了固定的意指,而变成了一种"写作性"文本,没有哪个人能被称为是文本绝对的作者,因为在超链接的信息集结中没有哪一个人能够对文本做统一的控制与限定,结构与意义都要在读者的选择与跳转中被现场生成,文本始终处于一种由不同读者个性化建构的开放状态。

造成网络时代文学文本敞开性的另一个重要因素是文本创作过程向全体网众的敞开。互联网技术的交互性与移动电子设备的便携性使文本不再是固定不变的,屏幕上的符号不同于印刷在纸页上的铅字,它触手可及且欢迎人们的参与。就在人们因为电视、卡通的入侵而忧心大众不再阅读,文学即将终结时,互联网在全球各地的大范围接入,笔记本电脑、平板电脑、触屏手机的广泛应用在 21 世纪初又重新掀起了阅读的热潮,与以往不同,电子时代的阅读不再是单向的接受过程,而是读写的双向互动。每一个电子产品的使用者都被这个设备及其背后的网络连接激起了写作的热情。据相关研究者掌握的数据,"人们花在阅读上的时间差不多是 20 世纪 80 年代时的三倍。就在现在,普通民众每天能发 8000 万条博客。书写工具也从笔变成了手机。全世界的年轻人每天能用手机写下 5 亿条段子……"② 通过电子设备,人们正在更多地参与阅读与写作,文学创作仿佛又回到了《诗经》与《荷马史诗》那个时代,再次成为一种集体活动,不同的网友可以就同一故事主题上传自己的作品,或阅读别人的作品后做出自己的调整与修改,一部作品在不同网友之间流传、增减,并逐渐使内容与意义得到丰富与完善。只是这种流转与互动不再像部落时代那样要经历漫长的时间过

---

① 黄鸣奋:《超文本诗学》,厦门大学出版社,2002,第 258 页。
② 〔美〕凯文·凯利:《必然》,周峰、董理、金阳译,电子工业出版社,2016,第 95 页。

程，不同主体参与创作的方式由口耳相传变成了屏幕间电子符码的转换与传输，电子虚拟空间使主体间的协同创作超越了地理空间的限制，文本的生成与结构以更高的效率在更广泛的主体范围内发生。比如网络作品《风中玫瑰》，最初只是网友"玫瑰小姐"发到公共论坛上诉苦的帖子，帖子中出现的只有自己、孩子和着墨很少的男主角，故事是在网友的回帖与互动下展开的，并且整部作品的表达方式也是论坛中的倾诉与对谈。在总共20余万字的小说篇幅中，"玫瑰小姐"创作的部分约有14万字，而另有约11万字来自论坛中回帖的不同网友。

互联网的上传、下载功能极大地提高了网友参与创作的便利性，与此同时，网络空间的共享性与虚拟性则使网友的想象力得到了有效释放，改写于是成为网友们参与文学创作的又一重要方式。改写多以现有作品为基础，常常从当红的网络小说或者经典的文学名著中选取自己感兴趣的角度、人物或情节重新进行创作，这种再创作的作者首先是原著的读者，在阅读的过程中对原著的人物、故事有自己的不同理解，或者感觉原著的人物或者背景设定非常适合表达自己的构思与主张，从而将原著作为自己的一个语料库、源故事，展开新的叙事。这种改写有时是以续写的方式进行的，其主要人物、故事背景一般与原著差别不大，通常是原著未完结故事的后续发展，或是给故事编写前传；还有的改写是通过穿越或者增加新的角色，而使原有角色获得了新的人格特征，进而使原来的故事情节依照新的逻辑展开，或者依托新的人物及其关系的重设改变原本的故事走向；更具创新意义的是对原著主体故事的重写，往往只保留原著的时代背景或者人物名称，人物、情节等与原著几乎没有相似之处。比如网络小说《悟空传》就是一部典型的改写小说，从篇名即可看出这是一部脱胎于《西游记》的作品，但是《悟空传》中除保留了唐僧师徒四人的名字、取经的目标设定以及天庭、如来佛祖等人物及故事背景之外，几乎所有元素都不再一样，叙事风格、师徒四人的人物形象以及主题立意等完全构成了一个新的文本，既吸纳了原著《西游记》的基本元素，又构建了一个全新的意义空间。网络技术支持下的集体创作与改写似乎是对巴赫金"复调"理论的一种实践或者放大，不同的创作主体站在不同的角度，运用不同的话语方式表达多元的价值与意义，并彼此影响，相互作用，使文本不再为某个单一意义所统治，同一部作品中众声喧哗，没有哪一种价值能够为整部作品定名。

网络超链接、集体写作、改写等带来的文本敞开性一方面可以使文本的内涵无限丰富，另一方面也给批评的完整性、总体性、准确性带来了挑战。首先，超链接、改写等导致的文本的非完结状态使批评家永远无法声称他阅读了完整的文本；其次，文本的超链接组织模式会带来经验参与的个人随意性及随机想象的自由性，从而剥夺了凝神体味的专注性，而凝神体味作为文学接受的重要心理状态，在敞开中被剥夺，将造成遗忘和乏味。在传统批评模式中处于中心和基础位置的文本因为自身处于不断变化、流动的不稳定状态，而使以确定性为依据的评判失去了客观性、科学性，这使传统批评的确定性与权威性难以为继。

第三节　泛众写作与网络连载导致文本规模挑战阅读极限

互联网出现的短短 20 余年间，网络中汇集的信息量已超过了网络产生之前整个人类历史积累的信息量，网络中文学文本的规模也是如此。网络技术对文学创作、发表、接受活动的解放以及商业资本的介入，使网络文本的文字量以井喷之势爆发。在传统的专业批评过程中，对作品的通读和精读是一个前提性、基础性环节，批评家若不通读全文就对作品做出评价或者只读了某些作品就对网络文学的类型划分、整体特征等做出判断将难以产生说服力。如果说前文所述的超链接、改写模式使批评家面临着无法确定地把握某一部"作品"的挑战的话，那么网络文本的海量与超长篇幅则使批评家失去了凭借作品研究对网络文学整体发言的话语自信。因为网络空间的作品规模浩如烟海，通读已经成为天方夜谭，细读也只是针对其中的某一细部而言，这样一来，单纯依靠文本研究进行批评往往容易陷入对某部或某些作品的个体研究，成为空泛的或以偏概全的评价。传统的以作品为中心的批评模式在网络时代陷入了困境。

网络给当代文学带来的一个突出影响就是作品数量的激增。目前国内影响力较大的几家文学网站所储存的作品量恐怕是之前全国范围内几十年的文学作品出版量所无法比拟的,如国内最大的文学读写平台之一"起点中文网"共有约111.91万部原创小说作品,仅其女性频道就拥有原创作品约24万部;成立于2006年的17k小说网汇集了约30万名作者,其中签约名家2000余名,"网站主站收录原创小说约28.8万部,女生频道收录原创小说10.82万部";主打女性文学的晋江文学网"共收录作品约132.31万部,同时根据晋江文学原创网页面简介,网站平均每天增加750部新网络作品"①。这样的作品数量,用恒河细沙来形容恐怕也不为过。

在网络作品数量激增的同时,单个作品的篇幅也不断膨胀,网络连载小说的完本基本都有几百万字的篇幅,在网络文学中较有名气的《斗破苍穹》完本字数为529.58万字②,《全职高手》完本字数有535.02万③,网络写手"我吃西红柿"的《吞噬星空》完本为477.33万字④,而写手"忘语"风靡一时的《凡人修仙传》则有747.85万字⑤。在17k小说网上,还在更新中的非完本就已经有5部字数超过千万,其中《超级兵王》写到1786多万字还在更新中,可见网络作品篇幅之长是传统纸版作品难以望其项背的,且这种篇幅上的膨胀不是个别现象,而是网络创作小说(指在网络空间中原创首发的作品)与传统纸质版小说在整体上的不同之处。

造成原创网络文学(主要表现在小说体裁上)作品超长篇幅的根本原因首先在于网络连载与传统印刷出版之间创作介质的不同。网络写作的以"机"代"笔"突破了纸张的页面限制和手写的速度限制,使"写"字本

---

① 欧阳友权主编《网络文学五年普查:2009–2013》,中央编译出版社,2014,第36~37页。
② 起点中文网,http:∥fin.qidian.com/? size = -1&sign = -1&tag = -1&chanId = -1&subCateId = -1&orderId = 8&update = -1&page = 1&month = -1&style = 1&vip = -1,最后访问日期:2017年6月15日。
③ 起点中文网,http:∥fin.qidian.com/? size = -1&sign = -1&tag = -1&chanId = -1&subCateId = -1&orderId = 8&update = -1&page = 1&month = -1&style = 1&vip = -1,最后访问日期:2017年6月15日。
④ 起点中文网,http:∥fin.qidian.com/? size = -1&sign = -1&tag = -1&chanId = -1&subCateId = -1&orderId = 8&update = -1&page = 1&month = -1&style = 1&vip = -1,最后访问日期:2017年6月15日。
⑤ 起点中文网,http:∥fin.qidian.com/? size = -1&sign = -1&tag = -1&chanId = -1&subCateId = -1&orderId = 8&update = -1&page = 1&month = -1&style = 1&vip = -1,最后访问日期:2017年6月15日。

身的效率大大提升，而这种提升的意义在于它使写作者可驾驭的篇幅大大增加，屏幕上的翻页、删减、修改等都更容易操作而不至于产生混乱，虽然电子文档的目录、编号、复制、粘贴、剪切等功能对文本写作的帮助在几千字、几万字的文字写作量中并不明显（甚至有时对计算机操作不熟练的人而言不如手写有效率），但是当整体篇幅变为几十万字、几百万字甚至上千万字时，文字编辑软件的作用就大大彰显。同时，网络作为发布、传播平台，其巨大的存储量和传输力使写作者不必再像纸媒时代那样考虑版面的珍贵、发行的成本。网络媒体带来的书写的便捷性，发表、传播的低成本使网络时代的写作者形成了与传统写作者大为不同的构思方式和创作习惯。习惯手写的作者往往因为纸质版本的有限页面和白纸黑字的确定性而喜欢在落笔前对文章的结构布局反复谋划、对修辞语法再三斟酌，思考成熟后才审慎下笔，而网络空间中的写作者完全没有了上述心理负担，下笔自然随意，少了"吟安一个字，捻断数茎须"的殚精竭虑，多了些信马由缰的恣意放纵。

网络文学作品体量的庞大还与网友的阅读期待和文学网站的商业化运作不无关系。如前文所述，网络时代的文学接受是一个沉浸其中的感官体验过程，网友们读到"爽文"总是希望作品可以持续更新不要结束，于是积极地通过发帖、打赏等反馈手段将这种期待表达出来。而目前文学网站的常规运作模式是付费阅读，收费标准与字数成正比，网站和作者的经济收入与读者的点击率、订阅量、月票、打赏等成正比。在这种模式下，网站和作者不免要充分考虑读者的阅读期待，从而尽量延长作品的篇幅。尽管网络作品篇幅的显著延长对作者来说意味着更加辛苦的持续工作（如唐家三少曾创下86个月不停更的吉尼斯世界纪录），对读者意味着更加长久的情感牵动和时间付出，但两者毕竟是"两情相悦""一个愿打一个愿挨"。最难的是试图对网络文学做严肃研究的批评者们，因为在严肃的批评规则中，对作品深入完整地阅读是批评的根本，单单一部作品就动辄百万、千万字符，更遑论网络中上百万部作品的存储量，以及几十万写手每天仍在不停地更新、开坑（书友们的网络用语，意指开始一部新作品的创作）。

当下文学作品规模的迅速扩大总体上与网络技术对文学实践过程中各

个环节的打开有很大关系。网络的开放性首先为热爱文学、有创作热情的普通大众，以及在传统机制下无处表达其文学想象、无处展示其文学才能的非专业人士提供了创作平台，普通大众的文学创作热情被释放出来。当然创作平台的建立和创作热情的释放与网络对传播渠道的打通有直接联系，如果没有传播的可能和潜在的阅读，单纯的写作平台就不会激起大众如此高涨的创作热情。网络的传播之门倏忽打开，没有了专业身份的要求及审核把关机制的制约，技术为所有热爱写作的人打开了印刷时代由专业群体占有的文学空间，传统机制下苦于专业审稿机制而无缘发表的作品更是获得了新的传播通道。传播渠道的敞开既意味着发表的自由也意味着接受的便利，网络向广大受众提供了包罗万象的图书馆，而且是便携的、不限时间的，或者说更像是一个超级市场，因为这里的文学接受是一种自由选取的"抽拉"式接受，而不是传统媒体那种播什么观众就看什么的被动式接受。网友在网络文学空间中不仅获得了个性化选择的自由，还获得了批评权。在这里，网友感受到参与的快乐，表达的快乐，参与度大大提高。至此，网络不仅仅展示了它的开放性优势，而且基于其开放式的技术结构构建了文学的开放式网络空间，于是在这个开放式文学网络中，一切具有文学性的文字文本，无论长短形态、不限内容、不分高下，只要是不触犯法律及政治规则，都被囊括其中。文学似乎又回到了"饥者歌其食，劳者歌其事"的自由感发时代，互联网架构的虚拟部落中信息如光束般穿过，成员覆盖全球，文本数量以几何倍数增长也就不足为奇了。

海量文本与超长篇幅给传统的以作品为中心的批评模式带来了巨大挑战。作品规模的庞大使通读难以实现，不通读全部作品就做出判断难免招致不明就里、以偏概全的骂名。若只通过个别作品的细读来做个体研究，批评又容易显得单一与狭隘。作品的海量使有心进入网络文学空间、介入网络文学讨论的传统批评家陷入了固有方法有效性的困境，面对这个困境，批评家有必要从单纯依赖作品的模式中走出来，综合考察网络空间中的文学现象、文学活动、文学事件、文学趋向，并在此基础上展开批评活动。同时，要大胆接触和利用数字技术发展给科学研究带来的新手段与思维创新，以探索网络时代文学批评的学术方法与思维模式。

第二章

话语带来的区隔

批评的表达是预设了对话、交流的表达，而对话的实现以彼此话语的可理解性为前提，作为传统主流批评的专业批评因其批评主体在多年的专业学习与理论工作中长期受印刷文明的规约与专业话语体系的训练，而带有强烈的话语惯习，难以为大量非专业的网友所理解。而身处网络批评现场的大众网友在网络传播的互动、即时模式和推崇个性的氛围中发展出一种惯用口语、缩略语，且富有情感和个性的话语体系。同时，网络批评主体受社会补偿、情绪宣泄和身份隐匿的心理作用影响而常常在网络批评行为中表现出秩序感和伦理感的缺乏。两种话语体系在规则与风格上的显著差异不仅使彼此难以有效沟通，还由此产生了诸多误解与对抗，而这进一步阻碍了共通意义空间的建立。

第一节　传统批评话语的固化与惯性

当代中国文学理论体系以近现代引入的西方文学理论体系为蓝本，历经革命时期、社会主义建设时期、市场经济转型时期的文学实践与文论建构，已经形成了一套较为固定的批评方式与话语体系。这套话语体系长期以来一直居于我国文学批评领域的正统地位，体现了当代社会的文学主流意识，表达了当代文化的核心价值观，并在文学创作、接受和批评领域被普遍接受和使用。所以，随着网络文学的日渐活跃，传统批评家对其展开批评时仍自然而然地延用之前已经成型并惯熟了的传统话语体系，但文学的历史是一个传承与发展、延续与创新共同作用的过程。不可否认，传统批评话语在今天仍有其合理性，但也要看到网络文学实践中生成的新形态、新风格以及新话语。传统批评家若无视当下文学实践中的这些新与变，坚持沿用传统的批评话语，而不根据新实践做出适当的更新和调整，就难以与网络空间的批评话语进行交流和融通，难以与网络时代的文学实践展开有效的对话。

北京大学的崔宰溶博士曾对传统批评场域中研究网络文学的文章的关键词做了统计与分析，发现最常用的有"本质、深刻、辩证、复杂、深度、精神、创造……"以及"浅薄、轻松、单调、无深度、模仿"[1]等，这些词被广泛地应用于传统批评场域中传统的文学创作与互联网中的文学创作，不难发现前面一组常常被用于描述传统文学，或者用不够"深刻"、缺乏"深度"等表述来否定网络文学创作和批评；后面一组则多见于对网络文学作品的直接评判，这些传统的批评语言看似客观且准确地把握了两个批评场域中文学作品的不同特征，但词语本身即已隐藏了褒贬的意识形态。审视上面这些词语，显然"本质、深刻、辩证、复杂、深度、精神、创造……"这组词语在我们现行的传统批评话语体系中意味着意义与价值，而另一组经常用于网络作品的词语则有着低等、劣质等否定性意味。近年来随着网络文学影响力的日益扩大，关注这一场域的传统作家、批评家也越来越多，相比早期的漠视、怀疑者众，目前对网络文学活动给予关心和支持的传统批评家越来越多。但是由于多年的学术浸染及思维惯性，其观点与评价的表达用的是既有的批评话语，而很难察觉自身话语中的这种意识形态表征。如中国作协网络文学专家，著名作家、文学评论家马季先生在《话语方式转变中的网络写作——兼评网络小说十年十部佳作》一文中评论网络小说《此间的少年》时写道："要说《此间的少年》的缺陷，那就是过于温和而失去了批判精神，或者说对现实的怀疑态度没有找到落脚点。这使我自然而然想到了塞林格的《麦田里的守望者》，此间少年似乎缺少了

---

[1] 崔宰溶：《中国网络文学研究的困境与突破——网络文学的土著理论与网络性》，博士学位论文，北京大学，2011，第42页。

一点'守望意识'。"① 《此间的少年》是马季先生认可的十部网络佳作之一，对该文温和而缺少批判性的评价也与小说的实际风格吻合，只是在这段话中，"批评精神""对现实的怀疑""守望意识"等典型的传统批评话语所反映的仍是用传统的文学价值标准来评判网络文学优劣的思维惯性，暗示的仍是"批判"的高尚、"温和"的低劣。只有通过"批评的""深刻的""超越的"等字眼，我们才能肯定一部作品。一套话语体系往往与其对应的价值体系、文化观念互相建构、互相生成。如前文所述，网络时代文学的参与主体、价值取向、审美意趣都呈现出一些新的变化与趋势，这些内在的变化与取向正生成着网络文学空间中新的话语表达。传统批评家若不能敏锐地捕捉这些变化和趋势并据此对自身的批评话语进行适当的调整和转换，其与当下活跃的文学实践现场尤其是网络现场将陷入各说各话的隔膜状态，如果彼此的话语不能融通，那么共通的意义空间自然就无从谈起。

传统话语体系的这种意识形态隐喻使我们在面对网络文学空间发声时容易产生一种优劣的二元对立思想。这种二元对立极易产生批评的两个极端，一种是由对网络的否定走向传统话语对网络文学实践的文化殖民，另一种是由对网络文学的盲目肯定滑入民粹主义的泥淖。这两种倾向都无法准确把握和对接网络文学空间中的批评实践，比如网友"周游天下438321757"对网络小说《至高使命》评价道："文笔越来越精练，语言越来越朴实接地气！故事情节设置比较贴近现实，……满满的正能量，我们的社会需要正能量的引导……一点建议：就是想作者在写作中应该多加点意识形态方面的内容，抵制西方国家的文化攻击和意识形态渗透。"② 这个网友从文笔、情节、文章的价值导向等方面对小说做了分析和评价，赞扬作品充满了正能量，呼吁作者通过创作发挥意识形态"引导"作用。这位网友的评论显然与常见的强调"爽""好看"的网络批评语言不同，虽然是发布在网络空间中的网友评论，但其使用的语言却有些"传统"，忽视了作品中草根逆袭

---

① 马季：《话语方式转变中的网络写作——兼评网络小说十年十部佳作》，《文艺争鸣》2010年第10期，第18~24页。
② 《我评价了〈至高使命〉》，网文世界，https：//www.novelworld.cn/topic.php？vid=55643&wk=mengruhonghuang，最后访问日期：2017年5月5日。

的逻辑和升级打怪般的模式。这些评论所表达的对小说写作水平的赞美和对下一步写作提出的建议都很中肯。这位网友所使用的语言如果在论文里看到不会觉得有什么不妥，但是放到网络小说的评论区里，与众多活泼的网络语言摆到一块，就会显得"不搭界""不接地气"。这位网友的留帖带有明显的传统主流话语的色彩，反映出精英读者对传统话语的依赖。这条与大多数网友的话语风格不太协调的留言在参与网络批评的网友中果然受到冷遇，其后的回应区空空如也，先是帖主自己抢沙发（第一个回帖）发了一句"俺自己回应可以不?!! 精品!"然后是网友"洪荒军团徐娇娇"发了一条"哈哈◆◆"。除此之外，这个网友的留言几乎没有引起其他网友的反应。笔者登录网站时，这个网友评论的小说正在榜上，评论区非常热闹，但对他的回应寥寥无几，这与他的话语风格不无关系。其他网友的这种反应让我们看到虽然传统的学术话语不可避免地使网络中的部分批评者（尤其是精英批评者）形成了一种习惯并得以表达，但其在网络空间的影响很有限，网友们或许没有明确反对，但也不会真的接受。面对专业的学术话语，网友们可能不是不懂，而是不想去懂，这实际上造成了传统的专业批评对网络批评实践的失语或者是无效沟通。网络时代的文学并非从天而降，它亦是从之前传统的文学发展而来的，其中仍保留着大量传统的价值、审美、方法与话语要素。同理，传统批评理论的很多要素仍可以在当下发挥作用，但任何理论的存在与发展必然是一个不断适应新时代、观照新实践，并在实践中凝聚新理性、扬弃旧理性的自我超越的过程。传统批评话语同样需要在当下的文学实践中适应网络表达新模式，转换网络实践新意象，凝练网络批评新符号。陷于惯性而放弃创新必然导致固化，固化的语言必然导致沟通与融合受阻，从而使传统批评家多年积累的理论资源和磨炼而成的理性思辨能力，在面对网络时代火热的文学实践时无从发声。

第二节　网络批评实践中的众声喧哗与对话伦理的缺失

　　传统批评场域中，纸媒精英们以其专业、理性的西方学术话语构建了一个自给自足的闭合圈层，话语越来越精致也越来越不及物，因为过于重视理论和话语的批评,而忽视了对鲜活的创作与阅读活动的介入,也因为对理论和话语的强调而与普通的读者相区隔。进入网络时代,被纸媒和纸媒时代的批评专家们排斥在文学主流之外的普通读者在网络的空间中找到了一个尽情阅读与自由表达的所在,大家在以同一个身份"网友"参与阅读的同时也大胆地对作品展开评价、讨论,甚至积极参与后续文本的创作,以浅白、感性但鲜活、及物的语言即时地建构网络空间的文学批评。在经历了图雅、笨狸等网络文学写作者、爱好者之间富有生气和人文观照的闲聊、评点阶段之后,随着一部部网络文学作品的走红和整个网络文学空间的拓展,网络文学批评的场域迅速扩大,成千上万的普通读者走进网络,一时间网络文学空间中热闹了起来,网络批评空间呈现众声喧哗的状态。

早期的网络文学创作与闲聊引来越来越多网友的共鸣与回应,众多初入网络圣地的文学粉丝如鱼得水般尽情狂欢,审慎观察的纸媒精英则对网络空间见仁见智,褒贬不一,也因为差异与误识而与网络大众产生冲突(后文会就这一问题再做详论)。进入文学空间的大众中虽然也有传统的纸媒精英和优秀作家,但是批评场域中的主体仍是来自天南海北的普罗大众,这些非专业的普通网友以一种在场的、口语化的表达方式彼此"言语",并在言语的实践中生成了被网络批评主体所共同接受和使用的网络批评话语,常见的有"爽文"、"小白"、"升级流"(以主角的升级过程为主要情节的一类网络文学作品)、"废柴流"(一般指故事主人公在现实生活中是一无是处的废柴人物,通过偶然的机遇和自身努力而改变命运、大获成功)、"后宫文"、"吐槽"(源于日本的一种站台喜剧,是指从对方的语言或行为中找到一个漏洞或关键词作为切入点,发出带有调侃意味的感慨或疑问[①])、"逆袭"、"喷"(漫骂、恶意攻击)、"脑补"、"扑街"(作品不受欢迎)、"逆天"、"虐"、"违和"、"代入感"、"金手指"(原指电子游戏作弊器、作弊码,后用来指代超出环境限制的能力)等。这些网络批评常用语大部分都不是字典或经典文本中包含的、符合官方规范的文学词语,更不是专业的批评话语,很多是网络批评中由日常用语、方言(如"扑街"一词原本读音为"pok gai",是粤语中骂人的话)组合拼接而成的新词,或者利用谐

---

① 百度百科,http://baike.baidu.com/link,最后访问日期:2017年6月20日。

音、比喻等引申出新的意思而形成的，有些类似于俚语或行业黑话。

网友以民间性、口语性和实践性的批评话语表达对作品的感受时，更加真实、有力，尤其适合网络空间中在场式的对话。这正是擅长表述客观的线性逻辑的学术话语所不擅长的，因为这种线性表达天然地造成了传播的距离，并且需要解码。网友们运用网络语言展开的批评没有距离也不需要解码，更符合德赛都对解读的定义，通过把自己的口语和方言文化用于书面表达而营造某一"独特的语境"，来消解专业语言、书面文本所蕴藏的控制策略和权威力量，以及书面话语系统所表征的社会阶层差异。同时使用这些在批评的实践中自行创造和生成的新词，能使网友在参与文学批评的过程中产生一种更为强烈的参与感和一种作为言语生产者的参与感。但是在以鲜活、痛快的网络行话为主调的众声喧哗中，网络批评场域也出现了困境，即以"自由表达"为掩饰的语言暴力对批评伦理的伤害。

网络批评的对话伦理缺失首先表现为以批评为名义的人身/作品攻击。网络文学空间就好像巴赫金笔下的广场，不仅使网友获得了新的文学接受渠道和文学体验方式，更给在社会变革中焦虑不安又无法在高雅的纯文学场域找到认同的普通市民提供了一个不受正统观念和官方话语规约的狂欢广场，"在广场上，像指神赌咒、发誓、骂人这样的不拘形迹的言语因素已完全合法化了"[①]。但是巴赫金所述的狂欢中，人们嘲笑的对象并不是个别人或者个别真实的事件、现象，而是以一种嘲解的态度去看整个生活世界以及这个世界中的人、事、物，嘲笑的发出者本身也是可笑的，"整个世界看起来都是可笑的，都可以从可笑的角度，从可笑的相对性来感受和理解"[②]。而网络文学空间中，很多网友的留言已经超出理性论辩或者表达感受的批评界限，甚至成了一种谩骂、侮辱或指向明确的、个人化的攻击。比如在豆瓣网的《爵迹》评论区，有些网友的留言就脱离了客观的作品评价，而升级为对作品的谩骂或对作者的人身攻击。

豆瓣网网友在网络批评的群体中算是文学修养相对较好、语言表达相

[①] 钱中文主编《巴赫金全集》（第6卷），李兆林、夏忠宪等译，河北教育出版社，1998，第174页。

[②] 钱中文主编《巴赫金全集》（第6卷），李兆林、夏忠宪等译，第14页。

对理性的一群。在文学网站的作品评论区中，谩骂、攻击更加常见，而且多以泼妇骂街般的气势破口而出，反复发帖，这种情况常常在题材、类型相似的两部网络小说展开激烈竞争时出现。此时相关作品的评论区常常会出现某个网友就作品中的问题或槽点（人物、情节设计上的不合逻辑之处或者明显的破绽等）破口大骂、脏话连篇，其气势凶猛犹如冲锋陷阵的炮手。这些恶评一般会被复制粘贴，通过不停地发帖"刷屏"，因速度快、帖量大，而使持不同意见的网友根本没有机会发言。当然，为了避免这种恶意刷屏的情况出现，现在网站一般会给予讨论区版主、副版主（管理员）强制恶意刷屏者"删帖""禁言"的权力，而这种恶意评价很可能是由恶评刷版网友的同伙以"马甲"潜伏的方式协同实现的。在网上有一些作品的狂热粉丝会为了攻击其他作品、粉丝而结成同盟，然后对与所"粉"作品有竞争关系的其他作品进行有预谋的攻击。攻击之前，他们会派网友穿上"马甲"（换一个账号和网名）潜入待攻击作品的评论区，再设法成为管理员，然后待自己的盟友进入"敌方"评论区开始进攻时佯装失语实为助攻，最后通过大规模的恶评帖对网友的正常评论形成暴力。这种借批评之名实施的恶意攻击不是批评，而是一种污言秽语组成的谩骂，是一种以自由表达为借口的失德、失范行为，不仅对作者、作品造成了伤害，而且给网络批评空间带来了不良风气、负能量。

此类语言暴力不仅出现在对作者、作品的批评和对意见不同网友的攻击中，也曾发生在传统批评主体与网络批评主体的辩论中。网络文学兴起之初，随着主流文学权威对网络文学的关注和干预，传统文学场域中的作家、学者开始尝试网络写作，或者针对网络文学现象发表批评和评论。两个拥有不同文学旨趣、不同运作逻辑和不同话语体系的场域一经接触，瞬间便掀起了激烈的争论与交锋，两个场域代表人物之间的论争，呈现出迥异的话语风格。面对主流权威的否定和草根群体代言人的被批，网友的非理性情绪迅速被点燃，真诚、坦率、自由的对话被盲目、激烈的攻击所代替，文学观念的论争变成了针对个人和生活的网络围攻。专家的权威口吻和话语上的优越感使网友群体备感压迫，而网友们的粗口黑话则让传统权威备受打击。传统批评场域与网络批评场域最初的几次接触因为话语冲突与暴力让双方感到并不美好，甚至有些不堪回首。两个场域中的观点其实都有可取之处，但是网络批评在具有表达自由、话语活泼、格式灵活、反馈及时等优势的同时，也往往在这种自由、灵活中流于感性、流于情绪，批评是一种以理性见诸感性，从感性体验中提炼真理性认识的深度思考过程，而批评的表达是这种深入思考过程及其结晶的话语转换过程。若单纯追求表达者的情绪感受只图说得痛快，不考虑批评的说理性和对话的可理解性，就很容易在自由、随性的网络氛围中失去准星，而误入肤浅化、情绪化、杂乱化的歧途。批评话语的失范与失德根本上是因为批评表达中理性的缺失，这种非理性的"话语"犯规，虽然令批评个体一时痛快，但作为批评空间或批评群体的整体状态却会对批评自身的合理性和价值性造成伤害。杂多肤浅的喧哗让人无法分析其中的可贵之处，网络批评中一些具有生命力和建设性的种子与星火会被淹没在言语的污秽之下，而无法真正在两个批评场域之间形成互动。更严重的是，这种批评的伦理缺失、理性缺失、深度缺失会透过批评与创作的潜在关系进一步影响文学创作取向，对正处于向上发展阶段的网络文学创作造成伤害。

网络批评空间更为隐秘的一种暴力形式是批评群体内部的话语极化。这种倾向不同于上文所述的对不同批评群体的攻击，是同一群体内部的话语裹挟，一般以规模上的群极和等级化的群极两种形式表现出来。芝加哥大学教授凯斯·桑斯坦曾提出"群体极化"这一概念，认为"团体成员一开始即有某些偏向，在商议后，人们朝偏向的方向继续移动，最后形成极端的观点"①。网络中的批评和阅读经常是同一个空间中两个关联的环节，批评的主体也是阅读的主体，批评的群体往往都是因为对同一部作品的选择和喜爱而形成的，在追文过程中很多网友成为作品和作者的粉丝，对作品和作者的膜拜很容易让大家沉浸在一种非理性的迷醉状态，偶有意见相左者便群起而攻之。所以，有些网友即便有不同意见也因为不想惹火上身而选择沉默，有些网友则在发表评论之前先加上一句"不喜勿喷"来避免语言暴力的攻击。与主要基于人数规模的话语运作共同在群体极化过程中

---

① 〔美〕凯斯·桑斯坦：《网络共和国：网络社会中的民主问题》，黄维明译，上海人民出版社，2003，第47页。

发挥作用的还有网友之间的等级差异。虽然在虚拟的网络中人的现实身份、地位已经被消解殆尽，但新的网络身份和等级正在被建构。很多文学网站的评论区中设立了类似"帝君""盟主""堂主""舵主""执事""学徒""见习"等不同的身份等级。作为 VIP 的"帝君""盟主"一类网友常常是群体中的舆论领袖，左右着评论的风向，对"学徒""见习"一类的白丁网友进行着他者化。

哈贝马斯曾指出，"重要的不是设想以主体自由或任意模式的论争的参与者采取的是肯定还是否定的立场，而是理性的力量，各种被设定为应当对所有的人同样有意义的理性，这种理性的力量对实践商谈的参与者的选择举足轻重——不仅仅是反映我或别人倾向的与理性紧密相关的力量，而且是通过理性的启发，参与者能够和其他人一起发现在所有人追求的兴趣中，存在什么样的与需要调节的问题相关联的实践"[①]。参与文学批评的实践是达成共识与实现认同的基础，批评实践的一个前提是对话要具有能够被所有参与主体所普遍理解的理性存在，而使这种具有普遍性的理性与每个批评主体的个性化经验得以连接的就是批评的话语，作为感性（经验）与理性（超验）之中介的话语必须既具有感性的表征能力又具有理性的提升能力，否则批评只能是缺乏再生性和建设性的僵化的肯定或否定，脱离了文化表征力和建构力的言语的狂欢与喧嚣将难以产生价值与获得认同。

---

① 〔德〕尤尔根·哈贝马斯：《对话伦理学与真理的问题》，沈清楷译，中国人民大学出版社，2005，第 11 页。

第三章
媒介生态的复杂化
——媒介噪声与人文价值博弈之间共识更难达成

现代文学批评与现代传播有着一种天然的共生关系，现代媒介如期刊，作为我国现代文学批评实践、发展过程中的一个重要载体，在现代文学批评体系的形成过程中发挥了重要作用。随着我国大众媒体的市场化经营和文学、文化领域的产业化发展，媒介在批评场域中的作用日益突出，不仅仅是一个平台或者渠道，更日益成为批评场域的重要组成部分，以商业的目标和操作参与批评活动。而网络批评场域中的商业化运作与传统纸媒相比更是有过之而无不及，这不仅仅是因为计算机网络有着信息传播速度快、范围广、交互性强等传播优势，更是因为中国网络文学的兴起本身就是在商业化运作下实现的。网络文学从初期文学爱好者的自娱自乐发展为今天占据我国文学阅读主要阵地之规模，就是从"榕树下"等文学网站的跨国资本注入、"起点中文网"的付费阅读模式开始的。商业资本的支撑与运作本身是网络文学发展的重要组成部分。作为对文学创作、阅读、批评全过程浸染如此之深的网络媒体，其对文学批评场域的介入与影响较之传统大众媒体只强不弱，并且与传统大众媒体一样有着重视商业效果、惯用炒作手段等媒介批评的特点。网络媒介凭借其强大的传播力和整合力，统合广播、电视等电子媒体，通过策划文学活动、制造文学事件、实施营销策略等开展媒介批评。这种以追求传播效果和商业效果为目的的媒介批评往往在形式上活泼生动，在篇幅上简短精要，在接受体验上富有吸引力和冲击力。这样的批评一方面激发了众多网友的参与热情使文学空间分外活跃。另一方面，由于过分追求炒作效果和形式的生动而放弃了逻辑分析与理性论证，为了凸显结构的紧凑而放弃了批评思维的完整性与连续性。以感性语言的蒙太奇来制造情绪的跳跃，以对专家学者整体论述的断章取义或者剥离语境的只言片语来制造、传播奇观以吸引网友关注。这都无形地消解着批评的理性与文学的思想性，并在潜移默化中对网络大众的思维方式，以及网络受众的接受旨趣产生了不良影响。

媒体对批评场域的介入通常以营销和炒作的方式进行，常见方法之一就是将批评炒作成文化事件或者名人纠纷。各路媒体每天密切关注着批评家、文化名人、网络红人的言论、举动，一旦捕捉到可资炒作的"新闻点"（如某专家批评了某年轻人的作品，或者某名人对另一位名人的观点提出异议），就迅速围绕这些批评的议题、观点的论争见缝插针、捕风捉影、搜集素材，然后通过断章取义、剪辑拼接的蒙太奇手法激化矛盾，再设计一个耸人听闻的标题，便制造出一个引人关注的新闻事件。然后以媒体评论及对其他倾向性的评论的刊登、引用来煽风点火，围观起哄，使批评事件不断升温、升级，从而扩大媒体的影响，提高自己的收视率、点击率。尤其是网络媒介兴起以来，论坛、微博、公众号中网友、粉丝群体的聚集使这样的媒体炒作更加迅疾、猛烈，反应迅速且人多势众，经常是论战双方的关注者、粉丝群互骂互撕，展开口水大战，一方粉丝群攻占对方微博的情况常常出现在各自偶像发生论战期间。最后，冲突双方或各有胜负或两败俱伤，但网站的点击率肯定是节节攀升的。当年"韩白之争"中，白烨先生因不堪忍受网友们在其博客上的语言轰炸而关闭博客，不过在回忆当年事件时表示，虽然他远离了博客留言的侵扰，却没有躲过其他媒体的翻炒与纠缠。

关了之后，媒体忘不了。这件事为什么不断不断地闹啊？我们媒体在找这种话题，找热点。事完了，它不想让你完，想让你在场上继续表演，不想让你下场，包括很多网络媒体、平面媒体不断来找你。《南方周末》驻北京的一位记者夏瑜，平时我很敬重他。别人找我，我都能拒绝。但是这个人,我很难拒绝。他一再说:"《南方周末》是很严谨的大报。我们真想好好地替你说话,不想让韩寒一边倒。"他把我约到酒吧,两人就谈了一个下午。结果下来,我一半,韩寒一半。另外一个人在采访韩寒,结果弄了个两个人在一个版上打擂台。但这些事情发生后,媒体在后面就会不断操作。所以很长一段时间,我就在摆脱媒体的围追堵截。当时中国文学基金会的人跟我说,延安大学要给路遥补一个头像。路遥墓上有一个石头身子,铜头像。铜头像被人偷走了。这样不好,咱们给他补一下。我就想跟着躲一躲。刚上火车,《西安华商报》的记者打来电话:"白老师,你好!你上火车了?"我说:"唉?你怎么知道?""我往单位打电话,往家里打电话。白老师,你看这样,平时你忙。你到西安了,我们要去火车站接你,把这事聊一聊?"当时,我就窝火,非常生气。为的就是想躲,散散心,你这样追着,那还有什么意思?没完没了,持续了大概好几个月。手机就没法开,全国各地的。而且是这样的,很多媒体,你说了很多,它只根据它的需要掐那么一段,断章取义,为我所用。半年后,《羊城晚报》发表了我的一篇写别的东西的文章,它愣改为与韩寒有关的题目。我说:"这没关系啊!你为什么要改题目呀?"他们说,我们头要改,文章要引起注意就要改题目。非常痛苦,跟媒体的人生气也没有办法。媒体的人吧,他在那个行当,他有他的需要和规则。[①]

综观近年来文坛历次大事件和论争,几乎都能找到媒体搬弄炒作、推波助澜的影子,比如经历了"玄幻之争"的陶东风先生就表示比起问题和内容,媒体似乎更关心如何制造新闻事件,并认为这是媒介为了追求商业利益而产生的异化,应予以警惕和反思。

作为媒介的网络在对文学批评场域的干预中,显然比传统媒介具有更深的融合度和参与度,并因其联结的广泛和传播的高效而具有更大的操控力。但也因为网络空间的无限连接能力和民主氛围,其在操作手法上必须

[①] 白烨:《三年后,再说"韩白之争"》,中国网络文学联盟,http://www.ilf.cn/Theo/88915_4.html,最后访问日期:2019年5月3日。

具有更高的隐蔽性和组织性，当然网络炒作或营销与商业利益的关联也更加直接。常见的操作类型有为作品造势的议程设置活动、为捧红某部作品或黑掉某部作品而采用的"水军"大战，还有网站内的等级、打赏、红包等制度。操作千变万化但目的都是通过利益交换影响媒介、专家或网友对作品的评价进而获得商业利益。比如前文所述的网友通过一些有计划有组织的语言暴力行为攻陷某部小说评论区的例子，不排除一些行为是网友出于对某部作品的热爱而自发产生的对其他作品的排斥与诋毁，但有许多是签约写手背后的公司、网站、营销人员一手策划并出资雇用水军而为的，或者是在公关策划人员的授意与挑唆之下发生的。如果仔细观察那些在评论区对作品狂"喷"或者猛"赞"的网友就会发现，他们常常是重复简单发言，发言内容极其简短，经常是"烂""滚"等狂骂或是"顶""赞"之类的盲目吹捧，立场坚定、旗帜鲜明地黑一部作品或者捧一部作品，却说不出好在哪里、差在哪里，只是用简单的态度疯狂刷屏。如果是打分则常常打极端的分数，要么一星，要么全五星，完全无视作品的真实情况，只为了拉低或者刷高评分。而且这些网友经常是刚一注册就来评论，且没有关注其他作品，一上来就直奔目标，在同一网站或评论区既没有前期的评论记录也没有关注的其他好友。这种网友被网络营销界称为"水手"，无数个奋战在炒作第一线的"水手"就像是提线木偶，牵动他们的是其领导"团长"（指男性水军首领）、"水母"（指女性水军首领）以及背后的公司和商业利益。这种在一线操作的小水手数量庞大，他们只是按工作量收取劳务费而已，更大的利益获得者是水军公司（目前国内注册的水军网站或者以公关公司名义开展水军业务的公司有近万家，拥有十几亿的市场规模，俨然形成了一个产业）。

网络中另一种常见的水军炒作行为是"大V"等网络舆论场中的意见领袖通过议程设置，对低"资历"网友实施影响。虽然网络时代消解了传统的政治权威、学术权威对普通受众的影响力，但在不同的受众圈层中通过网络的互动和自我生成过程还是产生了一些在该圈层中能够输出价值、就群体关心问题提出见解，并被圈层内个体普遍认同的民间意见领袖。这些民间的意见领袖常常是那些拥有众多粉丝的"大V"博主、网络名人，他们常常通过自己的文章、留言而引起网友们对某件事的关注，进而形成网络热点，扩大传播效果。议程设置及"大V"站台一般发生在一些由网站或公司签约的写手即将推出新作或者网络作品即将出版之际，策划及营销人员常常会请这些网络意见领袖介绍作品，对作品的看点和引人入胜之处进行阐发，以吸引读者关注。在作品连载初期，为了使作品聚集人气，从而在依靠点击率、订阅量确定显示度的网站中获得优势（很多文学网站会在首页排布"全站点击榜""周订阅榜""月票榜"等，作品依据在榜上的位置而处于页面的不同位置，未能上榜的作品很可能无法在首页显示，未被放至显要位置则更加不利于作品被读者阅读），写手公司可能会请一些文笔较好、擅长营造气氛的"编辑"来评论区发帖炒热作品，同时可以通过红包、"加精"（评论区的管理员给某条网友的评论加上"精华"认证，如此操作后该条评论上方将出现"精华"字样的标识）、置顶等奖励机制来鼓励普通网友积极参与评论，以期网友在从众心理下参与订阅或评论。除此之外，评论区的等级划分也与商业运作有着隐秘的关系。评论区复杂的虚拟身份等级通常是根据评论数、订阅值、购买月票和打赏等来确定的，除了评论数之外，其他几项均需要网友付费购买，尊贵的高等级身份常常是经济投入所换来的。当评论出现分歧或是有低等级网友发帖否定作品时，"盟主"们就要出来说话，并且常常有压人一头的话语优越感。无论是传统媒介为了市场效益断章取义、博人眼球，还是网络水军因为幕后的资本营销而混淆视听、虚假评价，都是对批评秩序的一种恶意践踏，不仅深化和加剧了传统批评场域与网络批评场域的误识、隔膜与对抗，而且对网友的话语权和作品的生产空间形成挤压，对于网络文学场域中对文学发展最具建设意义的真诚表达、率真表达、自由表达之精神造成的破坏，需引起包括两个场域在内的批评主体的重视。

尽管商业化运作的媒体常常以上述方式干扰文学批评的客观性、公平性，对作品及整个批评场域的正常对话造成了误导和阻碍，但是我们今天很难退回"以输为赢"的文学评价逻辑上，来追求文学的纯粹与超脱。因为自大规模的工业印刷产生以来，文学与传播媒介及其背后的商业基因的关系就错综复杂。一方面，正是现代传播及文化的产业化使文学摆脱了原来对私人和宫廷资助的依赖，作家依靠现代版权制度获得了较高的收入及社会地位，关于文学的批评和研究成为一门独立的学科，并获得了诸多理论成果。在我国，正是乘着网络兴起的东风，日益被影视作品边缘化的文学重返大众视野并创造了新的文学热潮，开拓了文学批评的新空间。另一方面，网站的商业化运作为文学批评带来了新的平台、主体、方法和效力。尽管网络介入文学批评之前，纸质出版业也可以通过销售量等来测算一部小说受欢迎的程度，并可将销售量作为一个因素来拉动文学作品的消费，但纸质版的销售量无论是作为对作品接受的反馈，还是作为对再销售的促进因素，都具有滞后性和单一性，既不能在纵向维度上随时监测读者的接受程度，也不能从横向维度上综合监测读者的特征，以及对作品中哪些因素更感兴趣。网络使作品在被读者接受（阅读）的同时产生评价，并且这种评价还会实时促进或阻碍其他读者对这部作品的选择。评价在阅读的同时可以自动生产，并影响其他读者的阅读消费行为。网络以一种量化、可见的形式将难以衡量的文学成败表现出来，虽然这可能为强调文学价值必须要超越世俗价值的评论家所不齿，但至少这种实时量化为文学批评的展开方式提供了一种新的可能。在网友留言的互动模式中，"爽"成为网友（读者）和写手（作者）共同的追求，一篇令网友读起来感觉很爽的小说往往能够获得口碑（网友批评）和点击排行（商业利益）的双赢。可以说在这种批评环境中，作品的文学性和商业性在批评过程中出现了合流。只要能够获得"爽"的阅读体验，网友就不排斥文学创作、传播过程中的商业性。文学性、商业性、传播性在一部作品的批评过程中已经很难被精确剥离，文学批评中的文学性评判、商业性操纵和媒介效果以更加深刻的彼此交织的状态出现。在这种错综复杂的深度裹挟之中，作为人类德行与智慧的超越之维的艺术，如何在媒介效果与商业利益中保持其超越性与延续性，将是更加考验批评者的一个问题。

第四章
误识与对抗

我国的网络文学已经走过20年的发展历程,从少数文学爱好者的小乐园发展为今天中国最大规模的文学场,聚集了最大规模的读者群、最富经济资本的产业链,并形成了最为喧闹和尖锐的批评场。然而在网络文学发展的20年,尤其是进入商业期之后的10年间,网络文学批评场与传统的纸媒精英批评场接触、摩擦、碰撞不断,其在观念上的误识与对抗丝毫没有减弱,给两个场域的真正理解和对话带来了很大的困难。

第一节 专业批评对网络文学场域的误识与否定

随着网络文学空间的不断拓展,越来越多的传统批评家将目光投向网络文学场。据统计,2009~2013年全国出版了59部以网络文学为主题的著作,"研究内容涉及网络文学的热点现象,评论及鉴赏,网络文学阅读、写作、教学,网络文学的产业论、价值论,新媒体艺术,数码艺术,赛博空间,网络文化等领域的讨论。同时期还有800余篇网络文学相关的期刊论文,研究内容开始从网络文学的基本问题向系统化、针对性、多样性转变……"[①] 随着对网络文学关注和了解的增多,传统批评主体对网络文学的态度已经不似早期那样,认为其不过是一些未成年者的涂鸦,或者斥其为

---

① 欧阳友权主编《网络文学五年普查(2009-2013)》,第98~105页。

异端，但在传统批评主体中仍有许多对网络文学场域的误识与曲解。

如在网络文学与传统文学的关系问题上，就有"革命论"和"继承论"两种相反的观点。"革命论"者通常将网络文学视为与传统文学没有任何相关性和相似性的一种全新的文学，强调网络文学的超文本和非线性，认为网络文学将完全取代传统文学而进入文学发展的新时代。"继承论"或"共性论"者则对上述观点不以为然，在这些批评者看来，网络文学与传统文学没什么两样，无非就是纸质印刷传播与网络数字传播之别。两种观点都有一定的客观性，但与网络文学场域的实际情况有所不符，这种情况体现出传统批评主体的观念中对网络文学场的某种概念化、标签化倾向。著名作家张抗抗女士参加"网易中国网络文学奖"评选的经历正体现了这种倾向对传统作家造成的误导：

> 有趣的是，在进入评奖阅读之前，曾做了充分的心理准备，打算去迎候并接受网上任何稀奇古怪的另类文学样式。读完最后一篇稿时，似乎是有些小小的失望——准备了网上写作的恣意妄为，多数文本却是谨慎和规范的；准备了网上写作的网络文化特质，事实却是大海和江河淹没了渔夫；准备了网上写作的极端个人化情感世界，许多文本仍然倾注着对于现实生活的关注和社会关怀；准备了网络世界特定的现代或后现代话语体系，而扑入视线的叙述语言却是古典与现代，虚拟与实在杂糅混合、兼收并蓄的。被初评挑选出来的30篇作品，纠正了我在此之前对于网络文学或是网络写作特质的某些预设，它们比我想象的要显得温和与理性……①

网络小说本来就是既有现代也有古典，既有乖张也有温情……张抗抗女士之所以感到失望，是因为她在真正接触网络小说之前，已经在观念中预先给网络文学贴上了"稀奇古怪""另类"的标签，预设了一个"恣意妄为"的形象。而真正的网络文学五花八门、形态各异，既会有脑洞大开、

---

① 张抗抗：《网络文学杂感》，中国散文网，http://www.cnprose.com/article-1713-1.html，最后访问日期：2017年7月14日。

荒诞离奇的玄幻，也可能有细腻生动、娓娓道来的真实讲述，并不是抽象的标签和概念可以概括的。如"革命论"强调，超文本、非线性等特征在网络文学中确实较传统文学更加明显，但网络文学也不是只有超链接而毫无线性线索可言，文学网站中大量的商业写作仍有明显的线性结构，以及相对完整的故事结构（就完本而言）。另外，每当有新的传播技术出现时，总会有人担忧新的媒体会完全取代旧的媒体，电视出现的时候就曾经有人哀叹文学要灭亡，但事实上新媒介发展带来的是其与传统媒介的融合而非取代，每一次新旧媒介的融合、借用则会促进此项艺术的爆炸式发展，当下的网络文学热潮或许就是一例。另一端的"继承论"者则完全忽视了媒介与文学之间的结构关系与互动作用，认为无论媒介如何变化，文学本身的表达与结构都不受影响。这显然无法解释网络文学文本在节奏、语言、故事情节等诸多方面与传统文学的区别。

　　类似的误识还有网络文学具有典型的碎片化特征、网络文学是"去中心"的文学等。不可否认，网络空间中尤其是通过移动互联网以智能手机为终端进行的文学阅读行为，在时间上的确具有碎片化特征。网络连载小说在连载过程中以章节更新的方式上传网站，使小说的呈现方式较为零碎，但是这些章节之间仍然是具有很强的关联和呼应度的，整部作品的故事、人物、情感大体上是整体性的，如果因为阅读和发表方式的时间碎片性而否认大部分网络文学作品的完整性则是有失偏颇的。认为网络文学是绝对的去中心的文学的误识可能是对"网络是去中心的"这一观点的延伸。的确，与印刷逻辑中的"中心—边缘"结构相比，网络技术的逻辑更加扁平化和分散化，网络结构中的"节点—节点"结构也不是完全均质的，在由无数关系和节点构成并与其他节点联结的块茎结构中，那些具有更多连接关系的节点在块茎中的作用和影响将明显大于那些具有较少关系的节点，中心并未消失，只是存在于更细分的结构中。比如文学网站中因不同的作品选择而形成了不同的块茎结构，在每一个块茎结构中都有一个或一些具有更多关系的节点，这些节点显然在其所在的文学块茎中对其他人发挥着更大的作用。具体到每一部作品中，大部分的网络文本中还是有明显的主次人物之分的，甚至有不少作品中的主人公还有强烈的"主角光环"。另外，文学网站的页面设置上，知名写手的作品、高人气作品往往被网站放在更加显眼的位置，而被更多人看到。可见无论对写作者、阅读者、批评者还是作品而言，网络文学场域都并非绝对均质的存在。诸如此类，传统批评场域中还有不少关于网络文学场域的概念化、倾向性认识与网络文学现实并不相符，带着这样的误识与曲解去看待和评判另一个场域的作品或者活动，批评与研究难免被先入为主的观念所影响，而失去对实践的触摸，增加了沟通的难度。

尽管在传统批评和网络批评两个场域之间有着这样那样的曲解和误识，在传统文学、网络文学都在寻求未来发展的共同期望下，传统批评场域还是开始了对网络文学场域的接触与合作。如2008年11月，在中国作家协会的指导下，由中国作家出版集团、北京中文在线文化发展有限公司主办了"网络文学十年盘点"活动，在经过网络读者推荐、投票后，邀请著名评论家、作家以及《人民文学》《收获》等知名文学期刊编辑50余人，以文本价值、记录价值、学术价值和娱乐价值为综合考评标准，对入围作品进行评选，活动最终选出《尘缘》《家园》《紫川》《韦帅望的江湖》《此间的少年》《成都，今夜请将我遗忘》等"十佳优秀作品"和"十佳人气作品"。[①]又如，经作协批准，作为中国最高级别的文学教育机构——鲁迅文学院于2009年开设网络作家培训班，首次吸收网络写作者参加学院的学习。2009年6月15日，由《文艺报》和"盛大文学"共同主办了"起点四作家作品研讨会"，白烨、贺绍俊、张颐武、邵燕君、石一宁、胡殷红、马季等传统场域的评论家、编辑出席研讨会。研讨会上，李寻欢、宁财神和邢育森等早期网络作家对中国网络文学的发展进行了总结和梳理，集中对"我吃西红柿"、"跳舞"、"唐家三少"和"血红"四位网络作家的作品及写作风格等进行了讨论。[②]而传统批评场域对网络文学场域最具突破意义的一次接纳当属"鲁迅文学奖""茅盾文学奖"两大传统权威文学奖项申报之门对网络作品的敞开。2010年"第五届鲁迅文学奖"评奖活动启动，评奖主办方中

[①] 欧阳友权主编《网络文学五年普查2009~2013》，第112~117页。
[②] 《网络文学更新换代引人关注，网络四作家作品研讨会在京召开》，中国作家网，http://www.chinawriter.com.cn/2009/2009-06-16/56590.html，最后访问日期：2017年6月24日。

国作协首次扩大了参评作品的范围，宣布网络作品也可参评。在此之后，"茅盾文学奖"也向网络文学打开了大门。2011年3月，中国作协对《茅盾文学奖评奖条例》做了修订，明确允许网络文学作品参评。茅奖一直是新中国主流文坛给予长篇作品的最高奖项，网络作品被获准申报，即意味着传统文学批评场域对网络文学入场资格的承认。

然而，上述互动与接纳带来的更多的是形式上的意义，而非观念与实践上的真正理解与认同。无论是研讨会、作品盘点，还是看起来颇具突破意义的文学评奖，传统批评场对网络文学作品和写手的接纳都是在不挑战传统批评话语权威、不影响传统批评规则的前提下，有条件、有限度的打开。仍然延续了传统批评场域固有的运作规则、批评话语、评价标准，甚至有些规则的设定是与网络小说的特征与发展趋势背道而驰的。

如作协新修订的《茅盾文学奖评奖条例》虽然允许网络文学参评该奖，但是一种有条件的准入，其评奖通知规定："重点文学网站推荐的作品，应为评奖年度范围内在本网站发表并由出版单位出版的图书作品，推荐时应征得著作权人和出版单位的同意，并提供样书。"这条规定意味着大部分网络文学作品被取消了参赛资格，毕竟出版为纸本书的网络作品在整个网络文学中寥寥无几，所以有网友戏称这是"史上最苛刻参评条件"，"照这样的标准，除了几本盗墓小说和历史小说之外，像现在最红的《斗破苍穹》等网友非常关注的小说都没资格参选"[①]。这位网友满以为能够参评的《盗墓笔记》最终也因为出版的不是全本而未能通过审核。且不论以出版纸本作为申报条件是否有抬高门槛之嫌，更大的问题在于就网络文学必须出版纸本，且必须出完整本这一要求而言，传统批评观念对网络文学的误识与偏见可见一斑。这一要求所体现的批评观念是只有出了纸质版本的作品才是好作品，作品一定要有一个确定的、完整的物质形式。这与网络文学创作、阅读、批评的在场交互性、即时体验性和表征的流动性是背道而驰的，而这些被传统评奖规则所禁止的特征恰恰体现了网络文学的生命力与闪光点。

[①] 郦亮：《茅盾文学奖"苛求"网络文学？参评条件：必须出版》，中国新闻网，http://www.chinanews.com/cul/2011/03-05/2886058.shtml，最后访问日期：2019年5月2日。

与此类似,第五届"鲁迅文学奖"对参评网络作品是从平台资格的角度入手,就参评范围做了规定,明确只有具有"互联网出版许可证"的网站才有资格推荐网络作品,而在当时具有该项资格的网站只有起点、网易等约百家大型网站,而网络批评场里一些活跃的论坛、评价网站则受资格所限,不能参与推荐。最令网友觉得讽刺的是当年唯一一部入围评选的网络作品——《网逝》(又名《请你原谅我》),这部从31部符合评奖资格的网络作品中选出的唯一一部但并非网友最喜爱的典型的网络作品,被认为"本质上还是一部传统小说"[①]。关键在于这部小说是一个关于网络暴力反思的故事,使网友认为正是由于其与传统批评价值的契合,才得以入围。当然,虽然大部分网络写手仍然以能够参评"茅盾文学奖""鲁迅文学奖"为荣,但他们究竟有多少人以上述主流大奖的标准和要求去严格指导自己的写作并不好说。如果真的按照上述标准和规则去创作、传播、阅读和批评,那么网络文学恐怕很难再被称作"网络文学"了,它与传统主流文学的区别在哪儿?它还能像今天这样在大众阅读中如此受欢迎吗?

传统批评对网络文学场的否定不仅体现为文学大奖评选中的明迎实拒,也体现在上文所述的研讨会和培训班中,传统批评精英仍然掌握着话语权,用传统批评的标准对网络作品进行评定,以传统的文学批评理论和价值观念对写手提出要求,依据传统写作经验对写手进行"帮助"和"辅导",这其实不是真正的认同与接纳,而是一种请进来的"改造"。接纳与互动的形式之下,是一种试图将网络文学写作纳入传统批评体系的场域再生产,是一种试图以传统批评场域的运作逻辑和评判标准来同化和规训网络写手的权力操作;提高其创作品位,指点其创作形式的行为之下,是对网络文学场域原有品位、方式的否定。传统专家批评对网络文学的误识与否定,既有传统批评专家对网络文学空间在研究方法、理论资源运用上的偏差等原因,也有深刻的社会原因和观念因素。这里包含着传统文学观念的惯性、专业批评家的话语权以及知识分子的理性坚守等多方面动因。

[①] 郦亮:《〈网逝〉入围鲁迅文学奖 网络小说"独苗"难成气候》,《上海青年报》2010年9月13日。

首先，传统专家批评的误识与否定是传统文学观念延续的体现。正如齐格蒙特·鲍曼所言，社会文化、意识形态等观念性存在有其自身的发展规律，当与其相应的社会历史条件发生变革时，传统的文化观念虽然也不可避免地面临瓦解或颠覆的危机，但是它们一般不会因为社会经济的转型而骤然停止或断裂，而是随着技术经济、社会结构的变革不断地进行调整、转化及扬弃。旧的传统观念中与新的社会历史实践不相适应的部分必将遭到质疑、否定和抛弃，而其中仍能满足人类精神需要、符合新的社会历史条件的部分将会得到传承与延续。传统文学理论及批评规范在面对网络技术推动的时代转型时，虽然已显现出某种疲态与缺陷，但是无论在传统批评主体还是网络大众中，它仍将在一定程度上发挥作用。这是因为文化形成、发展、变化的过程是一个"意蕴"的沉淀过程，成套的文学理论体系也好，特定的叙事模式也好，都是漫长的历史岁月中，一定范围的社会群体感性经验的理性凝聚。同时，这种反映了集体心理结构、思维方式的理性结晶以理论、器物的或文本、物质的形态一代又一代地向下传递，将每个时代的历史特性写入其中并传递下去。所以，即便网络时代的文学实践较之前的传统文学实践产生了诸多变化和差异，传统文学理论的基因仍会在新的时代有它的遗传表征。

其次，传统批评专家的误识与否定，某种程度上是在多年形成的正统理念的作用下对非正统的拒斥，是传统精英对大众草根的优越感。传统批评主体与网络文学主体的多次冲突尤其是早期的几次争论都集中于一个问题，即网络文学能不能称为"文学"。这个问题再延伸下去就是网络写手可以称为作家吗？或者他只是"写作的人"？每次混战在根本上都是一个文学合法性问题。传统批评家始终以判定网络文学合法性的立法者身份自居，试图否定网络文学存在的合理性。后来，网络文学由星星之火发展为燎原之势，再去固守文学合法性的问题似乎已经难以立足，传统批评家对网络文学否定的重点转到了对文学水平、审美品位的鄙夷上来，认为网络作品顶多是"三流水平"，很多网络写手还"不入流"。这种否定其实正是布尔迪厄所说的文学场域内不同力量对文学空间和位置的争斗，传统批评力量要通过对新的、异军突起的网络势力的否定来维持自身的正统地位，网络一方则意图通过争斗变更这种地位。今天的"传统力量"曾经也在更早时代的文学场域变革中扮演着先锋、新锐的角色，当它通过之前的争斗取得了正统的位置后，其策略就日益趋向保守和稳定。而当历史发展到某一"既定时刻"时，新的"先锋派"异军突起开始冲击传统的正统地位。由此，一场曾经的先锋派对新的先锋派的保卫战必然打响，而文学观念、审美旨趣、评价标准等相关问题必然成为争斗的内容。

但传统批评家对网络文学的批评中也有其理性守护的责任意识，尽管这是一种有待扬弃的意识。无论是传统批评家通过传统批评渠道展开的理论批评，还是网友们在线的直抒胸臆、灵活互动的个性评论，或媒体善于造势的媒介批评，都始终是一种在深入阅读文本的基础上发掘文本奥义、转换体验与理解、生成意义与价值的反思过程，是感性体验与理性思考的转换、互生与超越的过程，是离不开理性思考这一核心的。依靠理性的思考过程，文本中的深层意蕴得以激发，再经由理性组织，从文学文本中得到的启发才能够被准确地转换成批评的表达，进而实现对文学接受的有力提升及对文学创作的有效反馈。当下网络技术开拓的新的批评空间确实为文学批评带来了表达上的极大自由，使批评场域空前活跃。但不得不承认，在自由活跃地表达的同时，批评的零散化、碎片化、情绪化、空泛化、商业化也成为一种普遍现象，批评的初心与本真正在被偏离、被消解。失去了反思的文学批评无论多么热闹活泼，其意义都大打折扣，而且失去了反思性的热闹与活跃也必然无法长久。在这样的批评现状中，传统批评家的批评尽管因理论适用的守旧、表达方式与话语的专业晦涩等问题而亟待调整与革新，但其对理性思考的坚持却是对批评本真的可贵坚守，这是文学批评超越之维实现的依据。

第二节　网络批评对专业权威的漠视与盲目对抗

与传统主流批评场域对网络作品、网络写手的"傲慢与偏见"类似，网络批评场域对传统写作者及其作品也存在潜意识的敌意与对抗。这种敌意使网友们的批评常常陷入一种盲目对抗之中，这从网络批评主体与传统

（体制内）作家、评论家的斗争与论战可见一斑。2006年的"梨花体"事件就是一例，此事件肇始于一名网友在天涯论坛的发帖，该网友称"梨花教"的宗旨就是"蔑视一切插科打诨的混饭文坛垃圾，并且将这种丑恶的文风发扬光大"①（原文为模仿某位作家诗歌体例的分行格式）。他先在该论坛贴出某位传统作家"全国文学最高奖'鲁迅文学奖'诗歌奖评委"②的身份及其获得的荣誉，然后又贴出该作家的几首诗作。这位作家有多篇作品在《人民文学》《诗刊》等知名刊物上发表，自然让网友对其的作品产生了一种审美期待，而被贴出的这些作品显然是不符合网友期待的，并与网友想象中的诗作产生了强烈反差，于是网友纷纷跟帖，而且跟帖的语言形式多模仿上述作家诗作的格式，而这种模仿正是网友的一种嘲讽与戏谑。在国家一级诗人的身份和不符合网友"诗"之印象的作品之间形成的巨大反差，以及网友的围观、炒作，使模仿该作家诗歌的表达方式——"梨花体"迅速引发热潮，一时间在经常上网的年轻人中竟然形成了人人皆写梨花体的网络热点。"梨花体"事件经过几天的发酵之后，网友中的意见领袖韩寒也加入混战，在其博客发表了一篇题为《现代诗和诗人怎么还存在》的博文，称"古诗的好在于他有格式，格式不是限制，就像车一定要开在指定路线的赛道里一样，才会有观众看，你撒开花了到处乱开，这不就是交通现状吗，观众自己瞎开也能开成那样，还要特地去看你瞎开？这就是为什么发展到现在诗歌越来越沦落。因为它已经不是诗，但诗人还以为自己在写诗……好好的标点符号摆在那，你非不用，先把自己大脑搞抽筋了，然后把句子给腰斩了，再揉碎，跟彩票开奖一样随机一排，还真以为自己是艺术家了"③。韩寒的这篇评论虽然因"梨花体"事件而起，其对标点、格式的具体批评也都是针对"梨花体"事件中被贴出的诗所言的，但其否定的不是这位诗人个人，而是将炮火指向了整个现代诗坛。

---

① 网友"梨花教"：《在教主赵丽华的英明领导下梨花教隆重成立！》，天涯论坛，http://bbs.tianya.cn/post-funinfo-242113-1.shtml，最后访问日期：2017年7月15日。
② 网友"梨花教"：《在教主赵丽华的英明领导下梨花教隆重成立！》，天涯论坛，http://bbs.tianya.cn/post-funinfo-242113-1.shtml，最后访问日期：2017年7月15日。
③ 韩寒：《现代诗和诗人怎么还存在》，豆瓣网，https://www.douban.com/group/topic/1242810，最后访问日期：2017年7月16日。

这里的一个关键问题是，该诗人不能代表现代诗人，也不能代表现代诗人的主流，她的诗在现代诗范畴里仅仅是小众的先锋一派。但是韩寒以及他所代表的众多网友并没有认识到这个差异或者说也无意细分，他们一听到"国家一级诗人""鲁迅文学奖评委"的头衔就把这位作家划到了传统权威的行列中去了，并因这种"大诗人"的身份而对其作品产生了固有的"经典性"期待，一旦这个期待未能满足，巨大的失落感便演变成嘲讽和恶搞。

与对传统文学作品的盲目对抗同时存在的还有网络批评场域对正统文学作品的漠视和不以为然。2008年，中国网络文学经过了10年发展，不再只是少数文学爱好者和网友的自娱自乐，而是形成了一套商业化的运作模式和广泛的读者群，但其在文学合法性上仍然难以得到官方肯定，始终以立意不高、文笔粗糙、单纯追求娱乐、缺乏历史和社会责任感的形象居于亚文化之列。与此同时，传统写作拥有深厚的文学功底和文化资本，却面临着出版减少、受众流失，传播力和传播率都日益下降的局面。基于此种现实，传统文学场域和网络文学场域都意识到了彼此互补、交流的可能性与必要性。在这种需要互动与交流的形势下，起点中文网于2008年9月宣布启动"30省作协主席小说竞赛"，邀请了来自全国各省、自治区、直辖市的30位作协主席上网创作小说，由网友和网络作家上网阅读评论，竞赛排名由网友投票和网络作家评价共同决定，计算办法参考网站常规的评价模式由推荐票数量、点击数、评论数三项组成。大赛名次最终决出冠军、亚军、季军，冠军奖励10万元人民币，除此之外还另设"盛大文学大师奖""最佳创意作品奖""最具人气作品奖"等奖项。[①] 为了探索传统文学网络发表的收益模式，大赛组委会约定此次参赛作品的版权收入由起点中文网与参赛作家平分。

竞赛由当时率先在文学网站上成功推行付费阅读模式而使网络文学走上商业化发展快车道的起点中文网组织运作，又有30个省份作协主席的身份加持，消息一经发布，迅速在传统文坛和网络空间两个场域引起轰动。

---

① 赵秀芹：《起点中文网启动小说竞赛　网络发表作品是趋势》，搜狐网，http://it.sohu.com/20080909/n259453680.shtml，最后访问日期：2017年7月15日。

这次活动的组织方起点中文网认为，"30省作协主席集体亮相起点中文网，将会极大地推动中国网络文学的繁荣。中国传统作家与网络作家，将一起绘制中国文学的美好图景……这将是中国文学史上一个里程碑式的事件"①。全国有超过百家媒体进行了报道，其中《新闻1+1》节目组认为，"'作协主席赛'给网络文学和传统文学带来了双重冲击"②，因此对此次比赛进行了长达30分钟的专题报道。对这次活动，大部分媒体都给予很高的评价，认为这是传统作家与网络平台破冰合作的一个良好开端，通过这种合作，传统作家可以走入更多读者的视野，网站可以获得更大的影响力，而网友可以读到更多的优秀作品，是一个多赢之举。

很多传统批评家也将这次比赛看作传统文学通过网络平台重拾读者市场的有利契机，认为以30个省份作协主席为代表的文坛中坚力量，可以通过网络寻找到摆脱传统出版危机的有效方式，重振文学市场。北大教授、文化评论家张颐武认为："'30省作协主席小说竞赛'为传统作家焕发第二度青春提供了机会和平台，文坛主流作家很有可能通过网络寻找到创作生涯的新'起点'。"③ 参赛的作家们也对这次试水非常乐观，有"短篇小说之王"之称的北京作协副主席刘庆邦认为，"这批作品在网上连载，应该对网络文学的质量有一定的提升作用。另一方面，传统文学的读者相对较少，网上阅读的人数甚至比纸媒阅读的人数还要多。这样的机会对传统文学拓宽读者群，也许会有一定的帮助"④。作家张抗抗虽然不在参赛作家之列，但是她认为传统作家的入网写作将是一个必然趋势，"不管它叫什么，传统纸质写作的作家把作品上传到网上，这就是网络文学发展的必然。至于他们选择作协主席，是看到了主席们的代表性和号召力……以后我可能也会

---

① 网友"sheepwhite"：《起点中文网启动全国30省作协主席小说竞赛 zz》，豆瓣网，https：//www.dou-ban.com/group/topic/4136525，最后访问日期：2017年7月16日。
② 赵秀芹：《白岩松："30省作协主席擂台赛"会推动网络文学》，搜狐网，http：//it.sohu.com/20080912/n259535333.shtml，最后访问日期：2017年7月16日。
③ 网友"紫色小河马"：《全国30省作协主席小说竞赛》，豆瓣网，https：//www.douban.com/group/topic/4138360，最后访问日期：2017年7月16日。
④ 蒲荔子、吴敏：《网络文学和传统文学的双重冲击？30位作协主席网上PK之后》，《南方日报》（电子版），http：//epaper.southcn.com/nfdaily/html/2008-09-28/content_6690488.htm，最后访问日期：2017年7月16日。

尝试这样的网络写作"①。部分作家则把这次比赛看作传统写作在网络时代谋求变革和创新的一次尝试，是传统作家与网络媒体的对接点。辽宁省作协副主席刘元举认为，"这次网上长篇写作，是一次传统写作与现代网络的真正撞击，是寻找传统写作与网络写作的契合点，更是对于我们这些已经陷入了条条框框的专业作家们的挑战，或许这是一次涅槃，但愿能够得以再生！"② 甚至有作家充满信心地认为这次网上打擂是向网络写手和网络读者展示高雅品位的良好机会，能够对网络写作及鉴赏起到示范和引导作用。文化评论家谢玺璋表示，"网络文学有它的优势，也有很多问题，比如它不能像传统文学那样，拥有精妙的构思和细致的文字，而传统作家有着深厚的写作功底，把他们的作品拿到网上发表，对网民的阅读有好处"③。与谢玺璋持类似观点的还有北京作协副主席刘庆邦，他认为比起网络文学作品的娱乐性，传统作家的作品往往更重视历史感和社会责任感，这样的作品进入网络，将有利于提升网络文学的整体水平。

　　与传统媒体和作家们满怀信心的乐观态度不同，在一批坐等好戏开场的网友之中，有些网友冷静又不无讽刺地对这场声势浩大的、名头响亮的"主席擂台"表示担忧。记者李承鹏在自己的博客中写道："唯一的担心，不知主席们能不能受得了文章后面的网络跟帖，它极大地考验着我们的作协领导们的心理素质，他们平时发言时总受跟屁虫的追捧，这次情况不一样了，网络像个虚拟的人体，每个人都可以发表文章，那就是大脑，可那些跟帖却是下水……网络中的雷人很多，怕几回合下来没成就作协主席却成就了跟帖的帖主。这就像当年武林大会，没成就金轮法王，却成就了小杨过。"④ 更有网友深刻指出，此次30位作协主席参加网络比拼，比起作品

---

① 蒲荔子、吴敏：《网络文学和传统文学的双重冲击？30位作协主席网上PK之后》，《南方日报》（电子版），http://epaper.southcn.com/nfdaily/html/2008-09/28/content_6690488.htm，最后访问日期：2017年7月16日。

② 李舫：《"作协主席"网上赛高下 众多网友判高下》，人民网，http://culture.people.com.cn/GB/87423/8081789.html，最后访问日期：2008年9月22日。

③ 网友"紫色小河马"：《全国30省作协主席小说竞赛》，豆瓣网，https://www.douban.com/group/topic/4138860，最后访问日期：2017年7月16日。

④ 李承鹏：《作协主席受不受得了网络跟帖》，天涯论坛，http://bbs.tianya.cn/post-187-552334-1.shtml/天涯论坛，最后访问日期：2017年7月16日。

的好坏,更重要的是传统作家能否真正懂得和适应网络文学的创作环境,实现自我的超越。"参加这次擂台赛,他们中可能大多数人的对手是自己,包括对网络文学的认识和心理的自我否定。参赛需要一种自我否定的悲壮的态度。"①

然而,与竞赛前起点网的美好愿景、作家们的满怀信心和一众传统媒体的热切关注形成鲜明对比的是,这次传统作家与网络读者"第一次亲密接触"的效果并不理想。已经公布的竞赛方案屡屡修改,作家们的作品上传速度颇受网友诟病,作品点击率遭遇滑铁卢。一场声势浩大、名家坐镇的历史性尝试,最终在经历了一年的赛程之后,在雷声大雨点小的尴尬之中草草收场。

首先,这次里程碑式的比赛在程序上让网友大失所望。让网友觉得"搞笑"的是,一个被各路媒体广泛报道的重要活动,居然在竞赛开始后没多久悄悄地改了名字,原先激烈紧张的"竞赛"变成了心平气和的"巡展"。真刀真枪地分个高下,似乎变成了无关输赢的展出活动。对于活动名字的改动,网友们分析了各种可能的原因,归结起来有以下几种。第一,点击率说,认为比赛开始后作家们的作品点击率都不够理想,比赛的输赢已无多大意义,再去计算比赛成绩会显得尴尬,索性将活动名称改成没有什么竞争意味的巡展。第二,心态说,认为来参加比赛的作家并非看重奖金,也不在意输赢,更多的是体验写作与网络的结合,为了更准确地体现作家的这种心态,故将活动名称改为巡展。第三,情面说,认为"比赛""竞赛""打擂"这样的字眼太过渲染竞争意味,让身为知名作家、拥有作协主席头衔的参赛者感到情面上有些过不去,所以将活动的名字改成巡展。

这次比赛的另一个程序上的重要变动或突破是比赛对作品上传时间的放宽。既然是网络小说比赛,那么通常的做法是遵照网络小说的创作方式,在比赛期间即时上传新的作品,但实际操作是有部分作家将之前已经写好的作品单纯上传到网上。关于作品的上传效率,媒体和网友们也颇有微词:"打擂台是有时间限制的,如果选手没按时上场,则自动弃权。开赛两个月

---

① 网友"从四方院出来":《作协主席打擂:我们看什么?》,天涯论坛,http://bbs.tianya.cn/post-free-1424110-1.shtml,最后访问日期:2017 年 7 月 16 日。

了，这选手还迟迟不上台，无疑置主办方于尴尬境地。"① 网友"郑德鸿"博客中的这段话在网友中颇有代表性。

除了创作的节奏，这次大赛的评价机制也在实施阶段有所改变。经过近一年的创作与评比，最终的评选结果并非只由活动之初设定的网络写手和网友投票构成，而是由评委评分和网络评分共同组成。"第一部分为评委评分，由组委会邀请著名文学评论家白烨、程永新、陈村、张颐武、王干、谢有顺组成评议团，评分比重占总分数的70%；第二部分为网络评分，由推荐票数量、点击率和评论数三项组成，占总分的30%。"② 虽然在最终排名中，网友点击率对作品成绩的影响权重因为专家评委的加入而变小，但无疑是最能反映网络批评群体对作品评价的一项数据。

其次，是这次活动在网友中产生的效果并不理想。尽管比赛规则、程序上的变动让网友觉得"不靠谱"，但这次活动真正的痛点是作品的点击率。据媒体报道，竞赛开始一周后"点击率最高的是河南省作协副主席郑彦英所写的《从呼吸到呻吟》。点击率38836，总评论216条。与同一网站里一周最红的网络小说所创下的60多万点击率相比，差得太远。甚至，在书友排行榜中，排名第15位的小说，1天内的点击率都超过它2万次"③。截止到活动结束，冠军作品——吉林省作协主席张笑天的《沉沦与觉醒》收获了230多万的总点击量，"其他作协主席文章的点击量，平均在10多万的水平"④，而同时期起点中文网首页上很多小说的点击量都已过千万。这与活动开始之前传统作家们的乐观预期显然有很大差距，不可否认的是有部分网友对传统作家试水的勇气、阅历的丰富表示赞赏，但整体上对传统作家上传的作品反应冷淡，评价不高。不仅让提升网络文学水平、引领网络阅读风尚的美好愿望落空，而且通过活动打开传统作家阅读市场的希望也将破

---

① 网友"郑德鸿"：《祝贺"30省作协主席小说竞赛"改"27省作协主席小说巡展"——乱弹"全国30省作协主席小说竞赛"六》，郑德鸿的新浪博客，http://blog.sina.com.cn/s/blog_544f29e60100b4r9.html，最后访问日期：2017年7月17日。
② 欧阳友权主编《网络文学五年普查（2009-2013）》，第112页。
③ 网友"塞北剑客"：《天府早报：作协主席试水网络？自我炒作还是帮忙炒作》，天涯论坛，http://bbs.tianya.cn/post-no06-89593-1.shtml，最后访问日期：2017年7月17日。
④ 茅中元：《作协主席小说巡展公布结果 主席不及网络写手》，新浪新闻中心，http://news.sina.com.cn/o/2009-09-01/070816218869s.shtml，最后访问日期：2017年7月17日。

灭。有些网友和网络写手对作家、作品的批评非常尖锐："网络写作对于这些作协主席来说，是一种尝试，更是一种考核。写作速度对于他们来说，显然难尽如人意。并且，由于没有了以前那种慢工出细活，没有了编辑帮着加工，而是现写现发，有的选手写出来的小说粗糙甚至不通情理。"① 网络小说《盗墓笔记》的作者"南派三叔"曾在竞赛之初指出："'传统作家若在选材等方面有突破，可胜过网络作家'这个说法不懂网络。现在（30省作协主席网络小说竞赛）才刚开始，也许还有这个自信，等他们的作品到了无人问津时，就知道网络上的东西不是那么简单。"② 网友的反应很快印证了"南派三叔"的观点，网络写作并不像传统作家预想的那样只是传播渠道不同而已，文学本身并没有什么不同。网友"absd啊啊"甚至发帖《给传统作家们的一些提示》，希望传统作家有所改进："传统文学有其优势，但也有一些比不了网络文学的地方，所以还是希望传统文学能够有所改进，取长补短，加强自身。1. 速度。这是网络文学最值得自豪的地方，希望在保证质量的前提下加快更新。2. 阅读感受。网络文学很商业，是文化快餐，它也许不现实，也许不合理，但是它却很适合需要放松的人。"③ 网友的批评对传统作家的冒犯，再次由网络舆论的符号性人物——韩寒引燃，对抗由韩寒对河南省作协主席郑彦英的作品《从呼吸到呻吟》的批评引起，由郑彦英的回击形成，论战从作品到人品再到作协体制不断升级，河北省作协副主席谈歌、上海市作协副主席秦文君等也陆续加入论战。韩寒一方则有众多网友助威，摇旗呐喊。

一场倡导传统作家入网试水，拓展传统文学市场渠道，促进传统文学与网络文学相互了解、融通的文学活动，最终以作品的遇冷和论战的升级而告终。"30省作协主席网络小说巡展"让传统文学群体和网络文学群体尤其是传统主流作家群体，对两个文学场域之间的差异有了更加直观和深刻的认识。正如同网络中的架空、穿越、无厘头常常难入传统批评家的法眼

---

① 网友"郑德鸿"：《祝贺"30省作协主席小说竞赛"改"27省作协主席小说巡展"——乱弹"全国30省作协主席小说竞赛"六》，郑德鸿的新浪博客，http：//blog.sina.com.cn/s/blog_544f29e60100b4r9.html，最后访问日期：2017年7月17日。
② 天涯论坛，http：//bbs.tianya.cn/post-no06-89593-1.shtml，最后访问日期：2017年7月17日。
③ 转引自黎杨全《数字媒介与文学批评的转型》，博士学位论文，华中师范大学，2012。

一样，传统主流作家惯有的"慢悠悠的写作节奏""不接地气的故事内容"在刚进入网络文学场时，也遭到了网友的冷眼。传统主流作家与网络批评大众这两个长期处于不同文学场域的文学群体，带着来自各自场域的文学观念差异以及体制内外不同社会阶层、不同代际的社会文化差异彼此遭遇，当然这种遭遇不可能仅凭一次文学互动就达到彼此了解、彼此接受的融通状态。这次文学事件至少促成了传统与网络两个文学场域的对话，使传统主流文学与网络受众直接碰撞，证明了传统文学场域与网络文学场域互怼姿态之下的彼此关注和彼此求解。或许从这里开始，我们可以期待传统与网络两个文学场域有更多层次的对接与融合的可能。

这里有四点意义需要关注。其一，对话时代的启幕。30个省份作协主席网络写作竞赛与其说是传统主流文学创作主体之间的功夫比拼，不如说是传统文学场域中掌握了文化资本、符号资本的权力者进入网络场域的一次"试水"，而"试水"是为了探寻对话的可能性和更深层次的交流与融合的接入点。这次活动的名称由最初的"竞赛"改为后来的"巡展"也正呼应了活动本身的内在实质。对话实践得以展开的一个前提条件是双方对话主体之间的互认与平等，作协主席的身份标示着这次竞赛的参与者本身已经是传统文学体制下，经历了专业批评体系和批评标准检视之后获得了合法性确认的主流精英，他们能够接受邀请参加这样一种由网络平台发起、需要遵守网络文学机制、接受网络大众凝视的文学实践，表明了传统精英作家群体对网络文学场域的正视与承认。

其二，彼此话语的可理解性。在之前的一段时间里，传统文学场域由于掌握着深厚的社会资本、文化资本，居于文学的主流、正统位置，往往强调自身的正统性、合法性，对网络场域中的大众话语、网络叙事嗤之以鼻，视其为非主流或不入流，自然也不太可能去接纳、解读乃至参与。而此次既然加入了网络竞赛，就必须遵守网络竞赛的相应规则，不仅受活动规则的约束，还因作品要网上连载接受网民评论，而不可避免地与网络接受和批评主体产生接触和互动。虽然植根传统文学场域多年的主流精英们不会因一次活动而放弃或改变创作"惯习"，但受一些网络的熏染和影响是在所难免的。正如作家阿城所说的那样，"这次虽然是以小说竞赛的方式加入网络写作中去，但我想其他作家应该和我一样，都没有竞赛的感觉，而是通过这种方式与读者交流"①。阿城的态度可以说代表了很大一部分参赛作家的心态，随着网络文学场域的壮大与活跃，传统主流创作主体与网络主体交流对话的意愿已经形成。虽然就此次活动而言，真正深层次的交流远远不够，但传统与网络两大文学场域之间对话交流的大幕已经拉开。

其三，传统文学与网络文学正面碰撞的展开。自网络文学脱离了小众爱好者自娱自乐的发展阶段以来，其与传统文学的碰撞时有发生，甚至有"韩白之争""梨花体"等颇具爆炸性的冲突事件。但这都是文学活动主体站在各自的文学阵营里与对方阵营的隔岸作战，尤其是传统文学场域中的作家、批评家，因为对网络文学合法性和创作水平的质疑而不屑与之碰撞。由于缺乏了解，彼此之间的批评不免有隔靴搔痒之虞。这次作协主席网络小说巡展最大的突破就在于传统主流作家能够主动走出神坛，真正进入网络空间，与网络受众"亲密接触"，与网络平台上那些生长于斯的网络文学作品同场展示，短兵相接。这与以往他们对网络文学的场外评点、坐而论道大不相同，因为只有真正进入网络场域内部，才能感受到网络文学现场的节奏、氛围、直接的读者期待、鲜活的读者反馈，感受到网络文学场域与传统文学场域不同的接受需求、创作模式、创作体验。对众多网友而言，他们也通过这一契机与以往感觉高高在上的作协主席们近距离接触，直接沟通，同时对体制内作家的文笔手法、写作功底有了一次直观的认识。通过这样的接触，无论是传统作家还是网络受众都会对彼此有新的认识和了解。参加了这次活动的作协主席们再面对"网络文学是不是文学""网络文学是不是都是垃圾之类"的问题时，应该不会再简单地予以肯定或否定。而阅读了巡展作品的网友们也会对传统作家的文学水平有更为准确的认识。比起隔靴搔痒的外部批评，这种介入内部、彼此碰撞的实践，对增进彼此的认识与了解更为重要。

其四，更多层次的融合已然开始——彼此关注与求解。传统与网络两

---

① 彭致：《起点中文启动小说竞赛——30位作协主席网上打擂》，中国新闻出版广电网，http://www.chinaxwcb.com/xwcbpaper/html/2008-09/16/content_39308.htm，最后访问日期：2017年7月17日。

个文学场域中的文学主体，包括创作主体、批评主体等多有冲突、对抗，这是一个不争的事实，但是这些冲突与对抗背后的深层次原因既有不同主体、不同场域之间的价值取向、审美标准、表达方式之差异，也有各自在文学场域中的身份位置差异、传统与新锐之间的观念差异、市场资本与本土文化资本之间的位移变化。当然还有很多基于上述差异而产生的误识，这是因为彼此缺乏了解而产生的对彼此标签化、片面化、刻板化的印象，其中多是出自以讹传讹的间接了解或者未经验证的主观想象。如果两个场域中的主体都止步于对对方的标签化认识，并据此做出判断，那么不仅会形成进一步的错误认识，还会放弃对彼此的进一步了解。前文所述的传统作家张抗抗最初对网络文学的看法、很多网民对体制内作家一刀切式的否定都是这种缺乏内观式了解的结果。这次的作协主席小说网络巡展使两个场域的主体在同一空间展开了介入式的内观，使双方都有机会对彼此之间的差异之处、共同之处以及差异的深层次根源有了更深的了解。只有彼此认识到这种程度，双方才有可能真正找到值得关注的问题。

第五章
价值标准私人化与"茧房效应"

网络空间中文学主体的多元与阅读、表达的自由,使传统的、相对单一的文学价值评判体系被打破,从既有价值体系脱域的不同个体凭个人化的文学趣味去选择和评判作品,多元价值得以彰显。相较于印刷时代的主流文学价值一枝独秀,这使主体个性得到了自由和解放,也正是这样的自由为网络空间的文学活动带来了极大的活力。但是多元不等于无秩序、无标准,既有体系猝然瓦解,新的秩序尚未生成,由于缺乏必要的价值判断坐标作为参照和指引,主体个人化的判断自由就容易走向私人化。这往往表现为价值判断上个人标准、个人趣味对公共价值的侵害,文学选择上个人意趣的过分沉溺,以及批评行为上个性表达对对话伦理的伤害。这种常常被误认为是价值多元和表达自由的标准私人化,容易使人陷入由个人化选择编织的温柔陷阱而不自知。众多个体或小群体的作茧自缚将使彼此的分歧越来越大,公共意见与公共价值更加难以形成。

第一节 专业评判的缺位与网友价值标准的私人化

能够适应网络时代批评实践的评判标准、批评话语和评判范式的缺位,使当下的文学批评实践无所依凭,盲目漂浮。一方面,一些专业批评家面对生动嘈杂的网络文学实践或置之不理,或言不及物,既不能对文学的创作者给予必要的指导和建议,也不能为读者的个体选择和阅读进行必要的鉴别与价值阐释。另一方面，网络文学空间中的广大读者面对作品的海量和参差不齐感到无所适从，在作品风格、类型的多元化与不同读者的个性化阅读需求之间，陷入了茫然状态。在专业批评缺位的情况下，价值取向的私人化使网络时代的文学批评本身呈现一种无序状态，使普通读者的文学接受呈现一种离散状态。专业批评缺位与网友价值标准的私人化，见诸如下各种情况。

其一，文学选择的分众化。文本的接受可以承担政治和教化的意识形态功能，可以承担审美功能，但也可以抛弃这些"正当""高雅"的价值选择，只寻求本能的体验与情感的补偿。网络时代的文学空间就像一个摆满不同类型、不同风格文学商品的超级市场。由于专业的批评家只对少数立意高深、格调高雅但"使用价值"不高的艺术品做阐释、写评语，而很少对那些世俗的、虚幻的、诉诸情绪感官的日常读物写标签、做鉴定，所以读者们只能依据自己的喜好和所掌握的信息做选择。问题是商品太过丰富，而可靠的评判信息却比较稀缺，以至于读者常常无法准确地找到最适合自己的作品，于是有时跟从商家的宣传和炒作去阅读，有时跟从众人的选择去阅读，或者干脆跟着自己的感觉走，随便看点什么。读者不再作为同质大众中的一员去接受同样的文本和价值，而是分化为个体或者由少数个体群集而成的众多小群体去寻求和体验不同的文学价值。通过文学的接受，有人释放情绪、幻想成功；有人寻求情感的体验、感官的愉悦；有人获得情景的模拟、现实的逃离……文学接受更加分散，价值取向更加多元。与读者选择的多元相适应，文学创作也体现出多向度的价值追求，比如传统上惯于升级打怪的玄幻仙侠小说正逐渐打破这种千篇一律的价值追求，开始寻求对人性情感的生动刻画和对中国传统文化的深度挖掘。都市职场类作品也不再拘泥于职场菜鸟的奋斗和都市男女的暧昧，而开始表现世家子弟的商业成长，医生、律政等专业领域的职业精神等。有研究人员针对读者的作家偏好做了一项调查，请 582 名读者在不限定地域、年龄、性别、年代的情况下选填自己最喜爱的作家，调查问卷得出的作家名单非常分散，即便是位列榜首的韩寒得票数也只有 24 票，仅占受测人数的 4.12%，位列第二的刘慈欣和安妮宝贝也分别只有 6 票和 5 票。[①] 被测试者对作家的喜爱

---

① 王颖:《新传媒语境中文学传播的路径与价值嬗变》，博士学位论文，吉林大学，2015。

和认可如此不同，读者的文学选择和价值取向之多元、离散程度可见一斑。

网络媒体的开放性、迅捷性使个体打破时空限制的能力大幅提升。与当下社会生活中普遍的流动性相对应，网络文学主体的文学价值取向明显地表现出传统文学价值的"不能承受之轻"。对文学选择的价值取向更加多样、更加易变、更加个性化，每个人都是生活在"大时代"中的"小人物"，其生活策略仅仅顾及自己，或者自己所关注的某一阶层或群体。所以，文学对微小个体而言只能对其与这个个体的微世界之关联构成价值。在这样的情况下，网络文学传播的一个突出特点就是分众化，分众化传播的成立正是基于某一部分作品对某一部分读者的价值需要的满足。不同于大众传播时代传播机构基于主流意识形态、主流价值观以及权威评价进行"把关"之后的统一的出版、播放，网络传播时代的受众不再只是被动地接受传媒机构的统一"投喂"，而是主动寻找、选择符合其个性化需求的文学内容。网络传播中传受主体关系及传播方式的变革使传播者为了获得更好的传播效果而不得不努力了解不同接受主体的行为特征、阅读偏好，进而有针对性地推送相应作品或提供某些筛选功能，使阅读者凭借自己的设定来搜索、获取感兴趣的内容。这种个性化、分众化的文学接受模式必然使不同主体的差异化价值需求得以表达，必然造成了批评价值的个性化。

其二，文学价值观的非意识形态化。在某个特定的历史时期，在政治、经济等力量的综合作用下往往能够凝结出一种在社会文化精神领域占主导地位的意识形态，这个意识形态既要符合统治阶层意志又需要在全社会推广，常常以依托着"元话语"的宏大叙事来进行表征。而当下的网络传播，尤其是网络传播发展初期，更多地强调对"元话语"的反叛，这不同程度地肢解或消解了既有的确定的价值体系。网络上个体自由地浏览信息、发表观点亦不必明确真实身份，这种匿名仍是在网络平台和国家管理机关监管下的非完全匿名，只要其发表的观点内容和表达方式不触犯法律及相关管理规则，就不会引发线下身份的暴露，主体在心理上也更加易于释放自己的"潜意识"。人的"潜意识"在现实社会的行为规范与道德准则约束下常常处于克制状态，网络环境由于主体间多属于"弱关系"状态而具有了去抑制氛围，这也是人们更倾向于在网络阅读、网络批评中进行自我塑造、心理补偿、情绪调节等的原因。这种去抑制的话语氛围使网络文学主体无论是在文学阅读还是在文学批评中，都更容易释放自我、展现个性，这种无遮蔽的状态使网络批评的价值追求与表达更加多元、自由，但也更容易越轨和反主流。

网络文学活动中的个性化表达与经济全球化、商业资本对文化的入侵等共同瓦解了文化、价值观念中的意识形态力量。价值判断要素的赋权重心从生产与创造转向了消费与趣味。就如杰姆逊所说，"在过去的时代，人们的思想、哲学观念也许很重要，但在今天的商品消费时代里，只要你需要消费，那么你有什么样的意识形态都无关宏旨了"[1]。于是刺激感官愉悦、带来情绪慰藉、营造愉悦舒适氛围等能够引起消费欲望的使用价值便在文学价值的评价标准中获得了更重要的地位。真实性、重要性、批评性等更多关涉生产、发展意义的文学价值要素在文学批评的价值权重中开始减弱，而趣味性、情绪性、超流行等具有消费满足价值的文学评价要素的权重开始上升。同时，从消费品的角度去审视文学作品，描写的细腻、表意的深刻、结构的严密当然仍有价值，但在文学消费者的阅读习惯日益轻浅、阅读时间日益碎片化的传播环境中，叙事的节奏、情节的起伏似乎更能吸引读者。文学作品的价值判断开始更多地取决于其对读者个性化需求的满足程度，而这种价值判断的个性化如果长期在缺乏公共标准与价值体系引导的环境中发展，则很容易陷入价值判断的私人化，对私人化标准的过度坚持或过分强调将会造成个体之间的难以通融，以及私人价值对公共价值的入侵与损害。

片面强调主体的个性化带来的第一个危机是缺乏必要的约束会令主体的行为趋于松懈、狂妄、粗鲁或者乖戾，而这些行为倾向正是对他者自由的干预。涂尔干认为，是那些由最为普遍的大众评判并由严厉的惩罚性制裁支持的"规范"，使将要成为真正的人的那些人从最可怕的奴隶状态——这种奴隶状态不是潜藏在外部的压力下，而是潜藏在内部的压力下，潜藏在人的前社会或反社会的本质中——解放出来。体现公共价值的规则的约束性恰恰是人类自由和解放的保障力量。因此，网络文学空间缺少约束在

---

[1] 〔美〕杰姆逊：《后现代主义与文化理论》，唐小兵译，北京大学出版社，1997，第26页。

给主体带来狂欢的自由的同时，也必将带来侮辱、谩骂等破坏自由的反效果，网络批评中时有发生的网络围攻、口水战、人肉搜索等正是这种危机的体现。

片面的个性化带来的另一个危机是对规则的放弃造成了主体自身判断能力的丧失。规则是判断的依据，不相信任何规则也就意味着无法对自身所处环境、自身当下状况做出有力的判断，这将会产生一种与周围其他人的意图、动机的不确定状态相连的、无法决断的永久性痛苦。社会压力强加的、浓缩的规则和惯例，能够免除人们的这种痛苦。由于可实施的、灌输了的行为规范的单一性和稳定性，人们在多数时间里知道如何前进，并且几乎不会处于一种身边没有路标的环境中。而当下的网络批评环境是一种只能根据自己的责任来做决定的状态，是一种对结局缺乏令人放心的知识的状态，是一种让每个人向前移动都充满难以计算的风险的状态。规则的缺乏或含混不清必会带来主体行为的失范与失据，这可能是发生在人们生活中的最为糟糕的情况。社会失范意味着无能为力，一旦标准的规范彻底缺席，剩下的就只是怀疑和恐惧。

第二节　"茧房效应"

——文学接受和批评中的价值失衡与公共性流失

网络时代，随着文学传播的空前便捷和文学作品的丰富多样，文学接受更加多元化、个性化，人们可以在网络空间的众多作品中自由选择自己喜欢的文学作品，构建一个虚拟的个人图书馆。在这个非常个人化的文学空间中，我们会感到舒适、安全和温馨，因为在这里我们只会看到让我们感到愉悦的内容。但就像一枚硬币的两面，在愉悦温馨的另一面我们也可能会为此付出代价：陷入自己织就的"信息茧房"。"信息茧房"概念由美国学者凯斯·桑斯坦在他的著作《信息乌托邦》中提出，意指"我们只听我们选择的东西和愉悦我们的东西的通讯领域"[1]。"当个人长期禁锢在自己

---

[1]〔美〕凯斯·R. 桑斯坦：《信息乌托邦——众人如何生产知识》，毕竞悦译，法律出版社，2008，第8页。

所建构的信息茧房中，久而久之，个人生活呈现一种定式化、程序化。长期处于过度的自主选择，沉浸在个人日报的满足中，失去了解不同事物的能力和接触机会，不知不觉间为自己制造了一个信息茧房。"[1] 目前，随着网络传播技术的不断更新和文学的产业化发展，网络空间中文学传播的服务化和读者中心化倾向越发明显，文学接受和批评中的"信息茧房"效应已经初露端倪。文学接受与批评的茧房效应主要体现并产生于文学接受的个性化、分众化和文学批评的社群化。在个性化的阅读和社群化的批评中，个人或某一社群的喜好和价值认同通过个性化的阅读与判断被不断强化，从而使人们沉浸在由相同的文学选择所构筑的价值茧房中，造成个人信息接受的失衡和生活感知的失真，以及对公共空间和对话的破坏。

　　文学选择的分众化、个性化。印刷时代的逻辑是大规模同质产品的量产，而网络时代传播的自动化、高速度使为个人定制产品成为可能。随着网络技术的不断发展，在 Web2.0 技术的支持下，通过更加多样化的渠道，以更加丰富的形式为每个受众提供满足其个性化需求的信息产品成为可能。技术的发展与商业的催动使文学的生产与传播从之前的作者中心模式转换为读者中心模式，能够满足某一群体的个性化阅读需求、实现特定的阅读体验成为商业化写作获得成功的必要条件。文学选择的分众化、个性化与商业写作的类型化发展之间有着直接联系。在文学网站中进行写作的写手在开始创作之前一般都需要完成网站的相关注册和登记程序，在这个登记的过程中，写手会被要求填写或标注所要创作作品的题材类型和故事框架。确定了类型之后，网站会根据作者选择的类型将其作品放到相应的网站分类中，而这主要是为了使怀有不同阅读喜好的读者能够通过网站对作品的分类放置迅速找到符合其阅读倾向的作品。同时，网站还会专门设置"女生频道""男生频道""个性频道"，收录相应读者群偏爱的作品，其目的都是满足读者的个性化阅读需求。读者进入网站后会根据这些分类到相应的作品目录中选取符合自己价值取向的作品来读，或者通过网站的"搜书"功能来搜索自己感兴趣的作品，或者到论坛上发帖表明自己的阅读需求，等待其他网友推荐此类作品……总之，每个读者的阅读行为都构成了以其

---

[1] 喻国明：《"信息茧房"禁锢了我们的双眼》，《领导科学》2016 年第 12 期。

个人价值取向和审美趣味为中心的、个性化的信息接受过程,围绕读者的个性化需求,网络提供了一份个人书单。通过网络账号被记录的每个读者的虚拟"个人书架"常常堆放着大量的同一类型的作品,如果给每个读者的书架目录做一个数据分析就会发现它呈现出明显的个人偏好,一个读者的书架上可能有几十本"玄幻"小说和几本"武侠"类作品,但一本"都市"或"言情"小说也没有;而另一位读者则可能阅读了大量的"都市""言情""穿越"小说,但从未选择过"玄幻"、"仙侠"或"军事"之类的作品;或者大量阅读了某几个写手的作品而很少看其他作者的作品。每个读者的书架都不一样,并且总是反复选择与自己"书架"中的作品相类似的作品。对这种个人旨趣的重复、强化起推波助澜作用的还有网络平台的"推荐"功能。为了促进文学消费,平台往往会利用大数据算法对用户的阅读记录进行处理以描绘出用户的阅读偏好,然后根据偏好向用户推荐同类作品。整个网络中的文学作品种类繁多、风格各异,每个读者的阅读选择也是自由、真实、不受局限的,但正是在这样一个自由、民主、个性化的传播环境中,每个读者的个人选择却越来越窄化、趋同,并依据自己原有的价值偏好选择阅读文本,然后通过文本的阅读来使这种价值取向得到体验和强化,而得到强化的这一价值取向将继续影响他下一次的文学选择。久而久之,在这种重复体验和自我强化中,个体就被包裹在自己织造的感受和价值的茧房之中。

　　文学接受和批评的社群化。网络时代文学文本的个性化选择和文学接受、批评过程的互动性使文学的接受、批评以社群内部的互动形式展开。不同于印刷时代大众在批评家的引导和媒介的干预下单独购买和阅读相同的文学作品,网络时代的读者通过文学网站、论坛、手机 App 等"拉取"自己喜欢的文学作品在线阅读,网络的共时在线使读者的阅读不再是互相隔绝的单独行为,变成了基于共同的文学趣味而展开的群体互动行为。选择阅读同一部作品的读者以共同认可的文学价值和审美体验为主题,构成一个虚拟的社群。在这个文学同好社群中,个体以各自所追的作品为话题展开交流与对话,由于这个社群是基于成员对某一作品的共同喜爱而形成的,因而社区内的讨论与对话就被预先设定了主题与倾向,相同的主题和类似的观点不断被不同的人言说，而另一作品讨论区所形成的观点和声音自然因为分属于不同的社群而被这一社群的成员完全排斥和隔绝。喜欢"玄幻"的永远只看"玄幻"小说，喜欢"现实主义"的永远只看"现实主义"作品，这将使双方越来越没有共同话语、共同体验，交流和对话也因此越来越难。网络时代的包容与自由使文学空间整体上越来越多元、越来越平等，但也正是在这种多元与平等的自由空间中，个人往往更容易故步自封，对自己的观点不断重复，加之对异己信息的完全隔绝，就很容易产生对自己原有观点的认同，从而导致对他人观点的漠视和对个人观点的过分自信。这于个人而言极易引起对世界认识的偏差以及个人智识的失衡，于群体和社会整体而言则容易导致群体间对话的困难和对公共空间的破坏。

"拟态环境"与认知偏差。"拟态环境"是舆论学中的一个概念，是指"我们所处的由大众传播活动形成的信息环境，它并不是客观环境的镜子式再现，而是大众传播媒介通过对新闻和信息的选择、加工和报道，重新加以结构化以后向人们所提示的环境"[①]。这个概念由美国政论家沃尔特·李普曼在其著作《公众舆论》中提出，用来揭示人们通过大众传播信息形成的对客观世界的认识与真实世界之间的差距。"拟态环境"不是网络时代的特有现象，甚至也不是大众传播媒介造成的，很多哲学家早已对人能够客观认识真实的世界提出疑问。但是网络技术对多元价值的呈现及对个性化信息接受的促进，使"拟态环境"的个人化发展到一个新的高度。大众传播时代的广播、电视、报纸等成为一种大众媒介，其信息把关者总是意图将更大范围的个体作为受众，而不得不使其内容具有更强的公共性和大众性。与大众传播时代不同，网络传播时代的逻辑是为不同受众提供尽可能满足其个性化需求的差异化信息服务，于是出现了"个人日报""我的书架"。如果说大众传媒时代的个体是生活在一个由大众传播信息所构成的"拟态环境"中的话，那么网络时代的受众则生活在彼此不同的专属于自己的"拟态环境"中，这个专属于个人的"拟态环境"中的世界显然与真实的世界有更大的差异。居于这种主观色彩浓厚的"拟态环境"中，人们对

---

① 百度百科"拟态环境"词条，http://baike.baidu.com/link，最后访问日期：2017年6月29日。

客观世界的认识能力和对是非真假的辨别能力将会降低,从而导致对观点相同者的盲目跟从和对观点不同者的盲目反对,并且常常因为对自己观点的极端信任而在赞同或反对中表现出强烈的情绪,这正有力地解释了同一作品讨论区的网友对作品的狂热追捧和不同作品书友群之间的疯狂对阵。网友批评者对传统批评家的强烈反抗以及语言暴力也与"信息茧房"造成的个体认知偏差有很大关系。

"选择性接触"与认知失衡对个人整体性发展的阻碍。网络时代对文学价值的多元认同与文本资源的丰富易得使读者可以在更广泛的范围内自由选择,但这种自由没有改变读者的选择性接受。美国传播学者拉扎斯菲尔德在20世纪40年代对美国大选中的大众传播与选民倾向之间的关系进行了研究,发现选民并不是完全根据大众传媒的内容去形成政治倾向,而是根据其原有的政治倾向去选择性地接触大众传媒提供的内容,于是他提出了"选择性接触假说",认为受众"更倾向于选择那些与自己的既有立场和态度一致或接近的内容加以接触"[1]。这种选择性接触后来被证实不仅发生在政治活动中,还发生在文化和娱乐活动中。不同于传统的大众媒介时代,受众的选择性接触、选择性理解和选择性接受机制只能在大众媒体给定的内容中发挥作用,而网络空间中文学内容的多元化、文学选择的个性化使读者的选择性接触、理解、接受在更广的范围和更大的程度上发挥作用,其对个人体验和认知平衡的破坏也更明显。因为在海量信息的环境下,人的时间和注意力有限,对某个文本的选择就意味着对其他文本的放弃,长期习惯于某一类文学作品的选择,就意味着对其他类型作品的规避,此消彼长,个体感兴趣的认知领域不断扩大,情感体验不断强化,而不感兴趣的信息和体验会越来越少,如果没有其他因素对其进行中和,个人的情感体验和信息积累必将出现失衡。

文学场域的"巴尔干化"。"网络巴尔干化"是麻省理工学院教授马歇尔-范阿尔泰在其研究网络社区的文章《电子社区:是全球村,还是网络巴尔干国家?》中提出的概念,意指"网络已分裂为有各怀利益心机的繁多群类,且一个子群的成员几乎总是利用互联网传播或阅读仅可吸引本子群

---

[1] 郭庆光:《传播学教程》(第二版),中国人民大学出版社,2011,第178页。

其他成员的信息或材料"[①]。随着数字技术的不断发展，互联网本身也在不断发展，随着 Web2.0、Web3.0 技术的应用，网络传播从早期的门户时代（这一阶段的网络以门户网站的形式为主，网站内容与网友阅读处于一种偶然、随意的不稳定对接状态）、搜索时代（这一阶段的互联网以关系为主，网友可以通过搜索平台主动拉取个人所需信息）发展到"大数据"和"智能化"时代，网络开始通过对用户的使用数据进行计算和分析，然后据此主动向用户"推送"内容。曾经因为无线连接和自由互动功能而打破国家、媒介壁垒，被认为是继古希腊的"广场"、启蒙时期的"咖啡馆"之后，一个新的可能的公共空间的互联网，正面临着再次走向区隔与分裂的可能。网络的个性化信息服务使具有共同价值取向和审美趣味的人更容易聚合，同时阅读某一作品的读者通过网站讨论区、论坛、微博或微信留言区组合成一个个不同的文学社群，社群成员通过对共同价值和美好体验的不断强化来巩固社群，不同社群之间则彼此孤立或互相对抗。这种社群内部同质价值的不断巩固和社群之间异质价值的彼此对立，如果继续发展下去将导致文学场域中个体之间的共同体验、共同价值、共同话语日益减少，而这些正是文学公共空间得以形成和发挥作用的基础。上述共同因素的减少将使持有不同价值观点的文学社群之间的对话和沟通越来越难，而失去对话可能的文学空间也将失去成为不同社会群体公共空间的可能，公共空间就此遭到破坏，寻求共识的梦想也再次成为无法构筑的"巴别塔"。

从"价值多元"到无政府状态，网络写作与接受的分众化、个性化、多元化，使传统文学的核心价值被解构，专业批评家在莫衷一是中失去了价值恒定的权威地位。不同分众、不同个性、不同期待，使批评的价值标准各居其位，彼此碰撞，又任意展示。网络空间将传统主流意识形态统驭下无法进入文学表达与文学传播渠道的非主流价值观释放出来，并以其开放性允许不同价值表达在网络空间以平等的状态存在。由于缺乏位置与秩序的约束，无数茧房处于价值混乱的状态。其中最严重的价值困境不是混乱，而是负价值、非价值、破坏性价值以个性合理性与合法性对社会积极

[①] 百度百科"网络巴尔干化"词条，http://baike.baidu.com/link，最后访问日期：2017 年 6 月 29 日。

价值的否定与解构。当今社会不可能重返传统文学控制所有表达空间的时代，网络空间乃至整个社会都给予非主流、小众的意见表达以更多的机会和权力。但一个需要警惕的问题就是，善与爱乃是人类永远的价值追求，传统的主流追求在今天不一定不好，传统的非主流意见在今天也不一定就是好的；正如无论世事如何变迁，恶与丑也不应该成为人们应有的价值追求，不能因为它们假借个性化、多元化的名号，人们就失去了辨别的能力和反对的勇气。以保持差异性为由的多元文化主义，稍有不慎就会陷入另一种保守与愚昧之中。

下 篇
求解与建构

第一章
以网络为平台的多元主体共场

置身于网络时代，任何排斥与压抑多元化个性言说的想法，均已丧失了其合理性，文学批评的多元化、分众化、网络化成为大势所趋。不同的批评者，只要他们具有表达的意愿，都可以个性化的主体身份获准进入批评场域，共场于文学批评。以个性化、差异化的多元主体互动带来批评场域的活跃性与创生性，以细分化群体之间的协调运作促进批评活动的良性互动，以网众—专家之间的批评转换与价值凝聚形成批评的坐标、秩序和价值超越。

第一节 专家批评进入网络现场的必然与可然

随着网络传播的社会化、智能化，网络对社会生活的介入日益加深，其基础性、重要性程度俨然如空气、水等生态要素一般。网络批评空间的开放、流动吸引了大量的创作主体、接受主体和批评主体，传统印刷机制下的批评场域日渐萎缩。传统的专业批评面对参与主体流失、批评模式与话语日渐固化、批评影响力减弱的格局变迁，需要拥抱网络带来的主体活性、群体适应性、批评方式与手段的创新。同时，网络传播的分布式结构与其对传统体制的脱域使置身其中的庞杂主体常常感到价值判断的失据、批评行为的无序，从而产生群体性迷失，因此需要专业的批评者以更具逻辑与理性的思考为公众提供判断的坐标，以更具公共性与超越性的立场协调与规范差异性主体间的对话，以直抵现场的实践为基础提炼网络时代批评的理论与规范，从而在网络的活性与批评的理性中实现批评的升华。

一 蜂群模式带来群智还是群氓？——网络生态下文学评论的活跃与超越

对于网络系统的运行模式、文化特征，不少学者都曾尝试做出归纳和总结。但网络系统不像机械文明中的"原子"，能够被明确地界定边界、形态、组成以及变化的规律，它没有边界和固定的形态，组成元素永远处于变化中，它的逻辑和结构模式更像地球上的生物群、有机生物体甚至人类大脑的内部结构。所以，有些研究者在对网络世界和生物界进行对照后，以"蜂群"来描述网络结构，并以"蜂群模式"描摹和揭示网络系统的结构和运行机制。①

生物学者通过观察发现：蜂群中虽然有蜂王存在，但蜂群的选址筑巢、集体行动等重大事项和日常生活不是在蜂王自上而下的指挥下展开的，众多的工作、路线、决定都是由蜂群中上万个普通蜜蜂共有、共享、共治的，从大量愚钝成员中涌现出来的一只无形的手决定着蜂群的整体方向。并且这种做出决定或创新的"涌现"过程所需要的只是不断增加数量而产生的一个从量变到质变的过程，并没有事先的顶层设计。只要不断聚集个体，并保证个体之间的交流，就能实现众愚成智。群体力量产生于个体之中，却大于个体的简单相加。具有相同内部结构和运作模式的还有蚂蚁群体，当蚁群需要集体行动时，行动之初的那些蚂蚁个体常常展现出卡夫卡笔下的茫然无助、毫无逻辑和零碎烦琐，一会儿往东一会儿往西……但是不管怎样，蚁群最终还是在缺乏指挥与领导的情况下，成功地展开行动并完成了使命。类似的群体聚集和运行也出现在网络中，不同于工业文明中的流水线模式，通过一系列复杂的测量与计算来表达线性的因果，并按照时间的线性顺序来展开行动。网络系统更像是一种生物有机体，使群集于其中的众多个体通过自下而上的适应与互动保持系统整体的特性与生机，而不

---

① 〔美〕凯文·凯利：《失控：全人类的最终命运和结局》，张行舟等译，电子工业出版社，2016，第 vi 页。

至瓦解。因为这种系统是由多个块茎（局部）并行连接（拼接）而成的，系统的活动是由其中的个体单位通过彼此间纵横交错的复杂连接来触发和展开的，所以在生物有机系统中不会因为具体的点的失灵而导致整体的破坏或整体活动的停止。因为在网络的系统中，连接无处不在，每一个点最终都能将连接传递下去，分散并行的运行过程不会因为某一部分的故障而影响整体的运转，在众多的个体和并行的连接中，部分（个体）很容易被淹没。相比具体的某一点（无论它处于什么位置）的行为和作用，并行的连接过程更能决定整体的状态，所以对蜂群、人类大脑神经元、生物食物链、社会经济系统以及计算机网络而言，与其说这是一个事物或者概念，不如说是"一种持续的波涌或进程"①。

"蜂群思维"的上述特点使网络表现出对众多个性化个体会聚一堂的适应性和创新性。网络的"蜂群思维"模式的第一个优势是具有更强的可适性。西方现代文明通过大量的科学测量、运算所揭示的线性因果顺序帮助人们大大提升了预测未来以及对可预测的未来进行反应的能力。但是若要对未知刺激做出反应，或者在更广的范围内对变化做出反应，线性模式就会失效，因为直线上任意一点的毁坏都会导致整个链条的断裂，蜂群模式的并行连接和区块模式则能使整体仍然保持运行和活性，而不至于被击垮，并且随着众多个体的交流和互动会涌现出对变化和打击具有适应性的新区块。蜂群模式的第二个优势是进化性。蜂群的适应性催生了新的构成模块，而这个模块作为群体的一部分通过内部的交流与连接进而对群体内部的其他模块与个体产生影响，最后使群体整体呈现某些特性的变化。就如同漫长的生物发展史中，人类对外界的适应性不断通过改变基因来促进人类有机体的进化。蜂群模式的第三个优势是结构的无限性。蜂群模式中的个体可以通过自发建立不同方向的联系而构建出更多新的秩序和结构，从而使网络中的结构更加复杂，秩序更加完善，规模以成倍于线性结构的速度扩展，这在很多网络文学作品的现象级传播和文学批评的事件化中有明显的体现。蜂群模式的第四个突出特点是创新性。蜂群的弱小个体面对新的刺激信号与变动总是表现出更强的敏感性，并通过群体的力量涌现出新的反

---

① 〔美〕凯文·凯利：《失控：全人类的最终命运和结局》，张行舟等译，第13页。

应。在并行的网络结构中,基于个体主体性在蜂群模式中的弱化,个体的变化、差异甚至缺陷都更容易被容纳,而恰恰是这些不够理想的变化,激发了整体的活力并促进了群体的创新。

  基于蜂群模式的上述优点,很多网络文化研究者认为网络的系统模式使会聚其中的众多普通个体构成了更具智慧的群体。在网络结构的连接下,不同个体以不同视角和多元价值彼此碰撞并形成了更具创造性的能量,系统性运行机制使更大范围内有着复杂身份的主体能够更好地协同互补,从而形成超越以往规模和效率的协作与分享体,网络模式的这种积极作用20年来在文学批评领域亦有明显体现。网络的蜂群模式打破了文学批评场域原有的等级结构,批评的线性机制向网友们的蜂群模式转变。文学的创作和批评在这一进程中的确显现出对当下中国文化变迁及文学阅读需求变化的强大适应性,并通过非中心化控制的网络交流会集了众多文学创作者和批评者。群体中大量个体的高度连接与自发性参与,使众多的非专业个体在群集中发表了大量的作品和评论,使当下的文学活动获得了生命力和创新性,并且创造了一个活跃的网络文学空间。同时,蜂群模式的运行还远未结束,这种自下而上的网络群集将把文学带得更远。但是随着网络本身的不断发展升级以及这一空间内文学创作、接受与批评的不断探索,仅仅依靠蜂群模式是不能达到最佳效果的,因为蜂群模式在拥有创新活力的同时也有一些明显的缺陷。

  首先,蜂群模式下的产出不够优化。因为大量普通个体在缺乏系统指挥和资源统筹分配的情况下,纷纷投入到自发的写作中,更易造成人员精力的冗余与浪费,以及大量重复性或低水平的写作,从总体的创作成果看,其效率是低下的。网络生态下不乏优秀的作品与评论,单看绝对数字,其产量较纸媒时代显著提高,但由网络生态中大量的低水平文本和灌水评论可知,精品的比率是明显偏低的。其次,蜂群模式极不可控。因为在蜂群中没有绝对的权威,蜂王也只是在群蜂们做出选择后跟从它们或者在群蜂提供的有限选择中做出决定,从量变到质变的涌现过程非个体所能左右,就如同人们无法阻止或改变自己的梦境,而只能去解释梦境。引领网络群集中的个体就如同羊倌放羊,无法为其预先设限,而只能在关键节点扭转话题或引导讨论的风向。另外，蜂群模式的发展充满了不可知性。我们现有的理性思维和理论方法能够很好地理解、追踪以及导出线性的因果关系，但这套方法对非线性的蜂群结构却不奏效。因为在网络结构中充满了交叉逻辑的混合，A 影响 B，B 也影响 A，某个点影响着其他一切点，其他一切点也影响着这一点。个体之间的因果关系是通过盘根错节的多维关系展开的，出现某个结果的原因是众多方向上关系的混合作用，其中真正的起因自然成了难解之谜。蜂群模式的自身局限性在具体的网络社交和网络文化现象中常常与群体中个体的从众、沉默等心理机制共同造成网友的群体性迷失和盲目行为；或者因为"信息遮蔽"、约束感的下降等导致讨论、协商的失败，最终使真理被错误的判断所遮蔽。基于对蜂群模式局限性的认识，与前述认为网络激发群智的观点不同，一些学者认为网络中的群体互动由于心理、社会等机制的作用带来的往往不是智慧，而是丧失理性、集体迷失的群氓模式。

所以，当英国《卫报》以蜂群模式发动读者帮其运行一个新闻博客之后，这个博客仅仅坚持了两年就宣告失败；著名商业杂志《快公司》（*Fast Company*）曾经尝试由 2000 名签约博主自由上传其文章而不经过专业编辑的调整，但是这一蜂群式尝试也在运行了一年后变为由专业编辑从读者提供的素材中选取内容，经过编辑后再发表的混合型模式。网络空间的百科全书——维基百科采用的也是这种群集模式与精英机制的混合型运作。维基百科虽然对所有人开放上传词条的权限，但并不会对所有人上传的内容给予同样的保存权。其后台算法会根据内容上传者以往的上传经验和文章质量来对其上传的新内容进行保存，那些经验值高、错误率低的网友提交的内容或修改更容易被采纳。虽然向维基百科提供内容的是全世界的网友，但其公司组织中也设置了 1500 人的编辑团体（虽然这个人员规模与庞大的内容提供群相比，还相对较小）对每天来自全世界的内容进行修改和编辑，以确保维基百科内容的质量。我们国内的大型文学网站和文学论坛也经历了从绝对的蜂群模式向蜂群与精英混合模式的进化和转变，论坛的版主和管理员制度日益完善，网站也随着写手和读者规模的增加而增设了编辑和管理员，并根据评论的质量和频度给予不同评论者不同的权限。

这是因为由网络连接而成的群体会根据连接方式、组织结构、运行机制、运行目的以及群体中个体的特征等诸多因素而产生不同的群体反应和效果。一般而言，网络群体在完成目标明确的简单任务或者开展衍生性、分享性活动方面具有明显的优势。比如上面提到的维基百科的例子，编写内容如此庞杂的大词典在今天这个信息爆炸的社会，如果单凭个人或编委会几乎是不可能完成的任务，但网络汇聚了群体的力量使其成为可能。比起人数，更为重要的是维基百科的结构模式和运行机制，它的工作模式动员了规模巨大的信息编辑群体为一个个具有明确语义或所指的"词条"进行编写、监督、审查、纠错。这个庞大的虚拟编辑部能够顺畅运行，一方面得益于模式的优化，一方面与其工作目标的明确性以及产品（关于词条的解释）的真伪可辨性紧密相关。类似的还有"人肉搜索"现象，只要任务目标基于明确的事实，那么参与其中的个体越多，信息来源越多元，这个目标就越容易实现。蜂群模式较能显示其智慧力量的还包括那些试图表达新创意、分享新信息的活动。这从网络文学空间中大量的同人文、仿写以及粉丝自制的音视频作品中可见一斑，类似的例子还有网络流行语、恶搞漫画、网络段子、表情包，以及一些小程序、小游戏的创作。而一旦涉及复杂的多面向的问题，如群体意见的统一或者公共价值的判断，单纯依靠群体自发地做出正确选择就比较困难了，因为无论是统一意见的形成还是公共价值的判断都不是群体中个体意见的简单相加；也不能简单地依赖少数服从多数的原则，因为在依赖人数规模的"统计性"选择模式中，如果每个人做出正确选择的能力都低于50%的话，那么多数人的选择也更倾向于错误的选择，这时候的群体就是心理学家勒庞所说的"乌合之众"。而网络群体的另一种意见形成机制——协商性机制虽然创造了通过商谈和讨论来揭示复杂问题真相的可能性，但是由于"信息遮蔽""群体压力"等因素的干扰，亦未必能形成明智的意见。这在网络批评的实践中已有所体现，网络暴力、恶评、信息茧房等令人担忧的网络批评问题正是蜂群模式这一弱点的反映。

事实上，简单地认为蜂群模式必然带来群体智慧或群体迷失都有失偏颇，群体聚集和互动之后的群集效果受群体结构、机制以及内容等因素的综合影响。网络群体在通过多中心区块分布和开放性结构保持信息丰富性和流动性的同时,需要引入必要的运作规则、协调机制并创造出理想的"商谈环境"才能在激发群体创造性活力的同时减少群体陷入误区或盲目的可能,从而实现自我优化与进化,提高形成正确意见的概率。蜂群模式的自发运行过程对于网络空间的文学批评活动具有原始发生学意义,就像在没有顶层设计的原始发生过程中,不同地域的先民确实群体性地创造出人类共同的生存形式,包括群体的形式、原始宗教的形式、语言的形式、意识筹划的形式,以及集体无意识的原型形式等。而网络技术毕竟发生在高科技与高度理性化的社会形态中,它的原始发生学意义告诉网络生存的研究者,其发生效应需要在社会理性的规定下,进入当下社会生活领域。网络传播为文学批评提供了激发群体活力与创造力的模式与机制,但要确保这种活力与创造力最终推动批评与文学的进化与发展,还需秩序生产、规则修正、素养提高以及环境营造的协调性、引导性、超越性力量的引入。身处文学批评的网络时代,若要追求文学批评的发展与进化,积极介入网络批评现场已成为批评专家必然与可然的选择。

二 必然:传统文学空间的危机与网络文学空间的生机

"今天,超过50亿张的数字屏幕在我们的生活中闪烁。数字显示器制造厂商还会每年生产出来38亿个新屏幕。这几乎相当于地球上的每个人每年都会得到一个新屏幕。"[①] 作为终端的屏幕及其后面的网络链接正在以越来越深的程度和越来越广的范围代替纸张及其对应的信息传播模式。网络将作为一个更广泛意义上的生存空间,将包括批评在内的文学活动整体纳入其中。以纸质书籍为物质形态的文学作品及其对应的封闭性写作与经典化阅读将会越来越边缘化,虽然不至于彻底消失,但作为一种文化传播形式,其主流地位将会不保。以纸质书籍为物质形态的文学作品未来很可能成为一种奢侈品,并更多地在收藏和纪念层面产生意义。而作品(文本)将作为一种结构性概念构入网络文学,类似由词语和关联构成的意义组织。

托勒密王朝曾试图建造的能够同时容纳古今中外、不同语言、不同门

---

① 〔美〕凯文·凯利:《必然》,周峰、董理、金阳译,第92页。

类、不同形式作品的超级图书馆在今天已成为可能。"正在备份整个互联网的档案保管员布鲁斯特·卡利认为,伟大的图书馆现在就能成为现实。"①通过数字压缩技术,我们可以把分布于世界各地的图书馆和档案馆中,从楔形文字时代到当代用不同语言写就的约3亿本书籍、14亿篇文章和论述,以及各种绘画、影视、音乐、广告、网页、博客等形式的作品,统统汇集到一个硬盘中。凭借网络链接,这个图书馆可以向全世界任何角落的任何人开放,世界上任何一个接入网络的普通人都可以在任何时间、地点走进这座虚拟的超级图书馆来阅读任何历史时期、用任何一种语言写成的作品,无论它多么小众,只要这部作品和读者本人都进入了网络就可以实现。网络中的超级图书馆对所有个体产生了信息的集约化效应,面对虚拟的超级图书馆中充分的信息资源、高效的阅读手段以及灵活的阅读方式,个体越来越深地卷入其中。徘徊在网络之外的纸质文本经典且稳定,由于没有进入网络而避免了被人批注、改写、剪切、粘贴、重排等厄运,始终保持着主体性和独立性,却陷入边缘化境地。尽管不是进入网络的所有文学文本都会成为畅销品,且大部分文本的读者数量都较少,但是由于网络超级图书馆的资源足够多、渠道足够宽,那些冷门或者少人问津的文本也会找到它的读者。虽然在网络超级图书馆中仍然会有接受的热点与洼地之区别,但对单个文本而言,进入网络超级图书馆这一广阔空间都将增加被阅读的可能,哪怕它的主题非常冷门或者深奥晦涩。有人预言在不久的将来,拒绝进入网络的文学作品将会像没有信号的手机一样失去意义。这种极端的景象目前还没有出现,但传统批评平台、批评体系中批评接受主体的大量流失是有目共睹的。网络媒介则通过个人电脑、手机等电子终端联结了众多的文学主体,这些个体既是文学的受众又是批评的受众,是批评之"为文学""为人生"主旨所诉诸的主体,只有进入这个拥有庞大主体规模的网络空间,文学批评才能更具"及物性"。传统批评空间的危机与网络批评空间的生机由此产生。

其一,传统的传播体系中批评、接受主体的大量流失使专业批评空间日益萎缩。作为连接文学创作与接受的中介,传统批评的接受者主要包括

---

① 〔美〕凯文·凯利:《必然》,周峰、董理、金阳译,第104页。

读者和作者两大主要群体。网络文学空间形成之前，读者们主要通过广播、电视、出版活动尤其是专业文学期刊等传播媒介来获得文学信息。广播台、电视台制作文学栏目的一个通常的方案就是在节目中邀请大学教授、业界专家作为嘉宾对与节目主题相关的文学作品、作家、文学现象、文学事件等进行分析和评点。出版商每有新书发行免不了要为相应的作家作品举办一些发布会、推介会或者签售会之类的宣传活动，其中一个重要的环节就是邀请学界名流为作家作品站台、背书。大众媒体以及出版机构之所以这样做都是因为看中了专业批评者的权威身份，希望他们的批评对读者的文学活动产生影响。相较于上述文学批评与读者见面的平台，传统文学体系中批评与读者的见面更多地见诸专业的文学期刊、批评鉴赏杂志。期期购买甚至订阅这些杂志的读者都是批评接受主体，这种批评的接受既包括阅读期刊上批评专家的文章，亦潜藏在经由专家把关、推荐、刊登最后被读者阅读的作品中，批评家通过文学信息的选择性传播间接地对读者实施了批评的传播。但是从 20 世纪 90 年代开始，先是市场化转型的冲击，接着是网络文学的席卷，这种传统的批评体系随着传统大众媒介的江河日下而日益瓦解，读者流失的问题遍布期刊、报纸以及广播电视等传统媒体，与此同时，传统批评也急遽地失去了它的读者受众。传统批评受众的流失不能单纯归咎于以传统媒介为基础的批评传播体系的式微，这个过程同时外在地源于转型时期社会文化、意识形态的变迁问题，内在地归因于传统专业批评的理论、话语、方式的适用性等问题。其复杂原因随本文行文所至各做表述，在此不做深究，但无论如何，传统批评体系的读者受众正日益减少，批评的接受群体正日益边缘化、小众化、老龄化，这是传统批评精英必须面对的事实。

其二，传统的传播体系对草根创作的拒绝导致了专家批评对创作主体的失语。文学批评的核心对象是作品，对作品的评价一方面指向读者的接受，一方面指向作者的创作，作为创作主体的作家必然成为批评的另一主要接受者。专业批评家首先通过对作品的"凝视"而对其文学合法性进行确认，通过对作品价值、水平的评判和对文学史的书写而构建一套具有规定性、真理性的批评体系。传统文学体系中的知名作家都是在批评家依据上述价值判断体系而展开凝视、比较、甄选之后，脱颖而出的优秀代表，并在长期的创作过程中下意识地强化和表征着这种潜在的批评价值，从而进入了一个经典化的过程。在传统的主流文学体系中，那些意欲进入文坛并获得承认的新人往往会有意识地学习、仿效经典，并在这个过程中受到专家批评标准的询唤与规约，进而内化到具体的创作中，以便得到批评家的首肯而被获准进入文学的族谱。但网络中的草根书写往往不愿忍受"凝视"的目光，更缺少对经典规范的自觉遵循。那么在以传统价值体系为依据、以主—客凝视为模式的印刷传播和传统批评中，众多网络写手的草根创作就被传统批评精英拒斥在文学殿堂的门外，其作品失去了进入专家批评视野的资格，创作者也自然被剥夺了接受评鉴与规训的机会。与此相对应，传统批评自动地放弃了这部分作为创作主体的批评接受者。在这样的运行机制下，传统的文学圈子日益封闭和萎缩，专业的作家不会被排除在外，非专业的写作者也很难挤进来。在这种文学批评变成了小圈子活动，批评接受者纷纷流向网络的情况下，专业的批评家们如果不踏入网络又将往何处安身呢？传统的纸媒和体制仍可安身，但恐怕只是偏安一隅。在网络的结构逻辑中没有中心与边缘之分，只有在场与不在场之分，在场不见得成为主流但至少有 1，缺席则绝对是 0。当网络成为文学乃至整个人类生存的环境性存在时，在网络中缺席就意味着消失。

其三，网络大数据扩展文学批评资源。自 20 世纪 60 年代末美国出现互联网雏形至今，网络自身也始终在不断地进化与发展。比起网络刚刚介入文学领域时连接人与人的类似公告板和聊天室的网络"门户"时代，今天的网络传播正在进入人与物、物与物广泛联结的智能化阶段。与个体相关的属于不同生活面向的、处于不同平台的各种信息因为网络媒介的社会化应用而被全面连入网络并被记录，而计算能力和存储能力的提升为这些数据的处理提供了条件，"大数据"概念应运而生。目前学界对大数据尚无标准定义，普遍认为"大数据是基于相当大量级（这个量级也在不断发生变化）的数据进行数据收集、分析挖掘与应用的技术"[①]。这一网络应用的出现，对文学批评而言，意味着网络的意义从传播工具扩展到了认知工具，

[①] 彭兰：《网络传播概论》，中国人民大学出版社，2017，第 29 页。

如果说作为文学传播媒介的网络是通过媒介对传播模式的改变来重构文学空间的,那么作为认知手段的大数据则将开启文学批评主体了解文学受众、探知文学本质的新世界的大门。一旦大数据分析手段引入文学批评,各类文学网站、阅读 App 上读者的点击数据、购买行为、阅读时长、阅读频度等相关信息都将成为文学批评的样本和资源。同时,网络中有关不同类型作品的数据,某类作品中特定的话语、风格等作品信息也将使批评家对文本的认识能力获得大幅提升。这首先是因为网络用户数据是基于某一研究范畴的全部对象数据,而不是抽取的部分样本,其提供的数据资源更全面、更丰富,从而有利于克服抽样调查样本的有限性和片面性。哈佛大学的一个研究小组通过"系统分析人们如何提及纳粹德国时期的犹太画家马克·夏加尔,发现对于思想或是个人的审查和压制会留下'可量化的痕迹'"[1]。未来通过对大量数据化后的文学文本进行分析,批评家可以明确作家风格、发现文本特征,可以据此揭示文学在主题、语言、模式等很多方面的发展轨迹和流行变化的规律,甚至可能对文学研究中永恒的文学本质问题给出新的答案。因为如果能够以古今中外庞大的文本数据为基础,几千年来人类文学发展的轨迹和趋势即可尽收眼底,而那些历经千百年变化而始终存在于不同时代作品中的永恒要素,是否就是使其成为文学的决定性内容?类似问题将会重新得到审视,届时文学批评对文学的认识也会更加深入并有较大飞跃。其次,网络大数据都是基于读者真实的阅读行为和文学选择的客观记录,相比人为设计、主观作答的问卷调查所取得的数据,更具真实性、客观性。再次,相较于传统资料研究更偏重因果联系的数据分析思路,网络大数据的分析逻辑主要建立在"相关关系"上。目前的读者分析、文本分析更多地依据年龄、学历、主题、语言等关键词去划分和考察特定的读者群体及某些作品类型,然后从社会、心理、文化等视角去寻找和分析某一读者群体的阅读期待、某种作品类型的创作心理等,其分析过程不免笼统、间接。通过对网络读者个体身份、阅读行为、点评内容等信息的立体挖掘,每个网名背后的读者形象可以被明确勾勒出来,并且其个人信

---

[1] 〔英〕维克托·迈尔·舍恩伯格、肯尼思·库克耶:《大数据时代》,盛杨燕、周涛译,浙江人民出版社,2013,第 111~112 页。

息与特定的阅读习惯、兴趣偏好、点评风格等文学接受行为之间的关系也将被直接呈现出来。通过这种数据分析，文学批评者能够清晰地指出喜欢某一部小说中某一人物的读者群体主要是多大年龄，是男性还是女性，是高学历者还是低学历者，生活在农村还是城市，以及他们还喜欢哪些其他作品。依托网络大数据，文学批评对读者的阅读需求、特定读者群的阅读偏好、特定作品类型的主要读者群、读者与作品之间的关联性特征等能够进行更加深入、准确的了解。关于文学批评的大数据主要蕴藏在文学网络传播过程中的点击、阅读、购买、评论等网络记录中，对文本的大数据搜集亦可扩展到尚未进入网络的传统版本，谷歌等网络机构以及哈佛大学等研究机构已经着手于传统版本的"数据化"（不同于纸质版扫描的"数字化"，这里包括文本数据及其关联信息的采集）并开始据此展开研究，研究的深入促发了"一个新的学术方向——文化组学"[①]的诞生。文学的网络传播过程为文学批评创造了大量的数据资源，大数据分析技术为批评者对这些资源进行挖掘提供了工具。网络数据以其多元性、丰富性和迅速可计算性对相关研究有着巨大价值。大数据作为工具的出现无疑为文学批评提供了新的源泉与方法，但由于大数据是大量的、庞杂的数据，其本身价值密度低，必须通过科学有效的分析、计算才能挖掘出价值。可以说，比起技术，人才是批评的主体，因为批评家的眼光与见识对价值的发掘起着至关重要的作用。当然这也对未来文学批评主体的数据整理与运用能力提出了更高的要求，文学批评的思路与方法可能需要做出相应的调整与改进。

其四，媒介智能化创新批评认知手段。批评建立在对批评对象的认知基础上，批评的理解以认知为前提，而关于认知的方法，传统东方文明一直缺乏系统的论述，西方文明自 17 世纪开始出现并逐渐建立起一套以思辨、逻辑推理来获得确定性认知的思维模式和认知方法。从欧几里得到牛顿，西方现代文明的先驱通过对现实世界的公理化提炼、公式化验证，不仅取得了自然科学诸领域众多伟大的认知成果，而且构建出一套认识世界的方法论，其方法论核心是"世界变化的规律是确定的⋯⋯因为有确定性做保

[①] 〔英〕维克托·迈尔·舍恩伯格、肯尼思·库克耶：《大数据时代》，盛杨燕、周涛译，第 111～112 页。

障,因此规律不仅是可以被认识的,而且可以用简单的公示或语言描述清楚……这些规律应该是放之四海而皆准的,可以应用到各种未知领域指导实践"①。这一方法论的认知逻辑和思维方式即是通过因果关系推导出确定性,这种确定性可以是已知事实的原因,也可以是对已知条件下产生结果的预测。总之,因果关系或曰机械逻辑构成了工业文明时代人类认知方法的核心。正是在这一方法论基础上,人类进入了科学的、理性的近现代这会,并取得了人类文明发展的巨大进步。但是,随着人类对世界认识的不断深入,机械方法论越来越显现出它的局限性。人们发现并非所有规律都能通过简单的因果逻辑来描述、验证和推导,除了通过规律、原理证明的之外,世界上还有许多复杂现象由于不能通过已知原理来论证而充满了不确定性,因而无法被认识。后现代主义思潮正是人类进入后工业时代以来认知困境的文化反应,但是现在借助网络数据和计算机技术,人们开始探索如何在机械逻辑失效的情形下获得确定性结论,信息和确定性之间的关系为此提供了一种新的认知逻辑。数学、通信、计算机专家们发现,信息的引入能够降低系统的不确定性,如果信息量足够大、足够多维和完备,那么我们就可以据此建立能够得出确定性结果的概率模型,通过数据与某种确定性结果之间的强相关关系,可以得到像因果关系推导一样准确甚至更加准确的结论,这就是大数据和人工智能技术的核心逻辑。这种依据相关关系计算出概率模型进而获得确定性的信息论认知方法不是否定依据因果关系推导出确定性的机械论认知方法,而是作为后者的补充,帮助我们以更加丰富的手段来认识世界上依据不同逻辑而形成的确定性。

当下网络传播发展的智能化趋势是随着移动互联网技术的发展、网络带宽的扩展、大数据处理能力的提高以及网络媒介应用的生活化、场景化、社会化,在建立概率模型的可能性出现之后形成的。因为只有汇集、存储并学习大量数据(信息),计算机才能获得具有确定性的结论,进而因为这种认知能力而展现出类人智能。人工智能的概念于 1956 年由达特茅斯学院的麦卡锡等科学家提出,旨在"了解人类智能的本质,以模拟、延伸和扩

---

① 吴军:《智能时代:大数据与智能革命重新定义未来》,中信出版社,2016,第 98~99 页。

展人的智能"①。其研究中与媒介智能化密切相关的内容主要有机器人写作和媒介界面的自然化。其工作原理是通过为机器或媒介设计一定的程序而使其依靠千百倍于人类的计算速度并按照既定的算法计算出最优方案,进而通过学习大量的人类智能数据获得模拟人类智能的能力。

2017 年,写作机器人"微软小冰"的诗集《阳光失落玻璃窗》的出版引发了文学界对人工智能应用问题的讨论。"小冰""出生"于 2014 年,由微软亚洲互联网工程院"孕育生产"。"小冰"的设计者们通过编程等技术手段将"她"的个人风格塑造为"软萌妹子",并训练"她"学习了 1920 年以来 519 位现代诗人的作品,经过一万次的反复训练和学习,"小冰"达到了诗作投稿后能被选中发表,能在电视节目中与人类选手比赛写诗的水平。而在 2016 年,日本的研究团队也通过控制设定相应要素使人工智能写出了小说《电脑写小说的那一天》,这部小说还在第三节"星新一奖"的比赛中参选而未被评委察觉出异常。近年来,人工智能写作的突破性进展引起文学界相关人士的热烈关注。围绕人工智能能否在文学这个以人类想象力和创造力为精义的领域取代人类这一问题,学者或乐观地愿见其成,或为人类的最后家园担忧。

这里我们需要看到的是,人工智能之所以展现出能够自我控制、自我学习的智能性是因为其依据特定的计算机程序展开的计算在算法优化、数据资源充分的条件下,能够做出具有高正确率和预测性的选择,正是这种选择的优化性和前瞻性使人工智能在更依赖逻辑和推算的围棋比赛中能够胜出,通过对文字的排列组合而在写作比赛中比人类写得更快。这种优势使人工智能看起来非常强大,令人担忧,但它的速度和强大仍然是由人类智能控制的,只是与传统的人类操作机器不同,对人工智能的操作更为复杂,要借助计算机程序来赋予机器大规模计算和高精准检索的能力,正是程序的这种设定使"小冰"等人工智能终端表现得很智能。由于人工智能与人类智能在文学创作原理上的不同,机器人的写作往往呈现出排列组合、拼接粘贴之后的程式化、空洞感,且只能展示既有文学作品中的意象、事物、情绪与风格,旧有内容的拆解与重组自然无法生成人类写作中的情感

---

① 彭兰:《网络传播概论》,第 32~33 页。

性与创造性，而缺乏情感温度和创造活力的作品自然难以成为打动人心的佳作。

尽管人工智能的写作水平大大提高，但其写作机制的局限性使其难以超越人类写作（那种抄袭、拼凑的模式化写作不在此列，笔者认为未来人工智能要取代的恰恰就是这一类写作）。但人工智能提升自身写作能力的过程却可以帮助我们更好地研究和认识已有作品。"小冰"的研究团队介绍，在学习当代中国 519 位诗人作品的过程中，"小冰"曾随着所学作品的年代发展而使自己的写作呈现不同的文学风格。"小冰学了 1920 至 1940 年代的诗后，'诗歌风格有些伤感'；而深度学习了 1970 年代后的诗歌之后，'诗句似乎欢快活泼了'。小冰甚至有了写作偏好，'海滩''小鸟''老槐树'成了高频意象。"① 这种现象的出现与小冰的学习机制和学习资料密切相关，由于人工智能的学习是一种没有自我意识的对资料进行快速、大量的共性搜索、语料记忆和风格模仿，所以小冰在每一阶段呈现的不同风格倾向其实正是对所学诗作的共性特征的一种放大显示，而自然将其特定的时代风格描摹出来。这种特征的发掘、整理与表达因为人工智能处理资料的大规模、高精度、快速度而较之以往个体研究者针对有限样本的主观性考察更具全面性、准确性、高效性，并因其再现的形象性而使其对被研究对象的特征、趋势的反映具有"放大镜"般的显著性。抛开写作不谈，人工智能介入文学的上述能力为文学批评、文学研究方法的持续丰富及效度的提高和能力的提升提供了新的可能，对文学批评自身在新技术时代的发展具有重要意义。尤其是对因作品海量性、篇幅超长性而使传统的文本批评陷入困境的网络文学而言，人工智能的引入将不再使其难以为批评家所把握。有趣的是，目前已有网络平台开始了这种尝试。在 2017 年的 API②-Soloution 大赛③中，来自杭州的科技公司——语忆科技就搭建了一个用于分

---

① 许旸：《国内首部人工智能写作诗集出版，引发文学圈热议——AI 写作能否抵达人类情感深处》，《文汇报》2017 年 6 月 1 日，第 9 版。
② API（Application Programming Interface，应用程序编程接口）是一些预先定义的函数，用来提供应用程序与开发人员基于某软件或硬件得以访问一组例程，而无须访问源码或理解内部工作机制的细节。
③ 由阿里集团主办的旨在倡导 API 经济的应用创新大赛。

析网络文学的智能平台,这个人工智能平台提供的网络文学分析包括消费者和作品两端的数据整理和分析。对读者一端,智能平台主要通过网友的评论文本对他们的阅读情绪和心理感受进行深度分析,通过阅读行为等信息对读者进行画像和细分;而对网络文学文本一端,平台通过其情感细节解析程序对文本的情感倾向和情感表现的细腻程度进行判断,还可以就作品主题、人物形象、叙事节奏等关键点对文本进行比较研究,从而对特定网络文本是否具有商业开发价值做出判断。语忆智能文学分析平台的程序设计虽然是从网络文化产业的文本开发角度出发的,但其运用人工智能工具考察和研究文本的思路可供专业的文学批评借鉴。由于机器人模拟人类思维,透过机器人写作,我们反而能够更清楚地观省自我,同时机器人还以其强大的计算能力形成了对人类智能的延伸和扩展,这将对人类的思考和智能产生促进作用,在与人工智能的碰撞中生发出新的思路与能力。例如,柯洁在与阿尔法狗对战后下出了很多自己以前想不到的奇招,人工智能介入文学批评和创作或许可以帮我们在既有的主题、人物、故事之外探索出新的叙事线索与想象空间。

  人工智能的另一应用方向——"自然应用界面"研究虽然没有发生像机器人写作这样挑战传统文学理念的轰动性事件,但随着人工智能和人机交互技术的不断发展,及媒介化应用的不断深入,人类借以参与网络互动的终端将越来越智能,人与网络终端之间的交流将越来越接近人与人交流的自然状态。而人机互动的智能化、人性化亦将对文学阅读、鉴赏、评论产生深刻影响。通过人工智能技术提高网络终端人机交互自然度的努力目前主要从人机语音交流、体感交流、人脸识别、视线识别等几个方面展开,其中人机语音交互和视线交互技术的应用性开发对文学传播领域影响最大。人机语音交互技术水平的提高和网络终端应用对网络传播的影响主要体现为人类对终端操作、使用方式的多元化,过程的自然化,这将使人类运用网络终端进行交流的场景进一步扩大。智能手机的应用使网络小说的读者从 PC 时代必须坐在电脑前的束缚中解放出来,吃饭、坐车、等朋友的时候都可以掏出手机看小说,阅读的场景和时间都变得更灵活。语音识别技术的成熟,使人们对终端的使用进一步摆脱了用手输入的束缚。双手被其他工作占用的时候仍能通过语音识别系统对终端进行操作，甚至输入文字内容并将其作为传播文本发送给其他用户，这样一来人们进行文学阅读的时间和场景将被进一步扩展，进行评论、转发的操作也更加流畅和自然，如果这项技术在文学传播领域被广泛应用，必将为批评的效率和范式等带来新的变革。目前，由中国科学技术大学主导研究的"科大讯飞"语音交互平台已使文字转语音、语音转文字、语音唤醒设备等技术发展到可市场化应用的水平，其文字转语音应用作为图书阅读听觉转化的技术支持，将为"听书"这一产业运营模式和文学接受模式带来更大的发展空间。而讯飞输入法作为一个应用小程序已经被很多用户安装在手机、电脑上进行使用。目前，该软件的准确识别能力已扩展到对方言语音的文字转换层面。喜马拉雅FM推出的智能音箱小雅集合了上述功能，而更具人机对话性，用户可以通过语音对其进行开关机及各种操作，音箱可提供音乐、文学、社会科学等内容资源的语音播放，同时可以对用户的问题进行语音反馈，当用户提出的问题超出其回答能力时，小雅会以"这个问题我要回去问我爸爸妈妈"这种"机智"的方式来回答。

如果说语音交互系统使读者在文学接受和意见表达过程中的符码交互变得更加自然便利，那么视线交互技术则使读者的阅读感受无须任何有意识的转换和表达就能被即时捕捉，并因为这种反馈捕捉的迅速、即时、未经符码转换而更加真实、精准。"眼动仪"是视线交互技术的典型应用，它可以通过对受众阅读某些内容时视线移动轨迹的跟踪，捕捉到受众阅读内容的顺序以及阅读不同内容时的注视时长、眼跳次数、瞳孔的面积变化等生理反应。而这些反应经过数据整理和心理学分析之后，就可以帮助我们了解读者在文本阅读过程中的认知、感受等心理变化，从而知道哪些段落更能吸引读者的注意力，哪些段落被读者略过，哪些让读者激动，哪些让人感到愉悦。通过对这些信息的解读，文学批评者对读者接受效果的研究将会更加精准、直观，而读者接受效果的分析解读将会给文本批评提供有力的依据。目前这项技术已经开始被传媒行业的一些研究机构应用于报纸、网页、广告传播效果的研究，通过收集读者的眼动数据来分析具体的语句、图画、版面在受众那里引起的反馈，进而调整和优化相应的文案、美编、版面设计。眼动仪的用户反馈捕捉、分析原理同样适用于文学相关内容的传播效果分析，而这种传播效果分析就是对原有的读者评论的一种前置和深入挖掘，对它的恰当引用将会为文学批评的读者期待、阅读满足研究提供新的研究方法和手段，从而为文学接受研究挖掘出更加真实、细致、可量化的依据和标准，这将是文学批评认知手段和认知层次的有效扩展和提升。

无论是写作机器人还是能识别人类语音、视线的智能终端，它们的智能都是通过执行人类设定的算法来实现的，而不是在自主意识的支配下展开有意识的行动（至少目前的人工智能尚未达到拥有自主意识的阶段）。因而其虽然能够按照算法并根据数据的学习来调整其行为和输出内容，但对算法本身的漏洞或偏差却无法识别也无法克服，所以无论是机器人的文学评论还是眼动仪的反馈分析，都需要具有人类智能的批评家去设定、检测和校正，以免人工智能在客观准确的形象下因为算法偏差、数据失真、噪声干扰等条件性因素的影响而出现误差、偏见或错误。在热情拥抱智能科技带来的认知能力扩展、充分挖掘信息技术给文学批评带来的新可能的同时，批评家也必须重新认识自身的意义和价值。在由人工智能和网络大数据形成的对大规模信息高效处理的能力的当下，文学批评面对网络空间中天马行空的文学表达和浩如烟海的文本内容时，无须过分惊慌，因为随着内容和现象的增多，批评的认知手段也在不断发展完善，对信息的事实性、数据性分析将不再困难，困难的是如何在多元价值和海量信息的环境中做出正确的价值判断。因而，未来批评家最大的价值和意义将体现在判断性信息的给出，以及对公共价值的追求和坚守上，这也正是批评家进入网络的可然性和必要性所在。

三　可然：网络批评空间呼唤专业批评的价值挖掘、协调引导与理论凝聚

专业批评介入网络场域不仅仅是文学发展进入网络时代之际，文学批评为安身立命或免遭断裂不得不顺势而为的一种必然现象，亦是网络生态下，面对文本海量与个体选择有限、文学活动个性化与规则缺乏、文学批评活跃与理论不适等矛盾，文学主体的迫切需求与渴望。网络时代拒绝的

只是居高临下、固守旧制的否定式批评,而不是批评本身。在以网络为生态的文学活动场域中,读者正在呼唤高水平批评的介入。

其一,文本海量与有限选择使读者重新期待批评家对文本价值的挖掘与判断。对文学读者来说,网络时代是最好的时代,也是最坏的时代,因为从来没有哪个时代像今天这样为普通民众提供了如此丰富的文学艺术资源,并以日益便利的获取渠道和日趋低廉的获取成本向所有个人敞开。据报道,仅 2016 年一年,我国 40 家主流文学网站新签约的作者就有 6.2 万人,其中驻站作者 1760 人,作品总量已经达到 1454.8 万件。[①] 除此之外,每年还有几百亿规模的博客,千亿规模的朋友圈、推特信息。今天一个普通人所能够接触的书籍和文章是古希腊的贵族和中国古代的皇帝也无法企及的。网络技术在发布准入和技术准入两方面为普通人带来的便利导致了作品的激增。网络超级图书馆的大厅里有无数个朝向不同的通道,通道里又有不同的文本等待着读者个体,但是每一个读者的阅读时间是有限的。读者真切地感受到选择的重要性,因为每一次选择都意味着时间成本的付出,那些宝贵的时间丝毫容不得浪费而只能用在最能满足其阅读期待和情感需求、最符合其认知水平的作品上。此时读者迫切希望有人能够帮助他们从浩瀚书海中找出对他而言"对"的那一本,或者能够有人指点他们如何寻找、如何选择。

对信息的筛选策略在人类文化中早已有之。网络技术人员也通过对计算机算法的深度开发来研究基于网络技术的筛选机制。但就文学这种富于精神内涵和审美特性的复杂文本而言,通过具有较高鉴赏水平的专业人士做出的判断和推荐比机器算法更有效。至少就目前的技术水平而言,计算机算法和深度学习技术在文学艺术领域还无法达到人类智慧的处理水平。基于海量文本造成的读者与作品的相遇率降低,以及现代人的时间焦虑,专业人士的发现、鉴别与分享显得十分必要,读者的这种需要从论坛、网站上网友们发出的"求推荐"帖子中就可见一斑。

网络时代的阅读是个性化的阅读,不同网友求推荐的作品不一而同,

---

① 窦新颖:《2016 年我国网络文学产值达 90 亿元》,人民网,http://ip.people.com.cn/n1/2017/0414/c136655-29212128.html,最后访问日期:2017 年 7 月 20 日。

但就其与阅读者的认知关系而言大体可归纳为：读者感兴趣但没有价值或价值不大的内容，有价值但读者没有明确表现出阅读兴趣的内容，读者目前不喜欢但以后可能喜欢或读者不喜欢但很有价值的内容。第一种类型的作品，读者可以利用搜索引擎、文学网站中的分类标签或主题类型等采取拉取式方法去寻找。同时，很多网站正在引入的深度算法已经开始记忆和分析读者的阅读行为，根据读者的点击、阅读、购买、评论等行为去判断读者的阅读偏好，然后根据读者表现出来的阅读行为向其推荐作品，甚至这种推荐的范围已经扩大到读者"朋友"的喜好。有些平台会根据某一读者所关注好友的阅读选择来向此人推荐作品，但是这种筛选策略的弊端一方面是前文所提到的"茧房效应"，即接受主体长期沉浸在个人偏好中会引起"过适"而出现新的认知和感觉偏差；另一方面是这种筛选策略在读者与上述所列的第二种和第三种内容接触上起到的作用很不理想，对于读者在脑海中喜欢但不曾表现出选择行为的内容，计算机的算法是无法捕捉到的，所以它可能仅仅因为读者某一次偶然的选择甚至错误操作而不断推送同类内容，但其实读者并不喜欢或者并不需要那么多同类内容。而对那些有价值但读者不喜欢或读者现在不喜欢但可能会尝试的内容，算法就更难以发挥作用了。这就需要批评家的介入，以敏锐的眼光和高超的水平披沙拣金、艺海拾贝。

为此，批评家们必须首先进入网络这个超级图书馆，然后投身于堆积、散落在图书馆大厅、书架、通道等各处的文本海洋之中。网络图书馆遵循的不是杜威十进制分类法，文本之间的排列与关系没有一以贯之的线性逻辑，同时充满了超链接形成的关联性与互动所引起的流动性。要在这样复杂多变的文本海洋里迅速而有效地捕捉到有价值、有魅力的优质文本需要有本雅明眼中"侦探家"一样锐利的目光和敏捷的身手，以及波德莱尔笔下"游手好闲者"的机敏与耐力。不仅能够不知疲倦地穿梭于面目相仿且总体规模庞大的文本海洋之中，还能够敏锐地捕捉到有不同特质的潜在佳作，然后尝试阅读以在尽可能短的时间内辨别其美妙或不足，并在探索和判断的过程中为文本贴上标签、做出批注或者写出评语，还需要在脑海中闪现出它可能适合的潜在读者，并予以推荐。而一旦发现文本没有卒读的必要，就赶紧关闭链接继续开始新的寻找，因为周围有读不完的文本等待着批评家的鉴别与发现。网络超级图书馆里的"游手好闲者"们要在无数次与文本和读者彼此对视、擦肩而过的过程中练就一双火眼金睛，使发现和分析文本如庖丁解牛般游刃有余。当然批评家这种发现与采撷的过程在网络时代更多的是一种个人化行为，因为网络的超级图书馆既是一个包罗万象的所在，也是一个内部复杂的矛盾存在。但这正是网络自身的天然属性与特征，所以在网络的超级图书馆内部会存在很多彼此矛盾的内容与观点，某一具体矛盾中双方的实力可能会分出胜负或此消彼长，但就网络内部空间的总体而言，矛盾是一种常态。所以，网络空间中难以产生传统意义上大一统的核心，任何一种关于文学的选择与评判都难以让网络中所有的人信服，再高超的批评家所追求的也只能是使自己的判断和选择获得尽可能多的人的认可或赞同，或者哪怕只有很少的人认可，但只要批评家自己确信这是有价值的，那就是有价值的。

不同批评家的判断标准各异、批评功力不一，其批评的观点与读者的一致程度当然也不尽相同，况且读者本身只是一个细分成众多小群集的大群体的统称而已。有时候专业批评家需要在被商业交换、日常消费所抛弃的作品中去发掘、淘拣。本雅明评价波德莱尔笔下的"拾垃圾者"时写道："每个属于波西米亚的人，从文学家到职业密谋家，都可以在拾垃圾者的身上看到自己的影子。他们都或多或少地处在一种对抗社会的地位上。"[1] 发达资本主义社会的工业生产使商品生产过剩且同质化，这使很多尚有价值的产品以垃圾的面貌被人遗弃。身处文化产业链条中的网络文学空间也是如此，文本过剩比起本雅明的时代恐怕有过之而无不及。与这种过剩同时存在的还有同质化的问题，过剩和同质化一方面可能将那些看起来不符合商业生产标准的个性化产品淹没，在大量"爆款""标题党"刷屏的情况下，那些离经叛道、小众趣味或不善营销的个性化写作很可能没有机会与读者见面，但这类作品中也不乏珠玉。这就需要批评家能如勤恳执着的"拾垃圾者"一般，俯身拂去尘土的遮蔽、商业的狭隘，使文本价值得以显现，这个过

---

[1] 〔德〕瓦尔特·本雅明：《发达资本主义时代的抒情诗人：论波德莱尔》，张旭东、魏文生译，生活·读书·新知三联书店，1989，第38页。

程正是批评家为作品祛蔽复魅的过程。批评家的伟大还体现为对另一种"垃圾"的拯救，除了这种对优质作品的发掘，网络图书馆中还有不少整体不算上乘但也有闪光之处的作品，普通读者往往在轻浅阅读、囫囵吞枣之际将其遗弃，但"拾垃圾者"总是独具慧眼，能够在看似无用的事物中发现可资运用之部分，并加以提炼重组，点石成金。这正是批评家对作品的救赎。

按照本雅明的观点和亲身实践，批评家在捡拾到优秀作品后要像吝啬的守财奴一样将这些宝贝收藏起来。对商业化文学生产与消费过程中被抛弃的沧海遗珠精心发掘并倍加保护既是一种对资本主义文化问题的体察与对抗，也有可能通过祛蔽和收藏的过程使这些文学的瑰宝得到认可和保存。在本雅明的时代媒介环境中，批评家个人能够发掘与收藏作品，但难以传播与宣扬作品的价值与意义，尤其是对不掌握媒介话语权的普通批评家而言。但是网络时代的活动逻辑之一就是分享，而且网络超级图书馆的优势就是任何作品，哪怕它再小众，只要被分享出来，都会找到知音。所以网络时代的批评家不仅可以发现、收藏，还可以通过分享、推荐而直接对作品进行传播。分享和传播的效果与批评家通过之前的鉴别、评论与分享所形成的影响力呈正相关关系。批评家与他人建立的联结越多，其影响力可能越大，与其联结的人的影响力越大，批评家的影响力也会越大，一位批评家能在多大程度和范围上与其他人分享自己的观点更多地取决于批评家自身而非平台的影响力。所以，无论从读者的角度，还是从作品的角度出发，网络生态中都有着对专业批评的强烈需求，呼唤着专业批评的积极介入。

其二，依托网络技术颠覆旧有的批评体制、评价标准的文学批评，正在混乱与无所依据的状态中呼唤新的行为规范和专家的引导与主导性批评。旧有批评范式的打破和传统价值尺度的位移，必然导致批评行为的混乱，没有体现社会发展价值的引导性批评与主导性批评，公共讨论所追求的社会价值与人文精神变成由社会群体和利益出发的对不同群体和利益竞争者的恶意攻击。在网络空间发展初期呈现出自由与活力之后，网络批评逐渐陷入混乱的群殴状态，批评常常变成缺乏理性思辨的表面化的语言形式，甚至沦为没有观点的不能称其为批评的情感宣泄。网络空间打破工具理性的"樊篱"之后，似乎又坠入荒野文化的混乱之中，尽管工业文明的"园丁"式干预很难适应当下网络时代的批评实践，但这不等于网络时代的文学批评不需要规则的框定。对旧秩序的颠覆往往是为了新秩序的建构，从旧的体制中脱域，是为了向新体制的嵌入，而不是长久的失域。而且脱域更多的是一种整体、自然的趋势与过程，重新嵌入则更多的是众多个体间的探索与协商。新时代摆在人们面前的"自我认定"的任务，意味着一种重新构建规则并尽快进入其中的挑战。努力寻找、发现、参与建构并遵循新的、正在形成的社会构型和组织模式，是类似于生物进化的社会性进化过程，因为"从衰退的社会规范中显露出来的，是在寻找关爱与帮助中的赤裸裸的、令人恐怖的、放肆的自我。在寻找它自己和一个充满友爱的社会性中，它很容易在自我的森林中迷失方向"①。网络主体从传统的文学批评体系中挣脱出来之后，面对松散、无序的批评空间，必须积极地找到并遵循新的行为规范，才不至于陷入群体性的混乱与迷失的状态。而在建构规则这类需要形成公共意见的任务中，非中心结构的网络群体往往没有优势，需要相应的专业人士协调、沟通多元主体的立场、需求与惯习，先行划出跑道、拟定坐标、明确目标、判断方向，才能较为容易地选择与调适，从而形成新的秩序与范式。

"解放"意味着从阻碍或约束性力量中获取自由，开始感觉到运动或行动的自由，并不再受限制。人之所以能够感受到这种自由，是因为个体在欲求、想象力和行动能力之间保持着一种均衡，而一旦想象力超出了人们的实际欲求，或者想象力和实际欲求超出了个体的行动能力，个体将再次失去自由的感觉。过度强调个体化而放弃公共性、秩序性的自由，会使个体想象力、欲求的无限膨胀对个体可实现的自由造成挤压，从而打破能够带来自由感的平衡。如此，这种自由带来的就不只是自由，还有困难与麻烦，并且麻烦不会比自由少。这种自由所强调的"每个人依靠自己的资源来决定自己的需要"预示着对自己身体的折磨和不能决断的痛苦，其所要

---

① 〔英〕齐格蒙特·鲍曼:《流动的现代性》，欧阳景根译，上海三联书店，2002，第57~58页。

求的"每个人尽肩上的责任"预示着对风险和失败(没有权利求助和补救)的惧怕感的摒弃。这在事实上不可能产生真正自由的感觉,也不可能为网络空间的文学主体提供自由的保证。当"强制性地探究确定性"的努力已经结束,绝望地寻找能够"消除怀疑意识"的"解决办法"的努力却已经开始——任何有可能对"确定性"承担责任的东西,都是受欢迎的。[1] 在网络主体急剧膨胀的个体权力与个体在强大的网络群体面前的渺小之间,网络中个体的自由越来越难以实现。除了在专家组织协调与网众参与协商下建构批评新秩序之外,批评的价值尺度和坐标亦亟待生成。而这种需要体现公共性、引导性和新的经典性的价值参照系的建立,不仅需要众多批评主体的对话、讨论,更需要精英专家通过进入网络的批评实践和理论提炼予以示范和引领。当下,网络大众对这种具有专业水平和公共价值坚守的精英批评的呼唤已经显现,精英入网恰逢其时。

其三,网络空间中活跃的文学活动与批评实践为批评理论的凝聚与提升积累了大量的经验与素材。专家批评是进入理性凝聚的批评,专业批评家入网与否,关乎的不仅仅是自身的地位与发展,还关乎文学批评一系列专业知识和理论积累的断裂与否。任何新技术的产生都是对旧技术时代权威的挑战,都会让旧时代的贵族感到不适,但人类的技术还是会不断向前发展,因为技术的进步往往能够给普通人带来身体的解放。所以,人类历史上每次重大的技术变革,都会引发旧权威阶层与新技术阶层的冲突与矛盾。正是这个冲突成为麦克卢汉媒介研究的起点,通过揭示新媒介技术与文化发展关系之原理,麦克卢汉指出"如果我们坚持用常规的方法去研究这些发展,我们的传统文化就会像 16 世纪的经院哲学家一样被扫荡干净。倘若具有复杂口头文化素养的经院哲学家们了解谷登堡印刷术,他们本来可以创造出书面教育和口头教育的新的综合……谷登堡技术的扩张或爆炸,在许多方面使文化贫乏"[2]。在麦克卢汉看来,每个时代都有少数能够感知媒介变化并能捕捉和把握新技术逻辑的"艺术家",这种"艺术家"可能存在于任何行业,但都具有对新技术逻辑的敏锐嗅觉。麦克卢汉媒介信息理

---

[1] 〔英〕齐格蒙特·鲍曼:《流动的现代性》,欧阳景根译,第 24~31 页。
[2] 〔加〕马歇尔·麦克卢汉:《媒介即按摩——麦克卢汉媒介效应一览》,何道宽译,第 92 页。

论的研究目的不是鼓吹新技术，而恰恰是要提醒各个领域的专家重视不同媒介技术对知识传承和发展的结构性作用，从而以更加敏锐和能动的状态来面对媒介技术给知识传播带来的机遇和挑战。本文的写作初衷也正是希望通过麦克卢汉媒介理论的引入，使我们的文学批评在面对网络技术带来的文学变革时，能够跳出孕育理论思维的纸媒逻辑，洞悉网络技术对文学场域的重构趋势与逻辑，探索网络生态下文学批评的正确打开方式，并将文学批评发展至今所积累的成果与知识成功地引渡到网络时代的文学批评中。而洞察与引渡的起点都必须是专业批评的网络入场，因为批评的一切相关要素——作者、文本、读者——都在网络之中，网络批评的理论只有在网络的实践中才能凝聚，网络批评的话语只能在网络的批评实践中才能生成，网络批评的范式也只有在网络的交流中才能构建。在网络日益成为人类物质生存和精神文明基础设施的今天，专业批评家的入网已经成为必然。

　　进入网络是精英入网的前提条件，若不放弃先前的精英身份、精英姿态，则无从入网。传统批评场域中的专家因其有着确认作品合法性和作家水平的话语权，而在批评的活动中具有了把关人、裁判员乃至立法者的权威，场域中的这种占位与传统体系中的等级制度使精英批评家往往带有相应的等级观念而表现得严肃、刻板。持有虚拟身份并处于非等级关系中的网友天生缺少基于现实社会身份、体系而形成的等级意识，并因网络主体之间的弱联系而多了几分合则来不合则去的洒脱，因而其表达更加自由、平等，甚至恣意、放肆。进入这样的场域，传统批评精英若不能放下现实身份带来的精英意识、交流惯习与心理倾向将很容易被网络现场的喧闹气氛、恣意表达和乖戾性格所冲击，而感到困惑、不适应甚至被激怒。比如作为最早一批关注网络文学现象的传统批评家，白烨、陶东风等对网络文学和网络作家多有关心，其批评也是出自培养和引导的角度，但其根深蒂固的传统精英的姿态和话语习惯使他们的善意批评招致了语言暴力。由于对网络话语风格、表达习惯缺乏必要的了解与适应，年轻网友的话语围攻使传统批评精英受到了极大冲击，而做出很多过激反应。作为"韩白之争""玄幻之争"中的网友代表，韩寒所说的一段话能够反映这种态度、惯习上的落差："我唯一不能理解的是，他们这些名人怎么一个个这么脆弱，经不起骂啊,我看过他们博客中的留言,的确有一些支持我的人在骂他们。要知道,这是很正常的事情,别说网络上了,竞选总统的时候也是如此,他们居然就此质疑一代人的素质出了问题,这才是红卫兵的乱扣帽子行为。我最烦他们老拿这个说事,表现得非常不男人,我的博客里也有很多他们的支持者骂我,我一条不删,也从不拿这个说事。"[1] 从传统批评场域到网络批评场域,专业批评家面对的不仅仅是传播渠道的改变,更是主体间关系、批评话语、批评范式、批评理念等的改变。与传统批评体系相对应的身份、姿态在网络空间中将难以和批评场域相契合。进入新的批评场域,专业批评家需要在理解和认识新场域的基础上,通过个体的自省与反观,寻找新的位置与关系、态度与方式。

第二节 网络生态下专业批评家的存在方式与身份转换

网络传播带来了文学空间的重构与批评语境、范式等的变革,但没有改变广大读者对文学的基本诉求,专业批评家的活动仍十分重要,只是其专业活动的角度、方式和侧重点会有所调整。多元主体共场的批评环境下,专业批评者凭借其多年积累的专业经验和对文学现场的切实观照,倡导、构建符合批评基本原则与当下批评现实的规范、秩序,对多元主体共场批评的协调、有序与互通具有重要意义。面对活跃的网友批评,批评家深入现场对其批评实践进行清晰、准确的测绘与专业转换,将对网络实践的理论转化与网友—精英的彼此理解大有裨益。网络传播对批评的自由表达多有促进,却不易形成公共意见与公共价值判断,专家基于专业水准与公共利益而进行的议题设置与意义阐释,对网络时代个人的价值判断具有重要的参照与引导意义,对公共空间的构建十分重要。

一 网众、专家、媒介、经营者以及管理者——多元主体的共时共场

作为社会生产和文化生活基础设施的网络正在通过文学这一意义与体

---

[1] 张英:《傲慢与偏见——清点"韩白之争"》,《南方周末》2006年4月6日。

验的生成载体,将处于不同社会阶层、具有不同文化品位、持有不同利益和立场的人们卷入其中,以共时、在场的方式构入网络的文学空间之中,共同参与文学批评活动。多元主体共场的网络批评空间中非专业的网友仍是最大规模的批评主体,也是批评场域中最为活跃和庞杂的那一部分。他们以强烈的参与热情和感性的表达方式构成了网络批评中最富生机的在场,并因其规模的庞大而给文学的创作和传播带来了人气资本。随着网络的生态化,传统的学院批评家也越来越多地进入网络空间,构成网络批评主体的重要一维,并通过共时在场打破了与网友等其他非专业批评群体之间的距离与区隔,并产生了更多的接触与互动。媒体批评以及既是媒体又是经营者的文学网站则日益模糊了批评与营销的界限,在对作品的批评与自身媒介品牌的塑造之中寻求文学与商业的平衡。上述所有主体的批评行动与观点都在文化领域管理者的总体把握与管控之下,依循着相应的法律与规定展开。虽然构入网络批评空间的各类主体仍旧保持着各自的立场与特性,延续了大量的"惯习",但构入网络这一整体场域和共时在线的批评模式仍使他们不可避免地被纳入网络的感知和交互模式,并不可避免地与其他主体产生更多的联系与互动,从而对各自的批评方式、话语以及价值取向产生影响,而不同主体的差异性批评方式、话语以及价值取向等,则会在网络批评整体中形成一股创生性力量,促动着新的批评范式的涌现。

  网友批评具有个性、群体性、随意性、感性、杂语性等特征。参与网络批评的网友数量多、分布广泛,身处不同的民族、文化、社会阶层,但他们最一致的群体特征就是整体年龄较小,有关机构的调查数据显示,网络文学活动的参与主体年龄主要集中在 20～39 岁,这一年龄段的文学批评主体几乎占了网络文学批评主体总数的八成。网友批评主体突出的年龄特征给整个网络批评空间带来了强烈的青年亚文化影响,一个明显的表现就是批评话语的年轻化。青年群体特有的心理需求、价值取向、精神渴望以及行为特征共同构成了网友们的批评话语与表达风格。网友批评变幻多端的"行话""暗语"或讽刺、自嘲、逃避,往往隐藏着青年群体对人生的困惑、对认同的渴望、对现实的焦虑……而那些让他们着迷并大力追捧的文学作品常常戳中了他们内心情感的要害,或是唤起了他们的某些集体回忆。

例如，玄幻、修仙小说的走红与网络青年们面对现实困境的焦虑和渴望通过奋斗获得认同的心理特征之间存在强烈的对应关系。郭敬明的小说以及之后网络文学乃至影视圈刮起的青春校园风显然唤醒了所有有过高中、大学生活经历的青年群体的集体记忆。网友批评的这种主体心理极大地影响着网络批评的批评话语和价值判断。

网友批评群体给网络批评整体带来的另一个重要影响是粉丝文化的生成和构入。粉丝文化又称迷文化，这种文化源于文学作品、影视作品的忠实读者或观众，这些忠实粉丝虽然并非专业的批评者却由于个人的文学爱好而阅读了大量的作品并对其喜爱的作品投入大量精力去反复研读，购买收藏，评论推荐，并自发地组织各种爱好者之间的沙龙、论坛，对作品进行深入的发掘和阐释，甚至制作相关的资料汇编，创作同人作品。其行为常常对其他读者、批评者乃至创作者和市场产生影响。同时，由于长期浸淫于网络文学空间，有广泛的文本涉猎和大量的经典阅读经验，这些粉丝网友对文学的迷恋已经转化成批评的眼光和品位，练就了发现精品的火眼金睛。这种被巴赞称为"清醒的激情"的粉丝批评既具有民间的心态与立场，又具有精英批评的眼光和品位，正在成为一股影响网络批评整体发展的重要力量。

专业批评具有理性、规范性、专业性、严谨性、模式性等特征。专业批评家进入网络批评空间首先意味着批评媒介和传播平台的增加，网络作为新时代的文学生态提供给专业批评的是网络空间涵盖的多条批评途径，包括文学网站的批评区、文学论坛和专门的评论性网站，也包括博客、微博以及微信。近几年随着智能手机这一移动互联终端的应用开发，微博、微信已经成为自媒体传播的重要平台，不少专业批评家开通微博或者微信公众号，以个人身份发表研究成果和作品评介，以此展开网络批评。这为专业批评家在文学期刊日益式微、学术期刊过于圈子化的当下发挥专业批评作用、扩大专业批评影响开辟了新的天地。当然在利用新的批评媒介的过程中，为了获得更好的批评效果，专业批评家也需要了解和学习网络环境以及不同媒体的传播规律和特点，然后据此选取适当的批评内容和表达形式，比如微博能够发表的字数有限，但同一天内可以多次更新且方便修改，因而很难展开深入细致的学理性分析与批评，而更适合简要的点评和推介；微信公众号没有篇幅上的限制，但不能轻易修改和调整，因而适合定期发表一些深入分析与研究的长篇文章。在网友批评的热潮下，呼吁专业批评家根据网络环境调整批评话语和方式的文章不少，但是认识网络环境更应该掌握网络运作的逻辑和规律，而不应只看到它的媒介样态；运用网络表达方式更应该根据不同网络平台的传播特征调整表达的内容、方式和风格，而不是去模仿网友批评的方式和风格。最重要的是，专业批评家在调整批评的方式与话语，加强与网友等其他批评主体的理解与交流之后，应以更高的思想境界和深入浅出的论述来实现对网络批评整体价值、方向的把握与引领。专业批评家的思想深度、审美品位、公共意识与情怀担当必须坚守，这似乎与网友批评的直抒胸臆相冲突，但这不是不加理解的否定、不是僵化守旧的顽固，而是对网络批评的积极参与和建构，因而是网络批评的重要维度。

传媒批评具有导向性、选择性、传播性、精要性、炒作性等特征。自网络媒体兴起以来，变动最为明显的莫过于传播领域的状态与格局。传统大众媒介，尤其是报纸和电视媒介的影响力和市场占有率明显下降，与网络媒介的融合发展成了众多传统媒体解决危机的主要方向。在融合的过程中，网络媒介基于强大的市场影响力和自身的趋势性优势，对传统媒体产生了导向性的影响。在作品发现、评论、导引与推荐以及文学活动和现象等方面，网络论坛、评论网站、文学公众号等网络大众媒体都站在了媒介批评的最前列。而电视、广播、报纸等传统媒体一般也会跟进，对文学作品、文学活动进行相应的报道与评论，但大都停留在信息的传递与简评层面，无论是深入程度还是影响力都较为有限，其批评的视角与出发点也多是出于收视率、发行量等商业效果的需要，因而往往更加注重新闻卖点而非切中文本本身的肯綮。当然从商业角度出发的媒介批评也不一定意味着低水平、浅表化，因为在信息发达的网络生态中，低质量的信息传播并不能带来良好的商业收益，口碑和影响力常常是带来收益的资源，而媒体批评的影响力是离不开批评本身的价值和水平的，经历了野蛮生长的网络媒介开始意识到这一问题。近年来逐渐出现了一些在网友中较有公信力和影响力的评论性网站和公众号,以对文学领域的敏锐直觉密切关注着文学生产的前沿,并展开了相对公允和深入的文学批评,在吸引受众的注意力和批评严肃性之间寻求着平衡。

经营者批评具有从众性、炒作性、功利性等特征。就当下中国的网络文学而言,经营者主要是提供文学发表平台的网站以及进行后续开发的出版商、影视制作公司等。由于出版商、影视制作公司、游戏开发公司等更多地采用 IP 开发模式,从已经在网站上获得好评、具有超高人气的文学作品中挑选现成的文本进行出版及影视、游戏改编,因而在论及批评活动中的经营者时,我们主要关注的是文学网站、手机阅读软件、文学公众号等文本发表平台。网络文学从早期少数文学爱好者的个人化写作变为大众参与的商业化写作之后,文学的网络发表阵地也从原来散落的各种论坛、网页集中到几个较有名气的文学网站上。近年来伴随着网络 IP 的热潮,较有影响的文学网站又被整合为文学网络集团,如成立于 2015 年的"阅文集团"就是由腾讯集团和盛大集团共同整合了多个品牌文学网站组建而成的,整合后的阅文集团囊括了创世中文网、起点中文网、红袖添香、潇湘书院等一系列颇具影响力的文学网站,以及"榕树下"等出版品牌和"懒人听书"等音频传播平台,几乎涵盖了文学发表的一线主流平台和文学文本的发表、出版及后期开发等完整的产业链。虽然网络文学平台没有传统媒介那么高的发表门槛,写手通过一系列的注册流程之后即可在网上发表作品,且只要内容不违法违规,一般都可顺利上传。但是每天上传的作品数量之多、规模之巨已远远超过读者们可接受的阅读量,同时网站作为商业机构和发表平台,无论出于盈利考虑还是平台的品牌塑造考虑,都要在作品发表前有一个筛选与评价的环节,以将那些能够最大限度吸引读者注意力的作品挑选出来,放到显要位置重点推介,因为网络时代的注意力就意味着购买率。网站经营者们在评价和筛选作品的过程中,对文学批评的范式发展做出两个主要贡献。一是作品评论区的在线评论、打赏作者等构成了传统媒介所未能实现的读者与作者的零距离互动,使文学批评不仅对文学阅读在场,而且对文学创作在场。二是通过排行榜、点击率以及对注册网友的阅读行为、购买行为等进行数据统计与分析,为文学批评提供了一种量化的方法与构入大数据算法的可能性。这种量化方式如果可以引入文学学术研究，将得出比传统文本分析更加准确客观的分析结果，通过对大数据的分析也可以对之前虚无缥缈、只能依靠批评家尽量客观的主观分析而得出的作家风格、读者偏好、选择行为、阅读习惯、潜在需求等进行画像，从而做出更具说服力的判断。

管理者批评具有权威性、定向性、有序性、策略性、发展性等特征。虽然自 20 世纪 80 年代以来，那种政治挂帅的文学批评已经退出了历史舞台，在市场经济的商业化语境中，政治话语对文学领域的关涉也日渐宽松与柔和，网络虚拟空间的喧嚣狂欢甚至让人忘却了国家力量的束缚。但事实上，鉴于文学的意识形态影响，国家和政府从未放弃过对它的控制与管理。在批评的场域，它只是隐匿但从未缺席，虽然鲜少像革命时期以及某些特殊年代那样走向前台，直接指导作品的创作并规划文艺走向，但管理者的力量始终存在，只是以更加隐秘和间接的方式实施，过滤也是一种批评，把关也是一种判断。网络匿名虽然可以隐去上网者的真实姓名，但上网的行为伴随着网络地址的生成，所有的言论、行为都会被追踪记录在这个地址名下。这个虚拟的地址及其名下的记录则通过网络协议在国家有关部门的数据库中与某个现实的主体相连。所以从数据意义上讲，网络带来的不是匿名而是所有行迹与言论的数据化记录与存储。所以，为管理者所禁止的内容会被删除，违反了某些规则的内容也会被删除。此外，每一个网站、论坛、搜索引擎背后都是实际的商业公司在运营，网络是虚拟的，但这些公司是真实存在的，它们在筛选、发布过程中呈现或禁止、提倡或否定等行为不仅是为自身的商业目的考虑，还要遵循和满足管理者的规则与意图。这种操作虽然隐秘但其力量却是强大的。

网络的生态化将文学活动中的不同要素与主体全部构入网络文学场域，而在线式文学活动的共时互动模式又使场域内的文学活动对其他活动构成了在场，比如批评主体对更新中的作品的即时批评因为作者的在线和创作活动的共时性而对创作构成了在场。同样，媒介的评论、经营者的筛选和管理者的把关都对文学的创作构成了在场，进而使批评对创作形成无延迟的反馈与影响。反过来由于作者的在线，其对创作和文本的阐释也实时地构成了创作主体对批评的在场。不仅如此，媒介、平台经营者、管理者、读者等批评主体之间也彼此在场、即时反馈，这就使批评的格局难以单凭线性的逻辑去把握。首先，主体的身份界限因为批评对文学创作、传播、接受等各个环节的在场而变得不再明确，个体常常既是读者也是批评者，又因为批评对创作的介入而变成了创作的参与者。批评既是包含了多元主体的总体的批评，也是构入文学活动整体的统一的批评。其次，多元主体的共场在线与身份介入必然导致也必然要求批评方式与批评话语的彼此影响与渗透，因为原本持有差异性范式与话语的不同主体如果不做话语和方式上的变通与转换，就意味着既无法理解其他主体也无法被其他主体理解。但是这种转换与变通更多地体现在话语与方式层面，在具体的批评立场与评价标准方面，不同主体之间仍存在明显差异，多元主体之间的共场只能在承认差异的前提下寻求某些方面或个别条件下的共识。正是由于不同主体出于不同立场和背景，以不同范式、不同价值取向共时共场地构入网络批评整体，文学批评才能借由庞大群集的自我运行和自我调整而构成一个有机的系统，并在充满活力的批评互动中自我生成、自我进化，从而达成批评对文本的实现与超越。

二 从旁观者到学者粉丝——专业批评家干预网络文学的切入点

尽管专业批评家进入网络空间与网友、媒介、管理者以及经营者共场互动已成为大势所趋，但专家批评进入网络空间与其他批评力量共场互动的程度和效果尚不理想。多数专业批评家仍然站在网络外部，即便是将批评目光投向网络文学的专业批评家，也大都与网络批评的现场隔着一段距离，以至于网络批评群体将专家们的网络文学批评看作隔靴搔痒。造成这一困境的首要原因就是专业批评进入网络时在切入点、切入姿态与切入方法上的误差。

首先，从心态上看，传统批评专家对网络文学和网络批评还存有一些芥蒂，对介入网络批评心怀抵触。一方面，就现状而言，传统的专业批评场域与网络批评场域存在明显不同的主体与对象体系。传统批评场域中的批评主体以遵循学术批评理论的专业批评家为主，其批评的对象亦以传统的主流文学作品为主。而网络批评场域中批评的主体是非专业的"乌合之众",与其对应的文本也是通俗浅白的草根文学。对传统场域的批评专家而言,无论是网络空间中的批评主体还是批评对象,与其原有的场域似乎都存在俗与雅、业余与专业的落差。这种二元的、非平等的精英意识形态使专业批评家很难发自内心地放下身段,潜入网络深处,而是下意识地与网络保持一定距离,或者以一种外部的、旁观的研究视角去展开研究。

其次,从切入点和切入方法上看,目前专业批评介入网络的切入点主要有:沿用传统的史论方法,对网络文学空间的作品、现象等做线性脉络的归纳,通过运用某一理论(最多的是大众文化、后现代主义理论)来评价或判断网络文学空间中的现象与作品。常常是理论先行或先入为主,而鲜少从网络评论区、贴吧、论坛上提取问题、分析总结,批评始终与网络文学空间的实际情况存在隔阂与距离,使批评远离了现实。网络性是网络文学空间的一个基本特征,而网络的一个基本逻辑特征就是实践性与民间性,用学术批评的纯理论方法去认识以实践性为显著特征的网络文学,这种认识和研究自然难以切入其内部,这是第一个层次的问题。第一个层次的问题是我们现在的学术批评所运用的理论资源本身存在与网络现实不适应的情况,如超文本理论,超文本确实是网络文学一个重要的新特征,这在西方的网络文学批评中确实是最为主要的研究方向,但中国网络文学发展有非常突出的中国特色。在庞大的网络文学空间中,影响最广、规模最大的主流商业文学大部分不是典型的超文本,或者至少与西方网络的超文本在网络文学空间中所具有的地位有很大差异,那么如果我们仍以此为主要理论工具,用超文本的理论去考察主流的网络商业写作的话,无疑将陷入缘木求鱼、刻舟求剑的窘境。网络文学批评中另一常用的理论工具是大众文化研究的相关成果。当下中国的网络文学空间从其参与主体的规模上讲确实具有明显的大众性,但我们还不能把网络文学等同于大众文学,网络文学空间的大众本身并不是同质的,虽总体上规模庞大,但其内部存在复杂的细分。所以迄今为止,还没有哪一种既有的理论能够完全适用于网络文学空间中的批评,尽管现在研究者们常用的理论中有很多能够帮助观察和分析网络文学实践,但都不能简单地、绝对地运用在网络批评上。

最后，在批评的方式和话语上，传统的批评规则与学术语言也很难在网络批评空间中发挥原有的作用，这在两个场域的误识与对抗中已经有所体现。在网络文学空间中，网友们在日常批评实践中已经生成了为这个空间内部的主体广泛接受并经常使用的一套交流方式和话语，这种方式与话语是这些网络"原住民"的"原始生活习惯"和"母语"，而专业批评家们的学术语言对他们而言就像是殖民者带来的"外语"，不仅听不懂，而且不好用。所以网络空间的"原住民们"对专业的学术批评常常敬而远之，觉得虽然道理高深，但是学起来太费力，如果学术批评的表达太过强势和绝对，则会激起网友们的躲避或反抗，这样专业的学术批评与业余的网友批评之间就形成了一种恶性循环——各自的批评场域越发封闭，多元主体之间的共场交流越发难以实现。

凭借目前的学术理论与方法，专业批评在进入网络文学空间的过程中总是无法有效地消除专家批评体系与网络批评实践的隔阂。专业批评的网络入场与对话虽然为越来越多的专业批评家认可，但始终缺乏有效的入场门径。上述问题的症结所在是传统专业批评固有的理论、方法对网络文学实践的不适用，要解决这个问题，正确的思路显然不是用传统的批评理论和范式去对网络文学实践削足适履，而是到网络空间的文学实践中，寻找网络批评的普遍性、特征性、规律性要素。用这些具有规律性、理论性特征的实践总结与已有的理论积累展开对话、交流，进而实现旧有的文学理论和批评方法的调整与进化，实现网络时代文学批评的理论建构。

针对专家批评如何有效进入网络这一问题，韩国学者崔宰溶引入的"土著理论"颇具建设性意义。"土著理论"与专业批评理论的主要差异在于研究视角与态度，不同于典型的学术研究所提倡的客观、外在的研究视角，"土著理论"中的研究者本身就是被研究对象的一员。"土著"，即土生土长浸淫其中，在这里既有内观与外观的视域差异，也有态度的差异。专业的学术研究者对研究对象具有一种优越、自我的态度，而活跃在网络批评实践中的网络"土著"则有一种尊重与捍卫原著的态度。"土著理论"在位置上的接近和态度上的尊重使其在对网络实践进行普遍性凝聚时，在资料的占有、内容的理解上具有显著优势，从而为更高层次的理论归纳与提升提供了更大的可能性。"土著理论"与专业的学术研究在进行理论提炼的方法上有很多相通之处,如分类的方法、分析的方法、形成普遍性规范的方法、辩证的方法、实践的方法等。正是在这一方法上,"土著理论"与专业批评理论有了可以融通的途径,专业批评理论与网络时代批评实践的隔阂得以消除,专业批评家有了真正入网的法门。

"土著理论"最初是由美国非裔文学批评家休斯顿·A.贝克①在对黑人布鲁斯音乐大量研究的基础上提出的,他指出对布鲁斯所隐含的意识形态进行解构的有效方式就是"依托边缘种族的文化传统,依据自己的文本特点将其言说方式予以系统化,以形成对这一文本行之有效的批评模式"②。因此,贝克认为要弄清楚黑人文学文本中隐藏的意识形态,就必须将其文本放置到其产生的文化语境中,放到黑人文化系统的日常实践中加以体验和把握,如此才能解读出文本所蕴藏的多种隐喻。在黑人文化的表征形式中,贝克认为布鲁斯最具典型意义,所以将其看作研究黑人文化的文本基础与文化资料。另一位美国学者麦克劳克林对贝克的土著模式予以抽象化与扩展,他认为土著模式不仅在黑人文本研究中有效,还同样适用于其他文化,这种批评模式体现于所有非精英、非专业批评者日常的批评活动之中,被麦克劳克林升华之后的土著理论更趋近于一种"批评的文化研究的脉络"。麦克劳克林遵从福柯、阿多诺的批评理论,将"批评理论"定义为"对前提与意识形态的根本性怀疑"③。而在麦克劳克林看来,无论是擅长和热衷于布鲁斯音乐的美国黑人,还是对流行文本如数家珍的粉丝读者都是他们所属文化系统的"土著居民",他们对这个文化的表征体系有着深刻的体验和认识,对这套文化文本背后的意识形态及其运作模式有着深刻的洞察和反思,而这种洞察与反思在他看来已经具备了对前提或意识形态的怀疑,因而这些特定文化的"原住民"对其所处文化系统的表征特征的洞察

---

① 习传进:《论贝克的布鲁斯本土理论》,《华中师范大学学报》(人文社会科学版)2003年第2期,第91~96页。
② 习传进:《论贝克的布鲁斯本土理论》,《华中师范大学学报》(人文社会科学版)2003年第2期,第91~96页。
③ 崔宰溶:《中国网络文学研究的困境与突破——网络文学的土著理论与网络性》,博士学位论文,北京大学,2011。

与把握完全具有了一种理论资格,即"土著理论"。

麦克劳克林的"土著理论"虽然是以阿多诺等法兰克福学派的批评理论为基础的,但其对流行文化"原住民"的态度深受德赛都与费斯克的影响,不仅认同和吸收了他们关于读者对文本的"盗猎""挪用""过度""使用"等"策略",还在此基础上赋予普通读者在日常阅读中所采用的评判方法与话语以理论资格,因为在麦克劳克林看来,学术理论也好,"土著们"的实践范式也好,某种意义上都是一种"方言"或者"行话",学术理论不是理论唯一的、绝对的范式,大众的文化批评实践中所蕴含的"潜规则"与洞察力也同样具有理论价值。

对于"土著理论"与学术理论具有同样的理论价值,可能会有学者表示怀疑。作为"土著理论"主体的读者大众在拥有巨大能量的同时也具有这样那样的局限和问题。另外,其作为理论是否体现了更多的直觉性、碎片化特征?土著在"盗猎""对抗"主流文本意识形态时是否同时强化了自身隐藏的意识形态?作为一种批评,对抗与批判之后能否带来解放与进步?这些问题的答案可能都存在争议,但是不影响"土著理论"给我们了解网络时代的受众、了解网络时代的网友批评实践、把握网络时代批评的规律与逻辑带来的帮助。

首先,"土著理论"能够帮助我们了解网络空间中文学活动的真实面貌与文学批评的生动实践。如前所述,一方面网络空间中的文学活动具有迥异于纸媒时代的集群模式、并行结构、无中心分布、涌现式创新的内部运作逻辑,既非传统线性逻辑下的批评理论所能有效分析,也非理论先行或本质先行的传统批评方法所能把握,因为在因果逻辑的认知方法下,网络内部的发展变化往往不可知、不可控。比起原有的那种外部凝视、主客二元的研究方法,实践的方法在网络现场的认识和分析上会更加有效。另一方面,即便抛开理论方法适用与否的问题,从网络文学空间容量之大、规模之巨、内部之复杂来看,也确实不是仅仅靠外部观察就能得其要领的。"土著理论"的优势就在于它所主张的是一种主客融合、理论与实践融合、批评与使用并行的研究方法,是一种深入内部的、参与其中的、实践与研究同步的研究方法,这种卷入的、总体的、统合的研究逻辑恰恰与网络本身的运作逻辑不谋而合,因而才有可能看清网络空间中文学活动的真实过程与关节要害。

需要明确的是,"土著理论"对网络"原住民"批评体系的肯定与尊重并不代表对网友呼声的盲从与听之任之。简单粗暴的情绪宣泄、键盘侠的无聊灌水、营销者恶意刷屏都不能称为"土著理论"。因为这一概念的理论基础是对自身前提以及意识形态的反思与质疑,只有网络"原住民"接触的那些文本、文化,经过归纳、分析、反思后生成的见解与观点,才能称为"土著理论"。这些"土著理论"背后是众多粉丝,尤其是精英粉丝们的参与式接受和创造性生产所凝结的成果。其中有对某部作品成败优劣等各种细节的分析与总结,有对某一作者所有作品的归纳、分析与对比,有对某一类风格相似作品的盘点以及彼此在主题、风格等方面的影响关系的分析,也有对作品营销、运作手法的揭露甚至对跨媒介开发的意见与建议等。总之,网友们对文本、作家、文学事件、文学现象及其周边信息了解之丰富、洞察之深入远超专家们的想象,几乎可以构成一个特定研究对象的民族志、谱系图。这一方面是因为网友们本身是某部作品或者某个写手的粉丝,出于对作品、作者的迷恋与喜爱,他们在搜集和制作相关信息、产品时往往更加富有成效。另一方面是因为网友们的作业过程是一种自发的集体协作,即便每个人贡献的都是一小块碎片,众多的碎片拼凑到一起也足以胜过专家学者的个人搜索。最后,网友们的原生优势也使他们在理解网络文化时更有效率。作为网络空间的本地人,网友们早已深谙网络空间的生存逻辑、对话方式,用键盘比用笔更利落,屏幕阅读比纸质阅读更方便,对"超链接""虚拟现实"等概念根本无须刻意地理解与领悟,因为他们每天游荡于一个又一个超链接之间,在虚拟的现实幻景当中获得文学体验。很多网络研究领域产生的新概念对他们来说就如同母语一般。所以,这些网络"原住民"天然地具有强大的网络感知能力和学习能力,并由此掌握了更多的实践性知识。虽然网络民族志、谱系图比起理论的创新与构建,似乎不够超拔,但我们不得不承认它们在认识和把握网络批评现场上的高效性与切近性。"土著理论"就好比网络文学空间的资料库与谱系图,对传统专家进入网络批评这一陌生空间具有重要的"导航"作用。

其次，从"土著理论"出发，我们能够更好地理解网络文学空间中那些复杂的矛盾关系，从而消除当下网络文学批评一味否定或盲目推崇的两极化倾向，使专家批评更加客观与精准，既能吸收与汲取受众的知识与智慧，又能对文学背后深刻的意识形态及社会矛盾予以洞察与批判。网络空间本身就是一个庞大复杂、充满矛盾关系的非同质空间，而我国的网络文学空间与其他国家相比又尤其丰富与多元，既有与欧美类似的先锋的超文本创作，也有大量的非常传统的追求完整故事与线性叙述的长篇小说；既有对宏大主题的戏谑颠覆，也有对另一种意识形态的极力推崇；既通过批评、改写等消除作者主体的权威，又常常对喜爱的写手高呼"大神"并顶礼膜拜……面对网络文学空间这些自相矛盾的多面向，传统的学术理论很难给予有效的解析，甚至可以说网络文学空间这些两极化的评价在某种程度上正是由于传统的学术理论从不同角度出发，用各自不同的标准与规则分析得来的。所以，要解开上述谜团，了解网络"原住民"在网络文学活动中的切身体会往往更有帮助，他们在文学的选择、评价上所表现出来的自相矛盾，很可能是他们的一种"身份政治"；对宏大叙事的抵抗也好，对作者权威的消解也好，可能更多的是特定群体对身份认同的表达与寻求，他们要颠覆的可能只是某一种不为他们所接受的宏大主题或者某一种强制其遵循却未赢得其认可的权威，而并非彻底地拒绝宏大主题本身，也并非不接受任何权威，他们要的是自身群体及其所追求的价值观的被认可。他们认可商业写作、追寻快感与娱乐，但绝非被动、愚蠢地接受任何商业写作丢过来的简单粗糙的娱乐元素的堆砌。只有那些能够将商业运作和娱乐元素巧妙地蕴含在人物形象、故事叙述中的精彩作品才能让网友心甘情愿付费订阅。而那些营销痕迹明显、故事桥段老套、情节构思一眼望到底的作品往往被网友迅速看穿，弃之如敝屣。这种商业机制、阅读功利与文学性互相博弈、彼此纠缠的复杂关系，恐怕只有浸淫于网络阅读与批评之中的网络"原住民"才能有深刻体会，而若脱离这种实际体验，只用某一理论或标准去分析某个文本，则很容易陷入对文本的片面认识。"土著理论"能够帮助我们更好地理解网络批评中复杂的矛盾问题，但这不意味着它可以等同或替代学术理论，就如同我们不能以不适用的学术理论来生套网络批评实践，也不能让网络批评只停留在实践的谱系描绘与直接认识层面，而放弃对总体的把握与提升。"土著理论"作为网友批评实践的一种理论提炼不仅能够回答马克思主义批评关于民众能够对自身处境形成反思与批判的问题，而且在不同的学术理论之间、学术理论与批评实践之间搭建了一座桥梁。以其为支点，专业批评将得以更好地切入网络批评的现场。

三 从立法者到意见领袖——网络生态下批评家的身份转换

网络生态化使原有的政治运作、经济活动与社会生活统统在一种新的感知模式下展开，于是展开的逻辑、途径、效率与效果都在不同程度上产生了或显或隐的变化。这些发生于人类生活各个角落的微妙变化不断生成、发酵，进而对以印刷文明为感知模式的现代型社会进行解构与重构。这种解构对哲学艺术领域造成的一个突出影响就是知识分子身份位置的变化，如鲍曼所述，知识分子"立法者"的身份正在崩塌，权威地位正在衰落。在文学领域，随着网络文学空间的逐渐生成，草根批评者对传统学术批评家的冒犯也似乎印证了知识分子权威的式微。对于此种现状，学术界有两种不同的声音。一种认为当下的混乱与冲突是暂时的离经叛道，是相对主义对绝对普遍性和理性的侵犯与遮蔽，知识分子仍应坚持"注解柏拉图"。另一种则倾向于承认相对主义与多元主义的现实基础，并认为这是一种现状及趋势而不是暂时的偏离。以此种认识为基础，知识分子"立法者"权威的失落将不得不被承认，并在新的社会结构中转向作为释解和权衡专家的"阐释者"。但是随着网络文学实践的不断发展和我们对网络认识的不断深入，网络不仅对传统权威进行解构，还显现出对某种新权威的重构趋势，只是这一时代的权威与印刷文明下的权威在生成机制和存在状态上都有明显的不同。就此，本人推测，网络生态下专业的批评精英能够扮演的或许不仅仅是阐释者的角色，"意见领袖"可能是目前可以预见的一种新的权威形式。

知识权威的形成与西方的读写及印刷文明密不可分。字母表和莎草纸使信息和知识的传播与习得变得便捷容易之后，读写不再是僧侣的特权，人们对世界、生活的感知和认识得以摆脱宗教的桎梏。尤其是古登堡技术发明之后，知识的记录和传播效率空前提高，以精确计算和准确测量为基础的现代科学迅速发展，从生物进化论到追求纯粹、清晰的现代审美艺术。以理性为核心的现代科学文化建立了范围广泛、分类细致而又互相区隔的现代知识体系。知识开始取代古老神秘的宗教成为指引人类生活的至高力量，引领人类认识其赖以生存的自然世界，阐述人类自身及社会的构建逻辑，包括人类的内心世界以及文学艺术，现代知识都能揭示其背后的奥义。于是人们相信并依赖知识的指引去理解生活、指引行为，跟随饱学之士形成对是非的判断，对历史的评价，对未来的预测。甚至所谓社会组织与控制结构的政治权利体系也立基于现代理性的逻辑模式，并依赖于现代政治学、管理学、社会学等知识理论的阐释而在民众当中被合理化。于是少数掌握知识和理论语言的思想者就从广大民众中脱颖而出，成为社会生活的"立法者"。因为纸质文明下的现代人相信世界在根本上是理性有序的构成，依据严格的线性推理和精确的测量，我们能够得知形成结果的原因，从而根据作为成因的某些现象来预知结果。而分析原因与预知结果的复杂体系就是知识，那么掌握这套手段的知识分子就被赋予了立法和指引的权威地位，于是他们不断地自我推进、自我发展，以日益精密复杂的手段揭示奥秘、驱散恐惧，减少生活的未知与不确定性。在过去的几百年里，这种努力卓有成效地提高了人类对生活世界的认知和把握能力，知识体系本身也在这个过程中获得了巨大的发展，人类文明以历史上绝无仅有的速度向前推进。无论是实施控制的管理者还是处于控制之中的普通大众都依赖知识分子的专业分析来对复杂争议做出判断与选择，对未来的方向和行动做出理性的设计和规划。

在作为现代文化体系具体分支的文学艺术领域中，情况亦是如此。纸媒尤其是印刷术出现后的这个时期，文学领域获得了空前的繁荣，这不仅表现在作品数量的增长、更长篇幅的小说体裁的繁盛、更大范围的文学传播等方面，还表现为文学批评作为一个专门的学科的形成，以及众多批评流派的出现与广泛影响。批评家开始成为文学领域的"立法者"，从不同的角度出发，对文学的本质、特性、创作规律、鉴赏原则等做出阐述与规定。通过一系列着眼于文本形式、精神分析、经济社会和历史文化的文学理论，文学批评家为文学作品的意义解读、审美品鉴制定了规则，为文学作品的优劣制定了判断的标准，为文学场域的参与活动确立了秩序。批评家不仅仅作为普通读者的导师引领着阅读和鉴赏的方向与风尚，同时也作为文学场域的"把关人"决定着作品能否被称为文学，决定着文学家能否入场以及入场后在文学史上的身份与地位。批评家们通过属于不同流派但共同立基于纸质文明基本逻辑的批评理论和批评实践，对文学创作及阅读构建了一个追求科学理性、逻辑和客观的批判准则，并与具有相同内在结构的现代社会共同将这一理念灌注于教育等社会规训体系，使其内化为一种社会民众的普遍追求，就此实现对文学领域的立法。

知识的日益精深复杂与启蒙理性所倡导的现代管理机制催生了现代科学体系以及现代大学制度，而知识权威的形成也与百余年来的大学教育体制密切相关。现代大学制度及其所依托的现代知识体系通过学科、教学等实践进行领域的划分、知识的传承，构建了一个越来越严密的知识权威体系。在这个体系中，知识的门类被不断细分，不同专业之间、专业与非专业之间的区分日益明显。以知识为壁垒，学院专家成为众多业余人士的权威。在学院体制内部，大学以及研究院、协会等权威机构通过一系列严密而等级森严的专业准入要求、职业培训规划和专业评定体系对意欲进入和已经进入该体制的专业人士进行筛选、培养、评估，以对他们赋予身份，划定等级。对这一权威制造过程，布尔迪厄在其作品《国家精英》中进行了生动犀利的描述，"精英学校""负责对那些被召唤进权力场域的人（其中大多数出身于这个场域）进行培养，并对他们进行神化"，认为前述那些专业机制正是"以造就分离的神圣人群为目的的神化行为，或者说一种制度化的仪式"，"所有以理性自诩的社会正是通过这些圣职授任礼来造就他们的精英"。[①] 布尔迪厄以法国知名大学为考察对象的研究结论深刻地反映出现代大学制度下知识权威形成和传承的内部机制。

不过，现代社会中知识权威的形成不仅仅源于学院体制内部的造神机制，其权威力量更显著地体现在并更关键地源于现代教育体系尤其是大学

[①] 〔法〕皮埃尔·布尔迪厄：《国家精英——名牌大学与群体精神》，杨亚平译，商务印书馆，2001，第 115~116 页。

对普通社会民众的文化规训与观念内化。比起学院教育所提供的科学文化知识本身，教育对受教育者更为深刻的影响或许是现代教育模式中所强调的理性、规则、范畴、原则等对受教育者思维模式、行为方式及文化观念的影响与控制。具体到文学领域，学院中的批评专家通过学术著述与教材的编写、对学生的知识讲授以及学术训练等，对其教育的接受者展开文学范畴、学术规范、评价标准、审美品位、价值取向等方面的规定、灌输与建构。课堂中对具体作品的鉴赏与品评，考试中对文学理论、学派的强调，打分时对学生观点的评价都在潜移默化中形成了对学生文学观念、审美标准的规训，并使其内化为学生后续文学活动的潜意识。反过来，众多受教育者关于文学批评的潜意识一方面极有可能构成群体性、社会性的某种意识形态，另一方面直接地左右着受规训者的文学实践，这两个方面的反馈无疑都进一步强化了专家的权威。

然而，如前所述，这种"立法者"的权威随着网络时代的开启受到了挑战。纸媒时代的批评家及其所秉承的理性、高雅的文学审美，都正在遭遇身份合法性和理论有效性的危机。这在传统批评家的网络遇冷、网友批评与专家批评的激烈冲突中都有体现。所以，很多研究者将专家批评在文学批评领域权威地位的衰落归因于网络媒介的"去中心化"特性。网络传播被广泛应用后确实加速了权威的瓦解，不仅仅在文学领域，还包括更广泛的文化领域，甚至在科学、政治领域，也引起了民众对传统权威的质疑和挑战。但这不能单纯地看成是网络的非中心化结构所带来的直接后果，或者把反权威看成是对网络非中心化模式的一种对应。网络技术的广泛应用确实促成了理性权威的瓦解，但这一方面是因为网络传播技术带来的信息全景所引起的权威的解密和祛魅（表层的），另一方面是网络技术代表的网络化、直觉式、统合性感知模式，对印刷时代线性的、理性的、分裂的感知模式等传统批评理论精神内核的颠覆（深层的）。正如鲍曼所述，"审美判断的有效性依赖于它所诞生的'位所'，权威性是属于这个位所的；这个陷于疑问中的权威，并不是这个位所的'天然的'、不可剥夺的财产，而是随着这个位所的位置的变化而变化的，这个位所则是处在一个更为广阔的结构当中；传统上的由美学家保藏的这个位所的权威性，已不再被视为理所当然的了"①。作为传统批评之理据的批评理论就诞生于现代理性这一位所，甚至有学者指出现代艺术就是科学的艺术，现代主义中蕴含着逻辑结构，超现实主义中倒映着弗洛伊德的身影，诸多批评流派的出现更是与相应的哲学、社会学、语言学成果的产生直接相关，而这些理论都主张以理性、秩序来对抗非理性、混乱。网络时代的文学中既包括线性理性，也包括蜂群式的网络思维。这个复杂的网络空间中也包含着产生新的文学批评权威的审美批判的"位所"。在这里，文学的、商业的、舆论的以及个性化的网络读者等各种复杂因素共同对文学批评发挥作用。"不再有对人类世界或人类经验的终极真理之追求，不再有艺术的政治或传道的野心，不再有可以从美学中找到理据的占统治地位的艺术样式、艺术经典和趣味（美学是艺术之自我确信和艺术的客观边界的基础）。基础不复存在，试图为表现为客体样式的艺术现象划界是徒劳的，区分真正的艺术与非艺术或坏艺术的法则不可能建立。"② 就此，研究者们纷纷大呼"上帝已死"，知识分子的权威从此不再。

但是，这里有一个对网络逻辑的认识误区：网络结构确实具有非中心化的特征，但网络并不是一个无权威或者反权威的空间；相反，随着网络信息的激增，网络正在呼唤着权威的出现，只是网络空间（时代）的权威不再以一种绝对的、普遍的真理来统摄整个网络空间的任何角落。或者说上帝式的知识分子确实难以产生，作为"立法者"的知识分子也已经难以为继，但知识分子仍然有他的位置，网络时代也会存在权威，只是随着人类认识的拓展，网络时代的新权威将以一种新的机制产生，并以一种新的方式存在。这就是对众多批评进行阐释的机制，阐释机制是集理解、生发与表述为一体的机制。伽达默尔在《真理与方法》中对这一机制做了充分论证（由于本文重点不在于此，故不详加论述）。通过阐释形成的权威使批评家可通过议程设置对文学活动中蜂群模式之弊端进行突破与超越。"议程设置"理论假说最早由美国社会学家李普曼在其著作《公众舆论》中提出，

---

① 〔英〕齐格蒙·鲍曼：《立法者与阐释者——论现代性、后现代性与知识分子》，洪涛译，上海人民出版社，2000，第183页。
② 〔英〕齐格蒙·鲍曼：《立法者与阐释者——论现代性、后现代性与知识分子》，洪涛译，第158页。

之后由美国传播学者 M. E. 麦库姆斯和唐纳德·肖通过对总统大选的实证调查，提出媒介对公共舆论的议程设置效果，研究结果显示媒体的报道虽不能直接左右受众对某一事件或人物的判断，但媒体通过报道什么、不报道什么可以左右人们思考什么或者不思考什么，通过将新闻信息放在不同的版面或时段可以间接左右人们对不同信息重要性的排列。传统的大众传媒因其对信息渠道的垄断，可以通过传播内容的设计来对公众实施议程设置，并通过将公众的注意力集中于某一或某些事件，来促成民众对公共议题的关注与讨论，就某些重要的公共议题实施价值引导或达成共识，并在参与讨论与引导的过程中塑造受众的公共意识。网络生态中，与人们对普遍、绝对真理的怀疑同时出现的还有对传统的垄断性大众媒体的抛弃，人们对主流媒体所传播的主流价值大多敬而远之。取代了大众媒体的议程设置，网络大众更倾向于根据个人喜好来为自己设置议题，于是就出现了前文所述的"茧房效应"。这就需要在网络中有令其信服的权威人士，借助权威的影响力，通过议程设置将深陷个人信息茧房的网络个体从自己的认知和体验局限中解放出来。同时，网络生态中的基本运作模式——蜂群模式本身也存在非最优、低效率、不可控等缺陷。正是为了克服这些先天不足，网络结构中需要少数的精英参与其中并实施引导与控制，当然这种控制是非强制与非强力的，其效力的发挥依赖于控制主体通过网络实践建立的威信与影响力。通过有效的阐释而在文学价值判断、审美鉴赏实践中赢得众多个体广泛认同的批评家，对这些认同者就形成了权威。通过网络阅读中的分享、链接、批注、推介等活动，对某一批评家建立了认同与关注的网友会主动追踪这些专家的阅读轨迹（当然前提是专家通过网络平台向大众开放其阅读记录）、分享他们在阅读某一作品时写下的批注或评价，或订阅专家的批评文章、推介信息。在这些过程中，专家的权威影响对网友形成了一种议程设置，通过这样的议程设置以及意见传达，专家会对网友们的文本选择、作品解读以及审美水平产生影响。这种影响无疑会在不同程度上对盲目、非控制、无中心的蜂群模式下的文学活动产生引领与提升作用。

第二章
多元主体的间性对话
——网络时代批评的方式与话语

网络传播时代给文学批评带来了对话的机会,差异性批评主体之间思想的碰撞在网络传播的构入下成为批评的追求和可能。但对话的实现有赖于不同主体间话语的成功沟通与转化,以真诚的态度提出可被其他主体理解的及物的内容,通过间性对话生成与构建能够被不同主体通用与理解的批评话语与范式,并在这种间性对话中凝聚出批评的网络共同体意识。

第一节 顺应交往对话的理论建构时代

随着文学批评多元主体的网络共场,文学批评场域的"行动者"与"行动者"之间的位置、关系以及互动方式都将发生变化。文学场域内的不同"行动者"凭借各自不同的"惯习"与"话语"寻找、争夺、构建着各自的位置与彼此之间的关系,并积聚着各自的"资本"。不同主体之间的力量此消彼长,关系变动不居,冲突、碰撞时有发生。多元共场的批评主体需要探索与时代、实践相适应的新位置与关系、新的互动模式与原则。钱中文先生在巴赫金的对话主义和哈贝马斯的交往理论基础上提出的"交往对话"或可为这一问题的解决提供探索与建构的方向。

巴赫金在其关于陀思妥耶夫斯基创作研究的著述中突出体现了他的交往与对话思想。他在分析陀思妥耶夫斯基的创作特点时指出,其小说中

"有着众多的各自独立而不相容的声音和意识,由具有充分价值的不同声音组成真正的复调——这确实是陀思妥耶夫斯基长篇小说的基本特点。在他的作品里,不是众多性格和命运构成一个统一的客观世界然后在作者统一的意识下层层展开:这里恰是众多的地位平等的意识连同它们各自的世界,结合在某一个统一的事件中,而互相间不发生融合"①。在巴赫金看来,长期以来的文学创作与研究都忽视了人类存在的对话性,而仅仅表现出独白式思维,作者面对作品中的人物表现出强大的主体性,作品中的人物都被作者所替代,都在以作者的方式活动,而没有其独特性和主体性。陀思妥耶夫斯基"复调"小说中的对话思维,使他的创作一反以往的独白式作品,重现了人类生存的对话性特征。文学如此,文学的研究亦是如此,巴赫金认为人文科学是关于人的科学,人文学科的文本总是体现着人的对话特征,人们通过文本的创造展现他们的个性与意向,潜在地引起对话与应答。人文思想总是在自己与他人思想的对话与交锋中存在与发展。"文本的生活事件,即它的真正本质,总是在两个意识、两个主体的交界线上展开。"②

钱中文先生认识到巴赫金"复调理论"的启迪意义,对其对话的内涵、主体关系等做了详细的介绍与阐释,并由其"对话"思维出发,提出了"对话方法",指出"复调方法,那就是对话方法,就是认为人与人的本质关系是一种对话关系,平等而相互依存的关系,意识到生活的对话性本质。这种对话关系可以平行,但必定是相互交流的。它是平行的,是指各自有价值的个人思想,是一种独立的存在;它必定是交流的,是指它们相互交往,比较,以至发生冲突,通过这种对话交流,各自显示并确立自己价值的品格,去掉谬误,寻找并融合更为合理、更有价值的成分"③。而这种"对话方法"具体应用到文学批评中,也就是在对作品、理论的研究中,"首先是承认各种意见都是一种独立的存在,在交流、比较、交锋中,或找出对方的合理成分,进行评价,或发现对方的谬误,给以判断"④。在钱中

---

① 〔俄〕巴赫金:《文本问题》,晓河译,载钱中文主编《巴赫金全集》(第4卷),河北教育出版社,1998,第4~5页。
② 〔俄〕巴赫金:《文本问题》,晓河译,载钱中文主编《巴赫金全集》(第4卷),第305页。
③ 钱中文:《误解要避免,"误差"却是必要的》,《外国文学评论》1989年第4期,第34页。
④ 钱中文:《误解要避免,"误差"却是必要的》,《外国文学评论》1989年第4期,第34页。

文先生看来，文学批评既是对审美体验与审美方式的探讨，也是以审美为载体对某种意义与真理的追求，任何一种评论活动，哪怕只是述说印象或者描述情景，也都是批判主体文学体验、文化背景与生活世界的体现，其中蕴含着主体对某一文本的意见以及这种意见所体现的对价值和意义的判断。不同于教条式的批评家独白或者内在批评的那种作家视角，对话的批评不是将量化的文本分析一条条罗列在那里，而是以寻求价值和意义为目标。在不同主体之间展开对话，在对话的过程中既要充分表达自己的观点与看法，也要努力倾听和理解他人的观点和判断，有时能够对讨论的问题形成共同的判断，有时也无法立即达成共识，但仍可通过不同观点、意见的交锋与碰撞继续探讨。

如果说20世纪90年代中西文论的对位使钱中文先生看到了中西比较与对话的良好契机，那么今天由互联网构建的打通中外、融汇古今的超级文学空间则为对话搭建了一个更加广阔的时空舞台，并有着更加多元的主体、更加丰富的文化元素、更加广阔的时空跨度，以及更具契合度的传播模式，"对话"与"复调"正是网络技术的灵魂、网络时代的主旋律，是网络生态与文学发展内在共鸣的彼此呼应。网络时代的阅读方式本身就在鼓励和引发读者与文本内容、其他个体（包括作者、其他读者、批评家等）的对话，网络用越来越便捷的分享技术鼓励读者一边阅读一边点赞，一边与他人进行讨论，或将精彩内容推荐给好友，或就争议向专家提问。就像在以口语传播为主的时代或地区，默读会让人感到奇怪一样，在网络阅读进一步深化的未来，有人通过屏幕阅读而没有任何互动、反馈动作也会让人奇怪。在这样一个网络模式日益融入人们思考行为模式的时代，钱中文先生的"对话理论"和他关于文学批评的"对话方法"使我们面对当下文学批评的一系列困惑时受到了莫大的启迪与帮助。钱先生提出文艺批评的对话方式时，网络还没有像今天这样成为一种文化生态，对文学活动也没有产生如此大的影响，文学批评的理论与实践、经典与大众之间还没有形成如此大的错位与争夺，因而其理论与方法仍聚焦在理论研究、学术批评内部不同传统与流派之间的关系与存在方式上。但是其对众多差异性主体之关系的思考与今天的文学批评现状和网络时代的内在逻辑非常吻合。虽然当下文学批评场域中的主体涉及范围更广，位置差异更大，矛盾和争端甚至牵涉政治、资本这些纯文学范畴之外的种种力量，但"交往对话"仍是我们目前能够看到的展开多元主体共场批评的最好思路，也是在展开批评实践的同时探索网络时代文学理论创新最有效的方法。

首先，网络时代的多元共场批评应该是承认和尊重主体差异性的批评。"差异"是共场的多元主体存在的前提，也是使对话有必要产生的前提。"多元主体"的存在正是基于其主体性中对其他主体而言的"他者性"，每一主体的"他者性"构成自身与其他主体对话的必要性。对某一特定文本而言，与其有着阅读或批评关系的不同主体不可能处在同样的"位置"上，从不同的位置出发，不同主体对文本含义和价值的理解会有不同。每个主体差异性的文学素养、成长背景、身份阶层、种族性别也都会对文本含义的阐释产生不同影响。而每一个主体由于其自身位置的局限，很难取得其他主体的视角，自然无法认识到其他主体理解的含义，每个主体的独特位置既使它与众不同、无法取代，也使它深受位置的局限，必须通过对话来理解其他主体的含义与感受。理解不同于解释，而类似于阐释，并不是他者认识的生硬复制，而是他者反照下对自己关于文学含义的激活与完善，是在其他批评主体观点的影响下重新审视文本、审视自我，通过差异性主体之间的交流与对话，不同批评主体在各自观点的表达、反诘、应答与反思过程中产生了关于文本内涵更加深刻、丰富、全面的理解。对文本含义的理解在不同身份、不同风格的主体对话中产生了增殖，而与此相对应，不去尝试理解的盲目否定异己的批评方法也将使自身陷入意义的匮乏与僵化之中。

其次，网络时代的批评应该是独立主体之间的平等对话。对话是一种双向互动，而双向交流的前提就是主体之间的独立区分与地位平等，因为混淆一体、包含与被包含或是同化与被同化的主体必然无法确保主体之间的平等地位，而处于不平等地位的主体之间比起双向对话，更容易出现上对下、大对小的单向传播，或者是强者对弱者的语言暴力。这样，对话就变成了某一主体对他者的客体化，变成了一种价值或意义的独白或霸权，而独白就意味着无法与他者建立联系，无法通过他者的反照构建和完善自身，久而久之，独白者就会被孤立而失去生机。今天网络文学空间的热闹与活跃很大程度上得益于网络模式对文学读写各主体对话意识的解放与满足，无论是网络写手、网络读者，还是批评者，都在网络媒介的加持下获得了成倍增长的对话能力，暂时脱离社会身份的独立平等表达使网友之间获得了平等对话的环境，网络阅读和批评以超高的参与度促成了网络文学空间的火热和生机。但随着网络空间的不断扩展，更多的差异性主体被网络包纳其中，同时网络空间分散的个体也在群体的运行和活动过程中逐渐形成区隔和分层，网络主体之间因各自的经济、社会、文化、人气等资本差异也正在推动着话语权力的对比与争夺。掌握学术资本的批评专家可能会因批评水平而产生文化资本上的优越感，草根领袖或许凭借在网友中的人气资本而无视一切理论与专家，网络平台的经营者则可能因为掌握着平台和市场资源而对普通写手与读者施展炒作或压榨手段，而所有这些活动都受制于国家的文化政策。复杂多元的网络文学场域中充满了各种制约与受制约的现象，平等自由主体的理想似乎难以实现。但是网络生态就像生物界的食物链，这里的制约与被制约不是单向的，任意一环的过度扩张将会带来自身的生存危机。无论专家、草根、网站、写手，还是媒体、政府，彼此之间既矛盾对立，又相互依存。没有了草根和网友的热情投入，网站就无从营利；缺少了政府的鼓励、商业的投入，文学创作就不会如此繁盛，网友们又何来丰富的文学阅读资源，专家们又何来研究、批评的对象；但同时，如果没有了专家的阐释、把关与引导，网友的阅读与追捧以及网络写手的创作自然也只能束之高阁……总之，正是在不同主体的彼此斗争与依存中，文学才得以发展和繁荣，唯有维持不同主体之间的自由与平等，每一个主体才能得以生存和发展，批评才能活跃并获得含义的增殖。

最后，网络时代多元评判主体之间的对话须是思想的交流与碰撞。巴赫金所提倡的个性化主体之间的平等对话的内容是思想，他认为陀思妥耶夫斯基描写的对象不是人物而是思想，小说中的人物只是表达和体现其思想的途径。因为对话的本质是人类精神的交流，而思想是人类精神活动的主要表现。文学的创作与阅读不仅仅是审美感受或情感共鸣的创造与体验，更是思想的表达与理解。不同批评主体的批评表达是不同思想意识的反映与交流，在这个思想对话的过程中，代表不同主体思想的观点、意见彼此交锋、碰撞，并产生新的思想火花，构成新的认识组合，或者是显现某种新的思想、观念的趋势……只有在这样的交流和对话中，才能产生含义的增殖、自我的映射，才能通过阅读与批评使自己与文本、作者、其他的批评者建立联系、彼此理解，才能实现自我在文学中的反照、文学在自我中的投射。而包含思想内容的表达，无论多么热烈、富有气势、声势浩大，都是一种无意义的吵闹和喧嚣，不能给阅读者、批评者对文本含义的挖掘带来任何益处，也不能给作者、读者、批评者之间或者批评者与批评者之间的彼此理解和补充带来任何帮助，而不能称其为对话，这种以批评之名展开的无思想性的喧哗也不是我们所说的交往对话式的批评。

因此，网络时代的批评最终应是生成性的对话过程。尽管对话各方的差异性、平等性以及交流的通达性都是对话得以展开的重要条件，但对话的关键意义在于它的生成性。AB 对话生成了 C，C 既不是 A，也不是 B，而是 A 和 B 的间性，是新理论与新观点的生成，这是我们强调网络时代文学批评转向交往与对话的核心要义所在。批评的对话过程不是理论或标准的简单套用，而是批评主体与批评对象、"域外之力"[①]、主体经验和理论积累、其他主体的认识理解之间的理解与转化过程。这是一个创生性的过程，不是文本、经验、理论、外力的简单相加，而是一种"潜发的待生成的美"被综合、被言说、被生发，并继续变化的过程。对话中不同主体的差异性存在构成可供或有待生发的内容与状态，而差异性主体间的对话与理解行为则促成了生发的状态，这种状态既不是各种差异性因素的简单相加，也不是不同理解的同一性化约，而是差异性理解的此消彼长，是彼此促发的有机状态。同时，这种生成性状态既具有即时性又具有继时性，因为差异性要素、差异性理解之间彼此吸纳、相互转化，从而生发出连绵不断的变化与可能。

批评对话的生成性，不仅指对文本理解的增生，还包括对话范式、话语等的创造，这意味着批评经验的拓展与文学理论的丰富。而文本理解的充分、批评方式的拓展、批评经验的丰富、批评理论的创新无疑都是新的

---

① 〔法〕吉尔·德勒兹：《德勒兹论福柯》，杨凯麟译，江苏教育出版社，2006，第9页。

文学批评理论得以形成的重要条件。文学史上众多重要理论的创立、形成正是肇始于批评的过程，它们初露端倪于新旧文学观念、不同文学流派的交锋过程中，而文学批评、文学活动的活跃往往出现在社会变革、潮流更迭的历史时期。当下，互联网带来的技术革命与改革开放、市场经济带来的全球化、商业化转型等几股大潮合流，构成了今天文学活动的时代语境。在文学的变革时代，文学理论的典型遭遇就是既有理论体系因日益失却了它所植根的文学语境，而在文学实践中的有效性日益降低，新的社会生活和文学实践不断地呼唤着新的与之相适应的文学理论的建构。而新理论的建构则有赖于新的文学空间中各种差异性、促动性因素的增殖与创生。对话式批评正是促成这一效果的关键环节，因为对话可以连通既有理论、经验与新的差异性因素。对话一方面通过传统理论、经验达成对文本的某种理解，同时又将新的创生力量施于既有理解，从而对既有理解形成超越，每一次具体的超越都汲取了新时代中差异性因素的批评资源，并且与既有理性进行交流与融合，这个综合过程必将生成可用以构建新的文学理论的素材，从而据此创生出新的批评经验和理论体系。

第二节 构建网络文学批评的间性范式

钱中文先生引自巴赫金的交往对话理论为网络时代文学批评活动中不同主体的位置、关系和结构问题提供了很好的构建思路。但处于平等位置上的差异性主体在展开关于文学意义的对话活动时，应遵循何种规范和原则？当代哲学家尤尔根·哈贝马斯的主体间性理论或许能给我们一些启示。哈贝马斯在对工具理性、形而上学理性思想以及各种反理性思潮进行反思和分析的基础上，提出作为交往理性的主体间性思想。他认为现代性危机出现的主要原因是工具理性的主客二元认知模式与生活世界中实践的矛盾与对立，工具理性只是理性的一部分，反理性或者非理性思潮所反对的只是工具理性这一部分。强调交往中主体之间（我与他者）的相关性、联系性的交往理性正是应对工具理性导致的人类行为无所依凭的混乱状态的有效范式。在网络时代的文学批评活动中，网络多元主体的共场发声在对印刷时代专业批评家的独白式批评产生冲击之后，确实使文学批评的场域更加活跃，不同身份、类型的批评主体纷纷入场，批评的话语权得到了很大程度的释放。主体身份之庞杂多变、交往活动之复杂与多维，都非工具理性下的传统批判范式所能统驭，而网络时代社会结构的基本逻辑也正是多元主体的多维连接，相关性正是网络逻辑的关键词。主体间性理论所构建的交往理性既契合了网络感知的模式，又可以通过多个主体间的联系与互动，在批评的理论与实践、文学参与者与文本、不同的参与主体、审美的主观性与客观性等诸多因素之间穿梭联结，不断提升文学交往主体的自身资质并推动交往的进化。所以，面对网络时代文学批评场域的喧嚣与混杂，要解决传统批评范式式微之后批评模式无从构建的问题，我们或可从追求行为合理的主体间性理论出发，推动批评话语和行为范式的转型与构建。

话语有效性的条件包括批评话语的真诚、及物与可理解。从哈贝马斯理论出发，分析当下文学批评场域中的复杂局面和矛盾关系，不同主体间的误识、对立和对抗，以及不同群体、不同观念之间的区隔与分裂，在根本上是由现代哲学的主体概念造成的。意识哲学的主体是一个纯然超越的主体，从这个主体概念出发，无论是外在的世界还是内在的经验自我，都是被主体观察的客体，都应该是为主体所主宰的对象。向内，这种先验自我的主体与经验自我的客体各自强化而没有中介可以连接；向外，主体与客体的割裂以及非平等的关系使主客无法展开对话，而只能处在为争夺主体地位的对立或竞争之中，互相视为客体的不同主体并由此陷入日益严重的压迫、对抗、对立、区隔之中。所以，在网络的广泛连接性逐步将不同的文学活动主体纳入网络空间之后，不同主体之间的区隔、误解、矛盾、对立仍然存在，并因为网络传播的活跃与便捷而产生了更加频繁和激烈的冲突与冒犯。哈贝马斯认为正是互相视对方为客体的"策略性行为"造成了主体之间的割裂与个人生活世界的殖民化，而行为的区隔是以语言的界限为基础的，话语的区分造成行为的区分，话语的殖民造成意识形态的规训。要冲破先验自我与经验自我的区隔，解除主体之间的矛盾与对立关系，首先要从场域中活动主体的话语入手，通过分析产生对立的互动和形成理解的互动，探索批评主体在文学交往中能够有效运用的话语规则。当然，一个合格的文学活动主体首先要具备一定的言语能力、行动能力和认知能力。

哈贝马斯的普遍语用学为交往的话语有效性提供了理论来源，语用学作为符号学的一个分支，不仅涉及语言学的意义也包含逻辑学的内容，旨在"确定并重建关于可能理解的普遍条件"[1]。哈贝马斯的"理解"概念是指通过交往而实现的两个或多个主体之间的某种认同，为了达成这种认同，在交往过程中，每个主体的言语都需要具备可被领会性、"真实性、正确性和真诚性"，只有符合上述条件的言语才能使理解成为可能，从而确保交往的有效性。上述条件首先要求言说主体的言说方式、话语表达必须考虑到其他主体的领会能力以及彼此的话语共同性，以其他主体能够明白的方式和话语去表达。其次，所谓真实是指要通过话语的表达向其他主体传达自己的真实态度，从而确保其他主体接受的是有效的信息。再次，言说者的话语还必须是出于理解期待，朝向共识和认同的表达，使其他主体可以相信和认真对待。最后，言说主体的话语必须能使对话的其他主体在普遍的话语规范和交往实践中接受、验证或达成默契。为了保证话语有效性条件的实现，哈贝马斯进一步提出了"理想的话语环境"，包括理想话语环境的决定条件，"他们交往结果必须排除一切强制条件（无论是外在对沟通过程的强制，还是沟通过程自身内部自发形成的强制）——当然，追求更好论据的强制不包括在内，而具有纯粹形式的特征，（这样一来共同寻求真实性动机之外的一切动机都被排除在了外面）"[2]。从上述理论出发，网络时代的批评要打通理论与实践的区隔，消除不同主体、主体与作品之间的误识与错位，实现文学批评乃至整个文学活动中不同主体的交往与对话，首先要对不同主体间的话语"惯习"进行沟通与转换，打破由术语、行话等话语界限造成的对话行为的界限。通过批评话语真实地描述某种特征、态势，传达某种体验、感受，或者论证说明某种结论或价值，使话语更及物。以真诚、平等的态度，本着在对话交流中自然地达成某种共识的宗旨，展开不受语言暴力或符号压力强制的理性批判，从而使批判的话语能够与文学

---

[1] 〔德〕尤尔根·哈贝马斯：《交往与社会进化》，张博树译，重庆出版社，1989，第1页。
[2] 〔德〕尤尔根·哈贝马斯：《交往行为理论》，曹卫东译，上海人民出版社，2004，第25页。

所处的外在世界，与"我们的社会世界"，与批判主体意识经验的"内在世界"相联系，打通与文学及文学活动主体相关联的三个意义世界，实现主体的文学交往。

以间性意识促进对不同主体、不同时代、不同体系的批评话语的沟通与转化，打破话语区隔对交往对话行为的阻碍。目前，多元批评主体虽然日益被网络构入其中，共处于同一个文学场域，但共场未必带来良好的交往与对话，最具代表性的就是专业批评家与网络业余批评者的区隔、对立与冲突。这两大批评群体之间的交往不畅与对立很大程度上与两者之间的话语区隔有关，两大主体间对彼此话语体系的不可领会直接导致对对方的误识、漠视，对交往行为的放弃，或者对对方的否定与反抗。如果不同的批评主体能够从对方的可领会性出发对自己的话语进行必要的调整与转换，那么彼此的理解与对话将可以期待。一方面，专业批评主体需进一步加强对西方批评理论的本土转化和我国古代批评传统的现代激活，使批评重归本真，将严谨的学理分析、积极的价值取向和高雅的审美评判寓于简洁轻巧、平易近人的对话性语言中，以敏锐、精深、生动且富于活力的批评引领读者参与文学交往。另一方面，网友们的业余批评也需有意识地提高其话语表达的准确性、有效性，既要保持批评话语的勃勃生机又要避免过分随意的创造或者过度圈子化的网络黑话对网络交往有效性的伤害，以克服话语的冗余和低效率。总之，无论是理论功底深厚的专业批评家还是基于业余爱好的普通网友，所追求的都是在与他人的交往和对话中获得理解，以及语言的个性和可领会性。

批评的话语不仅要具备领会的可能，还要有可供其他主体领会的内容，或是特征的描述，或是含义的阐释，或是价值的判断，总要传达出某种可被对方领悟的思想观点。过度纠缠于话语的专业化、学术性不仅可能导致批评可领会性的降低，还容易使批评陷入形式大于内容、表达大于意义的术语空转，尤其是在强调批评主体性的解构主义思潮的影响下，有些批评者强调批评文本与作品文本一样具有文本的意义，从而试图脱离作品、作家而独立进行批评。诚然，批评不是文本的机械重复解释，而是一种含义的激发和意义的增殖过程，但批评的激发、增殖也是在批评主体与作品对话、与"主人公"交谈的文学交往行为中实现的,正是在这种"以言行事"的表达过程中,交往主体之间实现了对文学意义的阐发、创造、增殖,创造出批评文本的意义。这也正是网络感知模式下社会文化运作的基本模式,网络时代的产品、价值正是在不同主体通过某些关系展开交往的过程中生产出来的。因而网络时代的文学批评话语必将是回归批评初衷的及物话语,当然这种及物不仅指涉对文学文本的观照与对话,还必须包含对读者有意义的判断和价值。过于依赖理论、术语或者过于玄虚、随意的话语创造不是让作者感到头晕目眩,就是让读者感到不知所云,理解和交往自然无从谈起。所以,台湾文艺期刊《文讯》提出:"在热闹炫目的图书出版中,他们(文学批评)生动而闪现灵思的文字,不谈理论,不谈方法,却能带领读者一起享受阅读的喜悦,一起呼应作者隐藏在文字背后的深意。"[1] 这就是要倡导一种能够对作家作品和读者提供意义和内容的及物的批评话语。

要使不同主体之间的文学交往得以实现,批评的话语还需具备真诚、正确的品质,以平等、自由的言语表达来生成某种共鸣,而不是实施以某种共识为目标的语言策略。目前,网络批评中最为典型的破坏话语真诚性和对话平等性的言语策略就是语言暴力和话语殖民。语言暴力对批评有效性的破坏在近年来的文学批评实践中已屡见不鲜,小到作品评论区中书友之间的争论,大到震惊文坛的现象级文学事件,语言暴力甚至已经成为令很多专业批评家对网络望而却步的重要原因。而话语殖民问题相对而言不那么明显,因为这种言语策略早就以符号资本的形式通过制度、文化、传统等内化于主体的话语表达之中了,主体在使用这种隐藏着特定意识形态的批评话语时,并没有意识到其中的话语霸权,但在具体的批评实践中,这种隐藏在话语中的意识形态则对他者形成了压制或强迫。上述两类影响话语有效性的语言问题已经引起部分网络批评研究者和实践者的注意,并在网络批评的实践过程中就避免和控制这种话语强迫而展开探讨并不断摸索,其中有些探索已经在相应范围内产生了一定的效果,如在商业文学网站之外,搭建网络文学公共平台,通过实践的摸索去构建平台的沟通机制

---

[1] 廖斌:《〈文讯〉书评:传媒时代的文学领航与大众文艺批评》,《当代文坛》2009 年第 1 期,第 112 页。

和参与结构，进而创造避免强制的话语环境。通过显性的沟通机制提醒批评参与者对自己的话语"惯习"和情感倾向进行反思，从而营造一个更加平等和宽容的话语环境，以促进批评的有效和交往的顺畅。有些文学论坛通过论坛成员之间的协商与认同形成了某些内部规则，如要求会员在进入论坛参与讨论之前先阅读网络自律管理承诺书，承诺书中明确提醒网友，网站致力于"文明、理性、友善、高质量的意见交流"①，列出不要"使用本网站常用语言文字以外的其他语言文字评论"、不要"重复、大量发帖与所在栏目主题无关的消息和言论"等约定诚请网友遵守，并对不能遵守上述批评规则的行为进行"删帖""禁言""封号"等。从实践的结果来看，上述探索还是比较有效的，这些网站的留言帖中鲜有谩骂、粗口，偶有言语过激者，即便是网站会员或者高级版主也都是按照论坛的约定给予禁言等警示。在论坛组织者与网友共同的遵守下，这些基于批评参与者共同认可的规则得以有效实施，从而为保证批评话语的有效性创造了良好的环境。

主体间性的批评范式是基于参与者的普遍认同与实践性生成的。从思考如何创造批评的理想环境开始，我们就涉及哈贝马斯主体间性理论中的另一个理论问题——话语伦理学原则。哈贝马斯指出，对话语有效性的质疑和检验活动主要涉及社会世界的道德规范，而这个规范是在不同主体共同拥有的社会世界的基础上，由不同主体通过话语交往而形成的。关于对话规范形成过程的这一论述，体现了哈贝马斯对话伦理的两个基本原则——话语的普遍性原则（U）和话语的实践原则（D）。关于话语的普遍性原则，哈贝马斯归纳为"一切旨在满足每个参与者的利益的规范，它的普遍遵守所产生的结果和附带效果，必定能够为所有相关者接受，这些后果对于那些知道规则选择的可能性的人来说，是他们所偏爱的"②。哈贝马斯认为，无视主体生活世界差异性的绝对的普遍主义规则是不可能得到多元主体的普遍理解和共同遵守的，因而多元主体之间的交往规则必须建立在所有对话参与者共同认可的基础上，只有考虑到每个交往主体的出发点、

---

① 《29 网站签署承诺书，承诺更需践诺》，新浪新闻中心，http://news.sina.com.cn/o/2014-11-08/000931112689.shtml，最后访问日期：2017 年 8 月 20 日。
② 转引自龚群《当代西方道义论与功利主义研究》，中国人民大学出版社，2002，第 233 页。

相关利益,且所有主体都可自由发言,这个交往才是自由的。正是因为"它既不需要回避功利主义对行为后果的正当强调,又不需要把古典伦理学所强调的有关善的生活的问题从话语的讨论领域当中排除出去,交由非理性的情感立场决断"①,这个对话原则才有可能是对全体参与者有效的,这是交往规范形成的前提条件,但具体规范的形成并不是先验存在的,而要通过所有交往参与者的对话实践,在经验中生成,规则的具体内容依据商谈所达成的共识而定。正因为它是实践的、经验的产物,才使它的普遍性贯穿纯粹理性与具体的生活世界,从而保证规范的有效性。这就是话语的实践原则,它不是一个可以直接应用到具体的对话或实践中的活动范式,但是它提供了一个基本原则;作为一个模型,它可以在具体的交往活动中被具体地运用。虽然哈贝马斯的对话伦理原则被很多学者认为过于理性化而难以实现,但在社会主体日益多元、社会结构日益网络化、传统意识哲学认识论难以有效解答社会问题的当下,其主体间性理论展现出对新的时代问题的洞察力和对当下实践困境的突破性。

具体到网络时代的文学批评,哈贝马斯的话语伦理原则首先对多元主体共场情况下批评范式的构建问题,给出一个关于范式有效性前提的解答,即网络时代的批评范式必须以特定的批评对话的所有参与者的普遍性为前提,要符合批评群体内部所有主体的价值认同和利益诉求。关于批评对话的规则既不能是来自某种权力的强制或权威的命令,也不能是由某种抽象的理论及其论证推演得出的。因为文学批评主体的多元、社会文化的多元都为文学文本的理解和阐释提供了不同的语境和视角,不同主体的生活世界都影响了文学批评主体对作品所创造的想象世界的认识,对作品所传达的价值判断的体认,同时也影响着批评主体的审美品位和文学趣味。在这种多元化的批评场域很难有一个固定的、绝对的批评规则或范式能够被所有主体认定并遵守,若要寻求一个有效的批评规则或模式就只能依赖不同批评主体之间的共通性要素。而这些共通的部分则寓于不同主体的个性化、差异化的生活世界,包括他的文学素养、知识背景、民族历史、功利目标

---

① 〔德〕尤尔根·哈贝马斯:《对话伦理学与真理问题》,沈清楷译,中国人民大学出版社,2005,第62页。

等。这些因素都会影响批评主体的批评话语和批评方式,为了保证持不同批评话语和批评方式的批评主体能够在某一批评原则或范式下顺利展开对话,这一批评原则或范式的制定就必须充分考虑到所有参与主体的个性化特征和差异化诉求,并在这些五花八门的差异性中找到能被所有参与者理解和接受的要素,即肯定和确认其个性和差异前提下的一般性。而正是在这个一般性语境中,不同主体才能从各自的个性化立场出发,表达对文本世界的个性化认知和体验,出于对普遍性语境和原则的共同认可,主体可以使差异性表达在理性的约束下进行对话交流,进而寻求对彼此的理解和赞同,这种理解和赞同将作为基础导向对作品某些共同的认识和评价。比如前文所述的某文学论坛的承诺书,其以承诺书的形式出现,首先便具有了一种非强权、非权威的品质,它是讨论平台自己遵守并倡导其他讨论的参与者共同认可和遵守的。其次,"承诺书"的具体条款体现了对不同网友个性化批评视角的广泛尊重,无论是学术性批评还是直觉式感发,无论是长评还是短评,无论是读者视角还是作者视角都可以参与讨论。但对可能损害参与者的批评自由或影响主体间理解的一些情形,"承诺书"则明确提出了约束的意愿,如"对他人进行暴力恐吓、威胁,实施人肉搜索的""帖子中(标题和内容)加入各种奇形怪状的符号"等,承诺书中都提出了禁言的提醒,而这些禁言的原则正是为了确保那些在讨论中可能提出不同观点的批评者不会遭受语言暴力。那些追求真诚的文学对话的参与者没有被恶意的标题或话语所误导,因为规则或范式必须寻求对参与者个性表达的最小程度的限制,同时确保每一个批评参与者的有效性话语在最大程度上的自由表达。

批评主体的普遍认同虽然是批评规则和范式有效的前提,但它只是一个抽象的原则,距离真正的实体性规则或者范式的形成还差一个实践的过程,这个实践必须有参与批评的多元主体共同参与。然后通过具体的批评实践来生成某些关于规则、范式的观点,并在实践中被其他主体检验或质疑。任何批评主体都被允许提出观点,也可以质疑其他主体的观点,或对某些规则表示赞同,最终的规则和范式将依据这些讨论和批评的实践所达成的共识来确立。在网络时代这一多元化的文学场域中,共识的达成常常是在某一条件下、某一范围内，或者特定语境下的相对统一和一致，所以没有办法事先预设一个在任何范围内、任何批评语境下都能确保有效的批评范式和规则。因此，规则只能是某一特定批评群体内以参与者普遍性认同为指导原则的协商与实践的产物，作为实体性存在的规则和范式不再具有先验性，而是转为了实践生成性。

话语的及物、真诚与可被领会，规范的普遍性认可及实践性生成都是为了使批评的对话过程更加合乎交往的理性，因为理性的交往过程使由于话语的区隔、语境的差异、主体的个性等形成的交往障碍得以化解，使不同文学旨趣、审美追求、价值立场通过主体间的表达与理解获得交感式的沟通。哈贝马斯将主体间的交往理性看作现代文明中工具理性之外的、未被充分认识的另一种理性，与工具理性同样属于理性整体的一部分，并作为工具理性的补充有助于解决当代复杂的社会问题。而作为调整社会文化组织结构、协调人际联系的交往理性，主体间性的逻辑正与计算机网络技术对社会生产的调整逻辑不谋而合。如此看来，诉诸主体间性的批评话语的调整，以及确保参与者的普遍性认同，并经由参与者实践、协商生成的批评规范将有助于网络时代批评结构与关系的调整与进化，逐渐由印刷时代的独白式批评走向交往与对话式的批评。这种交往对话式的批评过程既是交往主体间学习与进化的过程，也是促进文学批评乃至整个文学活动整体水平提升的动力机制，推动着文学交往参与者的文学修养、审美品位以及文学感受力的提升，同时通过文学创作、阅读及批评多元主体的间性交流使文学活动的内部结构和运行机制得到自我调节，以促进创造和发展。

第三节　网络共同体意识

随着网络时代社会文化出现的流动性、多元化趋势，既有的工具理性及以其为逻辑内核的社会组织结构、社会文化传统、文学审美观念日趋淡化，曾经由这些哲学理念、社会制度以及文化传统所构筑的人的生活世界的确定性、可预见性和可控制性，也随着这些结构和理念本身的合法性危机而被质疑。人们的生活、身份和行为都在变得复杂而不确定，从个人的日常生活与情感,到哲学家的学术研究,都开始呈现出对共同特征、相似观念、相同价值的渴望和追求,因为当真理不再绝对、意义不再普遍、权威走下神坛时,只有拥有相同话语、相同体验或者相同判断的群体才能促成个体身份的归属、情感的共鸣或者价值的确认。整体社会生活如此,文学批评亦是如此,传统的主客二元的批评思维已被打破,某一种批评理论或批评模式一统天下也不复可能,随着既有理性的解构,网络时代的文学批评亟待建构新的命题与结构,以营造一个使文学批评者自身,以及阅读者、创作者、经营者、传播者、管理者都能获得愉悦感、归属感和价值感的文学空间或场所——文学的网络批评共同体。

网络文学空间的交互关系以及文学活动链条天然地为批评的网络共同体提供了绝佳的生态结构。网络文学本身就诞生于网友邮箱、公告版、论坛等构成的交流、评论平台,其创作、传播和阅读都通过网络构建的交互关系得以实现,关于阅读感受、作品评价的信息也在同一网络空间进行传播与流通。随着网络文学网站、专门的文学评论网站的出现,网络的创作、传播、接受和批评之间的联系更加紧密。而且随着网络文学的商业化、产业化,文学产品的经营者、文学活动的管理者也通过网络平台共同构入了文学的网络实践链条中,通过网络的接入与联系,文学活动各主体之间彼此勾连、相互依存,联系日益紧密。

但仅仅是共聚一堂、彼此联系,还不能称其为"共同体",文学的网络批评共同体首先是以所依据理论、标准等的差异性为基础的,立基于差异性理论范畴、命题、方法及逻辑关联性,进而是思想的差异、价值理念的差异,以及选择理论资源的差异。网络空间中文学批评参与者身份的多元、等级的弱化、观念的差异、表达的自由,都使文学批评主体在对文学进行阅读和批评时存在众多的差别与分歧,很难有一个统一的理论或标准来统摄所有的主体和作品。各种细分的、小群体化的意识形态显著地生成与繁荣。比起实体存在的所谓的"共同体"(鲍曼认为"实际存在的共同体,是这样一个妄称为共同体的集体,它试图具体化,妄称梦想已经实现,并以这一共同体假定要提供的正义的名义要求无条件的忠诚"[①],而这明显是非

---

① 〔英〕齐格蒙特·鲍曼:《共同体》,欧阳景根译,第5页。

共同体的),文学批评的想象的共同体更需要保持一种包容和开放的状态,任何人可自由地进入或者离开,而使共同体得以维系的是成员对共同体所关注的内容、所倡导的价值、所提供的感受的认同和选择。这种共同体就像韦伯所说的,"是一件被追求的轻便的披风,而不是铁笼"。但是正如绝对的权威与统一将会导致固化一样,强调和保持绝对的个别与差异而放弃对共通性和归属性的追求也会导致交流与沟通的消失,造成分裂与区隔,造成强势个体(群体)与弱势个体(群体)之间更大的不平等和新的不自由。

以交往和对话为范式的主体间性批评为这种非强制的、以判断的一致性和认识的共时性为基础的美学共同体提供了生成的可能。在间性批评的对话中,不同的主体彼此对话而不是抵制,努力理解对方而不是对异己部分予以否定或清除,吸取对方话语或行为中的异质部分以完善自身的观念和行为,既不抹杀他人的个性也不割除自己的传统,通过多元、多维的交流与协商,使彼此达成共识,从而使促共同体的渊源和条件得以出现和形成。因为共同体不是一种天然的集合,是通过某些观念、假设、追求或者目标以及紧随其后的交往行动而形成的,而这种从文化、观念到行动的阐释和引领活动正是学术批评者所熟悉和擅长的。所以在网络时代的文学批评活动中,批评家需以构建网络批评共同体的意识,积极建立与网络文学阅读者、传播者、创作者、经营者和管理者的联系,通过与各流程参与主体的交流互动,促进一个融合了阅读、传播、创作、经营、管理和批评的多维度、交互性的批评群体的形成。

从阅读的维度出发,网络时代的文学批评家首先要成为把关人和导航员,专业批评家往往在浏览数量、文学素养、鉴赏功力上有着职业化优势,若能加强与普通读者的对话和交流,充分倾听和理解读者的文学接受需求(当然在受众多元的当下,读者的阅读需求也必然是多元化的,批评家不可能悉数或掌握所有读者的阅读偏好,能够满足所有读者喜好的作品也不存在,批评家只能通过与读者的积极对话尽量了解其多样化的阅读倾向和期待类型),然后将读者的阅读需求与自身的涉猎范围、批评标准相结合,通过自己的批评为读者筛选和推介文本,使读者和作品能够实现更加精准的适配,从而提高读者的阅读质量。同时,自己的浏览、鉴别和批评也给不同的文本带来了批注、标签和评语,这些积累的批评文本是对网络图书馆中各类文本的测绘和导航,在批评家地图的引导下,读者可以更加理性和高效地找到适合自己的文本。另外,网络时代的读者大都不是传统意义上单向度的文本接受者,其在阅读之前、阅读中或者阅读之后往往会结合自己的阅读需要、阅读感受以及阅读后的评价进行表达,这时候他们也成为批评主体的一员,他们的这种表达反过来必然对专业批评家的批评产生反馈,并与专业批评家一起完成对某一作品、某一问题的分析和评价。如近年来各种文学作品的评选结果、排行榜单,尤其是关于网络小说的榜单,大都是专业批评家与网友批评共同参与、对话合作的结果。

从创作者的维度出发,网络时代的批评者首先需要以包容和尊重的心态去面对创作者的创作和文本。文化多元时代的文学创作更倾向于底线之上的百花齐放、百家争鸣,而不是最高标准之下的"一刀切"。在不违背人类基本精神、道德要求,不违反国家相关法律法规,不破坏自由平等交流的前提下,具有不同价值观念、不同表达方式的风格各异、个性鲜明的作品可能都会出现。玄幻、穿越、仙侠、宫斗等题材都是在政治批评挂帅时期甚至改革开放初期所不可能出现的,但是不可否认这些题材或类型的小说中也有积极的、创新的精神元素,或展现传统的民族家国情怀,或宣扬底层民众的奋斗和创造,或彰显女性的独立和觉醒……当然作品的创作水平参差不齐,不同批评者的评判标准各有不同,但是尽量不要轻易否定某类作品的存在价值或某个作者的创作资格,至少给予自己批评取向存在差异的创作者一个表达的资格和机会。其次,如果能够深入文学文本、了解创作者的初衷,并就文本的阐释、创作技巧、读者的需求等与写作者进行交流和对话就更有助于作者创作水平的提高,有助于批评功能的发挥,有助于批评者与创作者之间批评共同体的形成。

从文学经营、传播的维度出发,批评者应通过与文学平台运营者、传媒机构的合作与沟通,积极参与文学产业链的运作。在文学的产业化过程中,以批评的专业眼光促进文学产业的价值挖掘,通过批评的人文取向作用彰显文学的人文价值与精神关怀。网络环境下,文学作品的发布、传播和阅读往往都集中于文学网站,网站既是媒介也是经营者。同时,随着整个传媒行业的网络化和文学产业的跨平台整合营销，传媒机构与网络平台融合的程度日益加深，经营者与传媒机构呈现你中有我、我中有你的密切关系，因此批评者的批评活动经常在文学网站的推动下与文学产业的经营活动和传媒机构的传播活动共同进行。在这个过程中，文学产业的经营者、传播者需要依靠批评家的鉴赏眼光、阐释功力帮助发掘、推介优秀的文学作品和具有潜力的创作者，在文学文本的传播和推介中进行作品的阐释与提升，同时通过与创作者的交流和对话帮助网站培养创作人才。随着文学产业链的逐步完善，批评家的工作还将延伸到优质文学作品的影视改编、跨媒介开发、跨文化传播中的指导与把关。在与经营者、传播者互动的过程中，批评家一方面帮助企业和媒介优化内容资源、发掘商业价值，另一方面可以通过自己的文学品格和价值判断彰显人文精神。网络时代的文学市场因其巨大的产品数量而成为名副其实的买方市场，读者的选择空间非常大，其在进行文本选择时当然会注重娱乐价值，但如果有优秀的作品既能够提供轻松愉悦的阅读体验，又能传递某些值得称赞的信仰、价值、理想，读者将会非常喜爱。如果批评家能够在与经营者和传播者的合作中发掘和推介这种在商业成功和人文价值两者之间达成一致的作品，即实现了文学精神的彰显。而在这一多赢的合作过程中，批评与经营传播的共同体也就自然形成了。

从管理的维度看，批评具有政策管理的文化解读功能，同时作为文学规律的研究和运用者对文学相关的政策制定还提供着专业支撑。文学批评作为文学作品的意义阐释和价值评判活动，必然要在国家相关政策和法律的框架下展开，并在批评的过程中，通过对正确价值取向的坚持和对美好艺术品位的追求，通过对个别不良、违法、违规的文学创作、传播、经营行为的抵制来营造向善、向好、向美的文学风气，促进文学、文化产业的良性发展。近年来，随着网站评论区、论坛、微信群组等网络表达平台的日益增多、交流行为的日益活跃以及意见表达的纷繁复杂，相关部门对网络空间的信息传播行为、观点意见表达以及舆论热点生成等日益重视。国家对网络空间尤其是网络空间中的意见表达行为的管理从无到有、从少到多，重视程度越来越高，管理力度越来越大。仅 2017 年就先后出台了《互联网论坛社区服务管理规定》《互联网跟帖评论服务管理规定》《互联网群组信息服务管理规定》《互联网用户公众账号信息服务管理规定》等多部与网络评论行为相关的规范性文件。其中明确要求在网络论坛等公共平台发表言论者注册时必须"后台实名"，要求"跟帖评论服务提供者应当与注册用户签订服务协议，明确跟帖评论的服务与管理细则，履行互联网相关法律法规告知义务，有针对性地开展文明上网教育"[①]。针对网络群组中的讨论与发言，《互联网群组信息服务管理规定》中明确了群组建立者、管理者的规范惩罚措施，"互联网群组信息服务提供者应当对违反法律法规和国家有关规定的群组建立者、管理者等使用者，依法依约采取降低信用等级、暂停管理权限、取消建群资格等管理措施，保存有关记录，并向有关主管部门报告"[②]。我国的网络空间经历了发展初期的野蛮生长之后，相关部门正在加强对网络秩序的探索与构建，管理者在文学批评共同体中的影响力将更加显著。反过来，管理者对文学活动进行管理和规范的过程中，也需要对文学活动的规律、特征，网络环境下的文学现象、文化风潮有所把握，而批评正可以通过对作品的评析、规律的发现、现象的解读、特征的归纳、趋势的预判等为管理者提供理论支持和专业分析，共同为文学空间良好秩序的营建和文学活动的健康开展提供保障。

随着网络技术对文学、文化、社会生活的生态化，文学的发展已经进入网络时代，并将随着文学各相关要素与网络融合的不断加深而进入网络化发展的Web3.0、Web4.0时代。网络时代充满了未知，它带来了新的生存逻辑也带来了新的认知方式，既会产生前所未有的文学，也会呈现出从未遇到过的问题和挑战，这不仅仅是对批评者而言，还包括身处这个时代的读者、作者、经营者和管理者。上述分类会随着网络的发展而遭到挑战，未来文学活动中主体的身份会进一步模糊，每个人可以既是创作者也是阅读者、批评者，甚至有机会共同参与政策和法规的制定。主体间的互动联系更像是人类大脑中的神经单元，有的深谙网络术语，有的精通逻辑思维，有

[①]《互联网跟帖评论服务管理规定》，中国网信网，http://www.cac.gov.cn/，最后访问日期：2017年8月25日。

[②]《互联网群组信息服务管理规定》，中国网信网，http://www.cac.gov.cn/，最后访问日期：2017年9月7日。

的善于制造感官愉悦，有的负责创造价值……没有谁更重要，也没有谁最正确，只有多维主体构入的批评的共同体，才能够通过批评的总体性运作，使文学的共同想象、情感的共同体验、价值的共同认可和制度的共同遵守成为可能。

第三章

受众导向
——网络文学的批评视角

　　网络传播相较于传统大众传播的一个突出特点是传播的双向互动性，这为批评的繁荣提供了空前的便利，网络反馈的便捷与丰富为批评的受众研究提供了大量的讯息与资料。这些网络反馈的提供者既是文学的接受主体，又是文学的批评主体，也可能是文学的创作主体，文学的创作、阅读、批评从未像今天这样紧密、直接地联系在一起。网络文学受众的群体特征、阅读习惯、接受热点与接受效果直接影响着文学批评的方式、话语、价值与审美标准的变化、调整与引导。受众期待已经成为网络时代文学创作的出发点，而对受众的研究也应是批评的重要视角。

第一节　网络文学接受主力的特征与批评的理念转变

　　"在大众传播研究中，受众指的是大众传媒信息的接受者或传播对象。受众是一个集合概念，最直观地体现为大众传媒信息接受的社会人群，如书籍、报刊的读者，广播的听众或电影、电视的观众，网络媒体用户等。"[1]网络空间中的文学受众即通过网络传播媒介参与文学接受活动的行为主体，在本文中主要指通过网络渠道阅读文学文本的读者，但因网络传播的媒介

---

[1]　郭庆光：《传播学教程》（第二版），中国人民大学出版社，2011，第155页。

融合性和虚拟现实性，文学作品的呈现和传播方式日趋综合，文学接受活动的展开方式也不再局限于阅读，有声读物、文学作品的图文转换和影视改编等，使文学作品的接受方式由单纯的文字阅读向视听综合发展。所以，当下网络空间中的文学受众，既包含那些通过屏幕阅读文字文本的文学活动主体，也包含那些通过音频、视频接受文学作品的文学接受主体。网络空间中的文学受众既是文学符号的译码者、文本意义的阐释者、文化产品的使用者和消费者，也是文学创作的参与者和文学批评的发出者。

虽然在古典哲学时期，柏拉图、亚里士多德等先贤就已经注意到文学活动中的读者反应问题，但是那一时期的学者们普遍认为读者在倾听或阅读文学作品时是消极地被作品激起情感或引起心灵的净化。19世纪英国浪漫主义兴起之后，文学批评开始从强调文本转向关注作者，作者的生活经历以及时代背景、社会语境成为批评家关注的重点。20世纪初，随着形式主义和新批评理论对文本自主性的强调，文学批评的重心再次回到文本，对文本客观性和自足性的强调使文学批评中的读者反应再次被视为被动之物。20世纪中后期，随着接受美学和读者反映论的发展，读者导向的批评开始兴起，读者对文本的多元阐释以及读者与文本之间的互动对文学意义的影响引起了批评家们的重视，受众开始被视为文本意义创造过程中积极的、能动的主体。

文学批评的读者转向与消费社会中文学受众的文学选择、文学消费主体角色有着重要关联，正是由于文学的商品化，读者对文学文本的选择与阅读有了像其他商品一样的选择与阐释的自由空间，文学接受者开始在文学活动中拥有更大的主动性。而今天，网络技术对文学生产、传播和接受方式的改变使文学受众获得了比以往任何时候都更加广阔的文学参与空间，他们不仅可以在网络提供的丰富的文学资源中获得更大的文学选择空间，而且可以通过网络平台变身为文学的批评主体，进而影响和参与文学创作活动。同时，这种参与不仅仅局限于文学的选择与阐释层面，还有可能延伸到文本的创作环节。可以说网络空间中接受主体的特征和接受习惯直接影响着这个时代文学批评的范式、话语与价值取向。所以，历史上没有哪一个时期像网络时代的文学批评这样需要对文学接受主体进行研究。

一 文学网络接受主力的人口统计学定位

青年占绝对优势的主体构成以及低龄化的发展趋势。从文学网络受众群体的年龄构成来看，青年群体是绝对主力。互联网智库速途研究院发布的《2015年Q1中国网络文学报告》显示，以在线阅读方式参与文学接受的受众主要集中在20～39岁，其中20～29岁年龄段的受众约占网络受众总数的30%，30～39岁年龄段的网络受众约占网络受众总数的48%，这两个部分加在一起占到了网络接受主体总数的78%，而19岁及以下年龄段、40～49岁年龄段和50岁及以上年龄段则分别占网络受众总数的7%、12%和3%（见图2）。可以看出，从年龄这个维度去考察文学的网络接受主体，20～39岁这一年龄段的受众占据了绝对的数量优势，青年群体无疑是网络接受的主要成员。

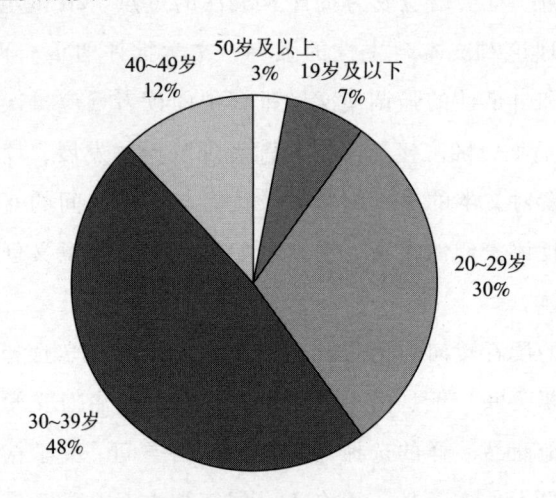

图2　2015年第一季度在线阅读人群年龄分布

资料来源：《2015年Q1中国网络文学报告》，速途研究院，http://www.sootoo.com/content/651132.shtml，最后访问日期：2017年8月20日。

与此同时，随着智能手机的普及和移动网络覆盖率的提高，青少年的网络使用率正在迅速上升。移动网络在线率在青少年群体中的升高使越来越多的青少年获得了通过网络进行文学接受的可能，而网络文学在题材类型、表达特点、阅读方式等方面的适切性、场景化、灵活便捷性都使其较传统纸媒文学更具吸引力和传播力。于是网络受众中的青少年比例不断提高，接受主力年龄越来越低。截至 2017 年，网络文学受众的年龄构成已经从 2015 年的 19 岁及以下占比 7%，发展到 18 岁以下占比 18.2%；而青年网文受众则从 2015 年的 20～29 岁年龄段占总数的 30%，发展到 18～29 岁年龄段的网文受众占总数的 54.9%，两年间网络文学接受的主力军从占总体 48% 的 30～39 岁年龄段，发展到占总数 54.9% 的 18～29 岁年龄段（见图 3）。网络文学接受主体的低龄化趋势非常明显。

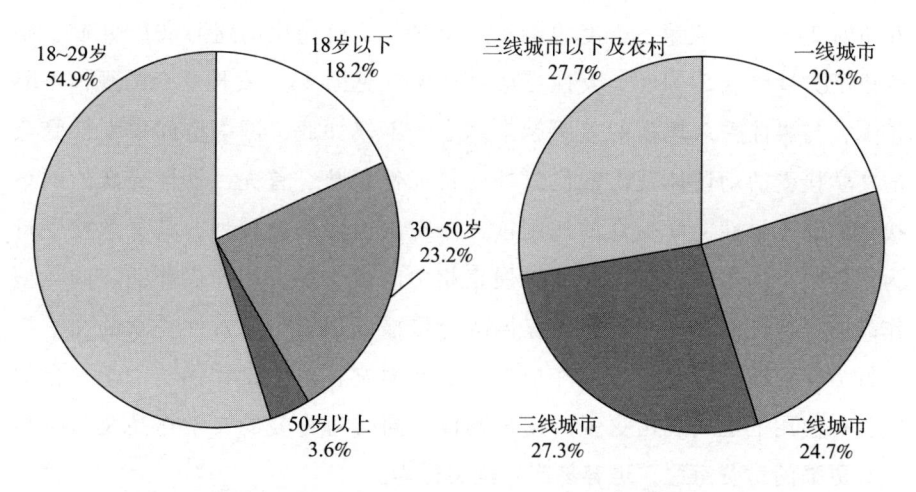

2017年网络文学读者年龄分布
- 18～29岁 54.9%
- 18岁以下 18.2%
- 30～50岁 23.2%
- 50岁以上 3.6%

2017年网络文学读者地域分布
- 三线城市以下及农村 27.7%
- 一线城市 20.3%
- 三线城市 27.3%
- 二线城市 24.7%

图 3　2017 年网络文学读者年龄、地域分布

资料来源：参见中国音像与数字出版协会《2017 年中国网络文学发展报告》，中华网，https://news.china.com/zw/news/13000776/20180917/33926058.html，最后访问日期：2019 年 1 月 20 日。

男性受众更具规模，但女性受众增长趋势明显。从性别维度考察文学的网络接受主体，在数据显示的受众规模上，男性追文者的数量仍然多于女性，这与网络"原住民"中男性比例的优势不无关系，很多男性受众一开始就是网络技术的拥趸，热衷于 Web1.0 时代的网页浏览、BBS 聊天，以及后来的网络游戏等。网络文学空间兴起后，他们又自然地转移到这一趣味空间，开始通过网络展开个人的文学接受。同时，早期网络文学的典型题材"修仙""仙侠"等也与男性受众的题材偏好有着极强的对应性，自然吸引了大批男性粉丝。

随着网络的提速降费以及网络终端尤其是移动网络终端的日益普及，

女性的网络接触和使用程度日益提高，近年来随着电子商务和网络视频平台的兴起，女性用户的网络使用率和使用时长显著提高和增加，网络渠道的构入使文学网络接受群体中的女性比例不断攀升。另外，网络文学的题材日益多元，且呈现出多种题材要素在同一作品中融合表达的趋势，情感、职场、耽美等较能满足女性受众阅读偏好的作品越来越丰富，使网络文学的女性受众人数明显增多。网络文学受众的男女比例从2015年第一季度的76%对24%，变成第三季度的64%对36%，而这一比例到了2017年底，则变成了男性受众54.1%，女性受众45.9%（见图4）。女性受众的规模不断扩大，与男性受众规模的差距越来越小。不仅如此，网络空间中女性受众的文学接受活动还体现出规模以外的特征性优势。首先，女性受众的网络接受不同于男性文学受众的浅阅读，体现出更强的沉浸性，其文学接受行为不局限于文本阅读，而可能扩展至相关改编作品、同作者作品、同类型作品的延伸性阅读，在网络多媒体融合传播的加持下，女性受众的文学接受行为在程度上更加深广。相应的，女性网友在对文学作品、文学平台的接受和使用上也表现出更强的用户黏性，同时对喜爱的文学作品及衍生品具有更强的付费意愿，更容易产生购买行为。

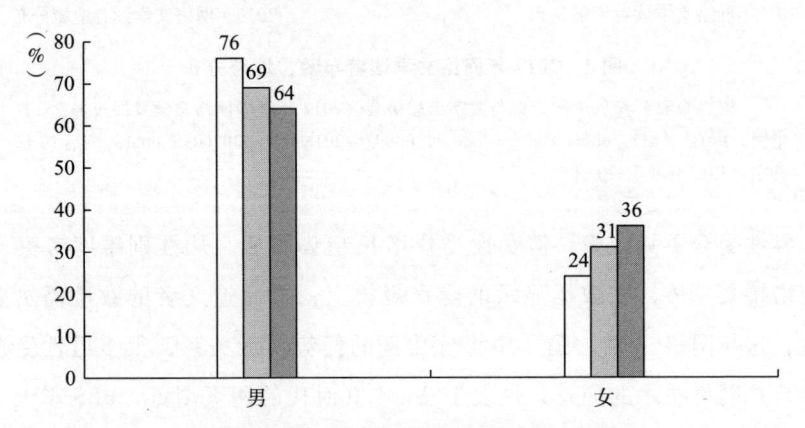

图4　2015年小说阅读人群性别分布走势

资料来源：《2017年中国网络文学发展报告》，中国产业信息网，http://www.ch-yxx.com/industry/201609/447946.html，最后访问日期：2019年9月12日。

中等学历的"学生党"和职场"小白"最喜欢网络接受。首先，从学历结构分析文学的网络受众主体，初高中、技校、中专等中等学历群体占据了受众主体的大半江山,约有66%的比例;其次是大专、本科学历群体,约占24%的份额;而硕士、博士及以上、小学及以下各群体所占比例均不足10%。① 可见,中等学历和大专、本科学历者构成了网络文学接受的主力。其次,网络接受主体的职业结构,也具有明显的群体特征。网络接受主体中最为庞大的一部分一直是在校学生群体,这个群体在网络受众的整体中大概能够占到25%;仅次于学生群体的是个体户或自由职业者群体,其比例约占20%;位列其后的是企业、公司的管理人员和一般职员,这个群体约占网络受众总体的15%。上述职业结构与前面所列的学历结构基本上呈对照之势,按照网络接受主体的年龄结构,基本上可以勾勒出文学网络接受的主力群体的形象:就读于初高中、中职专或者大学,年龄在20岁上下的"学生党",构成了网络接受的第一主力,然后是年龄在25～39岁的企事业单位的中下层岗位就职者、小规模的个体生意经营者或灵活就业的自由职业者,他们基本上都属于奋斗打拼的职场初级者(套用网络批评术语"小白",这一群体可归为职场小白)。通过年龄、性别、学历及职业等对文学的网络接受主体做了测绘与分析,网络接受主力的人口统计学特征融合网络媒介的传播特性,在网络空间的文学接受活动中形成了这一主力群体的接受行为特征。

二 网络文学接受主体的接受行为特征

网络文学接受主体的接受行为特征,可以概括为四个方面。

个性化接受。文学接受向来都是富于主观色彩和个人趣味的一项活动,传统的文学接受过程中也存在接受主体明显的个性化因素。但网络空间中的文学接受活动因其强大的双向交互性和文本资源的丰富性,而能够满足不同接受主体更加细化的文学需求,因而表现出较传统文学接受更加明显的个性化,并且这种个性化与接受主体在人口统计学意义上的特征细分具有明显的对应性。网络受众的个性化接受首先表现在网络文学接受明显的性别区分上。女性受众规模的迅速扩大,及对付费阅读、衍生品消费等产

---

① 《2015年Q1中国网络文学报告》,速途研究院,http://www.soo-too.com/content/661067.shtml,最后访问日期:2017年8月20日。

业模式的高度认可，使其对网络文学活动的影响力日益增强，女性受众的接受习惯、阅读偏好日益为文学网站的经营者所重视，并得到凸显与满足。目前几乎所有大型文学网站都设置了女性专区、女性频道甚至女生网，如起点女生网、17k 小说网女生频道，更有红袖添香、晋江文学城、潇湘书院等专门的女性文学网站。其中，红袖添香等几大女性文学网站更因其明确的女性定位，及对女性受众个性化阅读期待的满足而大获成功，日访问量近亿次。网络文学空间中女性受众的崛起使网络文学接受过程呈现明显的性别区分，进而导致了创作上的性别区分。一方面，鉴于接受中的性别区分，网络创作主体们在创作之初就为其作品确定读者性别倾向。另一方面，不同性别的作者也更倾向于以其同性别读者为假想读者来进行创作。这种彼此独立又彼此敞开的性别化接受不仅使女性受众获得了更好的文学体验，而且为女性作者和女性文学的发展提供了更加广阔的空间。

网络受众的个性化接受倾向还表现为与接受主体年龄、职业相对应的文学内容的类型化选择。网络文学作品的类型化已经是学界广为认同的一个特征，学者们大都将其归因于网络文学的商业化。文学网站对作品的类型化设定及呈现固然是网站经营者为了便于网友搜索、提高作品点击率而采取的商业策略，但网站采取这种策略是网络受众的类型化接受习惯使然。不同于传统文学创作及接受活动中文体上的类型化，网络接受的类型化是一种内容、题材上的类型化。比如玄幻、武侠类型的作品多为虚构的幻想型故事，通过一系列幻想出来的时空背景、人物设定和故事情节来传达某种观念，提供某种体验；校园、职场类型的作品则相对具有更多的现实元素，通过与现实中相似时代、社会背景下具有普遍代表性的人物命运的展示使读者获得代入感，从而在阅读作品的过程中产生某种共鸣。鉴于这种分类的内容对应性，受众进入网站往往都是先进入自己感兴趣的类型栏目，然后再做具体作品的选择，或者是查看点击榜、订阅榜等榜单，然后在榜单中选择自己偏爱的类型作品。无论是哪种选择方式，类型的划分都成为网络接受主体文学选择过程中一个重要的筛选方法。

融合性接受。这里的融合性是指由于网络对不同文学表现形态的融合和对不同传播终端的整合而形成的应用融合，包括文学接受内容的融合和文学接受终端的融合两个方面。首先，任何新媒体的产生都必将带来对旧有传媒生态的重构，这个重构的过程也是对旧有媒介和传播内容的重新整合，而内容传播主体为了取得更好的传播效果必须要适应新媒体带来的传播模式，将传播内容构入新的传播系统之中以期借助强势媒体提升其内容的传播力。正如前文所述，经过十余年的商业化发展，今天网络文学空间的产业化、生态化趋势已初见端倪，尤其在腾讯文学和盛大文学合并成立阅文集团，并将创世中文网、起点中文网、起点国际、红袖添香、潇湘书院等网络原创平台，榕树下等图书出版平台，以及天方听书网、懒人听书等音频听书平台全部整合至旗下之后，一个以内容原创为起点，涵盖出版、音频等相关产业链的文学网络聚合平台正在形成。与此同时，近年来网络原创作品的影视改编已经成为现象级事件，这些影视作品与其原著文本共同构入文学的网络传播活动，此外还有以优秀文学作品为蓝本设计的网络游戏、漫画等。网络生态下的文学内容形态已经跨越了文字、音频、视频、游戏、图画等媒介符号的界限，构成了一种全媒体、多形态的综合性文化产品。于是网络接受主体对文学的接受也不单单局限于文字的阅读，而且不同媒介形式之间的文学传播还会彼此形成联动与促进，比如有的网友可能并不了解某部文学作品，但是因为观看了这部作品改编后的影视作品，而转过来开始阅读文学原著。也有很多网友因为喜爱某部网络小说，而对由其改编而来的电影或电视作品产生强烈的关注和期待。未来，随着网络文学空间对文学相关内容的进一步接纳与整合，网络传播中文学内容的融合程度将会进一步提高。届时，从一个文学原创起点出发，网络接受主体将可以获得更加丰富和多维的文学接受体验。

与内容融合相对应的是文学接受终端的跨媒体融合。近年来，随着对网络文学资源的全媒体开发，文学的网络传播已经不仅仅局限于PC（个人电脑）连接，而是扩展到以智能手机为终端的移动网络、电影院的数字拷贝、数字电视，以及签售会、沙龙等线下活动。其中，尤以智能手机这一终端在文学网络接受中所占比例攀升最快，占有人群最广。相关调查显示，截至2016年，我国已有7亿手机用户通过手机连入移动互联网，其中约有半数手机网民通过手机进行文学阅读，其中有近50%的受众每天通过手机阅读的时间超过一小时。而电视方面，除了原有的网络文学原创作品改编影视作品之外，还有在全民阅读热潮下涌现出来的阅读类电视节目，其在近年的电视综艺节目中异军突起，吸引了不少受众。当下，以网络文学文本创造出来的文学意义为核心，正在形成一个融合多种表现形态，连通多种传播终端的综合的文学意义系统。一部文学作品及其衍生出来的多种文学表现形态正在通过网络整合下的不同终端呈现给网络受众，而接受主体可以在网络创造出来的综合性文学意义空间中以更具整体性的感知方式去感受文学的魅力。

功利性接受。从康德开始，传统的文学理论常常将文学接受看作非功利的纯粹的审美过程，是剥离了感官愉悦的精神净化。但是在网络受众的文学接受行为中，审美的趣味中却包含了追求身心放松、追求欲望满足或寻求意义与价值共鸣的功利目的。文学接受成为既对现实生活寻求超越，又为实现某种现实功利目的的复杂矛盾体。通过前文中对网络接受主力的身份定位，我们可以看到，文学网络受众主体的职业构成以初高中学生、职场中下层"小白"为主，这类人群不是要面对繁重的学习压力，就是要应付枯燥高压的职场生存，同时在经济上或尚未独立，或处于较低收入层次，属于拥有较少社会资本，且需面对生存压力和生活竞争的社会群体，在时间有限、经济基础薄弱的条件下，通过电脑或者手机在学习间歇、通勤路上、睡觉之前短暂浏览一段文字无疑是性价比最高的休闲方式，因而这种文学接受自然充满了寻求精神愉悦与放松的功利目的，文本的说教、艰深、无趣，甚至节奏拖沓都会使其被果断放弃，因为大多数人生活艰辛且忙碌，一定要在少得可怜的休息时间里迅速获得最大程度的放松与愉悦。如果从年龄维度去理解网络接受主体的精神需求，就似乎更容易理解网络文学空间中那些欲望书写、个性张扬的文本的兴盛。网络接受的主力基本集中在 20~39 岁这一年龄段，其中尤以 20~35 岁最为集中，这正是个体欲望最为强烈、个性最少受到束缚的人生阶段，其时血气方刚，初生牛犊，对世界充满了想象与激情、质疑与反叛，但从个人社会能力积累的角度讲，这也是个人能力和生存资本积累的起步阶段，伸展欲望、张扬个性的强烈需求与个人自我实现能力薄弱之间的巨大反差使这一群体常常会在现实的奋斗中遭遇挫折,四处碰壁。这时,在虚构的想象世界中像故事的主人公那样获得异能,一路升级过关或是颠覆强权,就成了职场"小白"慰藉和安抚自己受挫的内心以免一蹶不振的一剂良药,这就是网络接受的潜意识功利。当然,在工业理性危机、传统文化断裂的文化语境中,当代青年所面临的问题不仅仅限于生存的压力和欲望的压抑,还有精神和信仰的迷茫,而他们在网络文学选择和阅读的过程中所追求的也不仅仅是身心的放松和欲望的张扬,还有对生存意义的追问、对精神信仰的追求、对人伦尺度的探寻、对自我认同的寻找。从某种程度上说,网络接受主体的文学选择和接受过程在追求着一种功利的非功利。虽然网络文学空间中的作品资源非常丰富,但是能够完全符合受众阅读期待的作品并不多,一旦有作品达到这样的程度,就很有可能成为一部大流量 IP。大多数情况下,网络受众的阅读是一种退而求其次的"权且利用",只要一部作品能够一定程度上满足网友的某些功利性阅读目的,就会引起文学接受。而那些无法实现上述功利目的的作品,无论看起来运用了多么炫酷的语言、多么时髦的桥段,也很难得到网友的青睐。

情绪性接受。情绪是对一系列主观认知经验的通称,是多种感觉、思想和行为综合产生的心理和生理状态。最普遍的情绪有喜、怒、哀、惊、恐、爱,也有一些细腻微妙的情绪如嫉妒、惭愧、羞耻、自豪等。相对于传统的精英文学阅读所追求的宁静致远、清新隽永、余味曲包等阅读体验或者意蕴深远、发人深省的认知功能,网络受众在选择文学作品时,更看重的是作品能否契合或满足自己当下的情绪状态及相应的心理需求。他们或是通过小说中的暴力打怪,宣泄胸中积郁已久却无从释放的愤懑,或是通过小说中的戏谑反叛,嘲解现实中的无奈与苦闷,或是在对某个美好年代的缅怀与追忆中使孤独与哀伤得到抚慰,或是在对某种渊源与传统的重提与推崇中寻找认同与自豪感。情绪"往往用来形容短暂但强烈的体验"[1],网络文学的接受往往是非理性的情绪化接受。其对作品的选择往往随性纵情而不是精挑细选,阅读的过程常常是兴之所至废寝忘食,稍感乏味便弃

---

[1] 〔英〕艾森克、〔爱尔兰〕基恩:《认知心理学》(第四版),高定国、肖晓云译,华东师范大学出版社,2003,第749~750页。

之而去，对内容往往是走马观花，图个热闹，最好不需要动脑思考。如前所述，网络文学受众的网络接受往往出于一种追求愉悦的功利性目的，而接受的情绪性既是这种功利性阅读得以实现的依据，也是它追求的阅读体验的核心要素。同时，接受中的情绪又与受众的个性、文本呈现方式及渠道的融合彼此联系，互相影响。不同接受群体的个性特征，不同作品的差异化表达方式和呈现方式，都对受众情绪产生了激发、促动、宣泄或缓解的影响作用，构成了网络受众情绪化接受的重要依据。受众个体的兴趣喜好、社会生活的热点焦点、特定群体的独特体验都融入并制造着网络受众的情绪波动。爱而不得的沮丧、被侮辱与被损害后的愤怒、年华逝去的失落、无所依傍的不安、坚守的孤独等在现实生活和主流话语中无处安放的情绪驱使人们投入网络文学的怀抱，寻求情绪的释放、精神的抚慰。

网络接受的情绪性特征从网络文学在叙事节奏、情节模式、创作视角等方面所体现出来的强烈的情绪性可见一斑。情绪往往短暂、易变，网络文学作品若要在海量作品和碎片化阅读的网络环境中引起读者的注意，从而形成文学选择，就必须在最短的时间内呈现出能够对受众形成情绪触动的内容。所以在网络文本中，"标题党"层出不穷，故事的叙述节奏越来越快，每更新一章都要出现一些情节冲突，或加入新的"工具"（常常能够使主要人物的能力迅速提升），以形成对读者情绪的刺激。如果一个阶段作者断更或者更新的章节中情节发展较慢，作品往往会遭到网友的抨击甚至抛弃。

顺应网络受众的情绪性接受，网络文学尤以网络小说为主正在形成一些利于调动、宣泄或转换情绪的结构模式，如"升级流"、"无限流"①、"废柴流"、游戏等。网络接受中的"爆款"类型——玄幻小说基本都采用了"升级流"的结构模式，主人公每次被命运抛入新的空间、偶遇高人指点、得

---

① 无限流成为一种网络小说的典型模式源于小说《无限恐怖》的走红，以及此后大量同类作品的出现及风靡一时，这种模式往往要创造出一个超出现实认知范畴和技术能力的特殊空间，但其中的主要人物又是从我们这个世界借由种种机缘得以进入并由此开始能力的提升或者物种的延伸，由于这个独特空间中包罗了我们这个世界所拥有的科学、宗教、历史、文化等一切文明，同时又虚拟出诸多我们现实中所不存在的物质、能力等，所以人物在其间能够开展的活动也超出了现实中种种物质、技术的限制，甚至超越时空，改写了人类社会的基本规则，从而获得了无限的物质、精神的可能，因而这种模式被网友们称为"无限流"。

到某种"法器"、功力获得增长都会让受众的情绪为之一振。"无限流"小说中每次面临新的未知都会给人带来一种情绪上的紧张或压迫,而每次新的探索又会给读者带来强烈的刺激与冲击。"废柴流"小说中主人公一出场时的废柴形象与其主角身份和期待视野中的成功者首先就形成了一种情绪反差,在其后的废柴逆袭过程中,每一次阶段性成功的取得都会给读者带来一次情绪上的刺激,网络文学的"爽"点就这样被制造出来,而网友们进入网络文学所寻求的重要满足之一就是这种情绪性的阅读体验,正是网络小说带来的富有节奏的情绪刺激使网络受众对它在人物塑造上的缺陷、情节逻辑上的瑕疵等视而不见。

网络受众的情绪性接受与网络文学创作者的情绪性创作彼此呼应,一拍即合,通过网络连接构成了作者与读者之间直接的、点对点的交流,并在情绪上形成了同频和共振。接受上的体验情绪与创作上的诉诸情绪塑造了网络文学不同于大部分传统主流文学作品的叙事视角。如果说大部分当代主流文学作品的作者都是以一种旁观者的视角去讲述故事、塑造人物,那么网络小说的绝大多数作者从一开始就在作品中带入自己。如果说在青春、职场这类作品中,作者在带入自身情绪体验的同时还常常带入自身的生活环境、成长记忆等内容,那么在玄幻、仙侠这样的题材中则突出的是情绪,当然这种情绪的产生常常是基于作者对现实生活的不满、反叛等。因为这种创作视角的差异造成了网络小说与传统主流小说在处理个人情绪上的显著差异,在《白鹿原》《平凡的世界》等经典作品中,作者虽然也饱含情感展开创作,但由于叙事过程中的他者定位,而往往阻碍了自我情绪的直接表达,并只能努力通过描述人物合乎逻辑的活动来展开作品。但在网络小说中,故事中的人物、情节等都退居次要地位,一切围绕主人公(作者)情绪的满足来展开,人物行为的真实性、合逻辑性让位于情绪满足的实现。

受众的情绪化接受还体现为网络小说特定的情节特征与其受欢迎程度的正向关联。如悲剧结局和喜剧结局在网络受众中有着明显的接受差异,"大团圆"结局在网络受众中甚至比传统阅读受众获得了更大程度的欢迎,在悲剧结局与喜剧结局的PK中,喜剧结局以绝对优势胜出,纵观各大网络文学网站，以悲剧结尾的作品少之又少，且高点击率作品中几乎找不到悲剧的身影，这种创作倾向的直接根源就是受众对悲剧的强烈抵触。军事题材中如果有外国或外族入侵的，我方一定要取得最终的胜利，爱情故事中的男主角绝对要优秀且一往情深，修仙故事中的草根主人公一定会历尽劫难获得超级能力，并由此获得身份、权力、财富等世俗意义上的成功，还是因为不能带来情绪释放或转换的作品不被受众所接受。所以有网络作家总结说："情绪性的作品传播得快，篇幅长的作品传播得快，愤怒的比喜悦的传播得更快。"①

情绪性接受是一种个性接受。这是需要理性引导的接受，也是走向新信息的接受。在情绪性接受中能分析出新的接受动态，这是因为情绪总是关联着社会情感与意识形态。在本雅明看来，"甚至可以说，极端的艺术比经典的艺术更多地蕴藏了一个时代的内在紧张状态"②。所以网络文学空间中深受网友追捧的接受热点或者现象级作品，所表达的情绪倾向、营造的情绪体验，往往蕴藏着某些特定的社会情绪，表征着某种民间意识形态。如在网络都市类小说中占半壁江山的官场小说，往往以善于制造情绪冲动的节奏和结构来满足读者的情绪化阅读需求，比起传统的官场小说，网络官场小说中的主角往往不是那么沉稳正派，而是常常带着几分痞气、比坏人更"坏"的好人，主人公的行为虽然少了政治正确的理性与规矩，却往往能够在腐败、强权面前坚守底线。正是通过这种快意恩仇式的表征方式，网络写手的创作情绪与网络读者的阅读情绪获得了内在的沟通。

三 "受众"—"用户"、"内容"—"产品"，网络传播时代文学批评观念的转变

网络受众群体虽然涵盖了不同年龄段的个体，社会身份迥然不同，但通过前文的统计分析，"80后""90后"乃至"00后"所占比例明显较高，

---

① 刘洋、苏雪艳、张艺迪：《网络小说是一种情绪小说——最后的卫道者访谈录》，中国作家网，http://www.chinawriter.com.cn/n1/2017/0808/c405057-29457481.html，最后访问日期：2017年8月10日。
② 〔德〕瓦尔特·本雅明：《德意志悲苦剧的起源》，李双志、苏伟译，北京师范大学出版社，2013，第4~5页。

是主力群体。且其社会角色多为职场白领、在校学生或者大城市里的打工者。从年代上看，他们是伴随着网络和电子产品长大的网络一代，而都市底层的社会地位与生存空间塑造了他们消费主义的文化观念。网络化成长和消费社会生存共同造就了网络受众个性化、媒体化的接受习惯以及功利化、情绪化的文化消费理念，这使他们形成了不同于传统文学读者视文学为脱俗之物、视阅读为高贵行为、崇尚理想又追求自由的接受心理和文学观念。网络传播与构入其中的商业文化重构了文学实践中的受众及其位置关系，对于"受众"及文学"内容"（包括文学文本与批评文本）的概念，批评界都需重新认识。

从将读者视为"受众"到将其看作"用户"。受众是传播学中的一个概念，指传播过程中的信息接受者，文学作品的读者从文学传播的过程来讲确实处于信息接受者的位置，但在网络技术的加持下，读者又不仅仅是信息单纯的、被动的接受者，而是出于主动的、个人的、自由的选择而开始一部作品的阅读，还可能因为喜爱作品而付费购买，以满足其愉悦情绪的心理需求，并有可能通过对作品的评价、讨论以及推荐、传播而形成自我表达以及社交行为。网络受众在这里不只是阅读主体这一个角色，很可能是集合了上述几重身份的综合主体。所以，与其说他是"受众"，不如说他是"用户"或"消费者"。如果把读者当成"用户"来看的话，那么批评的模式就更适合以分享的、参与的、对话的模式和话语风格来展开，而不宜居高临下地宣教或者灌输，这里不是说批评不能有引导和超越，只是对引导、提升的展开方式和表达艺术要有所要求，批评引导是需要平易近人、潜移默化、润物细无声的。同时，作为"用户"的网络读者不仅是信息与体验的消费者，还是信息的生产者和体验的制造者，他们的表达为专业批评家了解读者的阅读期待、作品的阅读体验，以及这种期待、体验背后的心理机制、社会文化原因等，提供了丰富的一手资料和真实信息。当下专业理论批评之所以失去受众，很重要的一个原因就是批评与广大读者间的距离太远，使批评显得不接地气。专业批评如能放下身段以看待用户的心态与网络读者互动，相信批评的点会找得更准，批评的方式和话语也更具接受度。

从输出"内容"到提供"产品"。如果承认网络传播使读者更像用户，那么用户需要的就应该是"产品"而不仅仅是内容本体，或者也可以说网络传播中读者需要的内容不是一个单纯的文本，而是一个以文本为内核，同时包括包装、款式、附加服务、品牌价值等一系列配套要素的产品。批判的文本仍然是批评中最具价值和意义的核心部分，但是仅仅有好的批评观点、文学理论并不一定就会达到理想的传播效果，批评的传播渠道、发表平台，批评文本的篇幅，批评者的知名度，批评对象的关注度，以及批评的文本或批评活动本身能否带来文化标签、社交关系、参与体验、身份认同等附加项，都将成为批评产品的一部分，具体而切实地影响着批评的效果。传统的专业批评往往非常重视批评文本核心的精神价值，但很少意识到批评文本在"产品"意义上的完整度和丰富性，也很少从受众实际的接受需求出发去丰富和完善批评文本精神价值之外的社会价值，这种缺少用户视角的产品在具体的使用与选择过程中往往缺少用户友好度，这在传统的单向的以及资源和渠道都相对匮乏的时代不会对批评内容的传播与接受产生大的影响，但在互联网传播这个信息过剩的时代，既难以吸引用户，也难以粘住用户，这也是很多批评专家进入网络之后面临窘境的重要症结所在。近年来随着网络传播对文学实践的不断深入，不少专业批评家和文学机构也认识到进入网络的重要性，并且有介入网络批评的具体行动，如有的文联网站为赢得网络读者关注，在自己的官网上设立了面向大众读者的批评专栏，有的还为了适应网络读者的碎片化阅读习惯，对批评的篇幅做了调整，但令很多批评专家感到沮丧的是，尽管他们已经拿出诚意走近网友，并在批评的语言、表述方式上有意识地贴近非专业读者，但前来阅读的人仍寥寥无几，屈指可数的点击率让网站和批评家都很有挫败感。产生这类情况的一个重要原因就是专业批评虽然入网了，但思维方式和批评理念却没有入网，在内容—文本的生产上虽然考虑了受众特征，却缺乏推销产品的整套理念，在传播平台和渠道选择上缺乏受众视角。作为发布平台的文联官方网站具有明显的专业性和圈层性，且贴有传统体制、官方价值的标签，让人很容易将其与传统主流文学风格和专家批评话语联系在一起。当批评文本的传播平台被贴上了这些文化标签后，对那些以非专业为主，希望用最短的时间找到能够给他们带来愉悦的阅读体验，或者最好不费力就能发现满意作品的网友而言，文联网站显然不是他们要去的地方。与自己喜好相适应的文学网站、豆瓣之类的大众评论网站或者是一些做文学及电影推介的微信公众号才是他们认为能找到合适的批评内容的地方。网络时代的用户是更加多元的群体，也是需求更加多样和丰富的群体，批评主体必须从单纯追求精神价值、对受众整齐划一不做区分的专业批评转向分众化、定制化、综合性的思维模式，带着提供产品和服务的理念去理解受众的深层次要求，了解其个性化的心理期待和接受习惯，然后综合考虑接入终端、传播渠道、衍生价值等系统性要素，提供全方位的批评内容。而这种全方位的批评因为需要网络平台、传播软件、作品版权等不同要素的彼此支持与连通，不是仅凭批评专家一方力量就可以完成的，因而要顺应网络时代的读者需求，构建出一个能够有效沟通读、写、市场各方并形成良性互动的批评机制，打破管理、经营、创作、阅读和批评各方的壁垒，寻求融通与合作，作为网络批评的共同体激活文学批评的网络运作，进而有效发挥批评的判断、提升、引领作用，满足读写各方的需求，促进网络文学空间的繁荣。

第二节　网络文学热点与对社会文化的批判性把握

无论是口头传诵的民间歌谣，还是付诸纸本的文学经典，随着时代变迁、形态变换，文学文本作为写作主体的构思想象之结晶能够为众多不同的阅读主体所理解、接受乃至产生共鸣，其重要的基础就在于文本内容对于作者与读者、读者与读者之间的意义融通性，这种融通性源于文学内容对作者、读者所处生活世界、精神世界的共性要素的表达，即文学作品与所处时代的社会现实反映的关系。因此，文学批评的追求就不能止步于对文本的文学阐释，还应透过故事的内容、叙事的手法找到社会生活与现实问题的间接呈现，这种表征性意义的形成有赖于创作者的表现、文本符号的传播、阅读者的接受与译码过程。批评对这类意象的发掘与考察不能仅仅依靠对文本的单纯分析，而是要结合文本的表达与受众的接受来综合分析。文学批评的批判功能主要包括两个方面，一是对社会状况的评价，一是对审美价值的评判。前者主要是"对文学作品中的政治、道德、宗教、社会心理等做出解释和评判"[①]。批评者需要通过对文学内容的阐释发现其表现的社会现象、现实问题、道德追求等思想内核，并从其主张的价值准则出发对作品中的思想、文化倾向予以评价，以此形成对社会现实的关注，对读者价值、创作追求的影响。批评家透过作品批评来反思和批判社会现实，影响文学创作、阅读主体价值判断的社会批评历来是文学批评的题中之义。但是一段时期以来我国主流文学批评对文学社会批判功能的单一性强调，使专业批评转向对专业理论、范式和纯文学的追求而与民间文学表达日渐疏远。文学大众则因其权威面孔和不接地气的价值与审美标准而对专业批评敬而远之，专家批评与网络批评场域中写手、作品、批评之间的误读与对抗也与社会批判的错位与缺失有关。惯见纯文学形态、惯用纯理论范式的批评家常常不屑于网络文本光怪陆离的故事和"穿越架空"的写法，认为其"装神弄鬼"、脱离现实，而放弃了对内容的社会性进行考察。尽管以开放性和自由性起家的网络空间正在不断强化规范与管理，但不可否认仍是民众信息选择与表达最为自由的空间。随着网络文学空间的不断壮大，那些热点作品得到了众多网友的选择，其作品内容与社会情绪、大众心理必然存在强烈的互动。

　　与此同时，审美价值批判亦是文学批评社会功能的重要一面，如果说对作品所处时代的政治、经济、道德、文化问题的观照与反思是人类理性精神的永恒呼唤的话，那么对审美价值的批判则是人类情感体验的长久追求。尽管今天网络受众们的文学审美追求与康德所提倡的"无功利"的"合目的"相去甚远，混合了感官愉悦、日常体验与情绪宣泄等复杂要素的网络文学审美活动常常为专业的理论批评所诟病，但这已经成为当下网络批评的主色调。这一方面可归因于文学语境的变化所造成的审美尺度变革，另一方面则与文学批评对审美判断缺乏有效的引导有关，要对网络受众的审美尺度形成影响，批评家就有必要对其现在的审美趣味、文学选择做深入的了解，并通过其喜爱作品的审美阐释指出作品"美"在哪里，怎样将

[①] 王先霈、胡亚敏主编《文学批评导引》（第二版），高等教育出版社，2014，第52~55页。

会更"美",众多作品中哪一部更"美"等,从而使批评发挥审美引导与提升的作用,使读者从追求"声色之娱"中解放出来并达到更高的审美境界。

在传统文学载体与传统文学批评已经形成价值与表达范式融合的情况下,网络文学空间可以说是当下普通大众调节情绪、寻求社会认同与自我观照最主要的场所。其文学选择行为是他们对外在现实和内在感受的一种潜意识表达,每个网络读者的每一次阅读行为都是一个时代的社会热点、主流立场、社会情绪、大众心理的构成元素。尽管网络文学的繁荣使各种不同类型的作品每天被大量生产出来,但是最终能够被网友普遍认可、广泛传播甚至在很长一段时间高居排行榜榜首,最终成为现象级"热点"的并不多,能够成为阅读热点甚至引领一个类型风潮的作品都是经过众多网友的无数次点击、持续阅读才如大浪淘沙般胜出的。今天中国的网络文学读者已将近4亿,能够经历如此规模的读者选择而得到大多数人喜爱的作品或者类型无疑更好地融通了受众的某种心理,宣泄了受众的某种情绪,或与受众在思想上达到了某种共鸣,是更好地表征社会情绪、公众心理和大众审美的文本或类型。对这些网络接受热点的深入分析与批判性把握,无疑有助于文学批评更加清晰、准确地认识和把握时代特征与大众审美,进而提升当下文学批评感知时代、感知社会、反思现实的能力。

近年来,网络文学传播中形成的接受热点为文学批评捕捉社会心理和审美特征提供了现象学根据。

其一,玄幻类作品。网络空间中的文学接受虽然是一种多元细分的个性化接受,但是这种接受的个性化在主体特征类型化和阅读旨趣的功利化作用下,仍然体现出较为明显的类型化。以往多有研究关注网络文学空间的类型化写作问题,但形成写作类型化的原因是商业利益促动下,网络创作者对网络受众类型化接受的一种满足。尽管受众在细分,但仍然存在能够受到大部分群体欢迎的类型。调查数据显示,目前网络受众的阅读兴趣主要集中在玄幻奇幻、都市职场、仙侠武侠这几大网络文学类型。

在速途研究院进行的2017年移动阅读调查中,有36.99%的统计对象对玄幻奇幻类作品表示关注,而纵观起点网、17k小说网等综合阅读网站,玄幻奇幻类作品(有些网站的分类是二者归为一类,有些是分别单列,对单列网站的统计方法是将两者的统计数据合并计入）无论是在作品总量、篇幅、点击率，还是上榜作品量上都高居各网站榜首，构成了当下网络文学接受的最大热点。自网络小说兴起，玄幻奇幻类作品就引发了网络文学空间的创作和阅读热潮，从"天蚕土豆"的《斗破苍穹》、"我吃西红柿"的《星辰变》《盘龙》，到"风凌天下"的《异世邪君》、"唐家三少"的《斗罗大陆》，玄幻奇幻类作品屡创点击率新高，始终占据着网络创造和接受的制高点。玄幻奇幻类作品的大热与这一文学类型对当代网络受众接受习惯和阅读期待的契合直接相关。首先，玄幻奇幻类作品的出现极大地契合了网络一代的接受范式，满足了深受西方影视文化、日本二次元文化和网络文化影响的青少年受众的审美需求。随着中国改革开放的不断深化和文化的市场化、产业化，国外强势文化相继进入中国受众的视野，尤其是好莱坞大片、日本动漫、游戏等流行文化以其炫丽时尚的表现形态、强烈震撼的接受体验，对中国受众尤其是青少年受众的文化品位、审美习惯产生了很大的影响。《指环王》《纳尼亚传奇》等欧美魔幻大片中奇特的故事情节和借助电脑特技呈现的超自然世界让中国年轻观众在惊呼震撼、过瘾的同时也熟悉了这样的叙事方式，产生了通过此类作品驰骋奇幻世界的接受期待。而中国的传统文化中并不缺少这样的想象基因，从女娲补天等神话传说到《山海经》这样的古籍，再到《聊斋》等志怪小说，我国古代的文化和文学传统中既有对奇幻内容的接受旨趣也有大量的奇幻创作成果和资源。于是，在网络文学空间中出现了一大批以中国古代传说或典籍故事为基础，融合现代科学幻想、欧美魔幻叙事和电子游戏节奏的玄幻奇幻类作品。这一类型的作品或架构于历史、传说中的时空场景，或取材于科学猜想，以玄幻的故事设定打破历史时空的限制和现实规则的束缚，通过创造一套新的规则和结构来建立一个新的超现实空间，在这个空间中主人公往往拥有某种异能，秉持另一套生存规则，又能将现实中的情感与体验带入其中，从而获得了自由开阔的故事空间和阅读体验。正是这种开阔性和包容性给玄幻奇幻类创作提供了创造突破和奇特的巨大空间，在这个空间中受美国大片、日本动漫熏染长大的"70后""80后"写手得以自由挥洒，创作出一部部能让与他们具有同样文化习惯的网络一代受众享受其中的作品。当然,玄幻奇幻类作品在网络受众中的风靡绝不仅仅因为其与网友审美习惯的契合,更深层的原因是它使网络受众在心理与精神层面得到了宣泄与满足。无论是现代社会的工业理性,还是中国传统文化中的道德规范都是以人之"超我"来约束"本我",而当自然规律、社会规则等理性约束对"本我"的压抑超过"自我"平衡的极限时,个体必须通过文学、娱乐等行为来进行本我的宣泄,以达成自我的平衡。而玄幻奇幻类小说正是通过构建一个与现实世界大相径庭的奇幻世界来帮助读者暂时逃离现实规则的约束,抵抗强势力量的压抑,使本我得以宣泄,个性得以展露。网络文学接受的主力是学历中等、普遍处于职业成长期的青少年群体,他们既青春年少、满怀梦想,又因为初出茅庐、不谙世事而常常在现实中遭遇挫折、四处碰壁,现实中的压力和精神上的无助使他们很容易向玄幻故事中的异界异能寻找安慰。从受众的角度出发,我们很容易就能理解为什么那些成功的玄幻小说中,常常有一个出身卑微却身负梦想的草根主角,历尽磨难却始终坚守正义不忘初衷,最后终于在一系列的升级打怪之后成功逆袭。因为在这样的幻想世界和故事中,网络背后一个个满怀青春梦想而又默默无闻的小青年可以带着自己的生活体验与情感通过主人公的成功来冲淡现实生活带来的压抑与无力感,寻求心理的慰藉与精神上的鼓励,以恢复作为人的性情。

其二,都市职场类作品。据统计,在 2017 年第一季度,网络受众对这一类型作品的关注度已经超过了曾经非常火热的仙侠、穿越类作品,占据了 21.67% 的移动网络阅读率。网络文学类型的划分并无严谨明确的概念界定或者标准区分,不同网络平台对作品类型的划分也不完全相同,但一般而言,都市类作品以现代现实世界为时空背景,主要包括描述职场生存与情感的职场类作品,描写时代大潮中从底层逆袭的励志成长类作品,描写商场斗争与金融贸易故事的商战作品,描写宦海浮沉的官场小说,以及幻想或揭露明星现实生活的明星故事等。都市类作品的热度之所以居高不下且不断攀升与当下网络受众的主体构成有着直接关联。

首先,改革开放以来的市场化、城市化进程与近年来外国资本的大量涌入极大地改变了中国的社会结构。今天都市年轻人的职业环境已经与父辈们的单位、工厂有着巨大不同,工作不再由国家分配,个体在工作单位、工作岗位上的去留也不再是组织的统一安排,而变成个人与公司的双向选择与协商,职场不再是父辈们一生休戚与共的事业,而是一种互惠互利的契约与交易。身处职场的个体来去更加自由,却也更加不安,拥有更多发展机会的同时也必须承担更大的压力、面对更激烈的竞争。在技术变革、商业逻辑和跨国资本的共同作用下,都市青年正身处一个与父辈时代大不相同的生存空间,他们必须学会适应新的规则与秩序,接受不同的管理理念与文化,并且这种规则和文化本身也处于不断的变化发展中。都市白领、个体经营者,以及各种都市新阶层们向都市类文学作品寻找的正是这一新的历史时空的文学镜像。所以,《浮沉》《圈子套子》等展现职场套路、商业玄机的作品才受到众多职场中人的追捧,而经典网络小说《杜拉拉升职记》更是被众多职场菜鸟奉为职场生存指南而风靡一时。被技术变革和跨国资本改变的不仅有社会生产结构,还有社会阶层。随着传统的事业单位、全民企业、集体企业模式下干部、工人等社会群体的瓦解,市场经济深入发展下的社会阶层日益分化,像洛克菲勒、比尔·盖茨那样的资产大鳄开始出现,身价不菲的演艺明星、体育明星群体开始形成,但这种处于金字塔顶端的个体毕竟只是社会中的少数精英群体,更多的是处于社会中等或中下层次的专业人士、企业管理者、中小企业主、个体经营者以及企业普通职员(白领),这些个体构成了当下中国新的规模日益庞大的"中产阶层"或潜在中产阶层。随着市场经济下社会形态的转变,这一群体不断壮大并开始形成特有的生活方式、文化品位和审美旨趣。他们普遍重视职业能力与成就,信奉知识与奋斗的力量,也认可对物质欲望的满足,希望通过个人努力追求职场上的成功和生活品质。所以都市作品对他们而言不仅仅是现实生活的镜像,也是个人精神与情感的投射。那些如"杜拉拉"一样出身普通家庭,凭借自身才智在职场厮杀中一路成长的主人公都藏着都市新阶层的影子,正是在这些影子身上,他们或通过主人公的成功而让在职场中初尝风雨的自己找到信心,或在功成名就后看到主人公一路走来的艰辛而感怀往昔。总之,正是对当下现实的镜像般映照与对受众群体自身的复刻般投射使作为网络受众主力的都市新阶层在都市类作品中找到了强烈的共鸣，进而成就了都市类题材的接受热点。

都市职场类作品持续火热的另一个因素还在于这一类型对不同性别读者群的兼容，无论是职场指南、商业传奇还是时代弄潮儿的草根逆袭故事都不只有商业逻辑、官场职场的游戏规则，还有切近当下日常生活与现实世界的人际关系、情感纠葛、精神慰藉与人性探讨等，比起玄幻、武侠或是校园故事这类作品往往在内容上具有更大的整体性与包容性，其对现实生活中热点问题与普遍困惑的关注使其更具大众性与时代感。因此，不同于玄幻奇幻类作品以男性为主的性别接受，都市类作品在男性读者和女性读者群体中都有较高的接受度，这使此类题材获得了更大的潜在接受群体，从而更容易成为网络接受热点。

其三，仙侠武侠类作品。对于武侠类作品，读者并不陌生，当代大众文学史上出现过更为轰动的武侠热现象，网络文学空间的武侠作品接受大体上是当年纸质武侠文学传播的传承与延续。而仙侠类作品虽然并非网络时代的创新，却是在网络文学空间发展起来之后成为文学接受热点的。仙侠小说最早出现于民国初年，与传统的武侠小说相比，故事更加离奇，人物更加虚幻缥缈。不同于武侠故事限定于人类之间的斗争范围和人力的功夫、武术，仙侠故事常常展开于神、仙、人与妖、魔、鬼之间。由于对人类世界的突破，故事中各类角色往往具有人类不曾有的神力与超能，或者拥有各种神器与法宝。仙侠武侠类作品能够在网络文学接受中大放异彩，并成为影视改编、游戏开发等 IP 开发的热点题材，首先得益于古代神话以及武侠文化中儒道结合的人生观、世界观对当代人梦想、信仰的建构意义。仙侠武侠类作品中的超级英雄常常心怀苍生、身负天下，在功力的修炼与事业的追求中秉持着救世济人的入世精神；而又在个人生活中保持着简单洒脱、顺其自然的出世状态。这种价值取向与审美旨趣向来是中国读者的接受偏好，这使无论是相对写实的传统武侠，还是天马行空的仙侠作品都能具有稳固的受众基础。而网络时代下，仙侠作品取代传统武侠故事成为网络受众的新宠更多的得益于它对年轻读者接受偏好的满足。如果说都市职场类作品的主力受众多是以"白领"为代表的都市新阶层，那么仙侠类作品的主力受众则集中为年轻的学生一族，比起其他网络作品，仙侠类作品的受众群体更加年轻,"90后"学生群体是仙侠迷的主要组成部分。纵观近年来大热的《诛仙》《花千骨》等一系列仙侠作品,主人公不是通过修炼而具有了仙力的凡人少年,就是在修仙学习过程中不断"飞升"的仙法学生。花千骨那句"我一定会考进长留学院的"不知唤起了多少在学校里为通过中考、高考而不断"修炼"的学生的共鸣,而主人公从平凡小孩到"飞升上仙"过程中的一次次修炼与升级又像极了一次又一次的考试与测验。主人公们每次获得宝器、增加战斗值、战胜妖魔鬼怪而获得能力的提升又好似游戏中的通关环节,总是能给深陷书山题海的应试一族带来畅爽痛快之感。更让学生读者欢喜的是,这些仙侠作品的主人公常常在故事初期能力平凡却拥有宏大的梦想,而他们"不切实际"的梦想往往遭到长辈、权威、规则或恶势力的否定与压抑,他们在强大的压力与挫折面前坚持自己的梦想和信仰,坚守自己的道德和原则,最终通过个人的修炼与奋斗使梦想得以实现、使信念得以坚持,而这样的故事正是那些对现实感到不满与叛逆的青少年读者所向往的理想世界,这也正是仙侠武侠题材能够在网络文学空间持续火热的重要原因。(见图5)

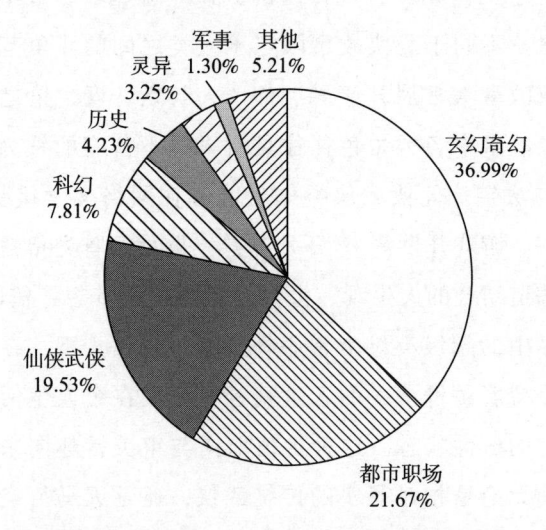

图 5 2017 年第一季度读者小说关注种类分布

资料来源:参见李小洁《2017 年 Q1 移动阅读市场报告》,速途研究院,http://www.sootoo.com/content/671486.shtml,最后访问日期:2017 年 6 月 12 日。

第三节　网络接受的效果追求与批评的价值坐标调整

正如法国文学批评家圣伯夫所言："最伟大的诗人并不是创作得最多的诗人，而是启发得最多的诗人。"文本的意义只有在接受主体感知和阐释之后才得以完整，文本的社会效果只有通过接受主体的审美感受和内心体认才能够产生，否则文本只是孤立且封闭的固定形态。正是在文学接受这一挖掘和创造过程中，文学文本的意义表达与特定的社会历史和个人心理发生对话，进而实现了从文本到作品的转变。一部作品的意义生成，既受文本表达的规定，也受读者阐释的制约，尤其在网络环境下的文学接受中，读者与文本的区隔被进一步打破，读者对文本的反馈、与作者的互动都大幅强化，网络接受中读者主动性、参与度的大幅提升使网友们的接受与阐释行为出现了一些新的特征和倾向，而这些特有的倾向直接影响着网络接受的效果与网络批评的价值判断坐标。

一　接受或抵制——类型期待满足与否的接受反馈

"类型化"这一表述在网络文学研究中并不陌生，它常常被用来概括网络文学的文本特征，其中"类型"一词是指归入某种类型的一系列文本所惯有的叙事套路和内容类别，以及文本的表达模式。对于网络文学的类型化，持肯定观点者认为这有利于更加准确高效地满足不同受众群体的阅读偏好，也更有利于文学产业商业效益的实现。持否定意见者所担忧的一方面是文学创作的编码过程中，商业化、类型化的写作套路对文学性、创造性的伤害；另一方面是文学接受的解码过程中，类型套路下文本对接受的规约。不同于传统的类型研究关注类型在文本创作过程中的作用与影响，近年来的类型问题研究逐渐将关注的视野拓展到类型对文本解读的影响这一范畴，认为类型的设定对文本的意义理解与表达同样发挥作用。文本类型的设定就像是文本作者与读者之间签订的意义契约，类型不仅以其固有的套路确定了意义表达的模式，也作为一种先在的模式框定了读者的接受模式以及意义解读，对读者贯彻着文本中的意识形态。上述观点敏锐地意识到了类型的作用不仅存在于文本的创作过程中，也存在于文本的接受过程中，但是其对类型作用的理解始终是单向度和绝对的。这与网络空间中文学传播与接受的很多实际情况并不相符。

首先，当下绝大多数文学网站的确会在写手注册并开始文本创作时要求其对开写的文本进行归类，而网站对该作品的发布也都是依照其类型划分栏目。但是网络阅读的受众和研究者都知道，网站对作品类型的划分并不像学术研究那样严谨，不同网站对同一作品的分类也常常不同。一部网络小说中可能既有玄幻的时空背景，也有侠义的价值表达，同时还有浪漫的爱情故事，近年来文本不是朝着更加细化的分类去创作而常常是对某几种类型的重叠与混合，因为这样可以使不同面向的读者群都成为自己文本的潜在受众。其次，如果读者对文本的接受效果能够由文本类型决定，那么就无法解释网络中为什么会有那么多网友放弃之前追读的文本，并通过同人创作为小说重写情节与结局。更令人费解的是为什么有网友在追文的过程中一边表达对情节的不满，一边却热切地等待小说的更新。

前文所述的网络文学空间中最为常见的多类型重混文本由于自身混合了多面向的故事类型，自然很难期待读者会依照其采用的某一类型套路去理解和阐释文本，并产生某种既定的阅读效果。而读者接受与文本表达以及创作者意图之间的这种分歧与断裂更加说明，创作端的类型设置与接受端的类型运用存在极大的差异，这种差异常常导致读者对文本的不满与抵制，但因为一部文本常常可以包含多种类型或可以有多种不同的阐释方式，只要读者在文本中能找到或找到过能够满足他的阅读期待的内容，他仍然会表现出对文本的接受和关注。那么，与其将类型定义为文本创作过程中的一种结构套路，不如将其视为受众文本接受过程中一系列特定的解读模式及结构期待，甚至可以将网络文学文本的类型化特征理解为网络文学空间双向传播和即时反馈环境下，创作意欲更好地满足受众接受类型化的一种体现。

从文本的选择开始，不同受众心中的接受类型就在发挥作用；从点击进入某个类型的页面，选择某个具体的文本或根据文本后面的类型标记进行阅读开始，读者就在判断哪个文本是可能满足其类型期待的。在接下来的阅读过程中，读者似乎下意识地注意到了某些内容，而匆匆掠过另外一些内容，他心中预设的阅读类型和解读模式使他将文本中的某些情节或人物划为重点内容，其他的则可能不那么重要或无关紧要。通过对特定文本内容的关注和解读，读者从中阐释出他认为作者要表达的意义和判断。随着阅读的深入和情节的发展，读者会根据已经出现的情节和细节，形成对情节走向的预测，并由此形成对故事结局的期待。而对那些文本没有明确交代或者没有详细展开的故事线索，读者还可以根据其心中的类型模式予以想象性补充，网络语言称为"脑补"。网友们在开始阅读时往往会选择一种或几种类型的阅读模式，在随后的阅读过程中，这些类型的套路与模式就会下意识地投射到具体的文本内容中去，从而构成不同读者不同的内容认知和阅读体验。所以对于同一部《后宫甄嬛传》，有人看到了宫斗中种种权谋计策对今天职场生涯中办公室斗争的映射，将甄嬛实现后宫地位扭转的重要情节视为小说最精彩之处。有人认为这部小说讲述了一个爱情故事，所以会将甄嬛与果郡王相恋的部分视为故事高潮，并随着果郡王的死去而对作品大失所望。

接受类型已经深深嵌入网友对文本的选择、对内容的关注、对意义的阐释，以及对故事走向的预测和对故事内容的完形中。依据这些过程，网友们不断完善自己针对某一特定文本的元文本，并在此基础上形成自己的阅读期待，以此为依据去评价和判断每一次内容的更新，与其他网友就新的内容进行讨论，虽然每个人的元文本都不完全一样，但总是能够在主要内容的判断、故事走向的判断以及预期等方面达成共识。网友们可能就某些人物的出场、某些人物的语言或者情节的快慢等发生激烈的争执，但神奇的是他们的讨论始终是在一个模式体系里，对于什么是该讨论的、什么是不该讨论的，他们早有默契。因为在他们的接受套路中，他们就一个文本所属的故事类型以及依据这个故事类型和已有文本体现出来的具体特征，对这个文本接下来的发展和最终的结局已经早有构想，具体要看的就是作者的创作能不能以令人意想不到的巧妙方式实现类型期待，他们每次追更都是带着自己的元文本来的，尽管期待文本的实现方式各异，但得以成立的作品一定都是实现了读者的某种类型期待。

二 游猎而来的文本间审美世界

虽然基于网络文学空间的强反馈与多互动，网络文本的创作者比起传统的文学创作者更加重视满足读者的期待视野，但世界上显然没有能够百分之百满足受众文学期待的作品，更何况在接受主体日益分化的网络时代。文本对读者阅读期待的满足不仅仅取决于文本的符号表达，更依赖于阅读者的阐释与解读。而比起印刷时代的文本阅读，网络受众的阐释与解读明显更积极主动，显现出更强的主体性、对话性与建构性，其表现就是在文本阐释过程中网络受众对文本意义的游猎式接触与采集，对文本资源的对话性阐释以及通过上述接受行为所形成的网络接受的文本间审美世界。

米歇尔·德赛都在研究大众文化消费中的接受行为时提出了"盗猎"与"挪用"的概念[1]，指出作为资产本主义文化消费活动中的普通大众在接受专业化的资产阶级文化生产机构提供的消费文本时并非只能被动地接受文本符号的意义表征，而是把文本当作一种资源，通过文本中某些内容的选取和挪用，对文本符号"权且利用"以满足自己的文化消费需求。这种普通受众对文学文本的策略性解读方式源于印刷媒介时代文学传播渠道的垄断性和文学传播的单向性对文本权威的确认和维护。文学受众在与文学文本和文学创作主体的关系中处于被动地位，无法就文本的意义与文本制作方、权威评论家展开平等的对话，而只能在不公开撼动文本权威的有限范围内以对文本的挪用和自我解读为途径参与文本意义的生成。盗猎式解读策略的运用同时得益于消费主义在文学传播中的兴起，若不是消费主义将文学文本置于用来消费的文化产品的地位，读者仍然无法以消费主体的身份和心态去理解文本意义，因为在文学进入消费主义时代之前，文学文本具有经文一般的神圣权威。进入网络传播时代之后，网络传播的开放性与互动性再次消解了文本和作者的权威，网络阅读的娱乐性功利则加剧了阅读的选择性接受。多元解读成为一种网络接受常态，这使德赛都的"盗猎"从隐秘的、不得已而为之的权且利用变成了一种更加积极主动的对主体性的争取与表达，文学网站评论区、文学论坛中写满了基于文本中特定

---

[1] 陶东风主编《粉丝文化读本》，北京大学出版社，2009，第4~7页。

符号的个性化解读。网友们的文学接受就像是一次挖宝行为,通过类型的区分、他人的评价、网络点击率的佐证,选择某个文本开始意义和情感体验的挖掘,如果经过一段短暂而迅速的阅读,能够获得(可满足其类型期待)的宝物,他们就会继续挖掘,尽管不可能每一锹挖上来的都是纯粹的宝藏,而常常是宝藏与泥沙的混合物,但只要宝物的比例还不算太低,就不会轻易放弃,但是他们不可能将宝藏与泥沙统统收入囊中,所以必须将宝物从泥沙中分拣出来,只取宝物以资利用。即便是经过分辨而选择阅读的文本,网友也不可能绝对地沉溺其中,他们的零距离阅读是为了进入文本以取出那些可以给他们带来阅读乐趣的文本材料,体验这些"有用"的资料带来的审美感受,与其对话,并进行提炼和加工,从而在固定的文本资料的基础上形成更加丰富的意义内容与情感体验。

  网友们从文本中攫取的符号资源以及在此基础上构建的新的意义内容不会随着一次阅读行为的结束而结束,也不会随着某一文本的完结而完结。网络是一个流动空间,处于其间的文本在不同的主体间流动、接受主体在不同的文本间流动,而接受主体与文本互动产生的意义也会随之流动,并随着接受主体的下一次阅读行为而与新的文本产生联结,与新文本携带的意义产生交流。网友们不会因为喜欢小说 A 而排斥小说 B,更倾向于因为喜欢小说 A 而将阅读行为延伸到与 A 属于同一类型的小说 B,与 A 属于同一作者的文本 C,或者喜欢 A 小说的大部分读者也喜欢的文本 D。网友们不是抛开与阅读文本相关联的其他外部因素只孤立地理解文本,而是更倾向于将文本 A 中的"重要"(完全由不同的接受个体判断)细节抽取出来并按照自己的理解混合重组而形成新的意义表达,然后带着这个糅合了文本 A 的故事的意识形态进入对文本 B、文本 C、文本 D 的接受过程中,从而在来自不同文本的话语、人物以及意义碎片之间构建复杂多维的交互联系。在相互联系的多个文本之间,某一部作品中提出的道德诘问或是社会问题,或可在另一部作品中得到启示,而另一部作品中的问题可能需要其他文本中的故事来帮助理解。网友们的阅读快感不仅源于对这些主体文本的游牧与猎取,也源于对小说八卦、网友评论、作者性格、相关事件等诸多次级文本的游猎。作为接受主体的网络受众自由穿梭在这些由某种意义联结而成的文本网络之间，构建着属于他自己的接受空间和审美世界。通过这个审美世界，网络接受主体不仅可以连接单个文本和其他相关文本，也可以连接其他网络受众的审美世界，进而形成一定规模受众群体的共通的话语范式、审美趣味、文学观念乃至文化传统，为接下来对新文本的选择、阐释与体验提供接受的语境。因而网络中几乎没有读者只读过一部作品就不再接触其他文本，也很少有网友只读某个文本而对相关文本如改编的影视剧、漫画或作者信息毫无涉猎，更很少有读者在长久的网络文学阅读中只接触某一类文本而对其他文本类型毫无兴趣。因为网络的文学接受既创造了融合文本游猎与个体阐释的网络受众的审美世界，也借由这个审美世界展开对文本的接受、阐释与对话，网友们如果没有经由作品的阅读而不同程度地进入这个网络审美世界，便很难像其他网友那样从不同角度对文本细节做出五花八门的解释，更难以在谈论和评价作品时在文本信息库旁征博引，多方品评。因为通过众多网络受众个体的文本游猎、自主阐释与意义构建，网络受众群体在接受的同时已经生产出大量的文学产品，其中既有网友评论、同人作品等可见的有形产品，也有某些特定的为一定网络受众所普遍认同的审美倾向、价值观念、阐释原则、对话方式以及表达接受反馈的编辑技术与网络操作能力。与德赛都所指出的短暂的、权且的、孤立的"盗猎"不同，网络空间中获得了更大阐释空间与表达空间的网络接受主体在游猎的行为之后不仅长久地留下了那些"宝藏"，还通过个体的提炼与群体间的对话将这些原材料塑造成一个与生活世界具有紧密联系的有机体，一个网络受众的文化体系。

三 代入情感与体验现实主义的实现

翻看文学网站中作品的评论区或者论坛中关于某部作品的评论，看得"爽"是网友对一部作品的最高评价，这个"爽"字所代表的是一种理想的文学接受体验和接受效果，而这种理想的阅读体验常常与网友们所说的"代入感"密切相关。在文本的阅读过程中，网友们不仅追求期待类型的满足，也追求情感和体验上的真实感。那些沉迷于《后宫甄嬛传》的网友显然不会将这部网络小说中的内容当作清朝后宫发生的历史事实，令网友们为之或喜或悲的是阅读小说时所体验和感受到的情感上的真实，是通过对小说中人物境遇、情感冲突的阅读去体验其所表征出来的与真实生活并无二致的情感关系。因为网络阅读的理想效果是寻求一种体验和情感的真实，由此便可以理解为什么那些穿越、玄幻、仙侠小说如此"不现实"，却还能大行其道。对追求"情感现实主义"的网友来说，《诛仙》《步步惊心》等仙侠或者穿越小说并不会让他们觉得不够真实，也不会让他们觉得比传统的现实主义题材小说更不真实。因为网友们在阅读这些作品时并未纠结于文本内容的真实与否，而是通过对故事文本的阐释和对自身经验的体认而融汇文本表征与自身感知，从而建构出一个联结了文本表征与自身现实世界的虚构的阐释空间。在这个空间中，读者将自己代入文本与现实共同营造的意义空间，去体会其中的叙事意义。通过这个接受过程，网友赋予了文本新的意义，为自己创造了关于现实生活的新的体认和感知。所以对《诛仙》的读者而言，重要的不是现实世界中是否真的有魔道存在，而是在代表正义的正道与代表邪恶的魔道的斗争中是否有真实的道德冲突和正确的价值判断；在于炫目的魔法、紧张的情节、奇特的功夫和"改良"的传统文化中是否有思维逻辑的合理性、道德伦理的正义性以及情感体验的真实性；在于文本的意义表征是否与读者认识现实生活的意识形态规则相符。这是读者对《步步惊心》小说中女主角的观感："女主角始终给人一种豁达明朗的感觉，追求事业上的独立与爱情上的平等，而这正是最契合当下女性心理诉求的。"① 读者显然已经将自身的时代背景、社会生活、价值观念代入了文本的接受过程，并在阅读之后获得和强化了"事业独立""爱情平等"等现代女性认知，以及豁达明朗的情感体验，网络文学空间中这种自我代入的阅读策略日益兴起。不论是在内容相对真实的都市职场、青春校园类文本的接受过程中，还是在故事情节更加虚幻怪诞的玄幻、仙侠类作品的阅读中，网友们都倾向于运用这种自我代入的阅读策略。他们更喜欢将自己代入文本与自己的想象共同营造出来的虚幻世界中去追逐和体验情节的发展，而不是使自己的现实生活和文本世界保持一定的距离，或跳出

---

① 张靖：《〈步步惊心〉作品鉴赏》，百度百科，https://baike.baidu.com/item，最后访问日期：2017 年 9 月 4 日。

文本寻找叙事谜题的答案。

　　这种接受策略使读者对文本既非被动地接受，也非主动地拒绝或抵触，而是一种既保有自我真实世界，又接入文本创造世界的中介状态。通过这种中介状态，读者作为主体能够在保持独立的情况下与文本、作者及其他读者进行交流与对话，并通过这种融通为自己的生存体验和文本的意义构建生成新的内容。读者本身十分清楚这个接受空间是一个生成和构建的虚拟空间，而这个虚拟空间要使读者本身产生代入感，就必须具备一定的可信度和逻辑上的合理性。为此，网友们会对文本中那些能够表征、暗示人物聚合关系的细节产生深刻的印象和反应，因为正是主人公的某句对白、某个神秘表情，或者某个新人物的突然出场等琐碎的符号帮助他们构建了对文本的理解和猜测。当故事的发展和结局与上述构建形成一个完整的逻辑圈时，这种代入就会产生强烈的情感的真实感，使阅读的网友感觉小说里的故事仿佛真实发生在某个平行时空中。故事里的生活就如同自己真实的生活一样，充满了人与人之间的矛盾纠葛，充斥着利益的争端与生存的不公，但仍然有正义和美好、温暖和爱，因此读者所生存的现实生活中也一样存在这样的美好。所以，代入式的阅读策略和可以期待的情感真实体验使网络空间中的接受者们更趋近于文本。对那些符合自己的类型期待又具有可信度的文本，他们愿意沉浸其中，去揣摩微小的细节。同时，他们也清醒地知道网络中的故事并没有那么完美，这些文本并不完全符合自己的类型期待，或者自身的叙事仍有许多漏洞，因此很难完全沉溺其中。他们必须将自我的生活体验和阅读偏好融入对文本的解读，进而阐释或建构一个更加适合自己的意义空间。而正是这种对文本构入自我的重新阐释、意义改造使网络读者虽代入文本却不至于迷失自我，仍能与文本本身的意识形态建构保持一定的审美距离，从而在个人认知和作者表达之间寻求一种平衡，在真实世界和虚构文本之间找到一种交会，在自身意识形态和他者的观念形塑之间获得一种协商，并通过这种与文本的主动对话获得意义的多种阐释。

　　通过上面的分析可以发现，追求情感和体验真实的网络接受者并不像有些人担心的那样被玄幻故事弄得分不清现实与虚构，而是通过对文本中具有现实建构意义要素的挖掘与阐释使他们的现实生活产生意义。因为能够让读者自我代入并产生真实体验的那个接受空间正是某种价值观念与更广泛的社会意识形态、读者需求与他者利益的交汇点，这个虚构的接受空间构成了个人与社会、个人与他者的对话空间，而对话意味着理解、批判以及建构的可能。《此间的少年》中，从人物名字到行为动作都在向读者昭示着文本的虚构性，但是这部小说所展示的社会风貌、历史变革以及人物的行为气质，又让读者们仿佛看到了现实世界的影子，不禁反思自我，并思考现实生活中的一些问题和矛盾。虽然网友们明白玄幻、穿越类小说所叙述的世界并不存在，但是某些未来故事、古代奇幻所表达的价值准则、生活哲学会加深阅读者对现实世界的理解，并引导他的现实行为；那些女性向的穿越、宫斗类小说虽然披着古代人物的外衣，但真正能够引起读者代入感的是作品中对女性情感问题、家庭社会关系问题、女性自身价值问题的探讨，阅读这些小说的女性网友既不向往古代的一夫多妻制，也不是要学习宫斗的招数，而是在传统两性关系和现代女性意识的碰撞下思考与寻求更加平等且承认差异的两性关系及女性位置。所以，读者自我代入的情感和体验现实主义带来的不仅仅是真实的美感，也会在某种程度上促进接受主体对现实世界与自我意识的批评和建构。

　　长期的文学批评实践和文学理论积淀为文学的专业批评建立了一套价值体系，并在后续的理论批评中如金科玉律般为专业批评家所推崇。但网络主体的多元与话语权力的解放使进入其中的读者被赋予了多重的判断与表达权，并获得了检视和重审传统批评理论与价值体系的机会。通过上述对网络受众接受效果的研究，我们可以看出，在具体的文学选择、文学接受行为中，网络接受主体们正在构建着他们的批评潜规则和价值新体系。在这个开始生成的批评范式和价值体系中，判断文学价值及其水平的尺度与坐标正在发生位移。从受众的角度出发，我们的专业批评不能不将文学批评网络实践中价值标度的游移考虑进来，对文学批评的价值参照系进行调整与重置。

　　首先，网络受众在接受中重设了价值要素在作品整体评价中的赋值权重。当下网络空间中，现实性、显著性、积极性、趣味性、批评性、精神的超越性等仍是影响文学作品价值的重要因素,但在网络读者确认一部作品的价值时,这些因素的影响权重却与传统批评体系大有不同。比如,作品题材的重大性、现实性因素已变得不那么重要,趣味性、切近性要素的影响权重明显上升。暂且不论这种价值参照系的位移与变化有哪些利弊,批评理论研究至少应注意到这种价值要素内部的权重变化并予以揭示,而不至对网络文学、网络批评进行简单粗暴的否定。同时应注意到这种价值要素权重的变化并不意味着网络受众对某些要素的绝对肯定或对某些要素的彻底放弃,比如对社会重大问题的关切、对现实生活的批评反思,不是这类题材、立意一定不受欢迎,而是在呈现这些主题时需要考虑受众的价值坐标,力求以他们所在意的角度或风格呈现出来。例如,网络名作《悟空传》《此间少年》都是深具批评精神的作品,同时在故事的设计和叙述上具有丰富的趣味性、切近性,使其在网络传播中迅速赢得了大量读者,再加上其立意的深刻性与反思性,使其历经时间和读者的检验而成为网络文学的一代名作。还应注意到的是,即便进入网络传播时代以后,同一网络空间中的不同受众群体评判作品的价值坐标也并非是固定的、同一的,文学批评的理论建构者们必须认识到网络受众价值体系的变动性与多样性,并及时予以跟踪、认识和阐释。

其次,网络受众对创作水平的判断尺度也在发生位移。纸媒时代的文学出版业有着专业的进入、审核与传播流程,每一环节都附带着一套专业的批评标准以保证最终进入传播的作品的质量。从人物、情节、结构到遣词造句都有专业而严格的标准,每部作品最终印成铅字呈现给读者时都是经过了字斟句酌、反复润色的。反而对内容观照受众生活的多寡、故事讲述生动与否缺乏检验的机制,因为对专业编辑和批评家而言,显然判断前面那些业务水平的标准更加明确,而后面这种有赖受众反馈的阅读体验却缺少显性标准和接收渠道,因而造成了后者在评价作品写作水平的坐标系中不够显著的状态。网络传播的泛众性、交互性恰恰为这类受众感受性因素的表达提供了渠道,网络阅读的速食性、浅层化则使网友们无暇在意语言是否意蕴深厚、情节是否严谨周密,但这不是说文学作品的写作水平不值得批评家重视了,事实上文笔好在网络接受过程中仍是作品的加分项。

专业批评家如果从这个角度重新考察网络中的很多作品,就更容易理解网络作品的走红和传统作品的边缘化背后,网络受众文学批评价值尺度和评价标准的变化。

在网络阅读已经成为文学接受的主要方式、网络受众已经成为文学阅读主流群体的今天,真实地反映与干预现实生活、张扬人性的善良与温暖、追求美的想象与体验等传统批评所强调的价值要素仍然成立。但是这些要素及其具体的表现形式在网络受众价值体系中所占的权重会有所变化,专业批评与理论研究有必要对网络受众的价值体系进行考察与理解,并将其作为参照,对现有的批评标准和理论体系进行调整。这不是对网络作品和网络受众的一味迎合,而恰恰是抓住了受众脉搏之后,提高批评有效性、接受度的有效途径;是指导网络文学创作,寻求网络创作水平提升与超越的必要前提;也是文学批评进入网络传播时代后寻求自身进化的必要途径。

第四章
新理性与人类整体性生存的审美实现
——网络文学批评的文化逻辑与价值追求

文学批评作为一种对文学作品、作家创作、文学接受以及文学想象等进行阐释评价、引导与构建的文学活动，其展开和实施必然要以批评主体的认知体系和所依据的评价标准为基础。无论是努力使自己保持最大程度的公平和客观的批评家，还是阅读后随性点评的普通读者，在批评过程中都不可能脱离自身所遵循的认识模式、话语体系以及所持有的价值判断标准。价值体系从文本选择、文本阅读、文本阐释过程开始就在潜移默化地发挥作用，正是通过这样一个以感性体验为显、理性标准为隐，理性判断与感性直觉相融合的文学活动过程，读者对不同的作家作品形成了自己的判断和评价，对各种文学想象和事件有着自己的观点和立场。而作为文学批评判断依据的价值取向，其背后有着复杂多维的影响因素，既包括特定时代的文化逻辑与道德伦理，又包括批评自身的认知模式，以及人类存在意义上的文学旨趣之体现。那么，孕育着网络时代文学批评价值取向的时代文化和认知逻辑有哪些新的特征？在网络时代的文学批评中，批评的主体又该秉持怎样的认知原则和价值取向呢？

第一节 "数字现代主义"
——关于网络时代文化逻辑的一种解读方向

关于网络时代的文本特征，国外学术界普遍将研究的目光投向了网络超文本，这一方面是因为网络超文本的文学形态确实与网络和数字技术的运用有直接关系，另一方面与它所表现出来的与传统纸质文学文本的形态差异密切相关。网络超文本的超链接使其呈现出多向度的情节线索、融合多种媒介符号的表达方式、块茎式的内容结构、开放式的文本空间，而这些特征实现了对印刷文学的线性结构、印刷符号、封闭文本等文本特征的突破与颠覆。网络超文本的上述特征使其与西方在20世纪60年代以后出现的后现代主义思潮所主张的文学形态产生了相似性和对应性。于是，理论家们就将后现代主义作为认识和观察网络文学文本的理论工具，并通过对网络超文本的研究和分析，提出了网络时代典型的文学特征：中心和等级被打破，符号的能指广泛且不确定，叙事的连续性被碎片化所取代……从这些文学形态的特征挖掘下去，就会导出文化和哲学层面的特征：中心结构的倒塌，导致作者权威和元叙事结构的倒塌，以及主体性、本质、逻各斯的倒塌。于是，反理性、无规则的后现代主义被认为是网络时代典型的文本特征与文化逻辑，消解了文学和文学批评中的理性、人文精神与道德伦理取向。

后现代主义理论的一些文学观念和精神要义确实比较明显地体现于典型的网络超链接文本中，同时与20世纪90年代以来西方资本主义国家的时代和文化特征基本吻合。但随着计算机技术的进化及其与文学、文化活动的互动融合，当代文学文本以及整个社会文化的结构逻辑和特征也在不断进化，后现代主义的文化逻辑开始失去主导地位，文学文本开始呈现非后现代甚至反后现代的一些特征。我国的网络文学文本甚至从一开始就呈现出与后现代主义不相吻合的对故事完整性和叙事连续性的坚持，以及对古代传统文化的延续与复兴。就此，英国文化理论学家阿兰·科比提醒人们："你只需要到外面的文化市场去看看：买几本在最近五年出版的小说、看一场21世纪的电影、听一听最新的音乐——尤其是只需要坐在那里看一周电视——便会发现几乎看不到后现代主义的影子……后现代主义已成明日黄花。而那些生产出文化素材以供学术界和非学术界阅读、观看和倾听的人们已经干脆放弃了后现代主义。"[1] 被詹姆逊看作后现代主义代表性文本的

---

[1] 陈后亮：《数字技术的兴起与后现代主义的终结——阿兰·科比的数字现代主义理论评述》，《北方论丛》2012年第3期，第123页。

《美国涂鸦》和《唐人街》（这里的"文本"不仅限于文字文本，而是包括了影视作品、电视综艺脚本、游戏文学脚本等的广义的文本）以及1995年的动画电影《玩具总动员》、2004年的《小鸡快跑》，以戏谑、反讽等后现代主义手法大获全胜后，此类电影票房大卖的盛景难以重现，之后的一系列类似作品纷纷遭遇滑铁卢。阿兰·科比认为这是因为受众厌倦了割断历史、怀疑一切、意指漂浮的典型的后现代主义文本所带来的虚无感。于是，21世纪以来的一系列美国数字电影文本"整体上有一种向更加传统的讲故事方式和幽默资源的回归……所贯彻的语调也是温暖的，而非故作聪明的反讽"①，并且通过温暖朴实的故事关注和提出现实问题，寻求某种意义和价值，体现出某种理性与思考。

　　以超链接文本为典型代表的西方网络文学确实曾经表现出较为明显的后现代主义风格和特征，而在我国的网络文学发展过程中，无论是肇始于美国的留学生华文写作，还是我国台湾地区的数字超文本，乃至2004年以后出现的商业化、类型化作品都与典型的超链接文本有着很大的不同。网络文学在创作、传播、阅读以及批评的过程中确实有对权威和垄断的突破、创作主体和故事主题的多元、叙事节奏的跳跃和语言风格的夸张等与后现代主义风格相吻合的特征，但这些特点不是中国网络文学的全部特点，尤其不是中国网络文学文本的典型特征。首先，中国网络文学文本中作为主体存在的并不是超链接文本，而是有明显叙事主线和故事结构的完整的文本，绝大多数的网络小说仍是单一结局。小说更新过程中的读写交互、网友批评确实会对接下来的文本创作产生影响，有时候写手不得不因为读者的评论和意见而调整文本内容（一般在读者猜出了某些预设情节时，作者都尽量重新调整故事以使情节发展跳出网友的预测，或者小说中的某些主人公深受读者喜爱，以至于网友发帖请求作者不要让主人公死掉或遭遇厄运等，作者也会考虑读者的意见而对人物命运做出与原先写作计划不同的改变）。但这些都是在文本形成之前的调整与选择，形成的文本本身在形态上还是具有统一性和完整性的，而不像结构主义所描述的那样零碎而分散。

------

① 陈后亮：《数字技术的兴起与后现代主义的终结——阿兰·科比的数字现代主义理论评述》，《北方论丛》2012年第3期，第123页。

那么，也不能说对文本仍然具有整体把握和创作权力的作者失去了作为创作主体的主体性，虽然作者的主体性建立在与读者、批评家等其他主体交流的基础上。

同时，我国的网络文学作品尤其是商业文本中对民族大义、血肉亲情、狭义情怀、美好爱情、个人奋斗、坚守信仰等传统价值和人文精神的追求与张扬，也无法用后现代主义的文化逻辑予以解释。比如，在我国网络文学发展过程中具有里程碑意义的网络小说《第一次亲密接触》，具有鲜明的对话体叙述方式和夹杂着英语、网络缩略语的语言风格，讲述的其实是一个简单而又美好的青春爱情故事。穿越小说《步步惊心》《11处特工皇妃》等虽然情节设计有漏洞，对历史或架空或戏说，几无真实可言，但小说的情节和人物形象都有明确的价值判断和精神追求，或以现代社会的平等意识去审视和处理穿越时代的社会生活问题，或以现代人的视角去强调女性的自由独立与自我实现，都没有表现出后现代主义文化的精神虚无与价值缺失。

从对当下西方文化市场中主流文学文本和大量文化活动的考察和研究出发，阿兰·科比提出了"数字现代主义"的概念，为当下多元的文化系统找出了一种主导性文化，从而为网络时代的文化逻辑提出一种假设。这种假设就是"在新技术的促生下，数字现代主义于1990年代后半期最早出现。从那之后，它已经决定性地取代了后现代主义，成为21世纪新的文化范式。它的出现和重要意义要归功于文本的电脑化（computerization of text），后者导致了一种新形式的文本性"[1]。科比承认数字现代主义深受后现代主义的影响，不仅由于两者在时间上先后出现甚至在同一个阶段并存，而且后现代的某些逻辑确实在数字文本中具有现实相关性，但数字现代主义应该是现代主义的新阶段而非后现代主义，因为后现代主义"那种坚持要在已消逝的过去与困顿的当下之间的人类经验内找出一个绝对断层的做法已完全不再可信"[2]。科比在这里遵循了哈贝马斯的思想，认为尽管现代主义的追求遭遇了各种问题与危机，使人们对启蒙主义以来的文化传统和

---

[1] 阿兰·科比、陈后亮：《数字现代主义导论》，《国外理论动态》2011年第9期，第77页。
[2] 阿兰·科比、陈后亮：《数字现代主义导论》，《国外理论动态》2011年第9期，第78页。

认知观念有所怀疑和否定，但启蒙运动所倡导的理性精神、人的主体价值以及对意义、进步的追求等在今天仍然具有意义，对以启蒙精神为旗帜的现代性需要予以改造而不能彻底抛弃，数字现代主义仍在现代性的范围内，是现代性发展过程中的一个新阶段。科比将数字现代主义的主要含义概括如下："它是电脑化对文化形式的影响；它是由这一进程引发的一系列美学特征，并正从它们的新语境中获得独特风格；它是一次文化转变，一场通讯革命，或一种社会组织。"① 科比将数字现代主义文本的美学特征归纳为以下几点。第一，"向前性"，即不同于传统文本在建构完成之后的物质完整性，数字现代主义文本在由作者创造出一定的物质形态之后仍被允许由不同的人对其进行改动与建构，其文本始终处于不断生长的过程中。第二，"无序性"，如果说文本的非封闭和不断建构在时间上造成了文本的向前性，那么在空间上则造成了文本发展方向的无限可能与结构上的未知性，发展维度和方向的无限性及未知性造成了文本结构的无序性。第三，"短暂易逝性"，这里的易逝性不是指技术上无法存储带来的文本形态的易逝，而是由于数字现代主义的文本大都是由多元主体非计划性的即时互动建构而成，这种鲜活的非预设的互动以及人们因这种互动性和未知性而产生的探索性体验难以复制。第四，文本的中介化，以文本为核心，作者、读者、制作人、观众等角色都被重新定位，作者、读者、创作者、使用者的身份被重置并不断复杂化，而作为中介，文本变得不可或缺。第五，文本边界的流动化，传统文本因其完整性和封闭性而有着明确的物理边界，而数字文本因其不断向前建构和空间无序的特征而变得没有完结，明确的物理边界将由意义上的连贯性和系统性来代替，这样一来，文本与文本之间依据其意义的线索仍能被区分，但其区分边界不再清晰可见。第六，文本的数字性，数字现代文本依托数字技术生成，通过触摸屏幕或者操作鼠标的动作与电脑中的信息流共同形成一个感知过程，这个过程带来了对景观社会的突破。

科比宣称数字现代主义在 20 世纪 90 年代"决定性地取代了后现代主义"显然过于绝对，而且数字现代主义与后现代及现代之间也不是简单的

---

① 阿兰·科比、陈后亮：《数字现代主义导论》，《国外理论动态》2011 年第 9 期，第 78 页。

取代关系,他对网络时代文化特征的归纳也不尽全面和准确,但"数字现代主义"这一提法,使我们对网络时代文学文本中那些既不被传统的现代性审美所认同又无法用后现代主义理论来解释的现实形态和特征有了新的研究思路和批评视角。数字现代主义首先强调了数字技术对文学以及文化的动力性改变作用,从文学形态到文化形态,从文本的生成方式到参与者的角色身份,再到文学的表达与体验,都处于计算机和网络技术的影响和语境中。其次,在文学活动的范式层面,文学变成了一个主体间互动的过程。文学文本不再是完成时的物质静态,而是在作者创作的框架内不同主体间的互动生成过程,并且不同于传统的读者意识层面的再生成,网络时代众人参与的文本生成过程是一个能够切实影响文本物质表征和形态的生成过程。不仅文本的创作是个互动过程,文学的传播、阅读、批评都是在主体间的交往互动中展开的。最后,在精神和价值层面,数字现代主义在形而上学结构瓦解、真理和意义被否定的精神迷雾中重拾理性、人本、意义等基本的价值追求。在反对主客二元论、人类中心论、绝对的相对主义等工具理性,否定割裂历史、过度商业化等对人的异化的同时,再次确认了对人文精神、整体有机生存等文学精神和价值问题的追问,并通过技术构型、间性范式和人的精神性生存三个层面的结合,为当下的文学研究和批评提供了新的理论方向。

第二节 "因果逻辑"+"相关逻辑"
——网络文学批评的新理性

阿兰·科比的"数字现代主义"虽然给我们如何面对当下网络文本的复杂特征提供了一个富有洞见的理论方向和逻辑立场,但这个理论仍没有对网络时代的文化逻辑给出明确清晰的认识和把握。科比虽然认为数字现代主义不等同于印刷时代的现代主义,而是融合了后现代主义的综合的现代主义,却没有告诉我们作为现代主义核心的"理性"与后现代主义的"反理性"将如何在数字现代主义文本中共存,而只是强调要用启蒙现代主义的理性、人文精神去批判地认识和改造当下数字文本中出现的如低幼化、

"去政治、去社会的神秘化"以及"无休止叙事"① 等美学特征。这里我们需要对理性的模式以及理性的认知方法进行新的思考。

后现代主义的兴起正是源于现代主义的核心——理性的危机。后现代主义对历史的抛弃、对意义的消解、对权威的拆解等,最终都指向其哲学基础——现代理性的无效性,因为正是以这一精神内核为逻辑构建了现代资本主义社会的生产模式、现代国家政治体制以及人们的世界观和方法论。在以现代理性为基础构筑的经济社会生活以及精神文化系统出现问题、遭遇挫败时,现实世界的复杂一面开始显现,人们开始重新注意到"偶然""直觉"的玄妙,开始怀疑理性、反对理性。计算机网络技术的出现使这种非"现代理性"特征显得更为突出,网络所具有的特征,如去中心化的结构、杂乱的交互关系、对因果关系以及线性顺序的否定等,都不符合现代理性的规范。随着计算机网络研究的深入,上述这些不符合现代线性逻辑的现象将不能再以简单的"非理性""偶然"等概念来概括。因为网络逻辑下的群计算"延续了达尔文有关动植物经历无规律变异而产生无规律种群的革命性研究。群逻辑试图理解不平衡性、度量不稳定性,测定不可预知性……这是一个尝试,以勾画出'无定形的形态学'——即给似乎天生无形的形态造型"②。这就是说,我们从网络的群集模式去理解现实世界中很多不能用线性逻辑解释的现象和事物,然后通过某些特定算法的研究和设计可以得出这一现象或事物不能用线性理性来解释的道理,或绘制出不能由线性分析得出的结构。曾经因为无法用现代科学原理来解释或测定而被我们归结为非理性、偶然或直觉的现象或事物,其实并非没有运行及生长规则,而是其蕴藏的逻辑与规则超出了我们既有文明的认知能力,也就是说这是一种超越了西方传统现代理性逻辑的新理性。它因与传统现代理性遵循不同的逻辑规则而不能被现代理性有效地解释和支配,但它仍然是一种逻辑与规则,是理性中除线性逻辑以外的另一种新的、更为复杂的运作方式。

---

① 陈后亮:《数字技术的兴起与后现代主义的终结——阿兰·科比的数字现代主义理论评述》,《北方论丛》2012 年第 3 期,第 125 页。
② 〔美〕凯文·凯利:《失控:全人类的最终命运和结局》,张行舟等译,第 38 页。

网络所体现的就是这样一种既包括线性因果逻辑，又不完全依照线性逻辑展开的新的综合的理性模式。在网络型系统中，整体的变化或行动不像机械手表那样由一系列固定的顺序及传动来完成，而是由一堆混乱且彼此关联的事件共同造成的。由于系统运行过程中不存在一条固定的流程链，故整体中每个小的构成单位的变化和动作都将对整体产生作用，虽然相对于流程链式结构中的具体环节，它在整体中的明显程度和重要程度都更微小。因为流程链式系统中任何一个环节的停止或改变，都将造成整个链条的停止或改动，而网络式系统是成千上万个彼此关联的个体的共同联结与动作，个别节点乃至链条的中断并不会造成系统整体的中断，个别个体的改变对整体的影响也不会太大。整体的变化或行动不再是一系列个体作用的总和，而是无数并行运动共同作用的涌现。在这种网络（群集）模式中，存在一种与线性逻辑不同，但同样存在于现实世界的理性模式。由于它常常让人找不出因果关系而又彼此互为因果、看不到开头结尾且到处都是开头和结尾，所以让人觉得没有逻辑、毫无道理，但不容易认识不等于它不具有真理性，随着信息科技、生物科学等研究的不断深入，网络的运行规律与逻辑正逐步被揭开。

事实上，以因果逻辑为核心的传统现代理性对网络模式的不可知，是线性文明对整个世界复杂情况认知有限性的体现和凸显。当以因果关系为基础的西方传统现代理性的认知方法引领着人类在认识自然、改造世界、把握人类命运等方面取得了长足进步后，开始体现出它的有限性。人们发现在已经被现代文明所解释的部分之外，还存在很多未知性，而这些未知部分是无法用机械理性的认知方法来假设和求证的。因为，一方面这些未知的部分充满了影响变量，且变量之间的互动关系非常复杂，无法用因果逻辑予以测量和推导；另一方面，我们的认知行为本身也对事物本身的运作构成了一种变量，会影响其运行结果。于是，人类开始考虑不依赖于从确定的已知条件通过因果逻辑去推导确定性结果或验证假设的认知方法，转而探索如何在承认不确定性和不依赖因果推导的情况下获得认知的准确性。信息论创始人香农博士创造性地将不确定性认知的消除与信息量联系起来："假如我们需要搞清楚一件非常不确定的事，或是我们一无所知的事情,就需要了解大量的信息。相反,如果我们对某件事已经有了较多的了解,那么不需要太多的信息就能把它搞清楚。"① 这里的信息之所以能够消除认知的不确定性,关键在于信息与研究问题的相关性,要通过信息的引入得出确定性结论,一个必要的前提是信息与我们所研究的问题之间要有相关关系,而且信息与研究问题的相关性越大越有助于我们获得确定性。当拥有了大量、多维度、完备的信息后,我们也就获得了针对研究对象和求解问题的大量强相关信息,通过相关逻辑可获得针对求解问题可获得确定性结论的概率模型,借助这个概率模型,尽管我们无法把握研究对象内部的复杂运作规律以及线性因果关系,无法对求解问题做因果推导,却不影响我们得出确定的、有效的答案。香农博士的信息论认知方法对人文社会科学的意义在于,为我们理解世界和判断价值提供了新的思维方式。

  网络时代新的方法论告诉我们,现实世界的运行逻辑中除了因果关系,还有相关关系。完全按照因果逻辑运行的或者完全按照相关逻辑运行的事物、组织似乎并不存在,几乎都是两种理性模式的混合。网络空间、生态系统、人类社会等都是在上述两种模式的综合作用下运行的。如果我们能够通过因果关系得出对事物的确定性认识当然很好,但如果这个事物的逻辑更为复杂,我们可以引入相关关系,通过对关联性信息的分析或综合运用因果、相关逻辑去寻求真理性认识。但无论是依据传统现代理性的因果逻辑,还是在网络技术的帮助下诉诸相关逻辑,我们在对世界和包括文学在内的事物的认识过程中仍然要坚持理性的原则。只是理性原则的实现方式既可以是大胆假设、小心求证的传统推理模式,也可以是不预设任何主观假设的数据生成模式。

  可见,对于真理我们不是认识得太多,而是懂得的太少。宇宙万物与人类自身蕴藏着无尽的奥秘与玄机,人类社会发展到今天所构建的文明体系可能只是探索了宇宙奥秘的一部分而已。我们已知的各种理论、学说可能也仅仅是管中窥豹、盲人摸象,会在社会发展的实践过程中遇到各种挑战,但是对真理与规律的探寻仍是人类应有的追求。在探索确定性的过程中遭遇挫折与困难不是因为理性思维失去了效力,而是单纯或错误地运用

---

① 吴军:《智能时代:大数据与智能革命重新定义未来》,中信出版社,2016,第117页。

了某一种思维方式去面对不同的逻辑和现象导致的认知效果受限。随着人类认知领域的不断扩展，我们也必须不断扩展我们的认知空间。当然，随着人类知识的不断拓展和技术的不断创新，也会不断有新的认知工具被创造出来，可被我们加以利用。计算机网络正是这样一种技术，它的兴起使生活中广泛存在的相关逻辑被人们所重视并展开深入研究。混乱、流动、看似无规则的群集模式因其非线性结构而无法依靠传统的逻辑推导进行认知，但网络自身提供了对群集模式的有效认知方式：深入其中的实践，或是通过计算机算法实现对实践的模拟。

所以，网络时代的文学批评要提倡一种新的理性精神：相信世界与人类自身仍需被认识，真理尚待探索，理性思维也仍然有效，只是随着认知领域的不断扩展，人类需要以更加谦虚与宽容的心态丰富自己的认知手段，提升自己的认知能力。理性与感性、科学与艺术的关系将被重新认识。人工智能等计算机网络技术作为一种人类理性创造出来的人造物正在以最接近人类意识的逻辑方式参与着人类的物质与精神生活，网络时代的文学所蕴藏的将是新的科技生态下，人类对世界、自身的重新理解以及对自身存在方式的新思考。对文学的批评也将通过既具科学思维又具人文追求、既具有非此即彼的要素又具有亦此亦彼的内容的方式，去理解文本的意义与价值，去追问文学活动中人的存在、活动与发展方式。

第三节　网络文学批评的人伦价值取向

当下文学批评所需提倡的理性与启蒙时代的机械"理性"已经有了很大的不同，当下文学批评所需的"新理性"是既包含了因果逻辑又包括了相关逻辑的更为复杂的、系统性的、整体的"网络理性"。在这里，"网络理性"一词不是一个严谨的理论术语，只是为了论述方便用这一表述来指代不同于机械逻辑的活系统、群集模式所体现出来的理性逻辑。因为正是网络技术使人们发现并重视机械逻辑以外的、广泛蕴藏于自然世界中的复杂逻辑。通过学习并将其应用于人类的技术创造，人类得以制造出更加复杂的、具有类人思维和生命体特征的机器。人类所生活的世界变得越来越人造化，而人造物变得越来越生物化，自然世界与人造世界之间的界限越来越模糊，人造与自然正在一步步走向融合。对孕育人类的自然世界，人类从最初获取物质材料，到后来认识一些逻辑并将其运用于从自然界获取物质以制造人工物品，再到要走进大自然的心智，去构造像它一样拥有心智的活的系统。网络系统就是这样一个系统，一个跟大自然、人类拥有类似逻辑的活系统。在网络理性这一勾画大自然心智的逻辑中，没有单纯存在的物质也没有单独存在的人，没有绝对客观和主观，更没有纯然的文学，世界、人、文学都是复杂系统的整体性存在。而对这种系统性、整体性逻辑的把握显然不是主客二元、机械割裂的西方现代理性所适宜和擅长的，从亚里士多德时代就已开始的物我分离、灵肉对立、执着于本质的思维方式使西方的哲学与艺术界始终无法有效地把握世界、人以及文学艺术的整体性、有机性存在。这也是阿兰·科比虽然认为网络时代的文学、文化中既有对理性、价值、意义的追求，也有反对割裂、绝对主体性的特征，却仍将这一时代的文化特征归为"现代主义的未完成"，而无法明确当下文学、文化逻辑中理性与现代性理性的根本差异，也无法在提出当下的数字文学实践仍要坚持追求理性、价值、意义后，进一步提出有效的理性框架与价值取向。

麦克卢汉在《理解媒介：论人的延伸》一书中曾指出，"自动化"（此时网络尚未出现，计算机刚刚出现不久，麦克卢汉用自动化这一概念指代计算机技术将要创造出的一类自动化机器）将使一系列二分术语废弃，文化与技术之间的二分关系也将消除，自动化的时代将是东方文明的时代。如今看来，不得不感叹麦克卢汉对技术与文化逻辑发展关系的深刻洞察和预测。网络时代人类社会生活、文学艺术等各个活系统所体现并遵循的"神律"，经济体系、文学空间、人等各个活系统的整体有机形态，与中国文化中"道"的概念、"一"的形态、"和"的原则有着神奇的同一性。而"数字现代主义"似乎察觉到而又无法说清楚的网络逻辑下的文学价值追求恰恰蕴藏在中国古代文艺理性的有机整体与当下生成之中。

鉴于20世纪80年代以来主客二元、追求纯然的文学批评的实践性失落，以及传统文论中的整体有机生存、天人合一等价值取向在当下文学批评中的重大意义，高楠先生提出要"重返生存的有机的整体的家园"，在大众传媒营造的共时批评中倡导文学的道德批判，采取一种人类整体生存与自然世界浑然统一的伦理取向。道德批判的依据是，人的生存本身就是一种合道德的生存，"道德律是生存的基本定律"①，道德律作为日常道德的"终极母体"既与其有关，又不等于日常的道德规范，是一种可以跨越历史与现实的终极律令，具有普遍性和稳定性，而日常道德往往是历史和现实构建下的具体形态，与道德律既可能统一也可能相悖。按照生存的道德律，人是一个融合了物质、精神、感性、理性等众多属性的有机整体存在，并因为自身的多属性融合而生发出活力与创生性。但在每个人具体的生存现实中，生存又常常是非整体性的。这时生存的整体性就通过生存主体争取整体性生存的努力、实现整体性生存的欲望以及为实现整体性生存而展开的心理或意识活动来体现，并通过上述意愿的实现、心理的满足而达成生存的整体性。在这个整体性实现过程中，生存主体会感受到生存的活力与愉悦，这种活力的体验与愉悦的感受就构成了美和审美。正是通过这一融合了感官体验与理性认知、汇通了生理感受与心理满足的美的生成和体验过程，人类通过文学艺术的实践实现了在现实生活中无法实现的整体性生存。在人的整体性生存的艺术实现这一道德命题下，当下文学批评因网络时代的逻辑变迁和西方现代理性思维的失效，而始终无法有效解决的感性与理性、功利与非功利、主体与客体、本质与范畴、标准与价值等矛盾问题都可以被有效化解。因此，虽然高楠先生的道德批判主张不是针对网络批评提出的，但是将其用以衡量当下网络创作的成败得失、思考网络时代的价值与意义取向，似乎比以往处理其他问题时更加得心应手、恰如其分，更能彰显理论的光芒。从古代艺术理性的伦理取向出发，道德批判能够从个人道德与社会秩序的追求、历史的传承性、形式的流变性以及生命的体验性等维度对网络时代的批评实践显示出强大的适用性。

自然法则、社会秩序与个人道德的融合统一维度。我国古代艺术理性中的伦理价值取向首先表现为对"天人合一"的艺术形态的追求。"天人合一"不同于西方的远离对象看对象、跳出自己看自己的割裂与纠结，而是

---

① 高楠：《改革开放30年中国文论建构》，文化艺术出版社，2012，第265页。

始终追求物我的融合、内外的同一，通过社会伦理的沟通与协调消除人与宇宙整体的区隔与边界，连通彼此的规律与秩序，从而使个人的观念认识、内心感受、情感体验通过社会伦理的调整顺应先验的道德律令。由于古代文论的"天人合一"是一种伦理理性，所以它是一种寻求心性参悟、内在体验的感知模式，这种内化的感知模式使其超越于具体的历史时代以及物质形态而具有了一种模式的稳定性和时代的超越性，从而能够穿过不同时代具体的物质形态和文化特征的兴衰更替，更加直接地指向文学的本质与内在。"天人合一"的伦理规定在具体的文学艺术作品中的实现程度，主要取决于作品中自然、社会、个人之间的伦理状况。首先，"天人合一"的伦理追求应包含对自然及其规律的尊重以及敬畏。因为几千年来道家、儒家、理学家的反复阐释与建构，使古代文化中的"天"充满了神秘感和神圣感，整个古代文化传统充满了对天的敬畏感。近代以来，随着西方现代文明在自然科学上的巨大进步，这种神秘感急遽消减，敬畏感也随之消散，甚至出现了反弹式的对自然宇宙的反叛与蔑视。但是近代以来，人类社会对自身文明的过度自信正在给自然环境带来毁灭性的改变，甚至危及人类自身的生存。随着科学技术的进步，我们渐渐发现大自然的秘密深奥无比，远非我们之前认为的那样简单，自然与人类之间的复杂关联也远非现有科学所能全部认识。古人那种师法自然、顺乎自然的艺术伦理比那种明明身在自然之中却总要跳到自然对面去分析自然、战胜自然的追求要高明得多。其次，对"天人合一"的艺术伦理追求还应体现在文学对社会、国家秩序的关注上。古代的艺术伦理价值主要体现为文学艺术作品对"天下"的关怀，因为天下命运关乎百姓的生存，是联结自然律令与人之心性的中枢。而当下处于这个中枢位置的就是国家和社会，无论是自然规律、宇宙力量对人的约束，还是人类认识、内心情感对自然世界的反馈，都必须在社会中发生和实现，国家秩序、社会规范既关乎自然的发展与持续，也影响人类生存的实现和体验，人与自然的和谐统一必然离不开社会秩序的适配、协调。所以，中国传统文化形塑下的读者自然而然地会在文学的接受和鉴赏过程中去体察作品对民族、家国的关注与否，去思索作品中所体现的社会秩序、日常规范、道德尺度能否实现与自然、个人的和谐统一。近年来广受好评的网络文学作品中不乏这种心系天下、富有家国情怀的作品。例如，阿越的《新宋》中，主人公穿越到宋朝后，利用大学时学到的知识积极推行政治改革，提出抵御外敌、发展手工业等一系列政治、经济、军事及文化构想，并绘制出一幅不同的北宋历史图景，不仅体现出作者心怀天下的责任意识，也使读者在愉快地阅读之余对国家、社会问题有所思考。如猫腻的《间客》，虽然是科幻类作品，但作品所追求的始终是人内心"崇高的道德准则"与"头顶上灿烂的星空"。另外，对人自身心性和行为的道德把握及伦理规范也是"天人合一"伦理追求的重要内容。中国古代无论是道家还是儒家，都不约而同地认可道德律的先验性，无论认为人性本善，还是人性本恶，都强调先验地存在一些道德伦理准则，如荣誉与羞耻感、恐惧与敬畏、怜悯与互助、敬老与护幼等构成人性的基本要素。同时在与自然同律、与社会同一的调整与规范中又历史地、现实地生成了仁义、孝悌、诚信等道德准则，以及构成具体的人的主体位置的人伦秩序，如在社会中出于职业、身份不同而具有君臣、主仆等伦理位置，由家庭中的血缘和亲缘关系构成的父子、兄弟等伦理关系，这些位置和关系都具体地影响和塑造着个体人的行为和心理。当下是一个旧有的社会秩序和家庭结构都出现巨大变化的时代，与旧秩序相应的传统的主体关系日益瓦解，传统的道德、伦理关系也受到了巨大的冲击。但是道德律的强大生命力在于它追求人的内心与社会、自然的统一与协调。与旧的社会结构相适应的道德和伦理准则被挑战与颠覆之后，人们将会再次寻求上述三者的和谐统一。在构建新的统一与和谐关系的过程中，将会形成与新的整体统一相适应的具体的道德规范和伦理秩序，因为如果长久地失去这种规范和秩序的确定性，人类将会陷入虚无、不安与无助的痛苦之中。而那些能够艺术地显现出某种为人们所需要的道德或伦理规范性的作品往往能够被读者发现，并得到认可与接受。尽管网络媒体兴起之初，突然出现的自由与开放空间使很多创作者和评论者放弃了道德的准则与尺度，迷失于失序与失德所带来的放纵狂欢之中，但是随着网络空间的日常化与网络主体的成熟化（随着对网络媒体认识程度的不断加深，大部分使用者的媒介素养在逐渐提高），那种失却价值与意义的空洞的狂欢越来越为主体们所不屑，对秩序重建的渴望使网络文学读者越来越青睐那些能够彰显美德与人性的作品。如后来被改编成电视剧的网络名作《琅琊榜》，其表面上的精彩之处是主人公为实现政治理想而施展的一系列玄妙权谋，但真正打动读者和观众的是其"清明理想"的价值追求以及主人公在追求理想过程中表现出来的风骨与信义。所以，虽然在网络开启的新的批评时代中，具体的社会形态、个体观念等都与传统的古代社会差异巨大，但人类个体与社会、自然之间这种你中有我、我中有你的混融状态仍然是人类生存的基本状态，人们通过文学艺术作品来寻求和实现个体与社会、宇宙自然和谐统一的伦理取向也没有改变，甚至在当下的社会变革期显得格外强烈。所以，对自然法度、社会秩序及个人内心之融合统一的追求必将成为文学批评的一个重要价值取向。

历史的传承性与当下的流变性。生存整体性的体现和实现不仅仅来自人与社会、自然的统一、协调，也来自对过往生存经验的延续和基于当下生存实践的美的创生，即对过往生成的和谐统一的且具有历史合法性的道德和伦理规范予以继承和保留，同时在追求当下新的整体性生存时构建新的道德和伦理的合法性。很多在过往的历史实践过程中成功地构成了主体的整体性生存的规范和传统，至今仍为自然的律令、社会的秩序尤其是主体的内心所接受和需要，这些传统将继续构入当下的日常道德规范与伦理规则，并因此成为某一群体、某一民族或者某一文化区别于其他群体、民族、文化的差异性价值。比如，中国文化传统中对完整、圆满的追求已经形成了一种文化基因，深深潜藏在中国读者的接受心理中，以至于在中国的网络文学创作中多走向、敞开式的超链接文本始终没有成为主流，绝大多数的主流网络小说仍然有一个确定的结尾和唯一的结局，以至于最具有网络特征的文本敞开性更多的是由读者的批评和同人写作来实现的。同时，大多数小说的结局都是美满的大团圆，只有很少一部分以悲剧结尾的作品。网络空间的新变更主要的是对形而上学、线性逻辑的绝对真理性的突破，而不是与全体文明成果的断裂，而且网络逻辑正是对前现代人类整体性生存传统的一种重唤与继承，中国古代传统的道德与伦理体系将在网络时代显示出重要的价值。所以，当下的网络批评不仅不能因为网络批评空间的新逻辑、新结构而盲目地与传统价值做切割，而且有必要重返传统文艺理论的精神家园，吸收借鉴那些曾经合理、今天仍然合理的道德与伦理规范以更加清亮的眼光来审视今天纷繁复杂的网络文本。同样重要的是，批评在坚守有效的传统价值与规范的同时，根据网络时代形成期社会、个人的巨大变动，不断地调整道德与伦理的具体形式与要求。正如高楠先生在其著作中概括蒋孔阳先生关于美的整体创生性论述时所写的那样，"美的形成，是多种因素多种层次的相互作用、相互积累；而美学的出现，则向母鸡孵小鸡一样，不是一脚一爪地逐步显露出来，而是一下子突然破壳而出……"① 这里所说的美和美学的整体创生性与前文所述的网络群集模式中新事物、新形态的"无中生有"式的"涌现"是同一种逻辑和状态，所以对美以及网络逻辑的把握绝不是遵循线性因果的西方美学思维所擅长的，反而是中国的传统文艺理论准确地把握了美以及今天网络的要义。我国古代的《易经》以一套确定的"太极""两仪""四象""八卦"及演化规则可以生成无限的卦象与结论，今天的计算机网络则是根据确定的符码和程序而生出五花八门的文学与艺术形式。完整性作为人类生存的先验律令，就如同文学生成过程中的符码与程序，通过不同的编辑和指令而生成各式各样的具体形态，而这些具体的形态中既有对传统道德与伦理传统的继承，也有与当下自然、社会相协调而生成的道德与伦理的新建构，而这部分新的建构必然要构入当下批评标准的框架，从而构成批评在当下的有效性和适用性，也构成艺术伦理的流变性。

  生命的感性体验。我国古代文艺理论中对"天人合一"的追求是通过将自然世界纳入人的内心体验来解释和感受的，而不是以自然的律法来强制人的服从，即这种合一一定是以人类自身的感性愉悦与内心协调来实现的。这就将人或欢喜或忧愁的感觉性体验融入审美的体验，甚至明确追求愉悦的感性体验，因为正是这种文学体验的愉悦感使处于完整性生存道德律下而又总是生活在非完整性生存的现实中的人们产生了创作文学作品、欣赏文学作品的强大动力。因为现实生活中的生存总是处于一种非完整性的生存状态，只有通过文学作品中的虚拟世界所创造出来的现实生活中无法获得的生存体验，人才能艺术地实现生命的完整性存在。在这里，艺术

---

① 高楠：《改革开放30年中国文论建构》，文化艺术出版社，2012，第270页。

体验的真实与现实的真实得以沟通，文学的感性体验与审美得以沟通，文学的功利性与非功利性得以沟通，共同构入人与自然世界的和谐统一、人的内在感受与外在律令的和谐。当下网络文学空间中最为活跃，也最为专业批评家所诟病的就是作品对感官快适的追求，即网络读者所关注的"爽"。网络批评也就此形成了对"爽文"狂欢式的极力肯定与强烈的否定两种对立的批评观点，追求人的整体性生存的道德批判或许能给出更为中肯的评价。对日常生活、身体感受的呈现与容纳是试图实现人的整体性生存的文学活动的题中之义，也是融通自然、社会与个人的审美过程的重要环节，如果片面地强调审美的纯粹超越与无功利，不仅使文学失去了趣味，也丧失了文学创作与欣赏的动力，丧失了主体性意义。但是古代文艺理论所重视的感性体验并不是单纯、空洞的情绪宣泄、身体表达、欲望张扬，而是能够使读者感受到气韵贯通的生命活力，是对人生希望、生活热情的肯定，是对顽强生存、生命延续的礼赞……哪怕是感时悲秋或抒发愤懑的诗句，也是通过感伤或者悲愤而表达对美好生活的渴望，对人与外在世界和谐共在的追求。通过这样一种表达而求得生命的和谐与完整，这与无意义的纯粹的感官宣泄是有明显区别的。近年来被受众广泛接受的网络名篇，都对读者的感性世界给予了很好的观照，使读者获得了畅快爽朗的阅读体验，但这种感性体验的创造不是通过单纯的感官描写、欲望表达来实现的，而是以某种合乎道德律的具体的文学形态创造出生命活力的体验，促成人与社会、自然的统一和谐，从而使读者获得完整性的生存体验。

结　语

　　文学批评作为批评主体对文学文本或文学现象、文学事件等的评价性表达是一种传播活动，往往要诉诸某种或多种传播媒介。从互联网构入文学之前以印刷媒介为主的传播时代，到今天网络传播生成最大规模的文学批评空间，文学批评借以展开的媒介不断变革与发展，批评主体、批评对象、批评内容等传播要素及要素之间的连接方式都在不断地解构与重构，由此引发了文学批评从主体到范式等诸多方面的新变。这既是从印刷传播时代的文学批评体系中脱域的过程，也是网络传播时代重新建构的过程。随着网络技术的持续演进和社会经济的转型深化，这个变革的过程还远未停止，重构的方向才初见端倪。

　　网络传播与印刷传播的一个重要区别在于传播模式，或者说作为传播主体的人与人（包括传者、受者）之间连接方式的不同。印刷传播通过特定传播机构的出版、发行，以从中心到众多个体的线性的、单向的方式，传播特定内容；网络传播则由连入网络中的任何个体向其他单个或多个个体传播内容，同时其他个体可以就此反馈，传播以双向多维的方式进行，内容会在多维互动中发生变化。传播模式及符码的变革不仅带来了传播效率的提升，而且带来了传播要素的变革。于文学批评而言，这首先引起了批评主体之间关系的变化，传统批评体系中无法进入批评场域的众多非专业主体在网络传播的分布式结构中获得了话语权，而且成为巨大的力量群体。因为一旦获得众人的赞同，就可以依靠数量的权威挑战传统的身份或专业权威，在分布的网络节点中成为具有更多连接关系的重要节点，这是在没有"唯一中心"的网络空间中的一种新形式的"中心"。在因身份庞杂而无法以某些特定的主体特征凝聚在一起的大规模网络群体中，多元主体在批评的互动中逐渐细分成众多差异化群体，而这种作为特定区块群体中心的重要节点就成为批评场域中掌握更大话语权的人。网络传播模式的交互性为批评从单向独白向交互对话的转变带来了直接的媒介基础，由于网络传播的交互性、即时性，网络批评主体的批评以即时对话的模式展开，生动高效的反馈激发了文学批评主体、接受主体、创作主体之间多重互动的热情，这就将批评从印刷时代深思熟虑、逻辑严密、预设结论的理论铺陈，变成了现场的、即兴的、自由生成的直觉表达。批评方式的这种变化与批评主体的非专业转化一道催生了新的批评话语，情绪化、浅表化、个性化的口语式表达使专业的、深刻的、规范的书面语表达日益边缘化。用以判断文本价值大小的标准要素权重正在重置，用来衡量文本水平高低的审美价值尺度也在发生位移，经典的价值构成要素仍然具有意义，但在决定不同主体对特定文本价值的判断时，这些要素被赋予的权重发生了变化。

网络传播时代中文学创作、接受、批评的诸多变革在创造出新的网络文学空间和文学批评生机的同时，也必然对既有的文学体系、范式形成巨大冲击。除了网络话语与传统专业术语两套话语体系及其相应主体、场域之间的难以融通外，以文本为对象的主客分析这一文学批评的基本模式也受到了挑战。对传统批评体系的冲击与瓦解在使多元主体的自由表达得以解放的同时也为批评的无序、失范埋下了伏笔。新秩序需在既有秩序的解构中建构，在规则与标准尚不明确的情况下，网络批评很容易陷入群体性迷失，或者被商业利益裹挟下的蓄意炒作带入陷阱。而多元主体的平等对话又远未实现，文学批评中的公共价值和公共意见只能在海量对话中得以凝聚，文学的批评和接受均面临着价值失衡和公共性的困境。

面对网络传播时代中文学批评实践出现的新变，传统批评体系遇到了挑战与困境：在时代变革使专业文学批评空间日益狭窄的情况下，文学批评如何进入网络、走向对话，以受众导向的视角去考察网络时代文学的变与不变，汲取创新性手段推动理性认知水平向新的层次跃升，坚持以理性精神指引批评？这些均已成为亟待求解的理论难题。对此，或许可以从以下几个方面展开。

首先,倡导和协调多元批评主体的网络共场。当下文学批评主体的多元化已经实现,但多元主体存在较为明显的阵营分隔。与网络传播和纸媒传播对应的网络大众和批评专家深受各自场域的局限而固守原来的思维模式与表达习惯,陷入困境而难以突破,唯有通过网络共场,这些问题才有可能获得解决。依托纸媒的传统专家批评所流失的批评受众、批评对象,可以在网络空间活跃的文学实践中重新获得。而不断发展的计算机技术及网络数据为文学批评方法的扩展、手段的创新提供了资源和技术支撑,但专业批评家不能仅仅是进入网络而已,还要通过内部的观察和参与,零距离接触网络传播中的批评话语、批评范式与实践,然后结合自身的专业功底对复杂的网络批评实践进行整理,并以相应的专业方法对其进行转译、提炼与批判,帮助来自不同批评体系的不同群体实现话语的共通。这样的专业批评应该是能够被其他主体作为标杆、范本、尺度去参照与遵循的批评。以此为基础,专业批评家才能够通过专业的力量去协调、指导和引领不同批评主体的有效对话与合作,才能通过自己的批评阐释在网络空间中再次成为权威,发挥对公共意见和公共价值的引领作用。

其次,顺应网络时代的互动逻辑,通过多元主体的间性对话构建网络批评共同体。网络自诞生以来经过了多轮升级、迭代与淘汰,导致网络传播的终端、技术、连入模式等要素与方式几经变换,但网络最核心的逻辑——连接却始终没有改变。网络技术的不断升级无非是为了满足人类希望更便捷、更广泛、更生动地与其他人或物连接的心理需求,网络传播迅速普及与广泛应用的原因也在于此。所以,在网络已经生态化(物联网是典型例子)的今天,文学批评的发展恰逢其时,而倡导间性对话的批评模式也是顺应网络实践与时代发展的需要。间性对话模式的文学批评需以承认和尊重批评主体间的差异为基础,作为独立个体的批评者通过思想观点的表达与反馈形成交锋与碰撞,因为思想的交锋往往能生成意义、范式并实现理论的创新。要实现这样的对话,要求进入网络的不同批评主体能够带着间性意识对彼此的话语进行学习、转化,以增强对话的可理解性。在语义通融的基础上,批评主体应以真诚、自由的态度,进行言之有物、有的放矢的描述、阐释或者批判。只有通过上述努力，进入网络的多元批评主体才有可能打通文学读、写、管、营诸群体，以协调和默契的间性批评建构文学批评的共同体。

再次，就批评视角而言，网络时代文学受众的导向需求更加突出，需予以重新认识和细分。网络传播的开放性与互动性使20世纪中后期以来的读者导向批评获得了更加重要的理论意义，网络时代的读者不仅在文学消费的自由选择、文本意义的多元阐释方面对文本意义的生成发挥了积极作用，而且可以更加自由地参与文学的批评与创作，甚至从读者变为作者直接进行新的创作。但网络受众在年龄、学历、职业道德、审美品位等方面的明显差异，又使他们在以个人身份进入网络时，彼此很难融通。同时，网络受众是一个多元庞杂的群体，网络中的节点依据节点之间的连接形成不同的区块结构，节点所代表的主体依据这种区块结构组成不同群体，这样的区块群体往往在文学的价值取向、审美品位上比较接近，并且在受众区块与特定的文学接受热点之间存在较为明显的对应关系。但无论是个性差异还是区块群体差异，在具有公共性的网络中，若要在相互理解的基础上得以沟通，就离不开引导或导向。有效的引导或导向，会得到应和；在应和的过程中，沟通与交流便会顺畅。因此，导向需求是网络时代特有的需求，也是网络时代文学批评特有的需求。

最后，尽管网络传播时代的文学批评已经发生并仍在发生诸多新变，批评的理性精神仍须坚守，新时代的文学价值判断中，人伦价值将成为重要尺度。尽管网络中的文学批评多有宣泄、狂欢之声，但这是新技术、新文化发展初期的文化冲击，它不等于网络本身的无逻辑、非理性。在以印刷和拼音文字为文化工具的现代文明中，传播遵循的是线性的因果逻辑，而网络体现和依据的是网状的相关逻辑。线性、因果关系引起封闭性、单一性，并由此导出结果的必然性、确定性；网状、相关关系的开放性、复杂性往往不易为人所认知并难以推断出确定性的结果，从而常常表现为事物发展中的偶然性。网络的文化逻辑并不是非理性与断裂，而是结合了相关关系和因果关系的新理性。所以，面对网络空间中复杂、矛盾的批评实践，文学批评不是要放弃理性，而是要更好地坚守理性。千百年来，人类内心感受和生存体验的变化不大，人与自然、社会的和谐统一始终是人类追求的完整性生存状态。但在具体的生存现实中，完整统一的状态鲜少能实现，文学则为这种完整性生存提供了审美实现的可能。其实，人们对于生命、生存的基本感受，即马克思所说的感觉的人性及社会实践中人的本质力量的丰富性，在深层次上规定着、构成着人们的理性。网络使人的个性及感性得到了释放，同时释放的还包括蕴含其中的人的生存理性。网络时代的文学批评，应该在多元与分众化的碰撞与交流中，呼唤与建构新的时代理性。

参考文献

▲中文著作

包亚明主编《现代性与空间的生产》,上海人民出版社,2002。
党圣元:《返本与开新:中国传统文论的当代阐释》,河南大学出版社,2011。
方东兴、王俊秀:《博客:E 时代的盗火者》,中国方正出版社,2013。
高楠、王纯菲:《中国文学跨世纪发展研究》,人民文学出版社,2008。
高楠:《改革开放 30 年中国文论建构》,文化艺术出版社,2012。
高楠:《中国古代艺术的文化学阐释》,辽宁人民出版社,1997。
龚群:《当代西方道义论与功利主义研究》,中国人民大学出版社,2002。
郭庆光:《传播学教程》(第二版),中国人民大学出版社,2011。
侯宏虹:《颠覆与重建——博客主流化研究》,中国社会科学出版社,2010。
黄鸣奋:《超文本诗学》,厦门大学出版社,2002。
黄鸣奋:《互联网艺术》,文化艺术出版社,2012。
黄鸣奋:《互联网艺术产业》,学林出版社,2008。
陆贵山:《中国当代文艺思潮》,中国人民大学出版社,2010。
陆扬、王毅编选《大众文化研究》,生活·读书·新知三联书店,2001。
陆扬:《文化研究导论》(修订版),复旦大学出版社,2014。
马季:《21 世纪网络文学排行榜》,百花洲文艺出版社,2010。
马季:《从传承到重塑》,中国书籍出版社,2014。
马季:《网络文学透视与备忘》,中国社会科学出版社,2010。

孟繁华：《众神狂欢——世纪之交的中国文化现象》，中国人民大学出版社，2009。

南帆：《双重视域——当代电子文化分析》，江苏人民出版社，2001。

南帆：《文学批评手册——观念与实践》，北京师范大学出版社，2011。

南帆：《向各个角度敞开》，海峡文艺出版社，2004。

聂庆璞：《网络叙事学》，中国文联出版社，2004。

欧阳友权、袁星洁主编《中国网络文学编年史》，中国文联出版社，2015。

欧阳友权：《数字化语境中的文艺学》，中国社会科学出版社，2005。

欧阳友权：《网络传播与社会文化》，高等教育出版社，2005。

欧阳友权主编《网络文学评论100》，中央编译出版社，2014。

欧阳友权主编《网络文学五年普查2009~2013》，中央编译出版社，2014。

彭兰：《网络传播概论》，中国人民大学出版社，2017。

彭兰：《新媒体导论》，高等教育出版社，2016。

单小曦：《媒介与文学：媒介文艺学引论》，商务印书馆，2015。

单小曦：《现代传媒语境中的文学存在方式》，中国社会科学出版社，2008。

邵燕君：《网络时代的文学引渡》，广西师范大学出版社，2015。

邵燕君：《网络文学经典解读》，北京大学出版社，2016。

宋伟：《当代社会转型中的文学理论热点问题》，文化艺术出版社，2012。

宋伟：《后理论时代的来临：当代社会转型中的批评理论重构》，文化艺术出版社，2010。

宋玉书：《坚守与应变：大众传媒时代的文学及传播形态》，文化艺术出版社，2013。

谭德晶：《网络文学批评论》，中国文联出版社，2004。

唐迎欣主编《网络文学及其批评研究》，人民日报出版社，2016。

陶东风：《文学理论与公共言说》，中国社会科学出版社，2012。

陶东风主编《粉丝文化读本》，北京大学出版社，2009。

童庆炳：《文学理论教程》，高等教育出版社，2007。

王德胜：《美学的改变》，社会科学文献出版社，2013。

王德胜：《问题与转型——多维视野中的当代中国美学》，山东美术出版社，2009。

王一川：《文学批评新编》，北京师范大学出版社，2011。

王一川：《文艺转型论——全球化与世纪之交文艺变迁》，北京师范大学出版社，2011。

王岳川：《媒介哲学》，河南大学出版社，2004。

吴军：《智能时代：大数据与智能革命重新定义未来》，中信出版社，2016。

姚文放主编《审美文化学导论》，社会科学文献出版社，2012。

于洋、汤爱丽、李俊：《文学网景》，中央编译出版社，2004。

曾繁仁：《转型期的中国美学——曾繁仁美学文集》，商务印书馆，2007。

曾繁亭等：《网络文学名篇100》，中央编译出版社，2014。

张邦卫、杨向荣：《网络时代的文学书写："网络文学高峰论坛"论文集》，中国社会科学出版社，2016。

张合斌：《网络媒体实务》，北京大学出版社，2015。

赵勇：《大众媒介与文化变迁》，北京大学出版社，2010。

周宪：《审美现代性批判》，商务印书馆，2005。

周宪：《视觉文化的转向》，北京大学出版社，2010。

周宪：《视觉文化读本》，南京大学出版社，2013。

周宪：《文化现代性与美学问题》，中国人民大学出版社，2005。

周志雄：《大神的肖像：网络作家访谈录》，山东人民出版社，2015。

周志雄：《网络空间的文学风景》，人民出版社，2010。

周志雄：《网络文学的发展与评判》，人民出版社，2015。

周志雄：《新世纪网络文学的侧面》，山东人民出版社，2014。

朱立元：《当代西方文艺理论》（增补版），华东师范大学出版社，2005。

朱耀伟：《当代西方批评论述的中国图像》，中国人民大学出版社，2010。

▲中文译著

〔德〕瓦尔特·本雅明：《德意志悲苦剧的起源》，李双志、苏伟译，北京师范大学出版社，2013。

〔德〕瓦尔特·本雅明：《发达资本主义时代的抒情诗人：论波德莱尔》，张旭东、魏文生译，生活·读书·新知三联书店，1989。

〔德〕瓦尔特·本雅明：《摄影小史、机械复制时代的艺术作品》，王才勇译，江苏人民出版社，2006。

〔德〕尤尔根·哈贝马斯：《公共领域的结构转型》，曹卫东等译，学林出版社，1999。

〔德〕尤尔根·哈贝马斯：《交往行为理论》，曹卫东译，上海人民出版社，2004。

〔德〕尤尔根·哈贝马斯：《现代性的哲学话语》，曹卫东译，译林出版社，2011。

〔德〕尤尔根·哈贝马斯：《对话伦理学与真理的问题》，沈清楷译，中国人民大学出版社，2005。

〔德〕尤尔根·哈贝马斯：《交往与社会进化》，张博树译，重庆出版社，1989。

〔法〕古斯塔夫·勒庞：《乌合之众：大众心理研究》，陈剑译，译林出版社，2016。

〔法〕吉尔·德勒兹：《德勒兹论福柯》，杨凯麟译，江苏教育出版社，2006。

〔法〕罗兰·巴特：《神话——大众文化诠释》，许蔷蔷、许绮玲译，上海人民出版社，1999。

〔法〕米歇尔·福柯：《规训与惩罚》，刘北成、杨远婴译，生活·读书·新知三联书店，2007。

〔法〕莫里斯·布朗肖：《文学空间》，顾嘉琛译，商务印书馆，2003。

〔法〕皮埃尔·布尔迪厄：《国家精英——名牌大学与群体精神》，杨亚平译，商务印书馆，2001。

〔法〕皮埃尔·布尔迪厄：《文化资本与社会炼金术》，包亚明译，上海人民出版社，1997。

〔法〕皮埃尔·布尔迪厄：《艺术的法则：文学场的生成与结构》，刘晖译，中央编译出版社，2011。

〔法〕让·鲍德里亚：《消费社会》，刘成富、全志钢译，南京大学出版社，2000。

〔法〕雅克·德里达：《论文字学》，汪堂家译，上海译文出版社，1999。

〔芬〕莱思·考斯基马：《数字文学：从文本到超文本及其超越》，单小曦、陈后亮、聂春华译，广西师范大学出版社，2011。

〔加〕马歇尔·麦克卢汉：《理解媒介：论人的延伸》，何道宽译，译林出版社，2011。

〔加〕马歇尔·麦克卢汉：《媒介即按摩——麦克卢汉媒介效应一览》，何道宽译，机械工业出版社，2016。

〔加〕文森特·莫斯可：《传播政治经济学》，胡正荣等译，华夏出版社，2000。

〔加〕文森特·莫斯可：《数字化崇拜：迷思、权力与赛博空间》，黄典林译，北京大学出版社，2010。

〔美〕M. H. 艾布拉姆斯：《镜与灯——浪漫主义文论及批评传统》，郦稚牛等译，北京大学出版社，1989。

〔美〕阿瑟·阿萨·伯格：《通俗文化、媒介和日常生活叙事》，姚媛译，南京大学出版社，2006。

〔美〕代维·哈维：《后现代的状况——对文化变迁之缘起的探究》，阎嘉译，商务印书馆，2004。

〔美〕戴卫·赫尔曼：《新叙事学》，马海良译，北京大学出版社，2002。

〔美〕丹尼尔·贝尔：《意识形态的终结：50年代政治观念衰微之考察》，张国清译，中国社会科学出版社，2013。

〔美〕亨利·詹金斯：《文本盗猎者：电视粉丝与参与式文化》，郑熙青译，北京大学出版社，2016。

〔美〕杰姆逊：《后现代主义与文化理论》，唐小兵译，北京大学出版社，1997。

〔美〕凯文·凯利：《失控：全人类的最终命运和结局》，张行舟等译，电子工业出版社，2016。

〔美〕凯文·凯利：《必然》，周峰、董理、金阳译，电子工业出版社，2016。

〔美〕凯斯·R. 桑斯坦：《信息乌托邦——众人如何生产知识》，毕竞悦译，法律出版社，2008。

〔美〕凯斯·R. 桑斯坦：《网络共和国：网络社会中的民主问题》，黄维明译，上海人民出版社，2003。

〔美〕马克·波斯特：《信息方式：后结构主义与社会语境》，范静哗译，商务印书馆，2014。

〔美〕曼阿尔文·托夫勒：《未来的冲击》，孟广均等译，新华出版社，1996。

〔美〕曼纽尔·卡斯特：《网络社会的崛起》，夏铸九等译，社会科学文献出版社，2001。

〔美〕尼尔·波兹曼：《娱乐至死》，章艳译，广西师范大学出版社，2004。

〔美〕尼古拉·尼葛洛庞帝：《数字化生存》，胡泳、范海燕译，电子工业出版社，2017。

〔美〕希利斯·米勒：《文学死了吗》，秦立彦译，广西师范大学出版社，2007。

〔美〕约翰·费斯克：《理解大众文化》，王晓珏、宋伟杰译，中央编译出版社，2001。

〔美〕詹明信：《晚期资本主义的文化逻辑》，陈清侨译，生活·读书·新知三联书店，2013。

〔美〕詹姆逊：《文化转向》，胡亚敏等译，中国社会科学出版社，2000。

〔美〕詹姆逊：《快感：文化与政治》，王逢振等译，中国社会科学出版社，1998。

钱中文主编《巴赫金全集》（第4卷），晓河译，河北教育出版社，1998。

钱中文主编《巴赫金全集》（第6卷），李兆林、夏忠宪等译，河北教育出版社，1998。

〔英〕艾森克、〔爱尔兰〕基恩：《认知心理学》（第四版），高定国、肖晓云译，华东师范大学出版社，2003。

〔英〕安东尼·吉登斯：《现代性的后果》，田禾译，译林出版社，2000。

〔英〕安东尼·吉登斯：《现代性与自我认同：现代晚期的自我与社会》，张旭东、方文译，生活·读书·新知三联书店，1998。

〔英〕维克托·迈尔·舍恩伯格、肯尼思·库克耶：《大数据时代》，盛杨燕、周涛译，浙江人民出版社，2013。

〔英〕迈克·费瑟斯通：《消费文化与后现代主义》，刘精明译，译林出版社，2000。

〔英〕迈克·费瑟斯通：《消解文化——全球化、后现代主义与认同》，杨渝东译，北京大学出版社，2009。

〔英〕齐格蒙·鲍曼：《立法者与阐释者——论现代性、后现代性与知识分子》，洪涛译，上海人民出版社，2000。

〔英〕齐格蒙特·鲍曼：《共同体》，欧阳景根译，江苏人民出版社，2003。

〔英〕齐格蒙特·鲍曼：《流动的现代性》，欧阳景根译，上海三联书店，2002。

〔英〕齐格蒙特·鲍曼：《作为实践的文化》，郑莉译，北京大学出版社，2009。

〔英〕汤林森：《文化帝国主义》，冯建三译，上海人民出版社，1999。

〔英〕汤姆·斯丹迪奇：《从莎草纸到互联网：社交媒体2000年》，林华译，中信出版社，2015。

〔英〕特里·伊格尔顿、马修·博蒙特：《批评家的任务》，王杰、贾洁译，北京大学出版社，2014。

〔英〕特里·伊格尔顿：《审美意识形态》，王杰、傅德根、麦永雄译，广西师范大学出版社，2003。

▲中文期刊论文

阿兰·科比、陈后亮：《数字现代主义导论》，《国外理论动态》2011年第9期。

白烨：《有限性与可能性——传统批评与网络文学》，《南方文坛》2010年第4期。

陈后亮：《数字技术的兴起与后现代主义的终结——阿兰·科比的数字现代主义理论评述》，《北方论丛》2012年第3期。

陈晓明：《媒体批评：骂你没商量》，《南方文坛》2001年第3期。

崔红楠：《穿过我的网络你的手》，《南方文坛》2001年第3期。

党圣元：《全媒体时代文艺传播的功能与责任》，《中国文学批评》2015年第1期。

党圣元：《网络文学研究的当下困境与理论突围》，《江西社会科学》2017年第6期。

党圣元：《微信：文艺和舆情研究新领域》，《江海学刊》2016年第5期。

傅修延：《为什么麦克卢汉说中国人是"听觉人"——中国文化的听觉传统

及其对叙事的影响》,《文学评论》2016 年第 1 期。

高楠:《伦理的艺术与艺术的伦理——中国古代艺术理性的价值取向》,《社会科学辑刊》1995 年第 5 期。

高楠:《批评的生成》,《文学评论》2010 年第 6 期。

高楠:《文学的道德批评》,《文学评论》2014 年第 2 期。

高楠:《在生存的有机整体性中释美》,《社会科学辑刊》2010 年第 1 期。

高楠:《中国传统美的程序生成性》,《辽宁大学学报》(哲学社会科学版),2013 年第 4 期。

郜元宝:《批评五嗑》,《文艺研究》2005 年第 9 期。

管雪莲:《超级 IP 制造时代的"玛丽苏式神话"》,《探索与争鸣》2016 年第 3 期。

管雪莲:《玛丽苏神话的历史理据、叙事范式和审美趣味》,《文学评论》2016 年第 4 期。

洪治纲:《信息时代:文学批评的挑战与选择》,《南方文坛》2010 年第 6 期。

胡璟:《网络环境中文学批评的重组与构建》,《武汉理工大学学报》2009 年第 4 期。

胡友峰:《电子媒介时代文学审美趣味的变迁》,《广东社会科学》2017 年第 2 期。

胡友峰:《如何建构媒介时代的文学理论》,《文艺报》2016 年 5 月 20 日,第 2 版。

胡友峰:《再论电子媒介时代"文学的危机"》,《西南民族大学学报》(人文社会科学版)2016 年第 6 期。

黄鸣奋:《从电子文学、网络文学到数码诗学:理论创新的呼唤》,《文艺理论研究》2014 年第 1 期。

黄鸣奋:《大数据时代的艺术研究》,《徐州工程学院学报》(社会科学版)2013 年第 6 期。

黄鸣奋:《当代西方数码叙事学的发展》,《文艺理论研究》2011 年第 5 期。

黄鸣奋:《范式比较和数码艺术理论体系建构》,《艺术评论》2012 年第

8 期。

黄鸣奋：《冗余：新媒体与社会转型》，《探索与争鸣》2013 年第 1 期。

黄鸣奋：《网络时代的五缘文化》，《东南学术》2014 年第 2 期。

黄鸣奋：《网络文学观念的多维性及未来走向——基于 IPV、IPM 和 IPI 的考察》，《徐州工程学院学报》（社会科学版）2018 年第 1 期。

黄鸣奋：《西方数码文学研究的若干问题》，《学习与探索》2012 年第 12 期。

黄鸣奋：《新媒体凝视着我们——新媒体带给文艺评论的三大变化》，《艺术广角》2016 年第 4 期。

黄鸣奋：《新媒体时代艺术研究新视野》，《厦门大学学报》（哲学社会科学版）2017 年第 12 期。

黄鸣奋：《信息时代科学与艺术互动的三种模式》，《中国文艺评论》2017 年第 12 期。

黄鸣奋：《增强现实与位置叙事：移动互联时代的技术、幻术和艺术》，《中国文艺评论》2016 年第 6 期。

黄鸣奋：《走向人类命运共同体：国外科幻电影创意与中国形象》，《探索与争鸣》2017 年第 10 期。

黄忠顺：《文学的互联网络传播与专业文学批评的命运》，《浙江工商大学学报》2007 年第 5 期。

李永艳：《专业批评家与网络文学批评》，《长江师范学院学报》2008 年第 3 期。

李有光、曾超：《网络回帖写作：民间意识形态的公共论域》，《中州学刊》2013 年第 4 期。

郦亮：《〈网逝〉入围鲁迅文学奖 网络小说"独苗"难成气候》，《上海青年报》2010 年 9 月 13 日。

廖斌：《〈文讯〉书评：传媒时代的文学领航与大众文艺批评》，《当代文坛》2009 年第 1 期。

刘巍：《文学批评的温度、力度与风度》，《文学评论》2015 年第 3 期。

刘巍、张婷：《新媒体与文学批评的功能期待——以豆瓣为例》，《艺术广角》2017 年第 6 期。

刘巍、张叶叶:《新媒体与文学批评的声音》,《艺术广角》2016年第4期。

罗先海:《"网络文学评价体系构建"研讨会述评》,《中国文艺评论》2016年第12期。

马季:《话语方式转变中的网络写作——兼评网络小说十年十部佳作》,《文艺争鸣》2010年第10期。

马季:《网络文学:直逼文学价值认同断裂的现实》,《南方文坛》2010年第4期。

孟繁华:《民族心史:中国当代文学60年》,《文艺争鸣》2009年第8期。

欧阳友权:《当传统批评家遭遇网络》,《南方文坛》2010年第4期。

欧阳友权、邓祯:《多元竞合下的变局与走向——2016年中国网络文学发展巡礼》,《河北学刊》2017年第2期。

欧阳友权、贺予飞:《网络文学批评的新拓进——2016年网络文学理论批评检视》,《江海学刊》2017年第2期。

欧阳友权:《网络文学批评的困境与选择》,《中州学刊》2016年第12期。

欧阳友权:《网络文学批评史的建构逻辑》,《求是学刊》2016年第3期。

欧阳友权、吴英文:《网络文学批评的价值和局限》,《探索与争鸣》2010年第11期。

欧阳友权、禹建湘:《"网络·网络文学·公共空间"全国学术研讨会综述》,《文学评论》2009年第5期。

钱中文:《巴赫金:交往、对话的哲学》,《哲学研究》1998年第1期。

钱中文:《论巴赫金的交往美学及其人文科学方法论》,《文艺研究》1998年第1期。

钱中文:《文学理论:走向交往与对话》,《中国社会科学》2001年第1期。

钱中文:《文学艺术价值、精神的重建——新理性精神》,《文学评论》1995年第5期。

钱中文:《误解要避免,"误差"却是必要的》,《外国文学评论》1989年第4期。

钱中文:《新理性精神和交往对话主义》,《学术月刊》2003年第4期。

单小曦:《从后现代主义到"数字现代主义"——新媒介文学文化逻辑问题

研究反思与新探》,《浙江社会科学》2016 年第 6 期。
单小曦:《合作式网络文艺批评范式的建构》,《中州学刊》2017 年第 7 期。
单小曦:《媒介存在论——新媒介文艺研究的哲学基础》,《文艺理论研究》2013 年第 2 期。
单小曦:《声像符号挑战与新闻话语染指——当代文学场裂变的两个成因》,《文艺争鸣》2007 年第 7 期。
单小曦:《网络文学评价标准问题反思及新探》,《文学评论》2017 年第 2 期。
单小曦:《现代传媒:文学活动的第五要素》,《文艺报》2007 年 3 月 29 日,第 3 版。
宋炳辉等:《网络时代的文学批评与人文学术》,《上海文学》2003 年第 1 期。
孙立明:《网络舆情的三个世界——关于网络舆情的一个初步分析框架》,《中央社会主义学院学报》2017 年第 1 期。
陶东风:《博客交流呼唤伦理自觉》,《人民论坛》2007 年第 6 期。
陶东风:《粉丝文化研究:阅读—接受理论的新拓展》,《社会科学战线》2009 年第 7 期。
陶东风:《精英化——去精英化与文学经典建构机制的转换》,《文艺研究》2007 年第 12 期。
陶东风:《网络交往与新公共性的建构》,《文艺研究》2009 年第 1 期。
陶东风:《网络与文学活动的大众化》,《光明日报》2008 年 12 月 10 日,第 11 版。
陶东风:《中国文学已经进入装神弄鬼时代?——由"玄幻小说"引发的一点联想》,《当代文坛》2006 年第 5 期。
王一川:《通向询构批评——当前文学批评的一种取向》,《当代文坛》2009 年第 1 期。
王颖:《从主动"缺席"到被动"失语"?——传统批评如何应对网络时代的文学》,《南方文坛》2010 年第 4 期。
蔚蓝:《因特网与文学批评》,《湖北大学成人教育学院学报》2000 年第

6 期。

习传进：《论贝克的布鲁斯本土理论》，《华中师范大学学报》（人文社会科学版）2003 年第 2 期。

肖锦龙：《米勒视野中的传播媒介和文学》，《文艺理论研究》2007 年第 1 期。

禹建湘：《空间转向：建构网络文学批评新范式》，《探索与争鸣》2010 年第 11 期。

禹建湘：《手机文学：现代技术与文学表意的合谋》，《江海学刊》2011 年第 4 期。

禹建湘：《网络文学批评标准的多维性》，《求是学刊》2016 年第 3 期。

禹建湘：《新媒体冲击下文学的悖反式存在》，《中州学刊》2013 年第 2 期。

喻国明、马慧：《互联网时代的新权力范式："关系赋权"——"连接一切"场景下的社会关系的重组与权力格局的变迁》，《国际新闻界》2016 年第 10 期。

喻国明：《"信息茧房"禁锢了我们的双眼》，《领导科学》2016 年第 12 期。

张英：《傲慢与偏见——清点"韩白之争"》，《南方周末》2006 年 4 月 6 日。

钟丽茜：《新媒体时代文学的跨界异变及未来走势》，《文学评论》2016 年第 4 期。

周志强：《极端的艺术与欲望的政治——网络官场小说的写作伦理》，《河南社会科学》2016 年第 9 期。

周志雄：《网络文学批评的现状与问题》，《山东师范大学学报》（人文社会科学版）2010 年第 2 期。

▲学位论文

崔宰溶：《中国网络文学研究的困境与突破——网络文学的土著理论与网络性》，博士学位论文，北京大学，2011。

黎杨全：《数字媒介与文学批评的转型》，博士学位论文，华中师范大学，2012。

王颖：《新传媒语境中文学传播的路径与价值嬗变》，博士学位论文，吉林大学，2015。

▲ 网络类

中国互联网络信息中心（CNNIC）：第43次《中国互联网络发展状况统计报告》，http：∥www.cnnic.net.cn/hlwfzyj/hlwxzbg/hlwtjbg/201902/P020190318523029756345.pdf，最后访问日期：2019年5月4日。

网友"横苍君"：《关于〈欢乐颂〉，写的一点剧评》，豆瓣网，https：∥www.douban.com/note/556345865，最后访问日期：2017年5月28日。

《〈再生缘：我的温柔暴君〉书评》，红袖添香网，http：∥novel.hongxiu.com/a/201358/，最后访问日期：2017年5月27日。

网友"慕容小燕子"：《关于被开除的晴雯的一些话》，豆瓣网，https：∥book.dou-ban.com/review/1238633，最后访问日期：2017年7月10日。

张抗抗：《网络文学杂感》，中国散文网，http：∥www.cnprose.com/article-1713-1.html，最后访问日期：2017年7月14日。

《网络文学更新换代引人关注，网络四作家作品研讨会在京召开》，中国作家网，http：∥www.chinawriter.com.cn/2009/2009-06-16/56590.html，最后访问日期：2017年6月24日。

郦亮：《茅盾文学奖"苛求"网络文学？参评条件：必须出版》，中国新闻网，http：∥www.chinanews.com/cul/2011/03-05/2886058.shtml，最后访问日期：2019年5月2日。

郦亮：《〈网逝〉入围鲁迅文学奖 网络小说"独苗"难成气候》，《上海青年报》2010年9月13日。

网友"梨花教"：《在教主赵丽华的英明领导下梨花教隆重成立!》，天涯论坛，http：∥bbs.tianya.cn/post-funinfo-242113-1.shtml，最后访问日期：2017年7月15日。

韩寒：《现代诗和诗人怎么还存在》，豆瓣网，https：∥www.douban.com/group/topic/1242810，最后访问日期：2017年7月16日。

赵秀芹：《起点中文网启动小说竞赛 网络发表作品是趋势》，搜狐网，http：∥it.sohu.com/20080909/n259453680.shtml，最后访问日期：2017年7月15日。

网友"sheepwhite":《起点中文网启动全国 30 省作协主席小说竞赛 zz》,豆瓣网,https://www.douban.com/group/topic/4136525,最后访问日期:2017年7月16日。

网友"紫色小河马":《全国 30 省作协主席小说竞赛》,豆瓣网,https://www.dou-ban.com/group/topic/4138860,最后访问日期:2017年7月16日。

蒲荔子、吴敏:《网络文学和传统文学的双重冲击? 30 位作协主席网上 PK 之后》,《南方日报》(电子版),http://epaper.southcn.com/nfdaily/html/2008-09/28/content_6690488.htm,最后访问日期:2017年7月16日。

李承鹏:《作协主席受不受得了网络跟帖》,天涯论坛,http://bbs.tianya.cn/post-187-552334-1.shtml,最后访问日期:2017年7月16日。

网友"从四方院出来":《作协主席打擂:我们看什么?》,天涯论坛,http://bbs.tian-ya.cn/post-free-1424110-1.shtml,最后访问日期:2017年7月16日。

网友"塞北剑客":《天府早报:作协主席试水网络? 自我炒作还是帮忙炒作》,天涯论坛,http://bbs.tianya.cn/post-no06-89593-1.shtml,最后访问日期:2017年7月17日。

茅中元:《作协主席小说巡展公布结果 主席不及网络写手》,新浪新闻中心,http://news.sina.com.cn/o/2009-09-01/070816218869s.shtml,最后访问日期:2017年7月17日。

网友"郑德鸿":《祝贺"30 省作协主席小说竞赛"改"27 省作协主席小说巡展"——乱弹"全国 30 省作协主席小说竞赛"六》,"郑德鸿"的新浪博客,http://blog.sina.com.cn/s/blog_544f29e60100b4r9.html,最后访问日期:2017年7月17日。

彭致:《起点中文启动小说竞赛——30 位作协主席网上打擂》,中国新闻出版广电网,http://www.chinaxwcb.com/xwcbpaper/html/2008-09/16/content_39308.htm,最后访问日期:2017年7月17日。

窦新颖:《2016 年我国网络文学产值达 90 亿元》,人民网,http://ip.people.com.cn/n1/2017/0414/c136655-29212128.html,最后访问日期:2017年7

月 20 日。

《29 网站签署承诺书, 承诺更需践诺》, 新浪新闻中心, http：//news. sina. com. cn/o/2014-11-08/000931112689. shtml, 最后访问日期：2017 年 8 月 20 日。

《互联网跟帖评论服务管理规定》, 中国网信网, http：//www. cac. gov. cn/, 最后访问日期：2017 年 8 月 25 日。

《互联网群组信息服务管理规定》, 中国网信网, http：//www. cac. gov. cn/, 最后访问日期：2017 年 9 月 7 日。

李国琦：《2015 年 Q1 中国网络文学报告》, 速途研究院, http：//www. sootoo. com/content/651132. shtml, 最后访问日期：2017 年 8 月 20 日。

中国音像与数字出版协会：《2017 年中国网络文学发展报告》, 中华网, https：//news. china. com/zw/news/13000776/20180917/33926058. html, 最后访问日期：2019 年 1 月 20 日。

李国琦、丁道师：《2015 年 Q3 网络文学市场分析报告》, 速途研究院, http：//www. sootoo. com/content/659130. shtml, 最后访问日期：2017 年 8 月 20 日。

李国琦、张鹏鹏：《2015 年 Q1 中国网络文学报告》, 速途研究院, http：//www. sootoo. com/content/661067. shtml, 最后访问日期：2017 年 8 月 20 日。

刘洋、苏雪艳、张艺迪（录音整理）：《网络小说是一种情绪小说——最后的卫道者访谈录》, 中国作家网, http：//www. chinawriter. com. cn/n1/2017/0808/c405057-29457481. html, 最后访问日期：2017 年 8 月 10 日。

李小洁：《2017 年 Q1 移动阅读市场报告》, 速途研究院, http：//www. sootoo. com/content/671486. shtml, 最后访问日期：2017 年 6 月 12 日。

张靖：《〈步步惊心〉作品鉴赏》, 百度百科, https：//baike. baidu. com/item, 最后访问日期：2017 年 9 月 4 日。

▲外文著作

D. J. Bolter, *Wrting Space：The Computer, Hypertext and the Remediation of Priting.* New York：Harper and Row, 2001.

Carolyn Handler, *Miller Digital Storytelling: A Creator's Guide to Interactive Enterainment.* Oxford: Focal Press, 2004.

George Landow, *Hypertext: the Convergence of Critical Theory and Contemporary Technology.* New York: Harper and Row, 1992.

George Landow, *Hypertext 3.0: Critical Theory and New Media in An Era of Globalization.* Baltimore: The John Hopkins University Press, 2006.

M. Joyce, *Of Two Minds: Hypertext Pedagogy and Poetics.* New York: The Seabury Press, 1995.

M. S. Meadows, *Pause & Effect: The Art of Interactive Narrative.* New York: The Seabury Press, 2002.

N. Hayles, Katherine, *My Mother was A Computer: Digital Subjects and Literary Texts.* Chicago: University of Chicago press, 2005.

Ohan Svedjedal, *The Literary Web: Literature and Publishing in the Age of Digital Production, A Study in the Sociology of Literature.* Stockholm: Kungliga Bibl, 2000.

后　记

　　自个人电脑于 1994 年被获准连入国际互联网以来，网络传播开始全面进入我国社会生活的各个领域，文学爱好者、文学站点亦开始运用网络传播文学文本，这个文本包括传统上被称为作品的叙事文本，也包括批评文本。这种以网络为传播媒介的社会交往经过 20 余年的不断实践与发展，不仅已成为社会运行的组成部分与基本结构，也带来了文学创作、传播、接受的新机制与新格局，并构建出文学批评的新空间。网络连接下新的文学主体以新的批评方式、批评话语和价值尺度生成了新的批评实践，并以其空前的喧嚣活跃和纷繁复杂冲击着传统的专业批评体系，改变了旧有的批评场域，使网络传播时代的文学批评显现出很多新的面貌与特征。网络传播时代的批评实践亟待新的理性观察、分析与求解，创新性批评模式、文学理论的生成与建构恰逢其时。

　　从大学一年级时读到的第一本网络小说《第一次亲密接触》开始，可以说网络小说伴随了我的整个青春时期。新闻传播学科的学习经历使我在文艺学专业的博士学习期间萌生了用新闻传播学视角去考察文学传播与批评的想法。这里要感谢的我博士生导师、硕士生导师和我所在学院的领导，是他们的支持和鼓励，使我有机会将个人兴趣引入学术研究。

　　此外，还要感谢网络文学、文学批评研究领域的众多前辈、先贤，虽然他们很多人与我并不相识，但若不是受到他们诸多优秀学术成果的滋养，我作为一个初出茅庐的研究者，又如何能够实现从"爱好者"到"研究者"的身份转换？回首中国网络传播发展的 20 余年，正是这些学术界、业界的有识之士敏锐地发觉了传播媒介对文学传播、创作、批评的变革意义，并及时予以关注、观察、参与和研究，使我们在文学实践层面有效地融合了文字媒介与数字媒介的传播优势，发展出网络文学这一能够对大众传播时代的"好莱坞"电影、日韩"动漫"形成逆袭的当代文学新样态。同时，一批学者主动探索，围绕网络空间中的文学活动展开了一系列卓有成效的研究，为当下文学理论的发展提供了新的研究内容与建构方向。

早在 20 世纪 90 年代末期，黄鸣奋、欧阳友权等学者就注意到计算机网络技术的变革力量及国外相关领域已经出现的新变，将计算机网络技术与文学这两个分属科技、人文不同领域的学科联结起来，提出了探索计算机网络技术与文学彼此构入发展的可能。他们或将计算机科学与文学的结合与渗透引入当代文学理论，或看到计算机技术在审美创造中的拓展性，可以说是发出了网络传播对文学批评影响研究的先声。2001 年 6 月在天津举行的"网络批评、媒介批评与主流批评"研讨会明确提出了"网络批评"的概念，这次由北京市文联研究部主办的研讨会聚集了白烨、李敬泽、陈晓明、孟繁华等业界、学界知名的批评家，他们将文学的网络批评作为独立概念从媒介批评的范畴中单独提出来并与主流批评进行比较研究，标志着网络批评正式进入专业批评家的研究视野并被给予了研究意义的确认，自此网络传播与文学批评关系的研究真正起步。此后，宋炳辉、南帆等学者在"网络时代的文学批评与人文学术"研讨会上关于"网络时代的到来到底给文学和文化带来哪些挑战？文学批评和人文学者何为？"的讨论发言在《上海文学》刊发，再次推动了网络传播与文学批评关系问题的研究。随着网络文学实践的不断开展和学界对相关问题的日渐关注，一批优秀的中青年学者投入这一领域的研究当中，并得出一系列颇有价值的研究成果，其中禹建湘、邵燕君、单小曦、周志雄、刘巍等学者的著述都令我深深受教。而崔宰溶、黎杨全等几位学者在其博士学位论文中的创见亦给我很大启发。

最后，感谢我的父母、家人。幸有他们对知识的尊重、对女性独立价值的认同，才令我在辛苦的教学、研究工作中得到他们从生活琐事到精神层面的支持和鼓励，从而能够专心于学习和思考。

吾生有涯而学无涯，这本书只是我观察和思考传播媒介与文学互动、互构关系的一个开始，书稿本身仍有很多不足，个人的研究能力亦有待进一步提高。而以数字技术为基础的网络传播媒介也在不断发展演进，大数据、人工智能等新的媒介技术将会把人类的文学活动、想象空间和精神家园推向何种高度？媒介变革的速度之快、趋势之多样使我们对这个问题充满好奇，希望本书能成为我不断学习、思考、探索新知的起点！

图书在版编目(CIP)数据

网络时代的文学批评:新变、困境与求解/吴优著. -- 北京:社会科学文献出版社,2020.7
ISBN 978 - 7 - 5201 - 6212 - 8

Ⅰ.①网… Ⅱ.①吴… Ⅲ.①网络文学 - 文学评论 - 中国 Ⅳ.①I207.999

中国版本图书馆 CIP 数据核字(2020)第 029743 号

网络时代的文学批评:新变、困境与求解

著　　者 / 吴　优

出 版 人 / 谢寿光
责任编辑 / 刘同辉
文稿编辑 / 韩宜儒

出　　版 / 社会科学文献出版社 (010) 59367238
　　　　　　地址:北京市北三环中路甲 29 号院华龙大厦　邮编:100029
　　　　　　网址:www.ssap.com.cn

发　　行 / 市场营销中心 (010) 59367081　59367083
印　　装 / 三河市龙林印务有限公司

规　　格 / 开　本:787mm × 1092mm　1/16
　　　　　　印　张:17.75　字　数:265 千字

版　　次 / 2020 年 7 月第 1 版　2020 年 7 月第 1 次印刷
书　　号 / ISBN 978 - 7 - 5201 - 6212 - 8
定　　价 / 118.00 元

本书如有印装质量问题,请与读者服务中心 (010 - 59367028) 联系

▲ 版权所有 翻印必究